大周互娱
DA ZHOU HU YU

U0840479

我在的地方，就是世界之巅！

囧囧有妖♡..

本　书　内　容　纯　属　虚　构

余生有你甜又暖 1

囧囧有妖　著

天津出版传媒集团
天津人民出版社

图书在版编目（CIP）数据

余生有你，甜又暖. 1/囧囧有妖著. --天津：天津人民出版社，2020.6
ISBN 978-7-201-15889-1

Ⅰ. ①余… Ⅱ. ①囧… Ⅲ. ①长篇小说—中国—当代 Ⅳ. ①I247.5

中国版本图书馆CIP数据核字（2020）第053048号

余生有你，甜又暖1
YUSHENG YOU NI TIAN YOU NUAN
囧囧有妖 著

出　　版　天津人民出版社
出 版 人　刘　庆
地　　址　天津市和平区西康路35号康岳大厦
邮政编码　300051
邮购电话　（022）23332469
网　　址　http://tjrmcbs.com
电子信箱　reader@tjrmcbs.com

出　　品　大周互娱
总 策 划　周　政
出版监制　曾筱佳
项目总监　段金燕
责任编辑　玮丽斯
特约编辑　陈　思
封面设计　袁　芳
版式设计　袁　芳
封面绘制　容　境

制版印刷　湖南天闻新华印务有限公司
经　　销　新华书店
开　　本　880毫米×1230毫米　1/32
印　　张　10
字　　数　337千字
版次印次　2020年6月第1版　2020年6月第1次印刷
定　　价　39.80元

图书如出现印装质量问题，请致电联系调换（022）23332469

目录
CONTENTS

Part1

这个世界上，最亲密的关系。

♥

林烟迈步下车，缓步走到奢华的宴会厅门口。

一看到她，宴会厅内的宾客们顿时满脸嫌恶，纷纷避之不及。

“这女人怎么又出现了？她该不会又要大哭大闹，求韩逸轩负责吧？”

“简直笑死人了，韩逸轩这么红，会看上她这种十八线？居然在外面到处说韩逸轩是她男朋友，她怕不是得了妄想症？”

“这种小艺人最喜欢蹭热度了，韩逸轩和林书雅也是倒霉，被这个狗皮膏药给缠上！”

……

见林烟竟然追到了这里，韩逸轩眉头紧蹙，眸底是无法掩饰的厌恶。

“我不是说过了，只要有我在的地方，就不允许她出现吗？”

韩逸轩身旁，林书雅穿着一身素雅旗袍，容貌清丽温婉，闻言，摇摇头，柔声劝道：“逸轩，算了，今天是我的生日，我不想起冲突。”

说完，林书雅便踩着高跟鞋，优雅从容地走了过去。

女孩走到林烟身旁，嘴角微微上扬，稍稍凑近林烟，突然，压低声音：“姐姐，一无所有的滋味……怎么样？”

“林、书、雅!”林烟用猩红的眼睛盯着眼前的人——她最疼爱的亲妹妹。

“怎么了，姐姐，很生气吗，想打我？那你还在等什么，动手吧……”林书雅盯着林烟，轻声冷笑。

林烟眸底最后一丝对亲情的留恋彻底消失殆尽，她面色冰冷地盯着眼前的女孩："你配吗？"

林书雅闻言，嘴角微微上扬，身躯朝着林烟倾去。

此刻，众人只见，林书雅的身躯忽然倒地，从旁人的视角望去，就好似林烟狠狠甩了林书雅一个耳光。

"姐姐……对不起，我什么都可以给你，但是……逸轩哥哥，真的不可以！"林书雅面色苍白，一双纯真的眸子好似布满了委屈。

韩逸轩完全没想到林烟会突然动手，又气又心疼，三步并做两步，先是把林书雅拉到自己怀里，接着顾不上偶像的形象，直接冲着林烟大吼："林烟，你疯了？你怎么能动手打人！"

"我没打她。"

下一秒，林烟看向林书雅，扬起手便是一巴掌扇过去，淡淡开口："现在打了。"

韩逸轩瞬间大怒："林烟！"

林书雅猝不及防地被扇了一巴掌，原本奸计得逞的小脸上顿时满是错愕，面色也阴沉下来，不过很快，她的眸底便浮现一抹雾气，伤心不已地捂着被打红的脸道："逸轩哥哥，算了，她毕竟是我姐姐……"

"林烟，我警告你！"韩逸轩扶着林书雅，缓缓站起身来，彻骨般寒冷的目光死死盯着林烟，"以后，离书雅远一点，如果，你再敢伤她一根头发，我绝不饶你，我会让你付出百倍的代价！"

"逸轩哥哥，你别这样，姐姐她不是故意的……"紧靠在韩逸轩怀中的女孩，满眼泪光，摇了摇头。

韩逸轩面色微冷道："书雅，我说过，她要对我做什么都可以，但是不可以伤害你。"

"林书雅，你最好祈求自己能装一辈子，能欺骗所有人，我等着你的报应。"

"姐姐，我真的没有，没有欺骗任何人，为什么你一定要这样误解我？"林书雅满脸委屈地看着林烟。

还不等林烟继续说话，韩逸轩忍无可忍地大步走到林烟身旁，怒目呵斥道："林烟，你给我闭嘴！"

"你有什么资格让我闭嘴？"林烟看向韩逸轩，忽然隐隐感觉到一股莫名的眩晕感。

随着林烟话音落下，只见韩逸轩的手臂忽然上扬，旋即狠狠地朝着林烟的脸扇去。

下一秒，林烟的目光变得凌厉噬人。

“啪”的一声。

在场众人只见林烟站在原地，目光冷漠彻骨，抬起手，一把扼住了韩逸轩的手腕。

“你！”韩逸轩狠狠地盯着林烟，他没想到，林烟的手劲如此之大，自己的手腕被她抓住之后，竟然无法摆脱。

林烟看着韩逸轩，神情冷漠。下一秒，林烟直接将韩逸轩的手臂甩了出去。

今天的宾客中有不少人是林书雅和韩逸轩的粉丝，此刻人群中已经是一片骂声。

“书雅就是太善良了，碰到林烟这种人居然也能忍？”

“一个高中毕业，只会蹭热度，演技烂到渣的十八线，韩逸轩会放着林书雅这个凯胜娱乐的千金不要，看上她？”

“这么没底线地蹭热度、炒绯闻，她不觉得自己太过分了吗？”

……

林烟就如同什么都没听到，神色淡然地朝着韩逸轩和林书雅瞥了一眼，面无表情地走进了会场。

林书雅是娱乐圈四小花旦之一，人美心善，是公认的国民天使。韩逸轩是韩氏集团的继承人，如果不混娱乐圈就要回去继承亿万家产。两人郎才女貌，门当户对，不久前两人的恋情官宣后，迅速上了热门，网上一片祝福。

而林烟，一个没背景、没学历、没演技的十八线，拍的全是狗血烂片，居然敢说自己是韩逸轩的女朋友。韩逸轩都辟谣了，她非但拿不出证据，还纠缠不休，自然是惹来一片群嘲。

“我说林烟小姐，你闹够了吧？是不是又要跑过来说书雅抢了你男朋友？”

面对周围的一片骂声，这一次，林烟没有和他们对骂，也没有声嘶力竭地哭诉。她拿出手机点了几下屏幕，随后不紧不慢地顿住脚步，清冷的目光漫不经心地扫过众人，淡淡开口：“都是谣言罢了，我跟韩逸轩没有关系。”

让所有人都没想到的是，这次林烟不但没有继续大哭大闹，甚至还说自己跟韩逸轩没关系。以林烟的作风，这怎么可能？

就在众人疑惑不解的时候，下一秒，便听到林烟继续说道：“我林烟的眼光，没那么差。”

林烟话音落下的瞬间，全场一片死寂。

刚……刚刚这个十八线说了什么？她的意思是说……韩逸轩很差？这女人是不是疯了？

众人刚才只顾着八卦了，此刻似乎才注意到，今天的林烟好像有点反常。

平时的林烟都是不修边幅，满脸憔悴，每次出现都跟怨妇一样歇斯底里。可是今天，林烟身上不过穿着一身非常普通的休闲装，却显得干净利落，气场强大。

当开口回答记者问题的时候，女孩素净的小脸上，表情淡漠而疏冷，带着一抹漫不经心的慵懒。就好像完全变了一个人。

不知道过了多久，众人终于回过神来，现场一片哗然。

“这个狗皮膏药什么意思？！居然说逸轩很差，她看不上？”

“蹭热度不成就反黑人家，怎么会有这么坏的女人？”

“胃口还挺大，一个十八线，居然看不上韩逸轩？难道她还想蹭娱乐圈顶流裴南絮的热度不成？”

“保安呢？”一旁的韩逸轩黑着脸，将助理找了过来，“陈昊，你是怎么办事的，怎么随便什么人都放进来，还不将无关紧要的人清理出去？”

就在众人议论纷纷之时，门口处突然传来一阵激动的惊呼声——

“裴……裴南絮！”

“天呐！裴南絮竟然会来书雅的生日宴！书雅也太有面子了吧！”

“我老公今天也太帅了吧！这是什么神仙颜值！”

宴会厅门口，裴南絮穿着一身宝蓝色的刺绣高定西装，衬得他宽肩窄臀，身形颀长。微扬的嘴角如沐春风，那双璀璨的眸子在水晶灯下犹如星辰，精致立体的五官出自上帝之手一般，简直是行走的荷尔蒙。

凭借着迷倒万千少女的外表、精湛的演技、敬业的态度，裴南絮刚出道就红透半边天，并且至今依旧屹立不倒，是娱乐圈当之无愧的顶级流量，随便发张糊得看不清脸的自拍都是热门头条。

一时之间，整个宴会厅都沸腾了。没想到林书雅竟然这么有面子，连裴南絮也过来捧场她的生日宴。

林书雅确实是给裴南絮发过请柬，但是裴南絮几乎从不参加这种私人宴会，所以她并没有料到裴南絮会到场，半晌后才回过神来。旋即，林书雅露出大方得体的微笑，优雅地走上前去打招呼："裴影帝，真没想到您会来！"

众人正兴奋着，这时却看到，裴南絮目不斜视地越过了林书雅和韩逸轩等上前打招呼的人，一步一步朝着林烟的方向走去。

万众瞩目之下，裴南絮径直走到林烟跟前站定，微笑着开口："林小姐，久等了！"

裴南絮话音落下的瞬间，几乎所有人都倒吸了一口冷气。

这是什么意思？难道裴南絮不是来参加林书雅的生日宴，而是来找林烟的？

这怎么可能？！

然而，让众人更加跌破眼镜的事情还在后面。

林烟面对着眼前的裴南絮，神色没有丝毫波动，她淡淡地瞥了眼手机上的时间，面无表情地开口："十分钟。"

裴南絮轻咳一声，神色看起来竟有些小心翼翼："抱歉，我迟到了，路上有点堵车！"

众人更加目光呆滞了："……"

这是什么情况？！裴南絮对林烟的态度亲切到不行。

不对……严格来说，不仅是亲切，甚至称得上是尊敬了。

裴南絮对林烟态度尊敬？疯了吧？

裴南絮好脾气地继续开口："林小姐，有什么需要我效劳的吗？"

林烟面对着这位影帝男神，神色平静无波，就像是看一个再熟悉不过的人，随意开口："累了，送我回去。"

别说众人，对于林烟的态度，就连裴南絮本人也有着掩饰不住的诧异。

"好的，林小姐，你这边请！"裴南絮并没有多言，一切听从林烟的安排，直接带着林烟穿过人群，往门外走。

众人：“……”

这女人，竟然对裴南絮如此随意使唤，而裴南絮还任她予取予求！

要知道，裴南絮不仅仅是一个艺人，他还有一个身份，JM集团执行总裁裴聿城的亲弟弟。后台和背景这么牛的人，在娱乐圈谁的账都可以不买的人，怎么会对一个十八线的小艺人，态度如此恭敬？

即使在座的很多宾客都身居高位，也没有人是不认识裴南絮的，所以对此都非常震惊。

“裴南絮跟这个小艺人怎么会有交集？”

“重点是裴南絮对那女人的态度，也太奇怪了吧？”

“还有这女人也很诡异，她来了就走，到底有什么目的？”

林烟本来已经要离开，听到这里，顿住脚步，突然转身，朝着宴会厅内的众人扫了一眼。

“目的？”女孩先是顿了顿，随即慵懒地笑了笑，开口道，“看不出来吗？目的自然是……砸场子。”

没有理会一众宾客瞠目结舌的表情，以及林书雅和韩逸轩难看到了极致的脸色，女孩翩然离开。

酒店大门外。

林烟跟着裴南絮走了几步，此时，一阵冷风吹来，女孩打了个寒噤，突然醒了过来。

咦？

上一秒的记忆，还是站在宴会厅门口，看着林书雅自导自演苦情戏码，以及韩逸轩让自己闭嘴。这一秒，怎么就站在了酒店大门口？

还有面前这人？

林烟突然捂住了嘴巴！

天呐！裴南絮！她的偶像裴南絮？

她最仰慕的实力影帝裴南絮？

她怎么会跟裴南絮面对面站在一起？！

林烟整个人都是懵的，好半天才结结巴巴地开口：“裴……裴南絮……您真的是裴影帝？您……怎么会在这里？我又怎么会在这里？我刚不是在宴会厅门口的吗？”

对于女孩突如其来的激动和语无伦次的问题，裴南絮的目光有些狐疑，正要开口，这时，他的手机突然响了起来。

也不知道裴南絮听到了什么，面色骤变：“什么？我哥醒了？好！我立刻回去！”

一旁的林烟还来不及说话，裴南絮已经开着车，绝尘而去。

这……刚刚到底发生了什么？

难道是她运气爆棚，所以跟偶像偶遇了？

可是，为什么她一点都想不起来了？

中间似乎缺失了一段记忆……

自从她回国之后，就没有发生过一件好事情，好不容易今晚能近距离跟偶像接触，她竟然一点印象都没有了。她还能更倒霉一点吗？

最近，她经常会出现幻听，就好像脑子里有另一个意识在说话，身体偶尔也会莫名地不受控制。

就在林烟垂头丧气地离开酒店的时候，无意间瞥到对面高楼的大屏幕上正播放着最近轰动的财经新闻。

“跨国商业巨头JM集团高层变动，执行总裁裴聿城频繁昏迷，疑似病危……”

林烟下意识地瞥了一眼。新闻里居然出现了一张裴聿城的照片。宽敞明亮的高级病房里，正躺着一个异常俊美的男人。

男人长着一张堪称祸国殃民的脸，那眉眼好似隔着一层薄雾的深林，给人一种疏离清冷的感觉。

JM集团总裁裴聿城？

这不是她的偶像裴南絮的大哥吗？

好端端的，他怎么突然病危了？

刚才她好像听到裴南絮接电话的时候，说了一句什么他哥醒了……

裴聿城醒了？难怪裴南絮会匆匆离开。

片刻后，林烟摇了摇头，她已经自顾不暇，哪里还有精力去关心别人的生死。

先是遭遇禁赛，她的赛车生涯被迫终止；然后是林书雅和韩逸轩的背叛，接连给她带来了重大的打击。这段时间她一直一蹶不振，患上了抑郁症，连工作也完全搁置了。

最惨的是，没想到现在她似乎连精神都出了问题。

深夜，某私人医院。

裴南絮迅速赶到顶层的高级病房。此刻，病房外面正水泄不通地围着一众高层，所有人都焦急不已地朝着病房里面张望着。

看到裴南絮来了，众人这才让开了一条道，恭敬地唤："二少爷！"

裴南絮无暇理会这些人，立即进了病房。

"吱呀"一声，房门打开。

雪白的病房里有些清冷，床头摆放着一束白色蔷薇，几片花瓣零散地掉落在床沿。

病床上，一个男人正靠坐在那里，翻阅着一份文件。

男人面容异常俊美，可神色极冷，镜片后那双眸子，如同幽邃而危险的深海。他明明只是安静地靠坐在病床上，周身却散发着极大的压迫感，仿佛连这病房里的空气都变得稀薄了。

此刻，他将文件放置在一旁，斜支着额头，似乎正在凝神思索着什么，眸底暗涌起伏。

"大哥……"裴南絮见男人醒了，一向沉稳的脸上流露出几分激动的神情。

看向裴南絮的瞬间，男人眸底的寒意才消散了几分："这段时间，公司怎么样？"

"情况不太好，不过，我停了所有通告，这几天都在集团坐镇，暂时没有出什么大乱子。"

裴聿城："辛苦了。"

裴南絮眼眶微红："你醒了就好！你之前突然昏迷不醒，我们都毫无准备，最棘手的是，医生竟然查不出你昏迷的原因，我找遍了所有能找的专家，他们也都束手无策。"

裴聿城平静的眸子如同暗潮汹涌的海面："在我昏睡期间，发生过什么特别的事？"

裴南絮闻言一愣，突然想了起来："对了大哥，确实有件很奇怪的事情，我正要跟你说。你的账号被盗了，给我发送了一封很奇怪的邮件，但我没查到任何有人入侵的痕迹。就好像……好像是你自己用密码登录的一样。"

裴聿城眸光微闪："奇怪的邮件？"

裴南絮点头："是的，邮件内容是……"

裴聿城："让你去帮一个叫林烟的女孩。"

不等裴南絮开口，裴聿城便说出了邮件的内容。

裴南絮有些惊讶："大哥，你怎么知道？因为这件事太不符合常理了，我为了调查背后到底是什么人做的，又是什么目的，所以我照着邮件上说的去帮了那个女孩。原本我准备试探一下她，结果接到电话说你醒了，只能先赶回来。难道那封邮件真的是你发的？可是，你不是一直陷入昏迷，刚刚才醒的吗？"

此刻，裴聿城眸底的暗涌已经缓缓平息下来，似乎是终于弄明白了什么事情，随口回道："我中途醒了一次。"

裴南絮对裴聿城一直都是无条件信任，所以丝毫没有怀疑大哥说的话。只是，他有些不解。

"哥，你认识这个女孩吗？怎么突然让我去帮她？你跟这个女孩是什么关系？"饶是沉稳如裴南絮，也有些好奇了。毕竟他哥身边从来没有任何女人，至于这个叫林烟的女孩，他更是听都没听过。

裴聿城思索了片刻，似乎在斟酌措辞，随后开口："这个世界上，最亲密的关系。"

裴南絮显然没料到，裴聿城居然会这么回答。

"最……亲密的关系？"

在他完全不知情的情况下，大哥突然就跟一个女人发展到这一步了？

裴南絮忍不住开口："大哥，什么时候的事情，我从没听你提起过！"

裴聿城："嗯，我也是刚知道。"

裴南絮："……"

为什么大哥醒来之后说的话，他连一个字都听不懂？什么叫他也是刚知道？

裴南絮迟疑着开口："大哥，你知道这个女孩的身份和背景吗？需不需要我再帮你仔细调查一下？"

裴聿城修长的手指随手捏起一片坠落在手边的白色花瓣，淡淡地说道："不必。"

这个世界，大概没有人比他更了解林烟。

"南絮，帮我备车，送我去一个地方。"

听到这话，裴南絮一脸惊讶："大哥，你刚醒过来，这个时候要去哪？"

裴聿城："去弄清楚……一件事。"

D城某高级公寓。

林烟从酒店离开之后，便坐公交车回到了舅妈那里。

到家后，她立刻洗了个澡换了身衣服。

洗了个热水澡后，林烟觉得精神了很多，连心情也跟着好了不少。不知道为什么，她有种奇怪的感觉，就好像凭白出了一口恶气似的，一直以来压抑在心头的郁结消散了不少。明明不久前还因为林书雅和韩逸轩秀恩爱而伤心，怎么现在心情反而还挺不错的？

她最近真是有点神经错乱……无论如何，心情变好，总是好事。

林烟打起精神，决定继续查询一下最近剧组的招聘信息。

就算林书雅和韩逸轩在娱乐圈再有势力，也不可能只手遮天，总有他们的手伸不到的地方。

林烟正开着电脑查询信息，敲门声响了起来。

林烟起身去开门："舅妈！"

舅妈探着头朝她屋里看了一眼，有些不高兴："怎么又用电脑，不知道现在电费很贵吗？"说完，没好气地对林烟说道，"我说小烟，这个月都快月底了，你到底什么时候交房租啊？姗姗上大学多的是花钱的地方，还要养你这么个大闲人，我们娘俩日子还过不过了！"

林烟眉头微蹙："抱歉，舅妈，能不能再缓两天，您也知道，我现在的收入比不上以前……"

王巧慧顿时提高了音量："那也不能赖在我们家，让我们孤儿寡母的养着你吧！还真没见过你这么没脸没皮的！你妈到底是怎么教你的？"

林烟面色微冷："舅妈，你别忘了，这房子，当初是我母亲替舅舅买的，而买房子的钱，是我拿给母亲去帮舅舅的！我之前住在这里的时候，也没少拿钱给你补贴家用！"

王巧慧如同被踩到了尾巴，顿时激动地叉起腰："林烟！你这是什么意思？！这房子当初可是你妈自己要送我们的！既然送了我们，那自然就是我们的了，我管是谁给的钱！而且你拿钱补贴家用那也是应该的！你舅舅才死多久啊，你居然就这么欺负我们孤儿寡母，还跟我们抢房子！你这丫头怎么这么恶毒？你给我听清楚了，这房租你要是再拿不出来，下个月就给我卷铺盖滚出去！"

在舅妈的叫骂声中，林烟走出了家门。

每次当她想要站起来的时候，生活总是要给她致命一击。她想，这霉运大概是要跟着她一辈子了。

没办法，最后，林烟只能打电话给自己在国内唯一能求助的朋友——汪景阳。

“林烟？稀客啊！今天怎么有空主动找我？”

“狗子……下个月，我可以去你那边住几天吗？”

手机那头，汪景阳声音微顿：“怎么了？你不是住在你舅妈那吗？”

“这个月交不起房租了。”林烟苦笑道。

“什么？你舅妈那房子不是你出钱买的吗？”

“是啊……”林烟无奈。

汪景阳顿时跳脚：“这个没良心的老女人！我说林烟，你到底是有多眼瞎，你看看你身边都是一群什么样的白眼狼！”

林烟笑了笑：“怎么会，不是还有你么？”

汪景阳一愣，随后哼了一声，声音明显愉悦了不少：“你知道就好！我在大学城附近呢，你过来找我吧，小爷请你撸串！”

林烟回道：“好。”

林烟看着逐渐变暗的手机屏幕，眼底浮现出一抹暖色。

夏天的夜晚，正是大学城门口的烧烤摊生意最好的时候。

林烟远远就看到染了一头暗紫色头发的汪景阳正坐在那里喝啤酒。

仗着颜值高，真是为所欲为……若是换个人把头发弄成这个颜色，能把人吓死，偏偏他还真驾驭住了。

青年外表阳光帅气，眉宇之间带着几分桀骜不驯，身形挺拔，双腿修长，随便一身黑色T恤和破洞牛仔裤，都能被他穿出广告模特的感觉，如同从少女漫画中走出来的男主。就算将他与如今圈子里那些大火的小鲜肉相比，也丝毫不逊色。

烧烤摊上还有不少女大学生，隔壁几桌的小姑娘一直拿着手机在偷拍他。

大概是发现了林烟，汪景阳的眼睛亮了亮，晃了晃手里的酒瓶：“林烟，这里！”

林烟也招了招手，随即迈步走过去，在汪景阳的对面坐了下来。

林烟今天穿着一身白色连衣裙，清汤寡水的黑直长发垂顺地落在肩头。

汪景阳上上下下打量了林烟一番，嘴角微抽，明显很是嫌弃。

“你能不能别穿成这个鬼样子？林书雅穿成这样是小清新森女风，你穿成这样，就好像是我把你从山里拐来的！”

林烟满头黑线，这是什么比喻？

好吧，她确实是不会穿衣打扮。

之前她当赛车手的时候是不需要打扮。平时在韩逸轩面前的时候，她是按照他喜欢的风格穿。后来进了娱乐圈，林书雅让她怎么穿，她就怎么穿。至于她自己，对于这些完全没要求，哪怕披个塑料袋都行。

林烟正要开口说话，身体突然涌现出一丝莫名的感觉，下意识地朝周围看了一眼。

她的目光缓缓扫视一周，最后，落在马路对面的树荫之下。

那里，正静静地停靠着一辆黑色的车子。

林烟盯着黑色的车窗，怎么也移不开视线，就好像有一种莫名的力量在牵引着她。

“林烟！林烟？你在看什么呢？”

直到听见汪景阳叫自己，林烟才愣愣地回过神来：“什么……”

“你没事吧？”

“没，恍了个神，你说什么？”

与此同时，树荫下那辆黑色的车子里。

坐在后座上的男人眸底浮现出一抹淡淡的笑意，轻声喃喃道：“发现了么？”

一旁的裴南絮此刻眉宇间满是担忧：“大哥，你刚醒过来，身体真的不要紧吗？”

裴聿城醒来之后，医生给他做了全身检查，身体一切正常，但是要再住院观察几天。

可是，裴聿城刚醒过来，就第一时间来找这个叫林烟的女孩了。

裴南絮顺着裴聿城的目光看过去，他怎么也想不通，这个女孩到底哪里特别，竟然能让裴聿城如此在意。

裴聿城没有说话，清冷的目光缓缓落在了林烟对面的汪景阳身上，眸底的笑意不易察觉地消散了几分。

男人的手指一下一下有规律地敲击着额头："南絮，我记得，你在国外留学时，研究过生物电磁力学。"

裴南絮不知道为什么裴聿城突然聊到了这个话题，点头道："是的，我的导师用特制的仪器分析人的脑电波之后发现，脑电波的电流可以形成特定的电磁场，他认为，每个人都是一个小世界，拥有属于自己特殊频率的磁场。"

裴聿城的目光讳莫如深："那么，一个人的脑电波，可以转移并且控制他人吗？"

裴南絮更不解了："哥，你怎么突然问这些？"

裴聿城回道："没什么。"

烧烤摊上。

很快，老板将啤酒和烤串端了上来。起子不太好用，汪景阳试了好几次都没成功。

林烟看了他一眼，用白皙、娇嫩的小手从他手里将啤酒接了过去，然后放在嘴边，"咔吧"一声直接用牙把瓶盖给咬开了，然后递回到了汪景阳的手里。

汪景阳默默地看着穿着淑女裙的林烟做出了这无比流畅的动作，憋了好半天后，无奈地开口："林烟，不是我说你，你有今天也不能全怪你妹和那个渣男，全是你自己惯出来的！清醒一点吧，别再执迷不悟了，你把林书雅当作最亲最信任的人，她吸干了你的血不算完，还毁了你的事业，最后连你的男人也要抢，她不过是把你当成提款机和一个傻……"

林烟满面忧伤地抬头45度仰望夜空，微笑着打断了他："狗子，你要是再多说一个字，信不信我打断你的狗腿？"

林烟微笑着说这话的模样，比她当年凶神恶煞的样子还要可怕。

汪景阳瞬间沉默，咕哝着缩在那里默默撸串。

"行了狗子，你不用说了，我早就清醒了，从今往后，我跟林书雅再没有任何关系。"林烟端起桌上的酒，一饮而尽。

父亲跟母亲离婚后，抛弃了她们母女三人。母亲的身体一直不好，没有工作能力，而妹妹从娘胎里就带了病，从小体弱多病。她作为姐姐，只能挑起了照顾母亲和妹妹的担子。

她心疼这个年幼的妹妹，把最好的一切都给了她，把她保护得如同象牙塔里的公主。

可林书雅回报她的，是在她最重要的一场比赛前，在她喝的水里放了禁药，毁了她的事业；然后为了林家千金的身份，毅然投向了曾抛弃她们的父亲那里。

而她现在拥有的，不过是一条带着伤病的腿和一颗已然麻木的心脏。

林烟的酒量很好，一箱子啤酒都快喝完了，总算是有了几分醉意。

“你妹不是好东西，韩逸轩更是个人渣，你听我一句劝，以后别再为色所迷了。在自然界中，通常越好看越艳丽的东西越有毒，这是定律。”

林烟支着脑袋，闻言失笑道：“那你的意思是，你也有毒？你也挺好看的啊！”

汪景阳身体一僵，双颊慢慢变红。

林烟觉得自己好像喝醉了，意识越来越模糊，耳边汪景阳的声音，也越来越不清晰。

明明是大夏天，林烟却突然觉得凉飕飕的，那种感觉就好像是有一块冰凉刺骨的寒冰钻进了她的身体里。

不过，这种感觉只是一闪而逝，很快那块寒冰就化成了温暖的水流，和她的身体融为一体。

“我不一样，我们俩什么关系，我还能害你么？林烟……我看你也别回你舅妈那里去了……今天晚上……你直接去我那里住吧……反正有空房间……”汪景阳支支吾吾地建议道。

汪景阳等了半天，没等到林烟的回应，转头看见林烟已经趴在桌上睡着了。

汪景阳见状，盯着眼前没心没肺的女孩，小声地吐槽：“总是这么傻乎乎的……算了，我也没资格说你，我比你更傻，喜欢上一个傻子……”

夜市的灯火下，女孩静静地趴在那里，她安静的时候就好像一个天使，白皙、细嫩的脸颊上可爱的绒毛都能看得清晰。

汪景阳呆呆地盯着林烟，耳根子一阵发烫，心脏也跳得越来越快，连呼吸都变得急促。

汪景阳捏紧了拳头，情不自禁地一点一点朝着女孩的脸靠过去。

很快，两人之间只剩下呼吸相闻的距离。

就当汪景阳的唇要落在林烟脸上的瞬间，林烟蓦然睁开了眼睛，眸底的寒芒如同冰刃一般射向了他。

紧跟着，女孩的口中，幽幽地响起了一个看似漫不经心却凌厉至极的声音——

“找死？”

汪景阳被吓得魂飞魄散，一骨碌从凳子上滚了下去，摔了个人仰马翻。

与此同时，马路对面的一辆黑色车子里。

裴南絮惊慌地看向一旁突然失去知觉的裴聿城：“大哥！大哥你醒醒……”

汪景阳完全没料到林烟会突然醒过来，直接吓得从凳子上摔了下去，好半天才扶着腰爬起来。

“林烟你干吗？我差点被你吓出心脏病！”

“林烟”脸上似乎有一瞬间的怔忪，不过，很快便恢复如常，眸底浮现一抹了然。

只见女孩那双原本黯淡、消沉的眸子，如同在一瞬间被拭去尘埃的明珠，泛出清冷的光，闻声，她瞥向汪景阳，淡淡开口：“若不是做了亏心事，你怕什么？”

“我……”汪景阳被盯得一阵心虚，强行解释，“我是看你脸上有东西，想帮你拿掉而已！不然你以为我想干吗？”

“是吗？”女孩不置可否地笑了笑。

但是那表情，却让汪景阳有种全部心思都被看穿的惊慌。甚至有种面对强大敌手时才会产生的可怕压迫感。

汪景阳忍不住吐槽：“林烟，你这是怎么了？怎么突然这么……凉飕飕的……”

还有她刚才睁眼那一瞬间的眼神，简直能把他吓死！

汪景阳一边吐槽，一边急忙转换话题：“林烟，我刚才说的话你听到没有？你直接去我那住算了，省得在你舅妈那受气！”

“林烟”看了他一眼：“不用了。”

汪景阳以为她是不想麻烦自己，劝道：“你跟我还客气啥？！我那边的房间反正空着也是空着！”

“林烟”拿起桌上的一根烤串，不过似乎并没有要吃的意思，只是看了看，随口说道：“我有地方去。”

汪景阳神色无奈："你要是实在不好意思，等你赚了钱再给我房租就是了！别逞强了，你在这边又没有别的朋友和亲人了，还能去哪里？"

"林烟"似笑非笑地朝着他看了一眼道："我男朋友那里。"

汪景阳呆愣在原地，手里的烤串"吧唧"一声掉到了地上。

"你……你说什么？"汪景阳如同被人当头一棒。

男朋友？她什么时候交的男朋友？

林烟跟韩逸轩分手之后到现在都还没走出来，怎么可能突然之间就有男朋友了？而且他完全不知道！

"感谢招待。"

"林烟"说完，直接起身离开，清冷疏离的声音消散在了夜风里。

剩下汪景阳呆坐在原地，盯着林烟离开的背影，心碎成了饺子馅。

有男朋友了就是不一样，连对他说话的态度都变冷淡了！

与此同时，另一边，裴聿城突然再次陷入昏睡，裴南絮顿时方寸大乱。

他正准备赶紧驱车将人送去医院，突然，车窗被人敲响。

裴南絮降下车窗，随后便看到站在车门外的人，竟然是林烟！

"你……林烟？"

女孩直接拉开车门，在后座裴聿城的旁边坐了下来："不用去医院，回云间水庄。"

裴南絮的眸底浮现一抹警惕："你是什么人？你跟我哥到底是什么关系？"

奇怪……他已经不是第一次有这种感觉了……这女人说话的语气，竟让他不由自主地服从。

女孩面上的淡漠和镇定丝毫不变，反问道："你哥没跟你说过我们的关系？"

裴南絮顿时不说话了。

虽然他完全搞不清楚状况，但是，能让他大哥说出"最亲密的关系"这样的话。眼前的这个女人，绝对不同寻常！

至少，对他大哥而言，她应该是可以信任的。

经过一番思想斗争之后，裴南絮最终选择驱车开往云间水庄。

Part2

一个女人若想始乱终弃，
什么荒谬的理由编不出来。

♥

次日清晨，D城半山别墅。

宽敞明亮的卧室里，林烟迷迷糊糊地揉着眼睛，然后从柔软的被子里爬了起来。

下一秒，看清自己所在的地方之后，林烟瞬间惊醒。

宽敞的空间，低调、奢华的装饰，窗外的游泳池，身下躺着的大床，屋子里每一件看似低调却贵到让人心颤的摆设、壁画……这绝对不是在舅妈的公寓，更不可能是在汪景阳那里。

该死的！她怎么又断片了？昨晚她不是在外面跟汪景阳撸串的吗？

这又是哪里？

光是昨夜喝的那些啤酒，不可能让她醉得一点印象都没有。

这种突然出现记忆缺失的情况，已经不是第一次了，昨晚在酒店门口看到裴南絮时也是如此。

当时她只当是自己太累了。但是今天早上这种情况，就太不可思议了。

她怎么前一秒还在摊子上跟汪景阳吃烧烤，一睁开眼睛就躺在了一张完全陌生的床上？

林烟努力回忆着昨晚发生的事情，却什么都想不起来。她的精神问题真是越来越严重了……

就在这时，她的手机突然响了。

林烟随手点开，然后发现，昨晚汪景阳给她发了无数条信息。

狗子：林烟！你个没良心的！这么大的事情居然都不告诉我！你到底什么时候交的男朋友？！

狗子：你男朋友是谁？

狗子：多大了？

狗子：干吗的？

狗子：家里是做什么的？

狗子：长得帅吗？

……

林烟看得一脸无语，汪景阳在发什么神经？什么男朋友？

接着，林烟突然看到汪景阳发来的信息里还有一段视频。

狗子：林烟，你大爷的！我们还是不是朋友了！你到底还有多少事情瞒着我？[附视频]

林烟狐疑地点开了那段视频。视频似乎是偷拍的，画面看起来有些摇晃，但还算看得清晰。可是，这视频里的场景，怎么越看越熟悉？

这不是昨天在酒店，林书雅的生日宴会上吗？

很快，她看到了自己的身影……

当林烟看完整段视频后，整个人都呆在了原地，满脸愕然。

那段视频全程记录了昨晚在生日派对上发生的事情，包括她是怎么跟着裴南絮一起离开的。

昨天晚上的事情，林烟一直都以为是自己最近太累了，所以大脑断片。她心灰意冷地从宴会厅门口离开后，走到酒店门口的时候偶遇了裴南絮。万万没想到，在这之前居然还发生了这么多的事情！

虽然视频里面没有声音，但是能清楚地看到她跟裴南絮对话了，甚至裴南絮对待她的态度还挺亲切，最后，她竟然还跟着裴南絮一起离开了！

一觉醒来，天翻地覆——

她躺在了豪华别墅的大床上……

还跟娱乐圈顶级流量、她的偶像传绯闻……

她连做梦都不敢这么想好吧！

这个世界上，还有比这更玄幻的事情吗？

下一秒，对面浴室的门突然“吱呀”一声被人推开。

一个长得比裴南絮还要颠倒众生的男人，从浴室里走了出来。

如果她没有认错的话，自己不久前刚在电视上看到过这个男人——D城裴家掌舵人，商业帝国JM集团总裁……裴聿城！

还……还真有……更玄幻的事情！

此刻，男人裸着上身，腰间只围了一条宽大的浴巾。

见女孩坐在床沿，男人寒潭般深邃清冷的眸子漫不经心朝她看去：“醒了。”

林烟呆呆地看着突然从浴室里走出来的男人，一瞬间，脑袋里如同有一百头史前猛犸象呼啸而过。

“裴……裴聿城？”

当时在电视里看到的那一眼印象实在是太深刻，所以她绝对不会认错。

她努力回忆着昨晚到底发生了什么，可是，依旧完全想不起来。

啪！

林烟抬手就抽了自己一个耳光！

林烟，你清醒一点！你现在是在做梦！你一定是在做梦！

正在擦拭头发的裴聿城眼睁睁看着林烟突然扇了自己一巴掌，神情复杂。为免林烟继续抽风，男人开口提醒：“或许，你需要冷静一下。”

林烟机械而麻木地连连点头：“是是是，没错！我需要冷静！冷静冷静……冷静一点……”

林烟一边碎碎念，一边疯狂地试图让自己镇定下来。

最后……她咬着唇，神情崩溃地朝着裴聿城看去：“裴总……您……您可不可以先穿件衣服？您这样，我很难冷静……”

男人的眸底闪过一抹笑意：“好。”

半晌后，裴聿城换上了一套家居服，鼻梁上也多了一副眼镜。

男人坐在窗边的沙发上，斑驳的阳光透过树影洒落在他清冷而疏离的眉眼，白色衬衫的袖子往上卷了几道，修长的双腿随意交叠着，鼻梁上那副简单的眼镜，不仅没减弱他的气场，反而让他整个人的气势更足了。

林烟觉得自己今天可能是冷静不下来了。

娱乐圈的人都说裴南絮能用颜值迷倒众人，可眼前这个男人，足以勾魂摄魄。

裴聿城似乎看出她有话要说，缓缓点了一支烟，淡淡的烟雾在修长的指尖缭绕：“想说什么？”

林烟终于回过神来，整理了一下语言，小心翼翼地问道：“抱歉裴总，我昨晚可能是喝多了，完全不记得发生了什么。所以，我想问一下发生了什么事情，为什么我早上醒来会在裴总您的家里？”

“不记得……”闻言，裴聿城的薄唇不易察觉地勾起，镜片下的眸子里闪过一抹微光。随后，他那低沉微哑且极有磁性的嗓音响起，“怎么，睡过了不认，装失忆？”

“噗通”一声，林烟一条腿软瞬间从床沿滑下来，直接给吓跪了。

怎么可能？！她……她是吃了熊心豹子胆了吗！！

林烟一骨碌爬起来，惊慌失措地解释：“这怎么可能？！裴先生，我觉得我们之间肯定是有什么误会，就算是借给我一百个胆子，我也不敢对您不敬！”

裴聿城修长的手指夹着燃烧了一半的香烟，慵懒半敛的眸子略抬了起来，朝着她看去：“已经不敬了。”

已……已经不敬了……谁来救救她？

见林烟不出声，裴聿城目光清冷地瞥了她一眼：“还有什么想说的？”

林烟垂死挣扎：“有！裴先生，我有一个很重要的问题，既然您说……说我……我对您不敬了……那……那我到底是怎么……怎么成功的？”

她要是有那本事，她怎么不上天呢？！

裴聿城用一只手斜支着额头，如隔薄雾的眉梢微微上扬：“你是希望，我帮你回忆一下？”

林烟吓得脸都白了：“不！不必了！我没……没那个意思！”

林烟被迫放弃了这个问题。这可让她如何是好？

林烟心急如焚，小心翼翼地问道：“裴先生……如果我跟您说……我真的完全不记得了……您相信吗？”

看着女孩惊吓的模样，裴聿城的眸底浮现出一抹清浅的笑意：“自然相信。”

他终于相信了！

林烟眼光一亮，正满脸激动，便听到裴聿城继续说道：“毕竟，一个女人若想始乱终弃，什么荒谬的理由编不出来。”

她真没有啊！裴聿城说的话也太吓人了吧！

难道……她真的忘了什么吗？

就在这时，林烟的脑子里突然灵光一闪。她好像知道是怎么回事了！包括为什么之前她会做出那么多她毫无记忆的事情！

闯进林书雅的生日宴会场……又跟着裴南絮一起离开……甚至一觉醒来躺在裴聿城家里的床上……

都是因为她……人格分裂了！

如果是这样的话，似乎一切都能解释得通了。

“我……我该不会是精神出了问题……人格分裂了吧？”林烟惊慌地自言自语。

裴聿城听到女孩小声嘀咕的话，嘴角不易察觉地抽动了一下。

林烟想到这里，开始头疼了，如果自己直接跟裴聿城说她人格分裂了，对他始乱终弃的是别的人格，不是她自己，不知道裴聿城会不会放过她。

林烟仔细想了一下，然后发现，好像不太可能……就算她人格分裂了，这不还都是她干的好事么！

如果真相是这样的话，那……那她这也太吃亏了吧？后果需要她来承担，可是这中间的过程却一点记忆都没有！

明明就不是她做的，却完全无法反驳。林烟百口莫辩，憋屈得要死，整个人就像一朵被狂风暴雨摧残过了的蘑菇。

裴聿城看着女孩那副明明一肚子话想说，但却一个字都说不出来的样子，心情莫名的愉悦：“想到更合理的借口了？”

林烟委屈巴巴地抿了抿唇。这么荒谬的事情，上哪找合理的理由呢？电视剧都不敢这么编！除了人格分裂，她实在想不出别的原因了。

林烟一副等死的姿态，认命地说道：“没……没有了……”

这口天降大锅，她背定了。

裴聿城掐了手里的烟蒂：“过来。”

林烟闻言，猛然抬起头，瞪大眼睛，一脸警惕。

见女孩不动，裴聿城的眸底顿时冷了一些，身上的威压一点点倾泻出来。

林烟顿时感觉一股冷意从脊椎爬了上来，咽了口唾沫，认命地慢慢朝着裴聿城的方向走去。

她磨蹭了好一会儿，终于走到了距离裴聿城三步远的地方。

男人似乎是嫌弃她动作太慢，长臂一伸，刹那间，她已经被拉至男人的腿边。

一股淡淡烟草味混合着森林的气息，瞬间将她包裹。林烟此时连大气都不敢出一下，惶恐地盯着眼前的男人。

此刻，女孩慌张惊恐的样子，看起来又乖又可怜，就像一只误入狼窝的兔子。

可以清晰地看到，即使在她的精神和身体状态都很差的情况下，皮肤依旧是好得不像话，细嫩得几乎完全看不到毛孔。

大概是因为皮肤太过细嫩，方才被她自己打了一巴掌的那边脸已经红肿了起来。

裴聿城伸出修长的手指，在女孩脸上红肿的地方轻轻碰触了一下。林烟顿时疼得下意识地缩了缩脖子。

裴聿城伸出手，越过林烟，从她身后的方向拉开抽屉，然后拿出了一个东西。这个动作，简直就像是把她拥入怀中一样。

林烟从头到尾都屏住呼吸，不敢动弹。

难道还能反抗打人么？做错事的人是她！

就在林烟怀疑裴聿城是不是掏出了大棒子要揍她的时候，男人的手指带着一抹清凉，轻轻擦拭在了她脸颊上。她脸上疼痛的地方顿时凉丝丝的，很舒服，似乎还能闻到一股药香味。

林烟有些惊讶。裴聿城这是在给她涂药？

正这么想着，男人已经替她将药膏涂抹好。随后，裴聿城的手臂随意地搭在她的身体两侧，用那双清冷深邃的眸子看着她，漫不经心地开口：“请林小姐保护好自己的身体，我不希望下次再看到你受伤。”

没想到裴聿城是在关心她，林烟顿时有些错愕地眨了眨眼睛，下意识地点头：“哦……”

裴聿城将药膏放到一旁，随口说道：“毕竟，你的身体，我也有使用权。”

林烟：“……”

什么叫“她的身体他也有使用权”？？

该不会是她理解的那种意思吧？！

话说，她的第二人格跟裴聿城到底是什么关系？该不会在她不知道的时候，还做了什么其他奇奇怪怪的事情吧？

这种完全搞不清楚状况的感觉实在是太糟糕了，随时可能踩雷掉到坑里去。林烟现在连一句话都不敢说。

这时，“咚咚咚”的敲门声响起。

裴聿城：“进来。”

林烟连忙趁机跳远了一些，随后下意识地朝着门口看过去，下一秒，便呈痴呆状愣在了那里——

裴南絮！影帝裴南絮！她的偶像！

“哥。”裴南絮一边推门进来，一边朝着裴聿城唤了一声。

此刻，裴南絮穿着一身休闲轻松的居家服，俊逸的面上挂着令人如沐春风的温柔笑意，整个人简直闪闪发光！

林烟只感觉整个世界的光亮都瞬间集中到了这个男人的身上。她还是第一次看到裴南絮穿居家服的模样，也是第一次看到裴南絮这么亲切的模样。

平日里，裴南絮对外的形象向来都是温柔亲切的，但是林烟明显能感觉到，那种温柔带着非常有距离感的疏离，高高在上，遥不可及。对她们这些粉丝而言，他永远是神坛上一般的存在。

可就在方才，就在裴南絮推门进来的那一瞬间，她仿佛看到了一个从神坛之上走到了人间烟火地的男神。

“林小姐。”裴南絮应该是看到了她，朝着她微微颔首，算是打过招呼。

然而就当裴南絮的目光从裴聿城身上移开的瞬间，他眸底的亲切立即便化作了那种她所熟悉的客气、疏离。不过，这也足够令林烟受宠若惊。毕竟这是她第一次这么近距离地跟裴南絮说话，上次就算了，她压根连记忆都没有。

林烟愣了好半天，才结结巴巴地说：“裴影帝……您……您好！”

说完，她的目光便依旧控制不住地落在裴南絮的身上。这种小粉丝见到可望而不可即的偶像的心情，实在是太难以克制了！

不过，林烟很快就有了一种不妙的预感。

坐在她旁边的男人，镜片后的眸光泛着微冷的光泽，修长的手指微曲，在沙发扶手上轻轻地敲击着：“好看吗？”

这看似不经意的三个字，让林烟顿时感觉一股寒意顺着脊椎骨爬到了天灵盖。

说好看？

她的第二重人格刚刚才跟人家共度了一个晚上，现在转头就去夸别的男人好看，这不是当着裴聿城的面绿他吗？

说不好看？

她怎么能说偶像不好看呢？

这无疑是一道送命题……

这一瞬间，林烟的大脑飞速运转，几乎用尽了毕生的洪荒之力，她深吸一口气：“好……好看！”紧跟着继续道，“裴影帝当然好看了，毕竟是裴先生您的亲弟弟！怎么可能不好看！”

裴聿城闻言，平稳无波的眸底，似乎泛起了一抹不易察觉的笑意。

此刻，林烟终于找到机会，问道：“那个……我是否可以问一下，昨晚我是怎么来这里的？我记得我明明是在路边摊吃烤肉来着……”

裴南絮闻言有些意外：“你不记得了吗？”

不是她自己让他带她过来的吗？

林烟一脸迷茫地摇摇头：“我真的不太记得了。”

不等裴南絮说话，裴聿城淡淡地开口：“你醉倒在路边，我们问不出你的地址，便将你带回来了。”

裴南絮不知道大哥为什么要骗林烟，但是，既然大哥都这么说了，他当然不可能拆台。

于是，裴南絮忙乖乖点头附和：“是的。”

原来是这样！真是太窘了！

“谢谢！太感谢两位了！”林烟急忙道谢。

裴聿城这么善良，而她居然对人家做出这种事情来，简直就是禽兽不如！

“那……”林烟还有个更重要的问题，于是看向裴南絮，开口问道，“那个，裴影帝，昨天晚上在林书雅的宴会上，是怎么回事？为什么我会跟着你一起离开？”

虽然林烟知道自己问这个问题显得很奇怪，但是，她是真的完全没印象了。

果然，裴南絮闻言，神色更加狐疑了：“不是你……”

这时，一旁的裴聿城缓缓开口：“我这个弟弟，比较热心，喜欢助人为乐。”

啊？

裴南絮不知道为什么自家大哥会这么说，但是，既然是大哥说的，那自然就是对的。

裴南絮轻咳一声：“就是这样的。”

于是林烟便开始脑补了，肯定是她闯进宴会厅之后被他们为难了，而裴南絮当时正好在场，就顺手帮她解了围？

不愧是她偶像！她果然没有喜欢错人！

“真是太感谢您了！”

裴南絮似乎还要说什么，但及时发现了自家大哥眸底隐含的不耐之色。

“林小姐不用客气，举手之劳。我还有事，就先走一步了。”

裴南絮赶紧随便找了个理由就退了出去，不再做危险的“电灯泡”。

裴南絮离开之后，林烟忙看向裴聿城：“裴先生，实在抱歉，您帮了我，我却对您做了这么大逆不道的事情，都是我猪油蒙了心才会冒犯您，我下次再也不敢了，请您务必原谅我这一次……”

林烟说完有些忐忑，因为不知道裴聿城到底是什么态度。以裴聿城的身份地位，如果想要为难她，她毫无反抗之力。

其实，若是一般情况下，她作为女孩子，发生这种事情后吃亏的应该是她，但谁让对方偏偏是裴聿城……这件事，怎么看也是她占便宜。

裴聿城看着女孩诚惶诚恐的模样，轻笑一声：“看在林小姐未遂的份上，便原谅你这一次了。”

林烟听到这话，如同听到了天籁之音：“什……什么……未遂？”

“怎么？”裴聿城的眸底荡漾起一丝笑意，“林小姐似乎……有些遗憾？”

“没有没有！我一点都不遗憾！”林烟连连摇头。

裴聿城眉梢微扬：“哦？”

林烟盯着裴聿城那张颠倒众生的脸：“这个……”

好像还真有那么一点遗憾呢！毕竟眼前这位可是全H国女人都为之倾

心的男人呢！

打住打住！冷静！

林烟赶紧稳住自己差点被美色蛊惑的心智：“裴先生，您放心，我绝对不会再出现在您的面前！”

裴聿城在女孩信誓旦旦的小脸扫了一眼：“既然林小姐这么说，那我便放心了。我让司机送你。”

林烟下意识地想拒绝，可是转念一想，这地方肯定没有公交车，打车又太贵了，她现在这么穷，能省一点就省一点吧。

“那……谢谢了！”

林烟离开后，裴南絮这才重新推门进去。

“大哥，你真的没事了？”

原本他还以为裴聿城这次又要昏睡很久，没想到，昨晚按照林烟说的，把他送回来之后，没多久大哥就醒了。

裴聿城的目光越过一旁的窗户，落在了楼下的女孩身上：“我看起来像有事？”

裴南絮摇摇头。大哥不仅没事，而且状态看起来还不错。

就是林烟看起来有些奇怪，跟之前两次见到的时候给他的感觉不太一样。

不过，女孩子本就善变，裴南絮倒是没有太在意。

黑色的车子平稳地行驶着，窗外的景色飞速倒退，很快，那栋奢华的别墅渐渐消失在了视线里。

林烟有种做了一场荒诞的梦，终于醒来的感觉。

但种种事实表明，这不是梦，是真的。

难道真的是因为昨晚喝得太醉了？

照理说，她的酒量应该没有这么差！

看来她回头得找个时间去医院看一看才行了。

到家之后，林烟终于想起来被自己遗忘的某人。

“喂，狗子……”

几乎是林烟刚打电话过去，那头就接通了，随即传来汪景阳激动的声音：“林烟你个见色忘义的，终于知道给我回电话了！”

林烟无奈失笑："昨晚，我是不是对你说了什么奇怪的话？"

汪景阳立即回道："何止奇怪，简直惊悚。昨晚我问你要不要来我这里住，你说你有地方去，还说要去你男朋友那里！所以……你到底什么时候交的男朋友？"

林烟愣了一下，没想到昨晚她还说了这样的话："我说了吗？"

汪景阳："当然说了！这可是你昨晚亲口说的！"

林烟无奈道："我最近记忆力有些衰退，何况昨晚我还喝了点酒，我喝多了胡乱说的你也信？"

汪景阳惊呆了："林烟你大爷的！你害得我一夜没睡，结果你跟我说你是乱说的？"

林烟很是无语："就为了这个你一夜没睡？你至于吗？"

汪景阳心虚地轻咳一声："我这不是好奇么……"似乎还有些不放心，汪景阳继续问道，"你现在是清醒的吗？你真没男朋友？"

林烟："真没有！现在我的内心四大皆空，唯有赚钱！"

汪景阳："那就好。"这话他倒是信。

林烟："不跟你说了，我去找工作了，我要是下个月还交不起房租，就去投奔你！"

挂了电话之后，林烟深吸一口气，扫去了脑子里所有乱七八糟的东西。

当务之急是她要振作起来，赶紧赚钱。

窗外，夏日的知了一声接着一声鸣叫着。

卧室里的空调坏了，炙热的太阳正对着窗口烘烤，如同一个火炉。

林烟打开电脑，正在查找剧组的招聘信息。对面表妹贺姗姗的房间里，时不时传来打游戏的嘈杂声。

"姗姗，快多吃点水果，对皮肤好。影视学院可是国内最好的电影学院，你一定要用功学习！知道吗？"王巧慧笑靥如花地切了一盘冰镇水果，端到了女儿跟前。

贺姗姗撇嘴道："妈，这年头谁进了学校还天天去上课，有门路的早就直接去拍戏了好吗？"

林烟听到这里，眉头微蹙，忍不住开口："姗姗，在娱乐圈，如果你想要走得长远，还是先打好基础最重要。"

贺姗姗一听，顿时嗤笑道："真是笑死人了，表姐你都混得只能天天跑龙套了，连台词都没有一句，你懂什么娱乐圈？"

王巧慧也是一脸的不高兴："你有空操心这个，不如操心一下你这个月的房租！"

林烟知道自己的话没人会听，索性不再开口。

贺姗姗白了林烟一眼，故意用一副炫耀的语气说道："妈，书雅表姐已经帮我安排了一次电影试镜的机会！"

王巧慧眼睛一亮："什么电影？"

"《棋逢对手》，我试镜的是个女配角，算是女四号。不过，妈你可别看不起女四号，这是一部上千万投资的大制作，男主是裴南絮，投资方是JM集团！"

王巧慧一听，顿时满面红光："哎呀，JM集团投资的剧？那绝对是大制作！竞争肯定很激烈吧！"

"可不是吗，我们寝室的一个女孩，上个星期去试镜了一个只有一句台词的龙套，结果直接被刷了下来！连龙套都有一群名牌学校的科班生争得头破血流，更别提那些十八线的野路子了！"贺姗姗说这句话的时候，故意嘲讽地朝着林烟看了一眼。

"那姗姗，你可要好好准备一下！"

"妈，你放心好了，书雅表姐早就帮我打好招呼了，这个角色肯定是我的！"

贺姗姗说的这部剧，林烟也听说过。那是姜一鸣导演的新电影，最近确实正在选角。

不过，姜一鸣在圈内是出了名的严苛，他的剧，从不接受安插角色，所有的选角只看演技。所以，就算贺姗姗得到了试镜的机会，最后也只能凭借实力争取角色。

至于贺姗姗得到的这个女四号……林烟刚一听到贺姗姗说要试镜的是这个角色，便很清楚，林书雅不过是随便卖贺姗姗一个人情，根本不是真心想帮她。

这个女四号的人设是个超有气场的商场女强人，霸道女总裁。以贺姗姗的阅历和演技，不可能驾驭得住。

林烟没有多想，继续查找资料投简历，反正这些与她无关。

然而，令林烟没想到的是，当天晚上，她投的简历得到了一个剧组的回复。

而这个剧组，竟是《棋逢对手》！

这怎么可能？林烟揉了揉眼睛，看了好半天邮件，差点以为自己看错了。《棋逢对手》怎么会看上她？

而且更奇怪的是，她分明记得自己根本就没有给棋逢对手剧组投过简历！

林烟翻找了一下邮箱，随后发现，她居然真的投过。她最近投的简历太多了，完全不记得自己投过这个剧组，而且真被她撞上了。她真是走狗屎运了。

JM集团大楼，总裁办公室。

男人戴着一副金丝眼镜，穿着复古的黑色西装，正随意地翻看着一本娱乐杂志。

即使是如此姿态随意的模样，周身依旧散发着强大的气场，令人望而生畏，几乎不敢直视。

裴南絮端着一杯咖啡，迈步走到男人跟前，微笑着开口："哥，你今天怎么突然有空找我过来聊天？"

裴聿城抬眸："不能关心你？"

裴南絮先是愣了一下，随即满脸受宠若惊，笑道："当然能……"

"今天你的新戏试镜？"裴聿城问道。

"是啊，在试镜一个女四号的角色。"裴南絮没想到裴聿城会过问这件事。虽然这部戏是JM集团旗下的分公司投资的，但是裴聿城不可能亲自过问这种小事情。

"导演是姜一鸣？"裴聿城随口问道。

裴南絮点头："是的，制片人冯安华，总导演姜一鸣。哥你放心，姜一鸣选角一向公正，这部剧的质量肯定没问题。"

裴聿城眸光微暗："公正……是吗？"

第二天一大早。

试镜室的准备工作就绪。试镜的艺人们正紧张地在外面等待着。

很快，身旁的艺人都被叫到了号码，陆续进入场地，林烟也跟着走了进去，找了个角落等候。随后，制片人、导演、副导演、编剧等人陆续走了出来。

姜一鸣眸光扫过全场，旋即开口："29号呢？"

"还没到……"工作人员小声道。

"什么？！"姜一鸣的脸色瞬间变得难看。

在场众人心中都清楚，姜一鸣最讨厌不守时的艺人。

见姜一鸣要发作，冯安华小声道："老姜，29号是贺姗姗。"

姜一鸣眉头微蹙："我不管她是谁！我的试镜，迟到就等于弃权！"

冯安华无奈地提醒道："老姜，贺姗姗是周峰那边的关系推荐过来的。"

姜一鸣沉吟道："周峰……"

他们这部戏的投资商是巅峰娱乐，而周峰是巅峰娱乐投资部的负责人。即使他是总导演，也不得不对投资商低头。

闻声，姜一鸣只能将怒气生生憋了回去："那就再等一会儿吧。"

"等？"

在场的艺人们闻言有些诧异，试镜姜一鸣的戏，只要不守时，立刻就会被淘汰，这怎么还等起人来了？

大约又过了半刻钟。

"不好意思，我迟到了。"

终于，贺姗姗和王巧慧大摇大摆地走入片场。

为了这个角色，贺姗姗今天精心做了偏成熟的妆发和造型，还穿了一身名牌职业装，看样子也是下了血本。连舅妈王巧慧都打扮得如同一个贵妇。

"试镜还能带家属的？"其中一个试镜的女艺人看向贺姗姗和王巧慧，眉头微蹙。

"跟你有什么关系？"王巧慧横眉不满道。

这些人能和她们一样吗？她家姗姗有书雅做靠山，这次安排试镜，也是林书雅亲自操办的，据说是找了巅峰娱乐那边的关系，拿下这个角色那是十拿九稳的事情。

"哈哈，这位就是贺小姐吧，没事的，请坐吧。"见到贺姗姗，冯安华立即站起身，满脸笑意。

"谢谢。"看到制片人对自己这种近乎讨好般的态度，贺姗姗心中的那一丝紧张终于烟消云散，面容上浮现出满满的傲然。

还是书雅姐厉害，随便找个人都是巅峰娱乐的高层，连制片人都要对她点头哈腰。

这样一来，王巧慧的底气更足了。

一些前来试镜的女艺人，也重新审视起了王巧慧两母女。

这对母女到底什么来头，居然连制片人冯安华都好像要讨好她们。那……她们今天还有戏？

不过，姜一鸣这个人是出了名的惜才，十分注重演员的演技，应该不会因为这对母女俩的背景而做出有违原则性的事情吧。

此刻，林烟坐在最右侧，距离舅妈王巧慧和表妹贺姗姗有一段距离，所以母女两人并没有注意到她。

林烟看着贺姗姗这副狐假虎威的模样，不由得想笑。不过，想想也是，林书雅很会拉拢关系，后台又非常硬，人脉遍布整个娱乐圈，能搭上巅峰娱乐的线，倒也不奇怪。

原本她今天也没抱什么希望，就当是积累经验了。

很快，试镜开始了。

试镜大厅内摆放了一张床，床上有个道具假人，充当男主。

这场戏很简单，男主受到挫折一蹶不振，女四号是男主的死对头，去医院找他谈判。

这部戏的竞争确实很激烈，来面试的女艺人条件都挺不错的。

第一个试镜的是一个最近挺火的新人。

道具假人躺在床上一动不动。

那个新人好像有些紧张，深吸一口气："我一定可以的！"

姜一鸣开口："开始吧！"

女艺人点点头，深吸一口气，走过去，在床边坐了下来。

女艺人做出给道具假人整理被褥的动作，看着道具假人这颇具喜感的面容，女艺人尽量克制住自己的情绪，但对着一个看着就想笑的假人，她到底应该怎么演啊？

直到导演轻咳一声，那个女艺人才回过神来，终于说出了台词——

"你……你还好吗？"

演到这里，姜一鸣黑着脸，直接打断了表演："对手不是真人你就不会演了？！道具很好笑吗？这种演技也敢挑战这个角色？”

姜一鸣一向毒舌，丝毫没留情面。

话音刚落，那个女艺人的脸就白了，围观的其他艺人也是心有戚戚然。

林烟有些同情地看着那个试镜的女艺人。其实也不能怪她，如果和她对戏的是个活人，起码还能带动气氛，让彼此更加入戏。何况还是这么有难度的角色。

表演还在继续。

在一刻钟内，又有三位女艺人上场，总的来说，都比第一位要强些许，但并没有演出那种霸道女总裁的味道，只是在感觉上有些强势，但与姜一鸣理想中的感觉相差甚远。

姜一鸣不由得捏了捏眉心：“下一位。”

此刻，王巧慧看向女儿，笑道：“姗姗，这些人演得也太差了吧，还想跟你争，也不知道凭什么。”

闻声，贺姗姗嘴角微微上扬，冷声一笑。

又过了片刻，冯安华站起身来，看向王巧慧母女，脸上堆着笑：“贺小姐，该你了。”

“嗯。”

贺姗姗颔首，站起身来，故作优雅姿态，缓步朝着场中央走了过去。

随后，贺姗姗盯着床上的假人，满脸傲然：“别装死了，起来吧，今天我来跟你谈谈，我们之间，也该有个说法了……”

“姗姗，演得太棒了！”台下，王巧慧立即鼓起掌来。

姜一鸣深深地吸了一口气。这就是影视学院的高才生？

让她演霸道女总裁，她演的是什么？！被惯出了富贵病的蛮横小公主？

她这演的是个什么东西！如果没有周峰的关系，姜一鸣发誓，他一定让她和她那个聒噪的家属一起滚出去！

“怎么样，看到了吧，这才是演技，这才是实力派！”王巧慧看向姜一鸣和冯安华，炫耀地说道。

看到姜一鸣准备发作，冯安华赶忙悄悄按住了姜一鸣的手，轻声道：“淡定……想想周总！投资商可不能得罪啊！不过就是个女四号，就给她算了！”

“什么叫不过是个女四号？这个角色你知道多重要吗？”姜一鸣满脸怒气。

冯安华没办法，只能不停在旁边苦口婆心地劝说。

这时，几位被淘汰的女艺人，忽然纷纷站起身来，为贺姗姗的“精彩”表演鼓掌。

“贺小姐演得真棒！”

“不错，贺小姐的演技确实相当精湛！简直就是为林翩若这个角色而量身打造的！”

这几位女艺人并不笨，连傻子都能看出来，姜一鸣和冯安华对贺姗姗的态度有些反常，这女孩绝对有着极为强大的后台。

反正她们已经被淘汰了，不如趁现在为贺姗姗说几句好话，说不定还能结交这个女孩。

至于其他艺人，自然也不想得罪贺姗姗，纷纷闭口不言，不敢有任何异议。

见一些已经小有名气的女艺人都对自己这般恭维，贺姗姗嘴角微扬。

冯安华好不容易安抚住了姜一鸣，随即笑着宣布：“贺小姐的功底很强，气质也十分符合这次试镜的角色，所以我们决定，把机会留给贺姗姗小姐。”

听到这个意料之中的结果，几名女艺人连忙上前搭讪。

“恭喜贺小姐！”

“贺小姐，能互换一个联系方式吗？”

还不等贺姗姗开口，台上的姜一鸣却黑着脸喊道：“急什么！还有最后一位女艺人没有试镜，33号，上场！”

Part3

你知道吗，甜有100种方式，吃糖，吃蛋糕，
以及想你98次！

♥

闻声，贺姗姗和王巧慧等人顿时一愣。因为林烟一直站在最后面，所以她们都没看到。

林烟本来已经转身准备走了，没想到姜一鸣突然叫到自己，不由得停下脚步。

“她怎么在这里？”见到林烟，贺姗姗脸上浮现出毫不掩饰的厌恶之色。是谁给她的勇气来试镜这种角色？

“林烟，你搞什么，这种地方也是你能来的吗，还不赶快给我出去！”王巧慧盯着林烟，冷声喝道，完全一副把这地方当成自己家一样颐指气使的样子。

本来她女儿已经拿到了这个角色，这林烟是从哪里冒出来的，浪费她们时间！

林烟演个龙套都没人要，能演好什么霸道女总裁？她女儿可是影视学院的高才生，林烟这种人，给她女儿提鞋都没资格，怎么跟姗姗争！

“几位，这个人不是科班出身，连大学都没上过，演个龙套都演不好，这不是浪费大家时间吗？我看还是直接让她走吧！”忽然，王巧慧朝着冯安华说道。

贺姗姗也附和道：“这位可是娱乐圈鼎鼎有名的狗皮膏药，只会蹭热度、炒绯闻，想必诸位也应该认识吧？”

“这……”

一时间，冯安华犯了难，但不管怎么样，该走的流程还是得走，哪有试镜都没试直接让人走的。

“吵什么，把这里当什么地方了！”忽然，姜一鸣站起身来，怒声喝道。

他想起这个叫林烟的女孩了，他看过她的简历，确实不太理想，但是，因为她简历中的一张照片，他决定给这个女孩一次试镜的机会。

不过，照片中的女孩意气风发，似乎与眼前的女孩并不太一样，所以姜一鸣难免有些失望。但是他更不愿意这么重要的角色被贺姗姗这种人糟蹋。

不给旁人开口的机会，姜一鸣直接看向林烟：“33号，开始试镜！”

林烟深吸一口气，走到了台中央。

当初被禁赛之后，她心灰意冷地回到国内。

因为她左腿有伤，后来又自暴自弃没有好好治疗，导致腿伤复发，几乎已经不能再碰赛车。

她跟韩逸轩一直是异地恋，为了能跟他有多一点相处的时间，也为了转移自己的注意力，她踏进了娱乐圈，再也不敢碰触跟赛车相关的东西。

当时，是林书雅全权负责她的工作。但她没想到的是，林书雅一手给她塑造了一个绿茶婊的人设，用为了给她增加人气为理由，到处蹭热度、炒绯闻。以至于后来，她跟韩逸轩确实是男女朋友关系，但是说出去却没人信了。

林烟学东西很快，但是对于不感兴趣的东西很难投入精力。之前她花在提升演技上的时间本就不多，加上林书雅给她选的剧本大多是“天雷剧”，以至于外界对她的风评更差。

后来，她开始花时间认真磨炼演技，可是，还没等她开始接戏，就发现韩逸轩和林书雅背着她搞到了一起……因为受到的打击太大，她彻底崩溃，加上被林书雅封杀，几乎被逼入绝境。

虽然那天晚上从林书雅生日宴回来之后，她的情绪好转了很多，但是，她仍旧不确定自己的状态，是否能做到重新开始。

这时，姜一鸣面无表情地开口提醒：“场景和台词你可以适当地自由发挥，只要能演绎出这个角色的灵魂即可，开始吧！”

林烟闻言有些无奈，她一个半吊子，还要她演出灵魂。

这个要求恐怕有点高……无论如何，姑且一试吧。

还好她的学习能力一向比常人要强，希望这段时间的努力没白费。

林烟一步一步走到床边，看着床上滑稽的道具假人。

她缓缓闭上眼睛，约三秒钟之后，再睁开眼睛时，眼神已经完全变了。

林烟盯着床上的假人，缓缓露出了个漫不经心的微笑，那笑意里面却不带嘲讽，也没有刻意的高高在上，不像是在面对自己的死敌，反而如同是在面对着一个熟悉的老友——

"啧，这点挫折便一蹶不振？未免让人有点失望了，陈总！"

明明还是一模一样的台词，气氛和感觉却完全变了。

姜一鸣原本已经不抱希望了，看到这里，顿时挺直了脊背。刚才所有试镜的艺人都演得如同跟男主势如水火，贺姗姗更是演得惨不忍睹。只有这个女孩，一下子演出了他想要的那种感觉。

这个女四号的角色跟男主的关系，与其说是死敌，不如说是知己！这个女孩的演技虽然还有些生涩，但是，这种领悟能力……却是多少演员一辈子都达不到的。

林烟的表演还在继续。她勾起唇角，露出了一个势在必得的微笑，就仿佛对方肯定会答应自己："跟我合作，这是你唯一的机会。明早八点，我会煮好茶，恭候大驾。"

"很好！"姜一鸣直接激动地站起身。

到底是谁说这个艺人没演技的？这叫没演技？

过去她居然一直在演那些狗血天雷剧，简直是暴殄天物！

姜一鸣完全是一副挖到宝藏的表情。

看着姜一鸣激动的反应，林烟有点懵，她刚才不过是按照自己的理解，随便演了一下而已。不过，看现在的情况，估计就算姜一鸣认可了，这个角色她也不可能拿得到。

毕竟林书雅给贺姗姗找的这个后台，看样子还挺硬。她估计是投资方那边的关系。

果然，姜一鸣正准备宣布试镜成功的人选，冯安华却赶紧制止了他。

"姜导，你再仔细看看，我觉得也就一般般！"冯安华一个劲地给姜一鸣使眼色。

一般般？这还叫一般般？直接秒杀今天所有的试镜者好吗？

这时，旁边几个小艺人也跟着附和："她演得这是什么呀！一点都不像霸道女总裁！"

"就是就是！这个角色跟男主不应该是势如水火的吗？她演得跟白开水一样！"

王巧慧嗤笑一声，满脸鄙夷地开口："你们看她的样子就知道压根不会演戏了！这演的是什么东西？"

贺姗姗不耐烦地看了眼手表："还没结束吗？"

姜一鸣看着这群不懂装懂的人，都快气死了，这简直是对他职业的侮辱。

冯安华赶紧安抚姜一鸣："老姜，你冷静一点，投资商你也敢得罪？万一巅峰娱乐撤资，我们这部戏就全完了！为了一个女四号，不值得！"

冯安华见贺姗姗母女已经很不悦，急忙催促林烟道："好了好了，你下去吧！别在这里碍事了！"

姜一鸣黑着脸，最终还是被冯安华一句"撤资"给堵住了嘴。

一旁的王巧慧和贺姗姗见状，都露出嘲讽的表情。

王巧慧冷笑着看向林烟："没听到你已经被淘汰了吗？还赖在这里做什么？"

试镜失败，林烟倒是没有太在意，反而觉得收获颇丰。她获得了一次非常不错的面试经验，并且证明了她之前做的功课是有效果的，甚至得到了姜一鸣导演的认可。

这边林烟已经迈出了一步，但不知道为什么，走了一步之后就停下了，突然站在原地，一动不动。

冯安华眉头紧锁："你还站在这里做什么？"

就在冯安华话音落下的一瞬间，女孩原本温软的眸子，如同一瞬间被森寒的冷风扫过。

当风暴退去，看向他的，是一双冰冷彻骨、凌厉如刀刃般的眼睛，陡然袭来的强大压迫感，如同利爪般扼住了他的咽喉。

"你……"一时之间，姜一鸣竟被那个眼神吓得愣住了。

一旁的冯安华被余光扫到时，脊背也一阵发寒。

与此同时。

裴南絮惊慌地扶起沙发上突然陷入昏睡的男人：“哥！哥！你醒醒！”

好在这种事情已经不是第一次发生，裴南絮很快冷静下来，拨通了裴聿城助理的电话，“立即备车，送我哥去医院！”

试镜大厅的道具沙发上。

林烟并没有站起身，而是稍微换了个舒服一点的姿势，目光慵懒而轻漫地朝着姜一鸣和冯安华的方向看去——

“姜导，原来这就是你所谓的……公正？”

女孩的语气风轻云淡，却让人感觉如同是被野兽盯上的猎物，头皮发麻，心惊胆战。

姜一鸣不由自主地开始心虚，结巴道：“你……你这是什么意思？”

冯安华更是吓得话都不敢说。

女孩的嘴角勾起一抹清冷的弧度，缓缓开口：“没什么意思，只是希望姜导和冯制片，三思而后行。”

明明是个唯唯诺诺的小艺人，言行举止看上去是极其随意的，却瞬间气场全开，如同变了一个人。

姜一鸣和冯安华惊恐地对视一眼，从彼此的眼神中看到了同样的想法。

不过是一眨眼的工夫，这女孩怎么就像是完全变了个人？

他们居然被一个小丫头片子的眼神给震住了！

最瘆人的是，这女孩的眼神，居然跟裴总那么像！

刚才他们真以为自己是在被裴总质问。

不仅是姜一鸣和冯安华，场上其他艺人也因为这莫名紧绷的气氛而下意识地连大气都不敢出一声。

最后，还是冯安华打破了僵局，干笑着开口：“好！很好！想不到啊想不到！33号林小姐的演技居然这么厉害！这简直就是霸道总裁附体啊！”

姜一鸣也反应了过来，眸底闪过一丝狂喜：“不错！这就是我想要的感觉！太完美了！”

原来是在演戏，他作为导演，刚才居然都差点没反应过来。

这种强大的表现力和爆发力，实在是太惊人了！

先前林烟表现出的是灵动和超高的悟性，而现在，却是自然而然散发出的气场，明显更胜一筹！

王巧慧也听出了林烟的话外之音，当即怒声呵斥道："林烟，你个狼心狗肺的，你在那胡扯什么，还敢阴阳怪气地说我们姗姗演技不行？你连大学都没上过，姗姗可是影视学院的高才生，你有资格和她相提并论吗？！"

这个林烟，可真是小看她了，居然故意借着演戏的名头说导演不公正！

"林烟"安静地站在一旁，好似未听见王巧慧的指责，淡淡地瞥了那对母女一眼，那眼神如同俯瞰着微不足道的蜉蝣。

冯安华轻咳一声，提醒姜一鸣："老姜，冷静，别忘了贺姗姗是裴总内定的人……"

姜一鸣黑着脸道："这样的好苗子，你让我把她放走？"

冯安华也知道姜一鸣惜才，于是开口："你可以先把这个林烟留下来，给她安排别的角色嘛！"

姜一鸣的脸色这才稍微好了些。

其实，在姜一鸣看来，这个女孩，绝对是他心目中霸道女总裁的最佳人选，只可惜，因为贺姗姗的关系……

冯安华拍了拍姜一鸣的肩膀，随即轻咳一声，开口说道："林小姐，是这样的，我们戏里还有个配角，戏份也不少，你可以先留下来！"

"什么，要让这种人参演这部戏？"

听说导演要留下林烟，王巧慧的声音顿时提高。

一旁，贺姗姗也眉头微蹙，书雅姐之前吩咐过她，要自己时刻注意林烟，如果有任何影视公司敢用林烟，一定要告诉她。贺姗姗知道，林书雅这是要全面封杀林烟，不给她任何机会，就算是龙套也不行。

"姜导，我觉得，这个人不适合。"忽然，贺姗姗看向姜一鸣导演，目光中含着浓浓的警告。

"为什么不适合，我认为适合，而且只是个龙套而已。"姜一鸣蹙眉道。

"老姜，既然贺小姐都这么说了，要不还是算了吧……而且，我认为这位林小姐的确不适合我们这部戏。"冯安华瞬间倒戈。

完全没必要因为这个女人去得罪贺姗姗啊！

“到底你是导演，还是我是导演？”姜一鸣冷声喝道。

贺姗姗那边他忍了，也妥协了，现在他要林烟做龙套也不行。那他这个导演的权利何在？

见姜一鸣如此坚定，冯安华也很为难，不知道该怎么办才好。

“呵……好啊，姜导既然这样说，我也没办法，不过，姜导你可得考虑好了。”贺姗姗冷声一笑，旋即取出手机，给林书雅拨了电话。

电话接通后，贺姗姗的声音很轻，直接将情况全部告知给了林书雅。

“林烟……”手机那头，得知原委后，林书雅挂断了电话。

没想到，贺姗姗的确有些本事，这个霸道女总裁的戏还真让她拿下了。

原本林书雅根本没怎么上心，只是随便帮贺姗姗一个忙，让她去试试罢了。

但是，得知林烟居然被导演看中，留下来演个配角，甚至姜一鸣还当众对林烟夸赞有加，林书雅就不得不认真了。

当即，林书雅给巅峰娱乐的某位高层打了个电话。

巅峰娱乐公司隶属于JM集团旗下，正是《棋逢对手》的投资方。

“周哥……对，情况就是这样，这件事麻烦你了。”

林书雅挂断电话后，嘴角微微上扬，勾勒出一抹冰冷笑意：“林烟，我倒要看看，那姜一鸣，还敢不敢用你！”

之前在生日宴上，林书雅怎么也没想到林烟会跟裴南絮扯上关系。

也不知道林烟到底是用了什么法子，竟然能让裴南絮去给她撑场子！不过，不管林烟使了什么小把戏，裴南絮八成也没把她放在眼里，否则，她现在也不会混得连个龙套都接不到。

与此同时，片场。

气氛正陷入僵局之时，一个西装革履的中年男人推门走了进来。

见到男人，冯安华脸上堆笑，立即迎了上去，“哟，周总，您怎么来了？！”

这位周总正是巅峰娱乐投资项目的主要负责人。

周总走到姜一鸣身旁，先是瞥了一眼林烟，旋即看向姜一鸣，二话不说直接命令道：“这个人被淘汰了，龙套也不需要她来演。”

“什么？！”姜一鸣眉头紧锁。

此情此景，让在场的女艺人都对贺姗姗刮目相看，这到底是有多大的后台？

只要贺姗姗说“不”，那个林烟，就连个龙套都不能演！

“周总，你听我说……”

姜一鸣想要开口，却被周总挥手打断：“我已经说得很清楚了吧。”

一旁，王巧慧冷笑不已，贺姗姗则是双臂环胸，十分不屑地瞥了林烟一眼。

最终，姜一鸣咬了咬牙，未再多说什么。

那位周总看向林烟，面无表情地说道：“你还愣着干什么，走吧。”

“林烟”没有动，站在原地，一双清冷的眸子在周总身上稍作打量。

“看什么？！”周总冷声喝道。

“你是巅峰娱乐负责投资的……周峰。”“林烟”淡漠出声，如同是在回忆一个微不足道的小人物。

“怎么，我还需要冒充吗？”周总冷笑。

“林烟”略敛了下眸子，旋即那道清冷淡漠的目光缓缓落在男人面上，不紧不慢道：“善用职权，徇私舞弊，只怕周总会即刻被巅峰娱乐除名，不如，现在回去收拾东西。”

随着“林烟”话音落下，在场众人先是一愣，旋即哄堂大笑。

“这位林小姐，你是不是太入戏了，真把自己当成霸道女总裁了？”

“真的挺好笑，入戏入成这样的，我还真没见过，该不是受刺激疯了吧！”

几位女艺人笑着出声。

周总也强忍着笑意，像看傻子一样看向林烟道：“你是不是发烧了，或者脑袋出了什么问题，要不要去医院看看脑子？”

“林烟”并未开口说话，只是取出手机，手指漫不经心地滑动点击了几下。

“我在跟你说话，你是聋了吗？！还是让我请你出去？！”周总见林烟还在玩手机，顿时怒喝道。

“接电话。”“林烟”抬起眸子，看向那位周总。

“什么？”

周总冷笑，刚想说些什么，他的电话竟然真的响了起来。

看到来电显示，周总神色微变，立即接通：“高总，您说！您说！”

也不知道电话那头说些了什么，周总瞳孔猛缩："什么……我被辞退了……让我收拾东西现在就离开公司？为什么？！高总，高总？！"

电话被挂断了，周总呆滞在原地。

不仅仅是周总，周围听到这通电话的人也全都傻了。

周总……真的被辞退了？

王巧慧和贺姗姗得意洋洋的表情完全僵在了脸上，看上去有些滑稽。

"你……你你你……"周总脸红脖子粗，难以置信地看着"林烟"。

这是怎么回事？

这女人前脚刚说他会被除名，下一秒他竟然就真的被开除了！简直邪门！

不行，他一定要搞清楚到底是怎么一回事。

周总气急败坏地甩门而去。

此时此刻，姜一鸣和冯安华也是目瞪口呆。

这是什么情况？

居然还真被这个"林烟"说中了！这也太巧了！

没想到这件事情会捅到上面去！得赶紧补救才是！

冯安华麻溜地看向"林烟"："林小姐，您刚才的表现非常惊艳，令我和姜导印象深刻，所以，恭喜你，这个角色非你莫属！"

姜一鸣也急忙开口："林小姐，你回去准备一下，等剧组的开机通知吧！"

此刻，姜一鸣的心情有些复杂。也是万幸，否则，这个林烟，他还真没办法继续用了。林烟就是他心中最完美的女四人选，万一错过，还真会成为他的遗憾。

"你们到底在搞什么？！"王巧慧尖锐的声音传出，"她凭什么能够被选中，你们的脑子是不是进水了？！"

一旁，贺姗姗眉头深蹙，她也不知道发生了什么，如果不出意外，那个周总应该是书雅姐找来的人，可在这个节骨眼上，周总好像发生了一点意外。

冯安华指着王巧慧，冷声喝道："想必两位也闹够了，试镜结果已经出来了，请你们出去！"

闻声，王巧慧微微一愣，这个之前还对她们毕恭毕敬的制片人，怎么忽然敢对她们这样说话？

没了周峰这层关系，冯安华自然不在意贺姗姗这样的小艺人。最后，冯安华直接让工作人员将这对母女“请”了出去。

“林小姐，很抱歉因为我们的一些失误，对你造成了一些不必要的困扰，如果你还有什么问题的话，可以尽管提。”冯安华顿时换了一副姿态。

“林烟”说道：“我需要预支片酬。”

冯安华爽快道：“这个没问题，稍后我就让人去安排。”

“林烟”点了点头，随即转身离开。

离开试镜大厅后，女孩缓步走到了无人的走廊。

没有人发现，这一刻，女孩凌厉的眸光渐渐变得涣散，随即转为震惊和不可置信，不过，这样的眼神稍纵即逝，很快又恢复了冷漠，就如同一个身体里住着两个人。

这……这到底是怎么一回事！

这一次，林烟没有失忆！

她中途就醒了，清清楚楚地看到了刚才发生的一切，但这一切都不是她自己做的。

她的意识是清醒的，但是身体却不受控制。

这种感觉，就好像是她的身体被其他人给操控了！

包括现在，她依旧控制不了自己的身体。

该死的！这到底是怎么一回事？

此刻，林烟冒出了一个惊悚的想法，难道她真的是被什么东西附身了？

还是说，她之前那次受伤，不仅摔坏了腿，还摔坏了脑子？

“不用做这种无谓的担心。”

“……”

林烟听到自己的身体说话了。

这里一个人都没有，难道是在跟她说话？

对方居然还知道安慰她？似乎没什么恶意的样子……

林烟正这么想着，紧跟着，就听到自己的身体漫不经心地开口：“或许，你根本没有这种东西。”

居然嘲讽她没脑子！

林烟现在如果能控制自己的身体，脸色一定黑如锅底。

“你……你到底是谁？为什么能控制我的身体？喝水还不忘挖井人呢！你占用了我的身体，居然还骂我没脑子？！”

“呵……”

林烟等了半天，只听到了一声轻笑。随后，对方便不再理会她了。

林烟只能眼睁睁看着自己的身体走出了大楼，随即上了一辆出租车。

这种清醒地看着自己的身体不受控制的感觉，简直快把她吓疯了。

“等等，喂喂喂，你这是要去哪？”

“你又想用我的身体做什么？”

“你到底是什么东西啊？”

无奈的是，就算林烟急得团团转，也丝毫没有任何用处。

此刻她就像是被关在了一个玻璃罩里，她有听觉、视觉，能够知道外界发生的一切，却什么也做不了。

片刻后，林烟发现自己在一家私人医院门口停了下来，轻车熟路地迈步进入。

这家伙操控着她的身体来医院做什么？难道是来看病的？

现在她什么都没办法做，只能静观其变。

电梯缓缓上行，很快到了顶层的VIP病房。整个顶层静悄悄的，女孩走到尽头的一间病房停了下来。

病房门口，一个西装革履、助理模样的年轻男人正守在这里。助理看到女孩，点了下头，随即让开，帮女孩推开了房门。

病房的门推开之后，林烟一眼看到了躺在病床上的男人。

当看清病床上的男人是谁之后，林烟瞬间傻眼了。

躺在病床上的男人居然是裴聿城！

就在林烟惊愕万分的时候，她看到，自己的身体在裴聿城病床旁边的椅子上坐了下来。

林烟突然反应过来一件事——

“我终于知道了！原来你就是那个觊觎裴聿城的色鬼！”

“你又想做什么？！”

“我劝你不要乱来啊！这可是我的身体！我的！”

“喂，你说句话啊！你听到没有？我跟你说，你这样做是犯法的！”

……

林烟惊慌失措地看着病床上的裴聿城，希望他这时候可以醒过来，然后赶紧逃离魔爪。

可是，此刻裴聿城似乎睡得极沉，脸色也有些苍白。斑驳的阳光透过树叶的间隙，洒落在男人如天神般俊美的脸上。

不知道是不是因为睡着了的缘故，此刻的裴聿城身上没有了平日里令人喘不过气的压迫感，也没有了凌厉危险的气息，就这样安安静静地躺着，毫无威胁，如同沉睡千年的睡美人。

面对这盛世美颜，林烟竟一时看呆了。

就在林烟有些失神的时候，下一秒，惊悚的事情发生了。

她的手，自己动了……

她的手正在往哪里摸！

眼见着自己罪恶的爪子一点点靠近裴聿城的领口，林烟的灵魂几乎咆哮出了海豚音：“住手！你在做什么！”

女孩白皙的手指不紧不慢地在男人的领口轻轻摩挲着：“这不正是你想做的吗？”

林烟顿时嘶吼道：“胡说！我不想！”

她什么时候想做这种事情了！

“你想，你的潜意识不会说谎。”女孩的语气肯定。

林烟快要崩溃了：“闭嘴！你是魔鬼吗？你居然还能读取我的潜意识？”

她……她的潜意识真这么大逆不道？

不可能吧！

女孩另一只手轻轻支着额头，清冷而慵懒地开口：“毕竟我寄宿在你的身体，就当是我给你的……房租。”

林烟：“……”

房租？神逻辑的房租！

住进她身体，她这个主人同意了吗？

还有这房租！轻薄裴聿城？这房租谁敢要！？

就在林烟快被折腾疯的时候，她的身体陡然一颤，眼神短暂的涣散后，林烟发现，自己已经回到了身体里。

太……太好了！她回来了！

她终于回来了！林烟简直喜极而泣。她还以为自己回不来了！

然而，林烟脸上劫后余生般的笑容还没来得及展开，下一秒，她突然看到……病床上的裴聿城，长长的睫毛颤了颤，接着，缓缓睁开了眼睛。

而与此同时，她罪恶的爪子还保持着放在他领口的姿势……

林烟："……"

林烟心想，要不别回来了。她还是……死了算了……

男人睁开眼睛的一瞬间，周遭那股上位者的气场重新归来，充斥了整间病房。

似乎是因为刚醒来还有些怔忪，男人的目光一点点地恢复了焦距。

接着，恢复清醒后的目光，径直落在了林烟放在他领口的……手指上。

男人的眉梢似乎微不可查地上扬了几分，清冷淡漠的目光瞥向她，用略带沙哑的声音说道："林小姐，又见面了。"

林烟万万没想到会被当场抓住，就这样保持着手放在人家领口的姿势，伸也不是，缩也不是。

气氛就这样尴尬地凝固了好几秒。

林烟以一种赴死般的表情，艰难地开口："裴先生……如果……如果我现在告诉您说……不是我自己来这里的……您相信吗？"

男人隔着薄雾般飘渺的眸子缓缓荡漾开一圈波澜："以林小姐的智商，能想出这样的理由，想必已经很努力了。"

林烟："……"

林烟心想：她说的是真的啊！真的！

到底要她怎么说，他才会相信自己。

林烟处在崩溃之中，一时之间手僵住了，都忘了动。

男人好整以暇地看着眼前白皙、柔软的小手："还是说，林小姐想继续？"

林烟顿时如同摸到烫手山芋一般，赶紧把自己的手缩了回来："不不不！不想！对不起！"

裴聿城的视力似乎不太好，看着人的时候总像隔了一层雾气，给人一种讳莫如深的感觉。

这种感觉就像你仿佛被他看透了，而你却完全看不透他。

此刻，只见男人缓缓坐起身，随手拿起一旁的眼镜戴上：“我想，林小姐需要给我一个解释。”

林烟脊背一寒，毫无疑问，这又是一道送命题。

裴聿城已经给过她一次机会了，绝对不会再给她一次机会。怎么回答才不会死得很惨呢？

什么失忆、撞鬼，是个人都不可能会相信的！只会把人激怒。

要么，干脆说自己是个变态？

那估计会被裴聿城送进牢里！

气死她了！这是什么色鬼，一人做事一人当，自己做的事情，有本事自己出来担着！明明自己觊觎裴聿城的美色，关她什么事！这种时候却跑得不见鬼影了！这让她怎么整？

裴聿城似乎也不着急，就这么漫不经心地看着她，等待着她的回复。

林烟感觉头顶悬着一把虎头铡，随时可能落下来。

时间一点一滴地过去……

林烟自知伸头也是死，缩头也是死，于是，深吸一口气，说道：“裴总，是这样的……您丰神俊朗、英俊潇洒、气宇轩昂、才高八斗、运筹帷幄，自从我在电视里看过您一眼就从此对您神魂颠倒、念念不忘、日想夜思，你知道吗，甜有100种方式，吃糖，吃蛋糕，以及想你98次！之所以会对您做出种种不敬之事，实在不是我能控制的，而是因为裴总您美颜盛世、天人之姿……”

林烟这番令人振聋发聩的发言结束之后，病房里寂静了足足有三秒钟。

“呵……”

随后，伴随着一声令人心尖发酥的低沉声音，只见病床上的裴聿城眼底的笑意如同一瞬间融化的冰川，化作潺潺流水。

之前裴聿城的笑意都是不达眼底，也没有温度。她还是第一次看到裴聿城笑得这么好看……

什么叫“一笑倾人城”，今天她算是深切感受到了！

林烟看呆了。

本来刚才那一番话她觉得说起来挺羞耻的，可现在，看着眼前这一幕，她只觉得自己的语言简直太苍白了。

裴聿城身上的压迫感随着眼底的笑意而消散了不少，对于她的这番发言，他评价道："挺押韵。"顿了顿，又问道："刚想的？"

言外之意，现编的吧？

林烟咽了口吐沫，忙答道："哪能啊！我这是发自内心的！所以才能脱口而出！"

裴聿城："听林小姐这么说，似乎可以原谅？"

林烟敏锐地发现，听裴聿城的语气，自己好像还可以抢救一下？

林烟的眸子亮了亮，顿时乖觉地开口："当然是不能原谅的，裴总您就是天上的神仙，怎么是我这样的人可以妄想的，所以都是我的错！"

正当林烟正绞尽脑汁自救时，病房的门突然"砰"的一下被人从外面撞开，吓了她一跳。紧跟着林烟就看到一阵五彩的旋风冲了进来——

"大哥！你终于醒了！"

只见一个看上去十八九岁，染着五颜六色头发的少年一头扑到了男人的身上，二话不说就哭得梨花带雨："大哥，我还以为你这次醒不过来了！你要是死了，我可怎么活啊？！"

裴聿城看着趴在自己身上大哭的少年，双眸微眯："裴宇堂，给你一秒钟时间。"

"嗖"的一声，少年仿佛身上按了弹簧一样，瞬间爬了起来，委屈兮兮地嘀咕着："哥，你怎么这样！我都担心死你了！为了你我整日以泪洗面，飙车飙到了三百码赶到医院看你，你还对人家这么凶！"

少年话音刚落，裴聿城淡漠的眉梢结上冰霜，危险的冷意从眸底一点点倾泻："飙车？"

裴宇堂吓得一个激灵，寒毛都竖起来了，立即发誓："没！没有！我没飙车！这只是一种夸张的形容，形容我归心似箭而已！我是规规矩矩三十码开过来的！"

少年说完，才发现病房里有其他人，目光朝一旁的林烟看去，清亮嚣张的眸子里瞬间满是排斥和警惕。

与此同时，林烟也在好奇地打量眼前的少年。

原来裴聿城不只裴南絮一个弟弟啊！难怪这少年眉宇之间跟裴聿城有些神似，同样都是逆天的颜值，只是气质完全不同。

裴宇堂先是目光冷冷地盯着林烟，随即激动地对裴聿城开口："哥，这女人就是我未来的嫂子？哥你在开玩笑吧！你知不知道她什么背景？一个天天只知道蹭热度、炒绯闻的十八线，为了红甚至还造谣说自己是某个当红小鲜肉的女朋友，人家辟谣了之后还缠着不放，后来闹得人人喊打，直接被娱乐圈封杀了……”

听到自己的老底全都被人扒了个干净，林烟摸了摸鼻子，但也没有什么要解释的意思。

曾经她试图过跟每一个人解释，可是后来，她已经明白了，除了她自己，没有人会相信她说的话。

林烟觉得自己真是太悲催了，眼见着就快要把裴聿城哄好了，却突然杀出了个程咬金。

自己有这么多黑历史摆在这里，裴聿城还会相信她的话吗？

“女人，你胆子倒是挺大的，居然敢把主意打到我哥身上！”裴宇堂恶狠狠地瞪着林烟，然后义愤填膺地冲着裴聿城威胁道，“哥，你要是让这个女人做我嫂子！我就再也不回家了！”

裴宇堂说完，空气瞬间冷了下来。

林烟夹在两兄弟之间，别提多尴尬：“那个……”

她正想着要不要劝一下，打个圆场，结果就听到裴聿城风轻云淡地开口：“那可真是太好了。”

林烟：“……”

裴宇堂：“……”

裴宇堂呆立当场，仿佛受到了天大的打击，盯着林烟的目光就如同盯着一个狐狸精：“哥，这女人一看就很有心机，你居然要为了这个女人把我赶出家门？”

裴聿城：“你不是已经被赶出家门了吗？”

裴宇堂：“……”

林烟：“……”

林烟突然觉得这位弟弟有点惨是怎么回事？

裴宇堂再次把炮火转向林烟：“你到底对我哥做了什么？”

林烟无奈叹气：“你好像误会了什么，我跟你哥其实没有任何关系，你可以把我当成一个路人。”

是啊，是没什么关系，也就是住了一晚，也就是变态地跑来人家病房意图不轨……而已……

林烟说完，莫名地觉得自己的良心有点痛。

“我信你个鬼！”显然，裴宇堂也完全不相信她的话。

“宇堂，别胡闹。”

就在林烟有苦难言的时候，裴南絮走了进来。

林烟顿时觉得一阵春风吹了进来，双眸不由自主地亮了。

裴宇堂一见到裴南絮就开始哭诉：“二哥，难道你都不管管，就这么眼睁睁看着大哥误入歧途吗？你知道吗，大哥为了这个女人都不让我回家了！”

裴南絮面露无奈：“不是你自己要离家出走的吗？”

裴宇堂不说话了。

遭受了大哥以及二哥双重暴击的裴宇堂委屈成了球，直接放出狠话：“我裴宇堂就是在大街上饿死，就是从这扇窗户跳下去，也绝对不会认这个大嫂！”

林烟觉得自己必须要解释一下了：“哎等等，这位同学，我真没想做你大嫂啊！”

裴宇堂：“你不想做我大嫂，难道还想做我二嫂？”

林烟：“……”

林烟心想：少年，我劝你善良！

通常来说，每个追星狗都幻想过偶像是自己的老公，林烟也不例外。所以刚才裴宇堂那句“二嫂”，还真让她心虚了一下。

林烟正想着，无意间对上了病床上裴聿城的视线，发现对方此刻正好整以暇地看着自己。林烟心头一慌，心虚地避开了视线。

怎么有种被人抓包的感觉？

裴宇堂已经完全听不进去任何劝说，嚎完直接甩门离开。

“林小姐，抱歉，宇堂他不是有意的。”裴南絮安慰道。

林烟受宠若惊地摆手：“没事没事，我的名声确实不怎么好……”

“对了，还没来得及道贺，欢迎林小姐加入《棋逢对手》剧组。”裴南絮开口道。

林烟闻言，神色微怔：“加入《棋逢对手》剧组？”

她真的加入了《棋逢对手》剧组，所以说，刚才发生的一切都不是幻觉？

裴南絮点头：“姜一鸣导演刚刚还打电话给我报喜，说是找到了一个特别适合演女四号林翩若这个角色的艺人，我一听名字，正巧就是林小姐你，导演还说，你都已经预支了片酬，所以，不可能有错的！”

林烟尴尬地轻咳一声：“大概是这次运气比较好吧……”

裴南絮笑道：“林小姐过谦了，能得到姜导的夸赞，可不是那么容易的事情。对了，我还要给林小姐道个歉，我们巅峰娱乐一名高层徇私舞弊，故意逼迫导演录用不合格的艺人。不过林小姐放心，发现这个情况之后，我哥已经第一时间处理了那个人，所以这个角色肯定是你的！”

林烟听裴南絮说完事情的经过，这才恍然大悟。难怪那个周总突然被辞退呢！她差点都要以为自己真的逆天开挂了。

不过最近她的运气确实有点好得让她自己都不敢相信……她这身体，到底是什么情况？

难道……难道是那时候留下来的后遗症吗？

林烟收回乱七八糟的思绪，急忙双手合十，跟躺在病床上的裴聿城道谢：“谢谢BOSS大人！BOSS大人明察秋毫，实在是包公转世！”

裴聿城唇角微勾地看着女孩这副激动的模样：“那么喜欢演戏？”

林烟挠挠头：“其实吧……不怎么喜欢……我演技很烂……不过我这个人有个特点……从哪里跌倒就从哪里爬起来！越是做不到的事情就越要做到！所以，我决定从今天开始，一定要好好演戏，我要演女一号！”

裴聿城看着女孩微笑的模样，面色温和地开口：“那就预祝林小姐成功。”

林烟笑眯眯地答道：“谢谢，谢谢！BOSS大人吉言，我肯定可以的！”

此刻，一旁的裴南絮默默无语地瞅着给林烟加油打气的自家亲哥，他这个亲弟弟可从来没有得到过大哥这样贴心的待遇。

“对了，裴先生，您的身体没事吧？”林烟关心了一句。

真是奇了怪了，她完全不知道裴聿城住院的事情啊，她到底是怎么过来的？

就算是她人格分裂了，为啥她的第二人格这么牛，不仅气场强大，还手眼通天啥都知道？

“小毛病，不碍事。”裴聿城不在意地回答道。

林烟收回思绪，看向裴聿城开口：“那个，太抱歉了，害得三少误会，都是我的错，回头有机会我会去跟他解释清楚的……那啥，没什么事的话，我就先走了，不打扰您休息了！”

裴聿城：“好。”

直到林烟已经彻底走出视线，男人才将目光收了回来。

林烟和裴宇堂都离开后，裴南絮抱歉地看向病床上的裴聿城。

“对不起，哥，我不过只是跟宇堂随口提了一句，没想到他反应这么大。”裴南絮头疼地捏了捏眉心。

裴聿城对此似乎并不在意，淡淡开口：“无妨，就当提前适应。”

裴南絮闻言顿时神色一怔，看来大哥这次是来真的。

也不能怪他多想，他得知大哥不久前通过私人办公账号给巅峰娱乐公司那边发送了一封解雇书，开除了一个负责投资的经理。

事情发生的时候，大哥是昏睡状态，而他又一直在大哥身边，所以他猜想，大哥应该是把私人账号都告诉林烟了。

裴南絮虽然知晓，却没有多问，在他眼中，大哥一直都是神一样的存在，所以即使是有些不合理的行为，他也从未有过质疑。只是，他的身体……

“大哥，你的身体感觉怎么样？真的没事吗？”

虽然大哥每次昏睡后醒来身体都没什么问题，医生也说没事，但他还是担心会有什么后遗症。

裴聿城：“还不错。”

每次他的意识进入林烟的身体之后，他自己的身体便会进入昏睡状态，除此之外，倒是没有任何影响。

Part4

我感觉我有精神病，我人格分裂！

♥

离开病房后，林烟满脸心不在焉，她怀疑自己是不是在做梦。但种种事实表明，这不是梦，她的精神，可能真的出了问题。如果单纯是间歇性失忆，那怎么解释她还能自己跟自己对话？

她该不会真是人格分裂了吧？

其实那次闯入林书雅的生日宴，还有喝醉酒跑到裴聿城的床上的时候，她就觉得哪里不对劲了。

看来，她有必要去给身体做个详细检查。

刚下楼，林烟就在医院大堂看到了一块非常显眼的宣传牌。

【著名精神科专家贺瑞渊教授今日免费坐诊，所有检查项目均免费】

看见宣传牌，林烟微微一愣，著名精神科专家，并且是免费检查？

这可真是及时雨！

而且，贺瑞渊的名字，看着还有点眼熟。林烟取出手机，在网页上输入了“贺瑞渊”三个字。

【贺瑞渊，精神疾病领域顶尖专家】

林烟眸光微亮，难怪对贺瑞渊的名字有点印象，因为贺瑞渊曾经有过极为轰动的案例。

当年她还在国外当赛车手时，曾看过国外医学领域的相关报道。国外某罪犯拥有典型的人格分裂，除了本体人格之外，又分裂出了六个完全不同的人格，其中三个人格拥有很强的攻击性。最终，国外的这位罪犯被贺瑞渊彻底治愈。

“撞大运了？”林烟口中喃喃。

这贺瑞渊就是世界精神领域的顶尖专家好吗！居然会来D城医院坐诊，并且所有检查项目免费！果然是应了那句话。医者父母心！

当即，林烟大步走入医院。

“林小姐，你的腿，好像不是约在今天复查吧？”

刚刚踏入医院，林烟便撞上了熟悉的护士长。

她在这家医院治疗腿部疾患已经有一段时间了，和不少工作人员都混得还算熟悉。

“不是。”林烟摇了摇头，盯着护士长，“我今天来看看精神科。”

“看精神科？”护士长满脸莫名的疑问。

“下次再聊！”林烟匆匆打了个招呼，生怕错过机会，赶紧跑去挂了贺瑞渊的专家号。

三楼，某办公室前，林烟敲了敲门。

得到应允后，林烟推门而入。

“您是贺教授？”

林烟一眼便认出了贺瑞渊。

“不错，你好，说说你的情况吧。”老者戴上眼镜，看向林烟。

“贺教授，是这样的，我感觉我有精神病，我人格分裂！”林烟盯着贺瑞渊，小声道。

听闻此言，贺瑞渊却笑了：“你自己就给自己确诊了吗，有没有精神上的问题，不是你自己说了算的，这位小姐您贵姓？”

“免贵姓林。”林烟如实回道。

“好的林小姐，您为什么说自己的精神出了问题呢？”老者笑言。

林烟耷拉着脑袋：“我经常会失去意识，并且在失去意识的这段期间，我会做一些非常出格的事情，但我自己根本不知道！今天就更诡异了！我好像清醒地感觉到了自己的身体里有另一个意识，我还跟那个意识对话了！”接着，林烟满脸惊恐，“贺教授，我看过您在国外的经典案例报道，这种症状和人格分裂简直一模一样！”

贺瑞渊走至林烟身旁，拨了拨林烟的眼皮，打量片刻后便坐回了原位。

“林小姐，你不必太紧张，你这种情况十分普遍，我感觉你这不是人格分裂，只是最近情绪波动和压力都很大，所以造成记忆力衰退和精神紊乱。”贺瑞渊开口。

“不可能吧！”林烟一脸懵逼，只看了看自己的眼珠子……这也太不科学、严谨了吧！

“林小姐既然不信，我们再去做一些全面的检查。”

“那费用……”

“都是免费的。”

“那好的！”林烟如小鸡啄米般地点头。

很快，林烟跟着贺瑞渊离开房间。接下来的两个小时，林烟也不知道自己究竟检查了什么项目，反正各种大小型仪器几乎被她用了个遍，并且还有问卷调查，需要自己填写答案。

所有检查完成后，林烟跟着和贺瑞渊又重新返回了办公室。

贺瑞渊看着手中的报告，朝着林烟道：“林小姐，依据我的观察和检查的结果，你并没有所谓的人格分裂，回去少吃辛辣，放松心情，不要太紧张，多喝热水。”

“贺教授，我感觉不对，我绝对有人格分裂！要不你再给我看看怎么样？”林烟盯着贺瑞渊道。

“林小姐，你太紧张了，你要尊重科学，相信医生。”贺瑞渊蹙眉道。

“贺教授，我不是不相信科学和医生，我主要是不相信我自己！”林烟道。

“林小姐，你既然知道国外人格分裂的经典案例，那就应该知道我是权威，我说你没有，你便没有。”贺瑞渊笑道。

“我还是觉得……”林烟满脸犹豫。

“林小姐，要不然，你去看看其他医生？”最终，贺瑞渊捏了捏眉心。

“其他医生？这里还有比您更厉害的医生吗？”林烟忙问。

贺瑞渊谦虚地微微一笑：“恐怕没有。”

林烟：“……”

对不起，打扰了。

最终，林烟只能灰溜溜地离开。

林烟赶紧挥去脑子里可怕的想法，既然连贺瑞渊这种精神领域的专家都说自己没有问题，那她肯定没有任何问题。估计真的是太累了，加上她之前就有抑郁症，所以精神有点恍惚。

等林烟离开之后，贺瑞渊拿起手机，拨通电话。

“裴先生，您交代的事情已经完成了，是的，林小姐没有怀疑，对，林小姐的身体状况也很稳定，除了一些旧疾，还有左腿的伤，没有其他问题。”

医院大楼下。林烟刚出门就看到了前面不远处的少年。

只见裴宇堂斜倚在一辆大红色法拉利跑车上，明显正在蹲她。

林烟的余光随意一扫，便看出这辆车做过改装。这个裴宇堂，莫非还是个赛车发烧友？

林烟只能走过去：“裴三少，你听我解释……”

她已经够惨了，每次都是死里逃生，可不想自己再多个插刀的，如果能把事情说清楚，还是说清楚得好。

裴宇堂看向林烟，咧嘴一笑，露出森森白牙：“想让我听你解释是吗？行啊！上车说吧！”

“行吧……”林烟没有多想，看着拉开的副驾驶车门，迈步坐了进去。

裴宇堂看着副驾驶上的女孩，磨了磨牙。今天他非得给这女人一点颜色看看！

“嗡嗡嗡——”一阵悦耳的发动机音浪声响起。

几乎就在林烟坐上来的一瞬间，伴随着一阵汽车引擎声，红色的法拉利如同闪电一般，飞速蹿了出去。

如果是一般女孩子，估计已经直接吓得尖叫。可林烟只是在发动的瞬间，有些讶异地挑了挑眉。

这百米加速倒是挺惊艳！看来是请了懂行的人改装的。虽然跟专业赛车不能比，但放在业余改装里也算不错的了。

林烟大概知道裴宇堂想做什么了，她安静地坐在副驾驶座上，也不说话，闭目养神。

自从退役之后，她已经记不清自己多久没有再碰过车。听到这熟悉而悦耳的音浪声，如同恍若隔世。昔日赛场上的一幕幕，以及被退赛那天发生的一切，那些刻意被她遗忘的记忆，一点点浮现在了脑海里，就像是昨天才发生的事情。

裴宇堂见林烟一直闭着眼睛，脸色也不太好，嗤笑着开口："啧，你该不会是晕车了吧？"

林烟摸清了一点这小少爷的脾气，也没有反驳他，不说话直接当默认了。

"嗡——"下一秒，裴宇堂飙得更快了。

很快裴宇堂便将车开到了空旷的路段，在前面的几个连续弯道上，疯狂地炫着车技。

裴宇堂见林烟小脸越来越惨白，好像吓得话都不敢说了，顿时更加嫌弃道："啧，你该不会是要吐了吧？我哥怎么会看上你这种小白兔！我最讨厌你这种弱不禁风的女人了，坐个车都能晕车。"

林烟："……"

听完这番直男言论，林烟有理由怀疑，这孩子可能会一辈子单身。

裴宇堂："哼，我告诉你，你还是死了这条心吧！想做我大嫂，绝对不可能！"

林烟："……"

林烟心想：你误会了，我真的不想……

裴宇堂嘴角微扬，露出一颗嚣张的小虎牙："当然了，如果你能在我的副驾驶上坚持半小时，我就考虑一下！"

这就可以考虑了？你大哥这么廉价的么？

林烟轻咳一声，开口："那什么，不用了，不用考虑了……我想下车……我晕车……想吐……"

"小爷还没玩够呢！想吐也先给我憋着！"

裴宇堂正痛快地飚着车，这时候，斜刺里突然一辆银色的GTR拐了过来，与他并行，并且渐渐赶超了他，一下子拦在了他的前面。

紧跟着，还有其他四辆跑车也一起逼了过来，将裴宇堂的车堵在中间。

裴宇堂看到那几辆车，顿时面上布满了阴霾："阴魂不散！怎么又是这群混蛋！"

林烟环视一圈，随即发现，裴宇堂被几辆车包抄了。

裴宇堂和那几辆车碰撞不断，一时之间火光四射。几分钟后，裴宇堂的车被那几辆车在一处山脚下逼停。

裴宇堂气急败坏地拉开车门，走了下去。对方五辆车里的人也陆续走了下来。

为首那辆银色的GTR中走出来的是一个贵公子，身旁拥着一个身材很好的高个子美女。

贵公子挑衅地吹了声口哨："这不是我们的疾风之子，未来F1之光吗？带妹子兜风呢？我是不是打扰到你们了？"

那贵公子身后，一个染着黄发的跟班笑出了声："什么疾风之子，每次都败在南哥你手里！一次都没赢过！"

旁边的另一人也讥诮道："我看，他那个破车队，也快解散了！"

这句话似乎踩到了裴宇堂的痛处，少年抓狂道："宋耀南！就算你骨头撞散，我的车队也不会散！"

宋耀南幽幽开口："是啊，不散不散，你们要是散了，每次谁来垫底啊？"

"哈哈哈哈哈……"周围顿时一片哄堂大笑。

裴宇堂低咒着怒吼："宋耀南，你别嚣张，下次赛场见，小爷送你出赛道！"

黄发跟班闻言嗤笑不已："别就知道整这些嘴上功夫，有本事的话，别下次了，不如现在就来比一场？"

"就是啊！比一场！"其他人也附和。

"比就比！"裴宇堂毕竟年轻气盛，当即就应了下来。

对面的几人似乎就在等裴宇堂这句话，不怀好意地互看一眼。

宋耀南似笑非笑："直接比多没意思？不如，来点赌注！"

裴宇堂："你要什么赌注？"

宋耀南："很简单，如果我输了，随你怎样。要是你输了么，你就跪下来，给我磕三个响头，再叫我一声爸爸！"

"好好好！南哥这个赌注好！"

"哈哈哈哈……"

裴宇堂面色一沉："你……"

宋耀南"啧"了一声："怎么？不敢赌？要是不敢的话，那就算了！不勉强！"

裴宇堂："好，我跟你赌！"

在一旁围观了半天的林烟，就这样眼睁睁地看着这位少年踏入对方设下的陷阱。

裴聿城和裴南絮怎么会有这么傻乎乎的弟弟？没看到人家故意在激怒他，挖坑给他跳吗？他明显赢不了的好吧？无论是从他的车技，还是从这辆车本身的状况，都毫无胜算。

赛车是个非常烧钱的行业，她看得出来，裴宇堂这辆车已经花了不少钱，但还远远不够。

当然了，以裴宇堂的家世背景，不可能差这点钱。但是从之前他们兄弟几人的对话来看，林烟倒是理解了，这孩子可能确实是离家出走了。这些人大概也不知道裴宇堂的真正身份。

林烟实在忍不住，委婉地提醒道："三少，你这车的性能跟人家比差一个档次……胜算不大……"

裴宇堂气急败坏地怒斥："你懂什么！这可是我花了高价刚请人重新改装的！我的秘密武器！绝对完虐这群人！"

林烟："……"

好吧好吧，她不懂……你开心就好。

这附近正好就有一个专业的赛道，一行人立即驱车朝着赛道开去。

发车处，一阵兴奋的欢呼声之中，黄发跟班催促道："还等着做什么？那就开始吧！"

林烟赶紧对驾驶座上的裴宇堂说道："三少，等等！我看你们似乎还要比很久，我就不打扰了，要不然你先放我下去？"

裴宇堂瞪着她："下什么下！他们都以为你是我带的妹子，你现在在我比赛的时候走人，我的面子往哪里搁？给我坐好！"

还带这样的？她这躺枪体质，真是越来越可怕了。

裴宇堂冷着脸，不耐烦地朝着林烟瞥了一眼："系好安全带，怕的话就闭上眼睛，你这种小白兔可真麻烦。"

林烟："哦……"

"啪——"的一声，枪声响起。

下一秒，红色的法拉利和银色的JTR同时飙了出去！

林烟扫了眼赛场，这是国内比较大的赛道之一，每圈3.408千米，一共有十二个弯道，路段比较复杂，非常具有挑战性，可以充分体现车手技术。

别说是这条赛道，H国所有已建成的赛道，她闭着眼睛都能跑。而且，裴宇堂和宋耀南这两人的速度真的是……在她眼中跟坐碰碰车几乎没区别。

虽然林烟很不想用这个形容词，但是这场比赛很像是“菜鸡互啄”，毫无观赏性。结果对她而言，也是一目了然。

这边裴宇堂和宋耀南飙得惊心动魄，看台上惊叫连连，而副驾驶座上的林烟，已经快要睡着了。

果然，第一个弯道，裴宇堂就被人超了，然后直接被甩出了一大段距离。

裴宇堂低咒一声：“该死的！不可能！我的新改装明明可以跟那混蛋一较高下！”

林烟：“……”

确实有一较高下的可能，前提是，你得有那个技术。

不知过了多久。

“嗡——”果然，宋耀南的车子率先冲破了终点。

看台上兴奋的尖叫声此起彼伏，宋耀南身旁的美女开心地送上了一枚香吻。

黄头发的跟班一脸兴奋地吹着口哨：“哈哈哈哈！不愧是万年垫底啊！快快快！还不跪下来叫爸爸！”

“就是就是，愿赌服输！裴宇堂，你该不会是想反悔吧？”

“哈哈不会吧？偷偷告诉你们，刚才我可是有录像的！你若是反悔，以后还怎么在这个圈子里混？”

“哈哈哈哈……”

一片哄笑声之中，裴宇堂倔强嚣张的眸子逐渐变得猩红。

少年的双手死死捏成了拳头，最后，咬牙切齿道：“输了就是输了，我愿赌服输！”

说完，就“砰”的一声甩上车门，下了车。

“哦哦哦！快跪快跪下！”

“叫爸爸！哦哦哦！”

旁边不少人已经幸灾乐祸地掏出了手机，准备录像。

林烟站在一旁，眉头微蹙。

有点过分了吧……真正有职业精神的赛车手都是极其尊敬对手的，而不是这样羞辱别人。

林烟无奈地朝着裴宇堂看了一眼。没想到这个少年居然真的愿赌服输，这倒是有点让她刮目相看。

算了，终究还是个没长大的孩子，对赛车一腔热血。这次若是真受到这样的屈辱，她怕他从此会留下心结和阴影，就像她一样。

而且，怎么说裴宇堂也是偶像的弟弟！他要是叫别人爸爸，岂不是等于让她的偶像也叫别人爸爸？

这怎么能行？！

眼看裴宇堂的膝盖就要下跪，这时，旁边突然伸出了一只纤细、柔软的小手，将他稳稳地扶住。

林烟按住他："你急什么？！"

"喂喂喂！干什么呢！输不起就想耍赖？"宋耀南等人顿时不干了。

裴宇堂眉头紧蹙，拂开她的手："别瞎掺和，这件事情跟你没关系！"

林烟没有理会周围的叫嚣，嘴角挂着淡淡的微笑，目光径直朝着为首的宋耀南看去："宋公子是吗？你不过是赢了裴宇堂而已，还没跟我比呢！不如，我们比试一场？"

听到林烟的话，周围静默了一秒钟，随即哄堂大笑。

"女人，你要跟南哥比，你在开玩笑呢！"

裴宇堂一把拉开林烟："你干吗？疯了吗！你坐个车都晕车要吐，还想跟人赛车？"

听到裴宇堂的话，周围的人笑得更欢了。

"哈哈哈，晕车居然还要开赛车！真是笑死我了！"

林烟依旧是一副软软糯糯的模样，开口："宋公子，我们比一场，如果我赢了，你要无条件答应我一个要求，如果你赢了嘛……"

宋耀南完全没想过她会赢，看着她的眼神如同看待一个不自量力的跳梁小丑，直接问道："我赢了怎样？"

林烟笑眯眯的："你要是又赢了一次，就让裴宇堂叫你两声爸爸！"

裴宇堂："你在逗我吧？"

“噗，哈哈哈……”

周围顿时又是一阵大笑。

裴宇堂死死地瞪着林烟：“我不过就是在医院里说了你几句吗，你至于这样整我吗？而且你凭什么帮我下赌注！你……”

林烟轻飘飘地朝着裴宇堂看了一眼：“闭嘴，安静。”

不过是极为随意的一眼，甚至连表情都没有变化，还是那张娇嫩的小脸，还是那身寡淡的裙子，但是，当女孩如水墨晕染眼尾微微扬起的瞬间，给人的感觉却完全变了。

明明是个土包子，怎么突然……突然变得这么……妖孽？！

裴宇堂就像被按下了开关，顿时噤声，被那眼神盯得双颊莫名一热，甚至呼吸都有些凝滞。

他刚才居然觉得这个土包子美得惊艳，气场爆炸……他是疯了吧！

“怎么样，比吗？难道……宋公子不敢？既然如此，那这样好了，我让你一圈！”林烟状似大方地开口。

林烟这话顿时又引起一阵哄笑。

“哈哈哈，这个女人疯了吧？”

“裴宇堂把的妹子就是与众不同，脑子构造都跟别人不一样！”

宋耀南终于笑够了，眸底划过一抹阴鸷，当即道：“比！当然比了！本公子真是好久没有遇到过这么有趣的事情了！”

林烟：“那就开始吧！”

说完，林烟直接坐进了驾驶座。

见裴宇堂站在那里不动，林烟挑眉看了他一眼：“愣着做什么，上来啊！”

裴宇堂黑着脸追进去：“疯女人，你到底想干吗？这可不是跟你闹着玩的东西！”

“各就各位，准备——”负责发令的人开口。

林烟没有回答，摸了摸方向盘，问裴宇堂：“你这车的油门在哪边？”

连刹车油门都不知道在哪，你还开车？

裴宇堂差点一口老血喷出来，当即以迅雷不及掩耳之势系上了安全带：“林烟，你在逗我吗？！”

“兄弟，我先走咯！”

“嗡”的一声，宋耀南那辆银色的GTR已经率先冲出了跑道。而林烟，还在摸索油门、刹车的位置。

裴宇堂坐在车里，俨然已经崩溃：“大姐！你还是下车吧！别玩了！我直接叫宋耀南两声爸爸还不行吗？”

林烟：“急什么，说好让他一圈的，再说了，你这样不好吧，你要叫别人爸爸，你大哥和二哥答应了吗？”

裴宇堂：“……”

此时此刻，裴宇堂已经面如死灰地瘫在了副驾驶座上。

片刻后，宋耀南已经开完了一圈，从他身边呼啸着经过。

整整一圈的差距，就算是他自己上场，也绝对追不上。裴宇堂怎么也没想到，本以为自己已经够惨了，要跪下叫人家爸爸，现在好了，居然还要叫两声！

当宋耀南领先一圈后，林烟的车子，终于动了。

“嗡——”车子发动的一瞬间，那极限的起速带来的感觉，让裴宇堂整个人都愣了一下。随后，他便看到，一旁驾驶座上的软包子小白兔，面上睡眼惺忪，单手斜支着额头，另一只手扶着方向盘，以行云流水般的速度飚过了直道，漂移过弯，迅速逼近了前面的宋耀南……就好像，她的整个人都与这辆车融为了一体。

前面的宋耀南还在得意，突然发现身后传来一阵引擎声。

什么情况？那女人居然追上来了？

大意了！没想到她居然还真有两把刷子！

不过，他向来最擅长封锁路线，绝对没有人能从他身后超过去。刚才裴宇堂就被他压了一路！

宋耀南：“宝贝儿，看着吧，待会儿我不仅要封住他们的路，还要送他们出赛道！”

副驾驶座上的美女娇笑着开口：“南哥你最棒了！给他们一点颜色瞧瞧！”

宋耀南：“宝贝，坐稳了，看我不玩死……”

宋耀南话没说完，后面那辆火一般燃烧的红色法拉利，以一个刁钻的角度，在这个弯道，轻而易举地超越了宋耀南。随后，一骑绝尘地拉开了跟宋耀南的距离。

副驾驶座上的美女目瞪口呆。

宋耀南也同样呆若木鸡。

明明还是那辆刚刚输给他的红色法拉利，此刻，却如同出闸的猛兽。他的银色GTR在它面前，竟渺小得如同一辆玩具车。

一股巨大的压迫感铺天盖地地朝他袭来，这是他玩赛车以来从未感受过的，让他心神剧震。

宋耀南嚣张的表情僵在脸上，急忙试图赶超："大意了！别急！我马上超过她！"

然而前方那辆法拉利在那女孩手中，仿佛拥有了生命，轻而易举地封住了他所有的路，甚至能猜准他下一步的方向，天罗地网一般封住了他所有可能赶超的路线。

从头到尾，他没有丝毫反超的机会，甚至好几次差点被逼出赛道。

直到那道红色的影子冲破终点线，宋耀南依旧愣在驾驶座上，久久回不过神来。

结……结束了……

这简直是近乎碾压的技术！这……这女人，到底什么来头？

不仅仅是宋耀南，周围那些刚才还欢呼雀跃的青年男女，此刻也已经噤若寒蝉。

"……绝了……"

"你们刚才看清楚了吗？"

"看……看清楚了……这女人每个距离每个弯道都控制得分毫不差……南哥全程被碾压……"

"高……高手啊！有种王者吊打青铜的既视感！"

最震惊的，其实还是坐在法拉利副驾驶座上的裴宇堂。

此时此刻，少年抓紧了安全带，惨白着脸，一副要吐不吐的模样，看着林烟的表情就跟见鬼了一样。

"你……你你你……"裴宇堂口吃了半天，也说不出一句完整的话。

林烟推开车门，走下车。

夜风之中，女孩的发丝凌乱地飞舞，盛满夜色的眸子里闪过凌厉的暗芒，身上哪里还有半点呆滞的影子。

"所以，宋公子，现在是不是该兑现你的赌注了？"女孩淡淡开口。

宋耀南咬牙瞪向裴宇堂："呵，想不到，阴沟里翻船了，裴宇堂，你真够可以的，故意阴我的是吧？"

裴宇堂："我不明白你在说什么。"

宋耀南："说吧，你想要什么？"

林烟目光微闪，最终落在宋耀南的跑车引擎盖上，漫不经心地开口道："宋公子，你这台车的发动机不错。"

宋耀南瞪大眼睛："你……"

这女人的眼睛怎么这么毒！

该死的，裴宇堂这个废物，他到底从哪里挖来的高手！

"拆下来，给她！"

"什么？南哥，这发动机可是你从德国……"

"我让你给她，没听到吗？"

"是……"

林烟笑眯眯地看着他们把发动机搬到车上，心满意足地喃喃自语道："叫爸爸有什么意思，还是拿点值钱的东西比较划算！"

见林烟这副财迷一般的模样，裴宇堂前一秒看神明一般的眼神瞬间幻灭。

难道是他的幻觉吗？刚才这小白兔开车时的气质和现在完全不一样。

发动机搬上来之后，林烟看向裴宇堂："走吧，开车！"

裴宇堂表情愣愣地点点头，乖乖坐进驾驶座："哦。"

最后，宋耀南等一行人，就这样咬牙切齿地看着林烟和裴宇堂拖着他们的发动机，大摇大摆地开走了。

裴宇堂坐回了驾驶座，但是，这一次，他再也不敢炫技飙车了，规规矩矩地把车子开得像蜗牛一样缓慢。

两个人都没有说话，密闭的车厢里一时之间安静了下来。

裴宇堂一肚子话想问，最后，随便找了一句开口："你……你为什么要宋耀南的发动机？"

林烟："嗯，我觉得随便要个东西就可以了，做人要善良！"

裴宇堂嘴角微抽："……"

那你可真够善良的，那辆车就属那个发动机最值钱！

裴宇堂盯着林烟，看了一眼，又看了一眼，欲言又止好半天。

林烟偏头朝着少年看了一眼："三少，您……还有事？"

裴宇堂眼睛发光地盯着她，激动不已地开口："爸爸！"

林烟让这一声爸爸惊得差点被自己的口水呛死："你叫我啥？"

裴宇堂："爸爸！你实在是太厉害了！求带飞！"

林烟在心里吐槽：节操呢少年，之前还叫她软包子、小白兔，这下怎么就成爸爸了？

早知道你叫"爸爸"叫得这么毫无压力，她就不这么麻烦搞这一出了。还好就是随便跑跑，不然她受过伤的腿要无法负荷了。

林烟很无语，一扭头，就看到了少年那双亮得晃眼的眸子。面对着这样一双眼睛，她实在有些吃不消。

裴宇堂就这么顶着一双亮瞎人眼的眸子盯着她："爸爸！你到底是怎么做到的！你居然跑赢了宋耀南！还是在落后一圈的情况下！"

林烟："……"

她不过是跑赢了一只菜鸡，很厉害吗？

裴宇堂："爸爸，你这得有专业级别的水平了吧！你是不是哪个车队的大佬？"

林烟："等等……三少，咱们商量一下，你能不能别叫我爸爸了？"

一想到裴聿城和裴南絮，裴宇堂的这声"爸爸"实在让她心惊胆战。

裴宇堂："那我叫你啥？"

林烟："随便吧，不是爸爸叫什么都行。"

裴宇堂："大嫂！"

林烟："闭嘴！"

裴宇堂："二嫂？"

林烟："闭嘴！"

林烟深吸一口气："叫我林烟就好！"

裴宇堂乖乖地开口："好的烟姐！没问题烟姐！烟姐，你还没回答我的问题呢！"

"你想多了，你见过我这样的大佬吗？我只是开车稍微快一点！"林烟无奈道。

裴宇堂瞪大了眼睛："只是开车稍微快一点？烟姐你是不是对赛车这个职业有什么误解，对赛车手来说，速度就是生命！"

"我对赛车确实了解得不多，只是之前玩过一段时间……"林烟并不太想提及那段过去。

裴宇堂眨了眨眼睛，满脸好奇："烟姐，你一个女孩子，怎么会跑去玩赛车这么危险的东西？"

林烟摸了摸鼻子，试图敷衍过去：“这个嘛……说来话长……”

裴宇堂：“没事没事！你可以慢慢说！”

看裴宇堂那模样，恨不得拿出小本子记下她说的每个字。

林烟没办法，只能绞尽脑汁去想怎么回答。

半晌后，她开口：“其实吧，事情是这样的，我会去玩赛车，也是出于偶然，当时吧，我喜欢的人，他是一个赛车手，因为他，我才接触了赛车……”

裴宇堂愣了愣：“你居然是为了男人才去赛车的！”

林烟：“咋啦？”

裴宇堂：“没……没什么……然后呢？后来你追到人家了吗，那个人成你男朋友了吗？”

林烟露出回忆往昔的怅惘神情：“然后，我就慢慢开始学，一点点去摸索，自己也越开越快，最后我发现吧，赛车这么好玩，还要男朋友干吗？男朋友是什么东西？可以吃吗？”

裴宇堂：“呃……”

他猜到了开头，却没有猜到结尾。

林烟瞥了他一眼：“怎么了？”

裴宇堂忙摆手道：“没什么，烟姐你说得有道理！烟姐你说啥都对！”

林烟的表情有些无语：“我说啥都对？你之前不是还说我是炒热度、蹭流量、炒绯闻的十八线么，我还不要脸地造谣别人是我男朋友……”

裴宇堂毫不犹豫道：“那肯定是别人造谣！是那些人黑你的啊！”

林烟：“……”

林烟心中暗骂：少年，你之前好像不是这么说的！

林烟嘴角微抽：“你这也倒戈得太快了吧？原则呢？”

裴宇堂挠挠头：“原则？我很有原则啊！”

所以，他的原则就是，谁开车快，谁就是对的？老司机还有这种待遇的吗？

“对了对了，那烟姐，你后来怎么没有继续玩赛车，而是跑去当艺人了呢？”裴宇堂问。

化身好奇宝宝的裴宇堂简直让她更难应付。

林烟随口答道：“本来赛车就是随便玩玩的，我还是比较喜欢当艺人。”

裴宇堂想了想，林烟毕竟是个女孩子，确实不太可能以赛车手为职业，喜欢当艺人倒也正常，于是终于不再追问了：“这样啊，那太可惜了。”

林烟见裴宇堂终于不再追问，长长地松了口气。

其实，她刚刚对裴宇堂说的这番话，也不完全是假的。她退出赛车圈的原因是假的，但她入行的原因是真的。

当初，她确实是因为一个喜欢的赛车手才接触了赛车，后来发现，赛车比男人有趣多了，以至于她直接把男人忘在脑后，去玩赛车了。

其实吧，回忆一下，这种事情对她来说，已经不是第一次了。

她学什么东西都很快，辍学后尝试过很多职业，在做职业赛车手之前，她还做过一段时间游戏代练。

当时她很喜欢一个职业选手，为了他苦练游戏技术，结果她一路从青铜打上王者，最后还成了国服第一射手。

游戏太好玩了，男朋友是什么东西？可以吃吗？

不过，她玩游戏那时候还很早。当时那个游戏很小众，电子竞技比赛不被关注，赚不到什么钱，所以她很快就转行找了别的赚钱路子。

后来跟韩逸轩在一起，其实是韩逸轩先主动追她的。他们从小就认识，上学的时候还在同一个学校，那时候她也算是学神级的风云人物，只是后来父母离婚，她脱离了上流圈子，辍学打工，才走得远了。直到多年后，一次偶然的机会，他们相遇了，韩逸轩主动追求了她。

被禁赛后，她一蹶不振地回到国内，妹妹和韩逸轩对她来说是唯一的港湾和慰藉。她安慰自己，退役了也好，可以多点时间陪家人和男朋友。为了能有更多的时间陪在韩逸轩身边，所以她才进了娱乐圈。

那时候她确实是心力交瘁，只想安静地谈恋爱、陪家人，好好治疗一下腿伤。她哪里会知道，她自以为的温馨港湾，竟是恶心的地狱。

她把自己的合约和一些公关都交给了林书雅处理，而林书雅打着帮助她的旗号，各种蹭热度、炒绯闻。

当时她确实是以很快的速度火起来了，但却是被骂火的，网上对她几乎是一片骂声，等她反应过来的时候，她和韩逸轩的恋情已经岌岌可危。

她开始推掉林书雅给她的工作安排，但效果已经不大了，直到她发现林书雅和韩逸轩背着她在一起了，才算彻底撕破了脸。

后来她深入调查之后，甚至发现，她被禁赛也是被自己的亲妹妹陷害的，这才彻底崩溃，心灰意冷。

裴宇堂激动地盯着林烟："烟姐，你说你只是随便玩玩，但是你真的超厉害，我刚刚在车上就发现了，你把宋耀南压得毫无还手的余地，而且最可怕的是你根本就没尽全力！求你教我赛车吧，我一定要出人头地，好让我哥刮目相看！否则我绝不回家！"

林烟看向少年："你之前就是因为这件事才离家出走的吗？"

裴宇堂耷拉着脑袋："我家人都不同意我玩赛车，尤其是我大哥，他特别反对，可是，我真的很喜欢！"

原来裴聿城特别讨厌赛车啊！

林烟有些为难地开口："这……我也是个半吊子，你如果真心想要学习赛车的话，还是找个专业的教练比较好！"

林烟倒是没说谎，好的赛车手，不一定是好的教练。

裴宇堂："我没钱……"

这还真是……挺辛酸……她对此表示感同身受。

裴宇堂："而且我哥还放话，没人敢给我钱，也没人敢帮我。"

林烟苦着脸："我也不敢啊！"

裴宇堂眼睛一亮："不如这样吧，我帮你追我哥，等你成了我嫂子，你就敢了！到时候你就可以给我撑腰了！"

林烟："……"

少年，你这逻辑简直绝了！

林烟无奈地重复："好吧，我再声明一次，你真的误会了，我对你大哥绝对没那个意思。"

"这样吗？连我大哥你都没兴趣？你还是不是女人？"裴宇堂的表情看起来还挺失望。

林烟无语地翻了个白眼："总之，这件事情，我确实是无能为力，不过，宋耀南的发动机是用你的车赢来的，就归你了，你可以让人稍微改装一下换上去，对你车子的性能有帮助！"

"什么？那个发动机你要给我？真的给我吗？"

裴宇堂感动不已地盯着林烟："烟姐，你真好！原来，这就是所谓长嫂如母的感觉吗？我好想要个嫂子！”

长嫂如母是什么鬼！少年，别乱用成语好吗？

还有，他不是不久前还说就是在大街上饿死，就是从病房的窗户跳下去，也绝对不会认她这个大嫂吗？

林烟：“裴三少……”

裴宇堂：“别叫我三少了，怪见外的，你叫我宇堂吧，堂堂也行！”

堂堂？

林烟满头黑线：“那我就叫你宇堂吧……教你赛车恐怕是真的不行，我已经不碰赛车了，你以后要是有什么技术上和改装上的问题不清楚，可以过来问我，如果我知道的话，可以帮你。”

裴宇堂：“真的吗，那太好了！”

林烟：“不过，我可能也有一个小忙，需要你帮我一下。”

裴宇堂：“什么忙，没问题，你尽管说！”

林烟：“你有没有你大哥的……嗯……生活录像啊之类的动态视频……”

“什么？烟姐，你想要我大哥的小视频？”裴宇堂露出惊讶的神色，看向林烟的表情，就仿佛在看一个变态。

什么叫你大哥的小视频！不要说得这么奇怪好不好？

林烟深吸一口气：“我要的只是日常生活的视频而已，因为你哥平时从不接受采访，外界连照片都不多，更别提视频了，所以我只能找你帮忙！”

“可是，你要这个做什么？”裴宇堂不解道。

林烟白了他一眼：“放心，我不是变态。只是为了我最近接的一个角色，这个角色是个霸道女总裁，我需要模仿一下你哥的气质。”

她很快就要进组了，需要迅速准备好女四这个角色。而她想了半天，影视题材中，霸道女总裁这样的角色本来就不多，演得好的更少，很难找到可以参考的片子。而裴聿城的气场最完美，也最合适。

今天试镜时，当她质问导演和制片人的瞬间，她差点都以为自己被裴聿城附身了！

“行，没问题，交给我了，我帮你搞定！”裴宇堂爽快道。

“好的，那就麻烦你了！”林烟点点头，裴宇堂毕竟是裴聿城的亲弟弟，弄点他日常生活的视频应该还是挺容易的。

“那我到时候怎么把视频传给你？我们加个微信吧？”裴宇堂说完掏出手机。

“行！”

林烟也拿出手机，点开自己的二维码，两人互加了好友。

添加完好友之后，裴宇堂盯着林烟的微信头像和ID，看了她一眼，又看了一眼，眼神相当的意味深长。

林烟不解：“怎么了？干吗这么看着我？”

裴宇堂恍然大悟地开口：“烟姐，难怪你说对我大哥没意思，原来你真正喜欢的人，是我二哥啊！”

林烟：“哈？”

裴宇堂一副了然状，指着手机：“不用装啦，你看你的头像，是我二哥的照片，还有连你的ID都是我二哥的名字！”

“呃……”

林烟急忙低头去看自己的手机，这才反应过来。和很多追星的人一样，她的头像就是偶像的照片，而她的ID——街南绿树春饶絮。

这一句出自北宋晏几道的词作，里面正好有“南絮”两个字。

这误会，可真是大了！

林烟赶紧解释：“别胡说，你二哥是超人气明星，也是我很敬仰的前辈，我只是你二哥的粉丝而已！还是只能远远看着的那种！我连他的签名都没抢到过！”

林烟极力维护着偶像的清白。虽然她以前是蹭过很多男艺人的热度，但是，她是绝对不会去染指自己的偶像的！

裴宇堂撇撇嘴道：“没什么区别，难道你不想嫁给自己的偶像吗？你们粉丝不是都管自己的偶像叫老公吗？”

林烟：“……”

熊孩子，你还挺懂的哈！

Part5

善变和任性，是女人的权利。

♥

跟裴宇堂分开之后，林烟没有回舅妈那里。

因为这次试镜，她跟舅妈算是彻底撕破了脸，不用想也知道回去后会是什么情形。

不如先去汪景阳那里借住一下，等她找到租的房子之后立刻就搬家。

江枫华庭。

林烟站在小区楼门前，按下门铃。

汪景阳拉开门，一看到她，立即扬起眉梢："你终于被赶出来了？"

林烟看着对方眉飞色舞的模样，有些无语："我怎么觉得你好像还挺开心？"

"这不是看你在那边住着受气么，搬出来住多好！"汪景阳一边给她拿拖鞋，一边笑道。

林烟看着汪景阳手上递过来的那双全新的粉色拖鞋，愣了一下，下意识地问："你交女朋友了？"

不能怪林烟多想，这双拖鞋不仅是粉色的，还有两个猫耳朵。

汪景阳白了她一眼："什么女朋友？你又喝多了？"

林烟指着鞋子："那你家怎么会有女孩子的拖鞋？"

汪景阳黑着脸，吼道："小爷就喜欢这种款式行不行？"

林烟意味深长朝着汪景阳看了一眼："行行行，没问题，你开心就好！”

真想不到，汪景阳还有这种爱好！

汪景阳差点被林烟气死，深吸一口气才缓过来：“所以，你现在有什么打算？”

林烟穿着拖鞋，在沙发上坐了下来：“我试镜成功了，跟导演预支了片酬，准备搬出去重新租个房子。”

汪景阳神色微僵：“什么？你试镜成功了？”

林烟点头：“对呀，而且不是龙套，是个大制作的女四号！”

汪景阳闻言，满脸怀疑：“就你那破演技？”

林烟双眸微眯：“再给你一次重新组织语言的机会！”

“……是是是，你不是演技烂，只是压根没有认真，毕竟你要是认真起来，还有那些影帝影后什么事儿？”汪景阳麻溜地改口。

林烟顿时笑靥如花：“狗子，果然还是你最有灵性！”

汪景阳：“呵呵，你开心就好。”

“对了，你刚刚说你要搬家，那你找好房子了吗？”汪景阳问。

“正准备找呢！我和舅妈那边已经彻底闹翻，肯定是一天都没法住了，具体情况我待会儿再跟你细说，可能要先麻烦你几天，等我找到房子就搬出去！”林烟道。

“我倒是没关系，随便你住多久都可以！”汪景阳说着，眼珠子转了转，开口，“对了，正好我隔壁的租客走了，不如你直接搬我隔壁，也好有个照应，你一个女孩子，一个人住也不安全。”

“你隔壁的租客走了？他不是长租的吗？”林烟有些纳闷。

汪景阳：“我哪儿知道，反正就是走了！”

林烟蹙眉：“奇怪，上次碰到他还说租了三年呢……”

汪景阳随口说道：“估计是有什么事情退租了，我跟房东很熟，可以直接帮你联系！”

林烟摸了摸下巴：“别急啊，我先自己找找看。”

汪景阳：“还找啥，这里很便宜！而且房东急着出租，价格还能往下压！”

林烟：“那行！你帮我联系吧！”

汪景阳不知道是不是自己的错觉，他觉得今晚的林烟，好像跟平时不太一样。

自从禁赛回国，又被林书雅和韩逸轩背叛之后，林烟整个人一蹶不振，但现在好像突然恢复了生机。

实际上，上次见面的时候，他就发现她精神好了不少。尤其是今天晚上，他甚至从她身上看到了一丝从前神采飞扬的影子。

“你今天除了试镜，还干吗去了？”汪景阳忍不住追问了一句。

“没干吗呀！”林烟眨了眨眼睛，一脸迷惑。

汪景阳挑眉：“那我怎么看你心情这么灿烂？”

“有吗？”林烟摸了摸自己的脸，她不就开了个车吗？有这么明显吗？

“大概是因为我挣钱了！”林烟回答。

汪景阳觉得这个理由倒是很合理：“行，那我就直接帮你联系房东了！”

第二天早上。

汪景阳效率极高，已经帮林烟跟房东联系好了，房租的价格也确实比市场价要便宜一点。这地方虽然算不上什么特别好的小区，但是这个价格能租到，确实是很不错了。

于是，林烟当即就定了下来，并联系了搬家公司。

很快，两人到了舅妈家的公寓楼下。

汪景阳边走边说道：“家具、家电什么的，我明天陪你一起去买吧！”

林烟摆摆手：“不用。”

正说着话，电梯“滴”的一声，两人和搬家公司的工人已经走到了门口。

“你就那点破东西，我帮你搬就完了，还叫什么搬家公司？”汪景阳撇撇嘴吐槽。

林烟一边按门铃，一边笑了笑：“谁说的，我东西还挺多的。”

话音刚落，门开了。

舅妈王巧慧看到林烟之后愣了愣，随即火冒三丈，满脸讥讽地开口：“这不是我们的大明星林烟吗？都要飞上枝头了，还回我这小破地方做什么？”

贺姗姗听到林烟来了，顿时一个箭步从后面冲了出来，指着林烟的鼻子就开始骂：“林烟你不要脸，抢我的角色！居然还想住在我家里，没门！”

王巧慧冷笑着朝林烟旁边的汪景阳看了一眼：“哟！怎么？还带着这个小白脸来给你撑腰？”

小白脸汪景阳：“……”

“我告诉你林烟，这是老娘的家，从现在开始，你马上给我滚出去，否则我就报警告你私闯民宅！”王巧慧说着，手往墙角一指，“拿着你的破东西，滚吧！”

林烟的目光顺着王巧慧指着的方向看了一眼，她房间的东西早已经全都被王巧慧当垃圾一样扔出来了。

汪景阳忍不住怒骂：“你个老泼皮，当初买这房子还是林烟出的钱，要滚也应该是你们滚吧！”

王巧慧顿时满脸得意：“那你们去告我，去让警察来抓我啊？房产证上写的可是我的名字！”

林烟不紧不慢地拦住了要炸毛的汪景阳，对着后面的搬家工人招了招手：“东西拿好。”

“好嘞，林小姐！”搬家工人训练有素地把王巧慧扔出来的东西都打包好，放进了专门的箱子里。

王巧慧见林烟这么识相，嘲讽地双臂环着胸：“拿着你的垃圾滚吧！”

林烟笑了笑：“不急，我的东西，不是还没搬完么！”

王巧慧面色微变：“你的东西？你除了这些破烂，还有什么东西？”

林烟越过王巧慧和贺姗姗看了眼屋里，随即偏头，对身后的搬家工人开口：“进去，给我全部搬空，一件不许剩！”

王巧慧先是愣住，随即尖叫出声：“林烟，你想死啊！这可是我的东西！你敢搬！”

贺姗姗也厉声怒骂起来：“林烟你疯了吧！已经穷到直接动手抢了吗？”

一旁的汪景阳见状也愣住了：“你玩这么大的吗？”说完，眸底闪过一抹平日里从不在林烟面前显露的纨绔之色，“我喜欢！早就该这么对她们了！”

搬家工人受林烟雇佣，听到林烟的话，纷纷进了屋里准备开始搬东西。

王巧慧一见立即开始大叫大闹："林烟，你居然真的敢明抢！我要报警！我现在就报警！"

林烟眉头微挑："要报警？行啊！要不要我帮你们？"

贺姗姗掏出手机："林烟，你是虱子多了不怕咬是吧？我这就把你的所作所为发到网上，让你再红一把！"

王巧慧一把掐住其中一个搬家工人："你敢！你要是敢动我家东西一下，我让警察连你一起抓！

几个搬家工人见状，顿时有些犹豫，不敢再动。

汪景阳看着那对母女欺压林烟，捏紧了拳头，眸底闪过一抹阴鸷。

"你们的东西？"林烟看着母女俩盛气凌人的模样，不紧不慢地拿出一个文件夹，幽幽开口道，"不好意思，这屋里的空调、彩电、滚筒洗衣机、新餐桌，甚至墙上的墙纸……全都是我花钱买的！对了，还有阳台那几盘兰花！现在，我搬走我的东西，有什么问题？"

她手里有发票，叫谁来都没用。

王巧慧和贺姗姗看向林烟手里的文件夹，里面放着大大小小的发票。两人对视一眼，顿时面色微变。

"林烟！你敢！这些东西可是你自己要买的，买给了我们，就是我们的东西，哪儿还有搬走的道理！"王巧慧叫嚣。

林烟笑了笑："原来你也知道，都是我买的……是我买的没错，不过，我可没说过要送给你们，怎么，你有赠与证明吗？"

"小贱人，你……你……"

林烟眸底的笑意退去："别愣着了，搬吧！好好搬！我给你们双倍的价钱！"

以免卷入是非，搬家工人们本来已经不想接这单了，听到这些东西确实是林烟的所有物，又见雇主要开出了双倍的价钱，他们顿时毫不犹豫地推开王巧慧，迅速搬了起来。

"你们给我住手！住手！"

"不许碰那梳妆台！不许碰我的梳妆台！"

"林烟你这么做，你这么欺负我们孤儿寡母，你对得起你舅舅吗！"

……

不出片刻，在母女俩的嚎叫声中，搬家工人按照林烟的指示，几乎要把家里搬空了。连墙上的墙纸，林烟都没放过，让人全部抠了下来。

她刚回国的时候，当艺人的收入还算可以，那时王巧慧对她也挺客气。只是没想到，她被封杀后，一失去收入，王巧慧就开始对她横眉冷眼，甚至跟她要起了房租。

林烟就是这样，她是一个非常重情义的人。但真的绝情起来，也是不留一丝余地。

林烟和汪景阳带着搬家工人离开后，王巧慧一屁股坐在地上就开始哭嚎。

“这个小贱人……这个黑心肝的小贱人……”

贺姗姗眼睁睁看着自己心爱的梳妆台、床头柜，甚至连漂亮的墙纸都被抠得坑坑洼洼，气得几乎要发疯：“这件事情绝对不能就这么算了！”

“没错，不能就这么算了，你现在立刻给书雅打个电话！这个小贱人，她还翻了天了！”

贺姗姗立即掏出手机，给林书雅打了过去。

“喂，书雅姐……”手机刚一接通，贺姗姗立即大吐苦水，“书雅表姐，你可要帮帮我，我都快被林烟给气死了！她今天突然带着一帮人过来，凶神恶煞的，把我家里的东西都给搬空了！我妈都被她给气出病了！”

“林烟去你家抢东西？”

“是啊！书雅姐，你不知道她有多不要脸，跟强盗一样，大白天的，居然直接明抢！”

“呵，是吗？她已经穷到这种地步了？”

林书雅倒是不在乎贺姗姗母女是不是被欺负，让她在意的是林烟的举动。

林烟一直以来都很照顾这对母女，没想到这次直接撕得脸面都不要了。不过，倒是也可以理解，林烟现在就是一条落水狗，还有什么事情做不出来？

一旁的王巧慧给贺姗姗使了个颜色，贺姗姗忙继续开口：“当然了，我们被欺负倒是无所谓，主要是书雅姐你，林烟也太不把你放在眼里了，那个女四号的角色，明明是书雅姐你帮我争取到的，结果就这样被她抢了，书雅姐，难道这口气你能咽得下吗？”

在剧组发生的事情，林书雅已经收到了消息。她也没想到周总会突然被解雇，以至于让林烟得到了那个女四号的角色。

“书雅表姐，你说林烟是不是找到了什么后台？否则，你帮我找的那个周总，怎么会正好在那个时候被解雇了，这也太巧了……”贺姗姗试探着问。

林书雅轻嘲一声，不紧不慢地开口：“你未免也太高看她了，我已经打听过，周总被开除，是因为违反公司规定被人抓住了把柄，跟林烟没有任何关系。”

贺姗姗连连点头：“难怪！原来不过是走了狗屎运！”

此时的林书雅不知想到什么，眸光微微沉了几分。

上次在她的生日宴上，林烟一反常态就已经让她有些留意。至于裴南絮那边，她也暗中向裴南絮的工作室打听了消息，工作室辟谣了，说裴南絮跟林烟没有任何关系。

只是，最近林烟的运气，似乎有点好过头了……

“书雅表姐，你可要想想办法，这个角色千万不能让她拿到了，难道真的要让她踩着你往上爬？”贺姗姗焦急地开口。

林书雅闻言，神色有些不悦。她自然不能允许给林烟任何机会，只是，那部戏是巅峰娱乐投资的，现在周总被开除，即使是她，也没办法左右剧组的决定。毕竟巅峰娱乐的背后可是JM集团这样的财阀。

不过，林书雅也没有将这件事情太放在心上，淡淡道：“急什么？就算她拿到了，也要拿得稳才行！”

想要整林烟有太多种办法，她要捏死她，比捏死一只蚂蚁还容易。

贺姗姗一听林书雅准备出手，满脸喜色：“没错书雅姐，她就算吃进去了，也得让她吐出来！”

江枫华庭。

林烟指挥着搬家工人，将东西一一摆放好。

这些家具和用品都是她当初亲自挑的，所以很符合她的喜好，再布置打扫一下，看上去十分温馨舒适。

虽然肯定比不上她以前住的地方，但是总算不用寄人篱下，有个能落脚的地方了。

只是，也不知想到了什么，林烟坐在床边的懒人沙发上，脸色始终有些郁结，不断地唉声叹气。

汪景阳看了她一眼，估摸着她是在伤心，于是上前安慰道："你也别难过了，为了你舅妈和你表妹那种人不值得，大不了以后不来往了。"

林烟扼腕叹息："狗子，真是气死我了，我刚才为什么要耍酷，答应给那些搬家工人付双倍工钱！亏大了啊！"

汪景阳满头黑线："你难过半天就为这个？"

林烟眨了眨眼睛："怎么了？白白多花了钱，我还不能难过吗？"

汪景阳："……"

他之前怎么没发现她这么财迷？

汪景阳正要开口说话，这时候，他的手机上突然弹出了一条八卦新闻。

汪景阳随意地扫了一眼，下一秒，瞬间变了脸色："林烟！你又出新绯闻了！"

林烟不以为然："我都凉成这样了，还能出新绯闻？谁还记得我是谁啊？"

"你自己看！"汪景阳直接把手机塞到了她的手里。

林烟狐疑地接过汪景阳的手机。

当看清那条娱乐新闻的标题后，林烟吓得差点一屁股从沙发上滚下去。

——娱乐圈毒瘤林烟东山再起，深夜密会影帝裴南絮！

"什么东西？！"林烟手机都快拿不住了，"我……我和裴南絮？"

林烟万万没想到，有朝一日，自己的名字竟然能跟裴南絮的名字同时出现在八卦新闻里。

汪景阳一脸同情地朝着林烟看去："之前我就想问你来着，你跟裴南絮到底是怎么回事？这次你可死定了，以裴南絮粉丝的战斗力，我给你收尸估计都收不到全尸！"

林烟呆呆地站在原地，一字一字地看完了整条新闻。

这条八卦新闻中的配图是那天晚上林书雅的生日宴，她和裴南絮一起站在酒店门口。

那天的生日宴，林书雅的脸都丢尽了，所以那天晚上的消息，林书雅肯定已经完全封锁，丝毫透不出风去。那么，这张照片是怎么流出去的呢？

除非是林书雅自己放出去的。

汪景阳盯着林烟："所以，你跟裴南絮到底怎么回事？从那天晚上的视频来看，你们俩看上去挺熟悉的样子！"

"怎么回事！我也想知道怎么回事好吗！"林烟焦躁地来回踱着步，随后直接怒吼出声，"你……你给我滚出来！霸占着我的身体到处闯祸！闯完祸就逃之夭夭，留下这个烂摊子，让我给你收拾！有你这样的吗？"

汪景阳见林烟对着空气在那怒吼，面露惊悚："林……林烟……你没事吧你？"

林烟一脚踩到椅子上："出来！听到没有！要不是你，我的偶像怎么会卷进这些绯闻里，他连我自己都舍不得糟蹋，你居然敢这么对他！我跟你拼了你信不信！"

如果说之前那些事情，林烟都可以不在意，但是，裴南絮绝对是她的底线。

汪景阳急了："林烟！你到底在跟谁说话呢？"

"好！你不出来是吧！"林烟深吸一口气，蹬蹬蹬跑到厨房里，掏出一把菜刀，直接抵在了自己的脖子上，"你再不出来信不信……信不信我就砍了我自己！"

如果这家伙是她的第二人格，那么她死了，那家伙也活不了！

汪景阳被林烟这莫名其妙的举动惊得魂飞魄散，赶紧冲过去把她手里的菜刀夺下来："林烟！你真疯了？"

林烟憋屈得快要原地爆炸："怎么办？我要怎么跟前辈解释？真的不是我！前辈不会还以为我是故意这么做，故意利用他炒绯闻、蹭热度的吧？"

她简直冤死了！之前被裴聿城冤枉就已经够惨了，现在又多了个裴南絮！

汪景阳心有余悸地在一旁安抚："冷静……你这是被刺激得神经错乱了？不就是闹了个绯闻吗？反正又不是第一次了！这大半个娱乐圈的男明星都被你蹭过了，干吗还在乎一个裴南絮？"

裴南絮怎么能一样？裴南絮对她而言就是天上皎洁的明月！

曾经她也是跟着裴南絮的粉丝大军一起维护裴南絮，撕那些胆敢玷污裴南絮的女艺人的！她怎么能忍受，有朝一日，自己成了玷污裴南絮的那个人！

“你懂什么？”林烟白了汪景阳一眼，正焦急着，这时候，她的手机突然响了起来。

一看来电显示，林烟愣了愣，是她的经纪人。她都快忘了，自己还有个经纪人。

林烟犹豫了好半天，才小心翼翼地接通电话：“喂，绫姐？”

手机那头，赵红绫轻笑一声：“林烟，几日不见，胆量见长，连裴南絮的绯闻都敢炒？”

林烟面露无奈：“我说不是我干的，你信吗？”

赵红绫是她的经纪人，只是，她出道之后什么都听林书雅的，大部分事务都交给了林书雅处理，跟赵红绫的关系日益交恶，到了最后，几乎已经是不相往来。后来，她知道了林书雅做的一切，可是她也没脸再去找赵红绫。

赵红绫冷哼一声：“谁知道呢，你犯蠢又不是第一次了！说不定你想不开，想换个刺激点的死法？”

林烟心想：我哪敢呀！

娱乐圈谁不知道裴南絮的粉丝战斗力多强，哪个女艺人敢蹭他热度，跟他炒绯闻，简直就是找死。

对方这分明是想要置林烟于死地！

赵红绫语气微寒：“我早就说过，你这个妹妹不可信。”

“我知道的……”

事到如今，她哪里还能不知晓。

林烟叹了口气：“绫姐，当初的事情，很抱歉……”

“没什么好抱歉的，她毕竟是你亲妹妹，你信她，无可厚非。”赵红绫说着，顿了顿了，突然开口问道，“对了，听说你试镜上了姜一鸣导演的新电影？”

林烟点头：“是的。”

“且不说你是怎么得到的试镜机会，我只是没想到，你居然敢去试镜这部戏！”赵红绫说这话的时候，诡异地带着几分同情和怜悯。

“这部戏怎么了吗？”林烟问。

赵红绫的语气莫名让她有种不太好的预感。

赵红绫幽幽问道：“你知道，这部戏的其他几个男配是谁吗？”

林烟蹙眉道：“我没太留意，只知道男主是裴南絮……”

她都不记得自己给这部戏投过简历，也是因为贺姗姗才稍微关注了一下。

八成这简历也是她身上的另一个“意识”搞的鬼？

“绫姐，这部戏的男配都是哪些人？”林烟问道。

赵红绫不紧不慢地开口：“沈朝暮。”

一听到这个名字，林烟的脸色就僵了：“什么？”

这不是和她炒过绯闻的男艺人么！

赵红绫继续道：“卫徐风。”

林烟：“不……不会吧？”

这个是她蹭过热度的！

赵红绫：“唐嘉业。”

林烟：“呃……”

这个是她炒过绯闻，也蹭过热度的！

听着赵红绫报完这一串名字之后，林烟目瞪口呆。

“有没有搞错？再加上一个裴南絮的话，这……这简直就是死亡剧组啊！”林烟无法置信道。

“你现在才知道？”赵红绫悠悠开口，给她最后一击，“还有一个，友情客串的男艺人，韩逸轩。”

林烟：“呵呵……”

她的刀呢！她一定要砍死自己！

林烟再次抓住桌上的菜刀，旁边一直在盯着她的汪景阳，立即按住她的手：“冷静冷静……有话好好说！”

赵红绫似乎已经料到了林烟的反应，开口：“福祸相依，其实，你也不是没有翻盘的机会，这次可能将你打入地狱，再也爬不起来，不过，也是你翻身最好的机会，只要你有这个本事！”

林烟还沉浸在这个巨大的噩耗中，迟迟回不过神来。

赵红绫：“怎么了？在想什么？”

林烟深吸一口气，对着手机那头的赵红绫开口：“我在想……我能不能跟导演提一件事情……”

赵红绫冷笑一声：“提什么？怕了？想退出剧组？”

林烟：“我想加钱！”

赵红绫：“你说什么？”

林烟：“我这是用生命在拍这部戏，难道不应该加钱吗？”

“我认为，比起钱，你应该先想想怎么保命。”

赵红绫沉默半晌，然后给出了很有建设性的意见。

林烟闻言想了想，不幸地发现，好像是这么个道理。光是赵红绫刚才列举的那几个男艺人，再加上裴南絮，基本上可以囊括整个娱乐圈八九成的女粉……到时候的场面……啧啧，想想就觉得刺激。她估计会被撕得连骨头都不剩！

她也是混过粉圈的，很清楚那些女友粉撕起人来有多疯狂。别说那些女友粉了，连她自己都很想撕自己。

其实，林烟现在也明白过来了。当初是林书雅处心积虑安排了一切，故意给她制造了这么多绯闻，这样等日后当她发现林书雅跟韩逸轩的事情的时候，因为自己名声太差，就算是说真话，也没人会相信自己真的是韩逸轩的女朋友了。

而现在，她不过是拿到了一个女四号，林书雅也不允许，竟用这种手段想置她于死地。

“你现在住哪里？”赵红绫问。

“我今天刚搬家，是新地址，不会有人知道。”林烟回答。

赵红绫点点头：“那就好，你最近出门的话，注意一点，你和裴南絮的八卦刚出来不到一个小时，你的微博已经被人骂了三万条，沈朝暮、卫徐风、唐嘉业、韩逸轩其他这几家的粉丝估计很快也会下场了，你做好心理准备。”

林烟哭丧着脸：“哦……我会小心的……”

丧尸围城大概也跟她这种处境差不多了。

其实，不用赵红绫提醒，她也能预料到。她记得上一个敢跟裴南絮炒绯闻的艺人，已经被裴南絮的粉丝撕得天昏地暗，至今那个艺人的微博还每天都有人晨昏定省，一日三餐地去骂。更别说她这次是惹怒了整个娱乐圈的女粉！

赵红绫语气凝重道：“你跟裴南絮的事情，我已经去找过他们工作室，商量好了会共同出一个声明，表示你们只是偶遇。但是这个声明的效果可能不大，无法平息粉丝的怒火。尤其这个节骨眼，你跟裴南絮还在同一个剧组里，所有人都在盯着你，等着你犯错。”赵红绫无比严肃地继续说，“所以，我必须要提醒你，进组之后，除了在拍戏的时候，请你务必跟裴南絮保持距离，不准靠近他十步以内！”

好不容易能有跟偶像一起演戏的机会，居然还得躲出八丈远，这个世界上还有比这更惨的事情吗？

为了偶像的清白，林烟只能心碎不已地点头：“放心好了，我会能有多远，就躲多远的！”

赵红绫还是有些不放心，又叮嘱道：“不仅仅是裴南絮，跟所有男艺人都要保持距离！”

林烟嘴角微抽，与全娱乐圈的女粉为敌，她这是造的什么孽！

“知道了，我会注意的。”林烟叹了口气。

听着手机那头的叮嘱，林烟心头不由得浮现一丝暖意，忍不住开口：“绫姐，谢谢，真的很感谢你……我没想到，你还会给我打这通电话。”

赵红绫：“别想太多，我入行以来带过这么多艺人，你是我唯一的污点，我不过是想洗白一下自己。”

林烟顿时噎住：“哦……”

真是对不起啊姐……

挂了赵红绫的电话之后，林烟生无可恋地躺在了沙发上。

汪景阳方才在旁边听到了全程通话，同情地拍了拍她的肩膀：“能混到被全娱乐圈的女粉丝追杀，你也算是古往今来第一人了！我也不知道该说啥，只能祝你好运吧！”

林烟不知想到什么，突然一骨碌爬起来，直勾勾地盯着汪景阳：“别光祝我好运了！我需要你帮个忙！”

“什么忙？”

“我现在肯定是出不去了，麻烦你去帮我买点东西！”

“你要是需要什么生活用品，我帮你去买就是了！至于盯得我发毛么？”汪景阳搓了搓手臂。

林烟摇头：“不是不是，不是生活用品，我想要……桃木剑……铜钱……八卦镜……哦对了，还有大蒜，大蒜也可以来点……”

汪景阳面色难以形容地看着她，随即伸出手，摸了摸她的脑门：“你什么情况？真被刺激出毛病了？”

林烟拍开他的手：“你别管我了，反正务必尽快帮我把这些东西准备好，我有用！”

林烟咬着手指甲，暗自思索，现在她最大的敌人倒不是全娱乐圈的女粉，而是她身上那个时不时冒出来控制她身体的家伙。她得想办法把那家伙给解决了，否则万一在她不知道的时候，那家伙不小心接触了那几个男艺人中的随便哪一个……那都得完蛋！

尤其是裴南絮，万一那家伙对裴南絮起了什么坏心思怎么办？

她想过了，现在只有两种可能，要么是她有双重人格，但是去看医生的时候，医生说她很正常。

如果除去这个可能的话，那么，岂不是只剩下另一种可能……

被鬼上身了？

除了上面她说的这些东西之外，林烟又列了一个长长的清单，上面写了各种乱七八糟的东西。

汪景阳嘴角抽搐：“你这是要干吗？”

“快去呀！这些都是我拍戏要用到的道具，急用！”林烟一眼瞪过去，催促道。

“我上哪去给你买这些破玩意儿……”

汪景阳没办法，只能出门去帮她买了。

汪景阳离开之后，林烟掏出那些表演和戏剧的专业书籍，继续翻看。之前她被林书雅和韩逸轩误导，太过注重流量，忽略了演员立身的根本：演技和实力。依靠虚无的流量堆起来的热度，太容易消散了。

还好她学东西挺快，这些理论知识她已经消化得差不多，只需要多进行一些实践训练。

虽然试镜的时候效果不错，但她知道以自己目前的实力，还不能保证每次都发挥稳定。短时间内，想一下子轻松驾驭所有角色是不可能的，但是，如果只针对一种人设突击训练一下，问题应该不大。

所以，接下来，就是等裴宇堂那边的视频了。

云间水庄。

裴宇堂谨记着自己的任务，为了帮林烟搞到小视频，晚上死皮赖脸地在裴聿城那边住了下来。

从昨晚到现在，他已经偷偷拍了不少片段。不过，他还是觉得不太够。毕竟这可是他第一次帮烟姐做事，一定得做得非常漂亮才行！

书房门口，裴宇堂小心地推开一条缝。

裴聿城刚开完一个跨国视频会议，正在闭目小憩。大概是有些疲惫，他脱了西装外套，里面只穿了一件白色衬衫，领带扯松了，随意地挂在那里，领口的扣子也解开了两颗，鼻梁上的金丝眼镜闪着微寒的光泽。

裴宇堂忍不住暗自“啧”了一声，这样的美色，烟姐居然说她没动心？

裴宇堂一边暗自腹诽，一边抓紧时间掏出了手机，点开了录像模式。为了拍得更清晰一点，裴宇堂悄悄地一点点走近。

就在他距离书桌还有三步远的时候，裴聿城镜片后的眸子，陡然睁开。

裴宇堂吓得半死，赶紧把手机藏到了身后：“大哥……你……你醒了啊！”

裴聿城：“有事？”

裴宇堂干笑道：“呵呵，大哥，我就是来关心一下你，这天气真是太热了，你看你都出汗了，不然……哥你把衣服脱了吧？”

从昨晚开始，裴宇堂就一直围着他团团转，就差把“别有所图”四个字写在脸上了。

裴聿城闻言，不动神色地瞥了他一眼：“不必。”

裴宇堂急了：“真的不用换一件衣服吗？这样多难受啊！不如我去帮你拿件干净的多好！”

裴聿城：“裴宇堂，你很闲？”

一道凌厉的目光袭来，裴宇堂顿时缩了缩脖子：“我这就滚！”

走出书房之后，裴宇堂失望不已地抓了抓头发。这可怎么办好呢？

也不知想到什么，裴宇堂的眼睛突然亮了起来。

有了！

大哥每天下午都有游泳的习惯！现在他去泳池那边蹲守着偷拍就行了！他真是太机智了！

裴宇堂立即去了泳池边，找了个最佳取景角度。

等了半晌，果然看到他哥过来了！

裴聿城手里拿着一条浴巾，身上已经换上了泳裤，因为长期健身，有着良好的身材管理，裴聿城的身材，就算是男人看了也会忍不住赞叹一句。

将手里的浴巾扔在旁边的躺椅上，裴聿城纵身跃入了水中。

裴宇堂非常开心地录完了全程。

哈哈，有了这个，这次烟姐交给他的任务，他肯定能圆满完成！到时候，他就可以打败宋耀南，拿到所有冠军，走上人生巅峰……

“哗啦”一声，裴聿城从泳池中出来，拿起浴巾随意地擦了擦头发，随后，抬眸朝着裴宇堂所处的位置看了一眼。

裴宇堂正沉浸在美好的幻想之中，结果，下一秒，头顶突然落下了一片阴影。接着少年就看到，不知什么时候已经换好衣服的裴聿城，就站在他的跟前。

“大哥！”裴宇堂吓得一屁股坐进花丛里，赶紧把手机藏到身后，“大哥，我没偷拍你，我只是看这里视野不错，拍拍风景，对，拍风景！”

裴聿城双眸微眯：“偷拍？”

裴宇堂内心叫苦不已。

原来大哥没看到他在做什么，结果他不打自招了！

裴聿城风轻云淡地扫了少年一眼，那眼底的冷意却令人头皮发麻：“裴宇堂，看来，你是真的想回来继承家业。”

裴宇堂一听这话，简直吓得魂飞魄散：“不不不，我不想！”

赛场还在等着他去征服！梦想还在等着他去实现呢！他可不要回公司！

于是……裴宇堂麻溜地把林烟给卖了：“不是！不是我要偷拍你！大哥，是林烟，林烟让我帮她搞一点大哥你的小视频发给她的！”

裴聿城：“……”

裴宇堂急忙开口：“真的，真的是她让我这么做的！大哥你相信我！我觉得这种行为实在是太变态了，所以，当时我坚决地拒绝了她，可是那天她帮了我一个忙，我欠她一个人情，才不得不答应了她。”

裴聿城眉梢微扬：“是吗？”

裴宇堂咽了口吐沫：“当……当然了！千真万确！大哥你千万别生气！别抓我回来！我……我这就把视频全删了！”

“等等。”裴宇堂刚掏出手机，裴聿城打断了他的动作。

“哥，您还有什么指示？”裴宇堂小心翼翼地问。

裴聿城伸出手。裴宇堂立即会意，恭敬地把手机递了过去。

裴聿城点开手机相册，翻看了一下裴宇堂偷拍的那些视频，都是他的一些日常活动，还有，方才他游泳时的视频。裴宇堂的取景角度倒是不错，连光影都掌握得很好。

裴宇堂心里有些发毛：“大哥？”

在裴宇堂心惊胆战的目光之下，裴聿城开口：“拍得不错。”

裴宇堂长舒了一口气，连忙拍马屁：“嘿嘿，那是因为大哥您怎么拍都帅！”

裴聿城：“你欠林烟人情？”

“是……是的……”裴宇堂弱弱开口。

“既然如此，那就留着吧。”裴聿城说着，将手机扔给了他。

裴宇堂闻言，简直无法置信。他……他哥居然为了帮他还人情……不惜牺牲自己！

裴宇堂激动不已，“嗷”的一声便扑了上去：“大哥！你果然还是爱我的！”

裴聿城：“……”

他是不是有什么奇怪的误解？

裴宇堂说完，欢天喜地地离开了。

裴聿城回到客厅，打开冰箱拿出一瓶矿泉水，就在这时，一阵熟悉的晕眩感陡然袭来。手中刚拧开的矿泉水坠落在地上，洒落一地。

意识如同被巨大的深渊吞噬，一点点沉入黑暗之中。

裴聿城强撑着最后一丝清明，踉跄着走到了对面的沙发旁，几乎是刚一坐上去，他的身体便倒了下来，彻底陷入了昏睡。

江枫华庭。

汪景阳采购了一下午，终于提着大包小包回来了。

“林烟，你要的东西买回来了，你自己看看吧……”

“太好了！”林烟放下专业书，一骨碌从桌前蹿了过去。

打开袋子一看，基本她单子上列的东西汪景阳都买齐了。

林烟宝贝一样抱了过来，一样一样地查看。

也不知道哪种有用？

算了，不管了，不如全都用上！

林烟迅速开始布置了起来，将桃木剑、八卦镜都挂了起来，符纸贴满了整个屋子，大蒜串起来，直接挂在了自己的脖子上。

汪景阳一头雾水地在旁边看着："你这次要演的角色……是个神棍？"

林烟没回答，摸出一道黄色的纸，递给汪景阳："狗子，过来，帮我贴一下，贴到我脑门上，正面，中间一点，对准了！"

汪景阳："你是认真的吗？"

林烟："非常认真！快点！"

汪景阳叹了口气，无奈地走过去，接过那张做工粗糙的黄纸："我真是服了你了。"

"来来来……"林烟闭上眼睛，然后指着自己的脑门催促道。

别的女孩子都是闭上眼睛向他索吻，她倒好，居然让他做这种事情！

汪景阳认命地把纸背面的双面胶撕开，找了找角度，随即，对准了林烟的脑门，拍了过去。

然而，就在汪景阳的手里的黄纸即将接触到林烟的瞬间，女孩白皙、娇嫩的小手陡然抬了起来，精准地扼住了他的手腕。

"啊——"手腕上一阵疼痛传来，汪景阳顿时哀嚎出声，"疼疼疼！松手！松手！林烟！你干吗？"

只见，女孩缓缓地睁开眼睛，露出一双如同浸染着寒冰的眸子。

女孩的视线落在汪景阳的面上，瞳孔微缩，随后，则是顺着汪景阳的手，落在了他手中的纸上。粗糙的黄色纸张，上面用红色的笔写着蚯蚓一样看不懂的文字。

紧跟着，清冷的视线不动声色地环视一圈，随即，便看到了床头挂着的桃木剑，门框上吊着的八卦镜，贴了满屋子的纸，以及自己脖子上一大串沉甸甸的，大蒜……

女孩的嘴角微不可察地轻轻抽了一下，随后，她深吸了一口气，伸手捏了捏自己的眉心。

真是高估了她的智商……

当裴聿城苏醒的时候，发现他的意识再次进入了林烟的身体。然后，就看到了这一屋子奇奇怪怪的东西。

意识到那丫头可能把自己当成了什么，裴聿城的心情有些难以形容。

一旁的汪景阳捂着吃痛的手腕，一脸哀怨地控诉：“林烟，不是你自己让我贴的吗？现在又想怎样？”

裴聿城目光淡淡地扫了他一眼：“有烟吗？”

陡然变得陌生的目光，让汪景阳不由得一愣，随即狐疑道：“烟？你什么时候开始抽烟的？”

裴聿城没说话，踱步走到书桌前坐了下来，随手翻了翻桌上的专业书籍。

汪景阳递了一支烟过去，忍不住开口：“女孩子最好还是别抽烟了。”

对方不置可否地接了过来，汪景阳下意识地凑过去，帮她点燃。

汪景阳看到，女孩夹着那支烟的姿势竟然非常老练。

裴聿城接过烟之后并没有抽，只是放在手里，静静地让它燃着，似乎是在用这种方式解压和思考。

“你……你没事吧？”汪景阳觉得这会儿“林烟”的状态有些奇怪，下意识地不敢多嘴。

该不会是练戏练得走火入魔了吧？

“你可以离开了。”

“好吧，那你有事叫我……”

“等等。”汪景阳正要走，又被叫住，随即看到女孩指了指屋里那些乱七八糟的东西，“把这些东西带走。”

汪景阳有些崩溃：“不是吧！有没有搞错！我辛辛苦苦买来，你又不要了？”

裴聿城淡淡地扫了汪景阳一眼：“善变和任性，是女人的权利。”

汪景阳：“……”

行吧，他居然无法反驳。

汪景阳离开之后，裴聿城的余光扫到桌前，镜子上贴着一张白纸，纸上是林烟的字迹，用红色的彩笔写着几行鲜红的大字。

裴聿城伸手将那张纸撕了下来，随后就看到纸上写着——

我不知道你到底是何方妖孽！但是，如果你再控制我的身体，请你务必遵从以下条款！否则，我就跟你同归于尽！（后面还画了一把菜刀）

第一，不许靠近裴南絮十步以内！

第二，不许靠近沈朝暮十步以内！

第三，不许靠近卫徐风十步以内！

第四，不许靠近唐嘉业十步以内！

第五，不许靠近韩逸轩十步以内！

第六，不许靠近裴聿城十步以内！不许靠近裴聿城十步以内！不许靠近裴聿城十步以内！

……

Part6

随便说了几句话就谈了个恋爱，
要是再多说几句，下一步岂不是得去民政局结婚？

♥

林烟感觉自己的意识如同处在一片混沌之中，不知过了多久，终于从黑暗中缓缓苏醒。

当她醒来时，发现自己的身体正坐在书桌前，一只手里拿着她之前写的那张“警告”，另一只手竟夹着一支燃烧了一半的烟。

她惊悚地发现，她的身体，又被控制了！

那么多东西一起招呼上去，那家伙居然毫不畏惧，还在这种时候，再次控制了她的身体！

“你你你……又是你？！”

“你都不怕这些的吗？”

“这不科学！”

裴聿城听到脑海中传来的声音，知道女孩的意识再次清醒，于是轻笑一声：“正相反。”

林烟：“……”

这家伙，果然能跟自己对话！

正相反是什么意思？不怕这些才科学？

这么想想……好像也没错……那些东西确实挺不科学的。

林烟从镜子里看着自己的脸，满心崩溃：“这位大佬，您到底想怎样？能不能别用我的声音，别用这种违和的语气说话？还有！你怎么可以用我的身体抽烟！放过孩子吧！”

“没抽。”

“点着也不行！那不是让我的身体抽二手烟吗！”

“抱歉，习惯了。”裴聿城说着，从善如流地将烟给掐灭了。

林烟有些惊讶，这……这家伙居然还挺讲道理的？

既然那些方法都行不通了，说不定真的可以跟他好好商量商量。想到这里，林烟试探着开口：“那啥，我给你写的留言你都看到了吧！你有什么想说的吗？”

裴聿城：“看了。你的理由？”

一提到这个，林烟就来气。

“你居然还好意思问我理由？都怪你惹出的这些破事！害得现在全网都在传我跟裴南絮的绯闻。对了，还有那个剧组，那个剧组简直就是地狱，里面随便一个男配都是跟我有过绯闻的男艺人，他们每个人的粉丝都足够让我死无葬身之地，现在我已经成了全娱乐圈女粉丝追杀的头号死敌！”林烟愤怒地控诉。

裴聿城：“所以？”

林烟：“所以为了我在那个剧组能够顺利地生存下去，万一我在拍戏的时候，你控制了我，你必须对以上我列举的人物严格保持距离！”

裴聿城闻言颔首：“不错的主意。”

林烟莫名觉得，这家伙的语气怪怪的，怎么还挺高兴的样子？

“那你的意思是……你同意这些条款了？”林烟试探着追问。

裴聿城顿了顿，目光落在纸上最后一条内容上：“前五条可以，第六条的理由？”

“你还好意思问我理由？”林烟又重复了一遍这句话，义愤填膺道，“你忘了你都对裴总做过什么丧心病狂的事情了吗？”

“理论上来说，那些事情，都是你做的。”

“住口！不是我的主观意愿去做的，这跟我没关系！是你控制我的！”

“你的意思是，你并没有企图？”

“当然了！这还用问吗？你以为我跟你一样变态？”林烟脱口而出。

话音刚落，这时，她放在书桌上的手机突然响了起来。

林烟担心是赵红绫那边有什么重要消息，忙道："快帮我点开，看下谁发来的！"

林烟的手机是指纹解锁，裴聿城拿起手机，直接解锁了手机，随即点开了林烟刚刚收到的信息。

这是一段视频，点开后，画面里的背景是一栋豪华别墅的泳池边上，很快，泳池边走过来一个男人，男人身上只穿着一条泳裤，宽肩窄臀大长腿，竟然是……裴聿城……

林烟万万没想到，一点开消息，映入眼帘的便是如此刺激的画面，如果这会儿她在控制自己的身体，估计已经把手机都扔出去了！

林烟："这是谁给我发的？"

裴聿城低哑地轻笑一声："没企图？"

林烟："我不是！我没有！我是冤枉的！"

林烟话音刚落，对方又发了一条微信过来。

这不是开往幼儿园的车：烟姐，我已经按照你的要求拍好了，请查收！

林烟："！"

林烟一看这微信昵称，顿时认了出来，这不是裴宇堂吗？

这家伙，什么时候发不好，偏偏这个时候给她发！

不对，重点是，什么叫按照她的要求拍的？她不过是要一点裴聿城日常生活的视频而已，这孩子的脑回路怎么回事，他到底是对她有什么奇怪的误解？

"这是误会！我刚接的这部戏要演一个霸道女总裁，我是为了能演出精髓，才拜托裴聿城的弟弟裴宇堂帮我弄些裴总日常生活的视频，绝对没要求他发这么限制级的！"林烟咬牙切齿地解释。

裴聿城眉梢微扬，似乎对她的措辞并不太赞同："限制吗？"

林烟一听这话音，顿时满脸警惕："这还不够？你还想怎样！我警告你！你可别再随便乱来！你……"林烟正要继续威胁，可是意识却突然变得虚弱，一点点陷入了深处，"怎么突然觉得好困……"

裴聿城："强行与我对话，会耗费精力，睡吧。"

林烟怎么敢睡，立即强撑着道："不行！万一你趁我不在……"

裴聿城放软了声音，安抚道："万一我真要做什么，即使你是清醒的，你能阻止？”

林烟：“……”

这也算是劝人吗？

下一秒，林烟的意识瞬间陷入深处，她都怀疑自己的意识不是昏睡在了体内，而是被气晕了！

脑海中林烟的意识陷入沉睡后，她的手机再次响了起来。

这不是开往幼儿园的车：烟姐，你交给我的任务已经顺利完成，哪天我们一起去飙车呀？你放心，我知道一个很隐秘的赛场，我哥肯定不会发现的！

裴聿城：“……”

裴聿城用林烟的手机，回复了一句话过去——

街南绿树春饶絮：我是裴聿城。

手机那头静默了几秒钟，随后，被吓懵圈的裴宇堂终于回复了。

这不是开往幼儿园的车：什么！大……大哥？你……你现在跟烟姐在一起？烟姐的手机怎么会在你这里？我烟姐呢？

街南绿树春饶絮：睡了。

这不是开往幼儿园的车：！

睡……睡了？

紧跟着，裴宇堂连续发了无数条信息过来。

这不是开往幼儿园的车：大哥我错了！

这不是开往幼儿园的车：大哥求你原谅我！

这不是开往幼儿园的车：大哥我只是想带嫂子去兜风散散心而已！时速三十码的那种！

这不是开往幼儿园的车：大哥我祝你跟大嫂白头偕老、百年好合、早生贵子！大哥，在我心里，你跟我大嫂就是天造地设的一对！绝对的灵魂伴侣！我绝对不会阻止你跟大嫂在一起的！从今天开始，我大嫂就是我亲大嫂！

这不是开往幼儿园的车：大哥我不打扰你们了，你们继续，继续睡……

当林烟醒来的时候，发现自己正在一辆出租车上。而她的身体依旧是在被控制的状态。

“你……你要带我去哪？”林烟的意识瞬间惊醒。

下一秒，出租车停在了一栋别墅门口。

“这是哪里？”

“你要干吗？”

“这……这地方怎么这么眼熟？这不是裴总家吗？”

“过分了吧！你怎么老是逮着一只羊毛薅！换一个不行吗？”

林烟说了半天，对方终于回应她了——“你想换谁？”

林烟被噎住：“我就是这么一说！我谁都不想薅！”说完，林烟赶紧继续劝说道，“如今我早就已经看清楚了，衣冠禽兽哪个不是一表人才，渣男一个两个全都长得贼帅，这个世界上越好看的东西越有毒。不管你再独立，再强大，再厉害，一旦沉迷于美色，那就全完了！我劝你最好也放下屠刀，回头是岸！咱俩一起欢快地赚钱难道不好吗？”

“苦海无涯，四大皆空，回头是岸啊，亲……”

就在林烟絮絮叨叨，试图给那家伙洗脑的时候，她的身体已经被对方操控着打开了裴聿城家里的门锁，迈步走进了客厅。

这家伙，居然连裴聿城家里的密码锁都知道？这到底是背着她做了多少见不得人的事情？

林烟正震惊着，视线转过玄关，一眼扫到了客厅正中央的沙发，沙发背后是大面落地窗，窗后偌大的泳池在阳光的照耀下，波光粼粼。

裴聿城阖着眼睛，安静地躺在沙发上沉睡。

男人似乎是刚游完泳，身上只穿着一件宽松的浴袍，胸口以及腰腹露出大片腹肌以及人鱼线，那斑驳的微光闪动着，散落在他的身上，远远看去，如同他正沉睡在海底。

一瞬间，林烟觉得，一切往事如过眼云烟……人间值得……

裴聿城：“要回头吗？”

林烟：“等等等等！先别回！我再看一眼！”

裴聿城：“……”

意识到自己暴露了心声，林烟顿时崩溃：“这不能怪我！这谁顶得住！”

“呵……”

林烟听到自己的身体发出一声独属于那家伙语气的轻笑，紧跟着，她的身体便突然软软地倒了下去。

下一秒，林烟瞬间感觉自己的意识恢复了！

她回来了？

不过，因为刚回到身体，完全来不及反应，身体还是因为惯性继续摔了下去，好死不死地就这么径直摔在了裴聿城的身上……

为什么！

为什么每次都要在这种时候回来！

为什么受伤的总是她！

林烟的内心简直悲伤逆流成河，她用尽生平所有的定力，排除了美色的干扰，迅速爬起来。

此刻，她的心里只有一个念头，趁着裴聿城还没醒，赶紧跑！

林烟爬起来，拔腿就要跑，结果，下一秒，腰间蓦然一紧，一股巨大的力道袭来。她的身体陡然重新趴了回去。

林烟一头扑倒在了男人的胸口，脑门磕到了男人的下巴。

下一秒，林烟的身体陡然僵直。

额头突然传来一个柔软而微凉的触感，如同羽毛般的亲吻，轻轻落在她的额上，男人低哑清冷的声音，带着惑人的磁性，在耳边响起——

“午安，林小姐。”

林烟：“……”

这一秒，林烟的大脑就如同烟花一样，“轰”的一声炸开了。

可能是因为赛车这一行大多数时候都是跟男人打交道，接触的也全都是器械、机油，时间长了，她对男人都已经有些麻木，相处起来完全都是把他们当兄弟看。

比如汪景阳，她就从没把他当成男人看过。即使是裴南絮，对她而言也只是一个崇拜和敬仰的偶像。韩逸轩以前就经常抱怨她没有女人味，没有情调，不懂浪漫。

这些年，她也遇到过形形色色的帅哥，但是，第一次，有一个男人，能让她那颗钢铁直女心，跳得如同十八岁的少女！

此刻，男人的眸子惺忪而慵懒，满满倒映着她微红的脸。林烟的脑海中陡然裂出一道裂缝，泄露出一丝奇妙的错觉。

这个气息……怎么这么熟悉？

熟悉得好像，她认识这个人已经很久很久了。

林烟失神了好半晌，随后才陡然发现，自己还趴在人家身上。而裴聿城从头到尾都一直耐心地保持着这个姿势，轻轻扶着她的腰身，以免她摔下去。放置在她腰腹的手指，如同在安抚一只受惊的小兔子，一下一下温柔地捏着她。

林烟有种自己最柔软、最脆弱的地方都被拿捏在手里，却心甘情愿并完全依赖的感觉。

下一秒，林烟猛地摇摇头，赶紧让自己清醒过来。

“砰——”的一声，林烟的身子用力一扭，骨碌碌滚到了沙发下面，然后迅速拍拍屁股爬起来。完了之后，一屁股跪坐在了沙发跟前请罪：“裴总，对……对不起……”

这次她又应该用什么理由？

林烟的大脑飞速转动起来——

“其实事情是这样的……

“是因为……因为……

“对了！因为裴宇堂！

“是他让我过来找他的！是他说他在这里，还给了我这里的密码！”林烟越说越麻溜，继续道，“结果……结果我找过来的时候不小心摔了一跤，没想到正好摔在了裴总您的身上，打扰了您的午睡！”

裴聿城缓缓坐起身，眉宇之间有几分赞赏：“有进步。”

林烟眨了眨眼睛：“啊？”什么有进步？

“这次的理由，逻辑很严密。”裴聿城评价道。

林烟：“……”

果然还是不相信她吗！

真话不相信，假话还是不相信！她真是太难了！

如今想要保命，不被当成变态抓进牢里，唯有给自己立一个“深情”的人设！

林烟努力稳住心神：“我说的是真的，我之所以找裴宇堂，其实是想跟他打听一下您的喜好什么的，没想到却不小心冒……冒犯了您……”

裴聿城重新系上了被她扯散的睡衣，并且耐心地示意她：“继续。”

林烟得以冷静，继续说道：“裴总，对于您受到的精神损失，我非常抱歉，只是，我……我很穷……我没有钱……”

裴聿城：“所以？”

林烟："不然……我给您磕头赔罪？"

裴聿城轻笑一声："我并不需要这样的赔偿。"

林烟哭丧着脸："好吧，我知道就算我头磕破了也没用，可是，除此之外，我也不知道有什么办法可以赔偿和赎罪了。"

裴聿城目光微闪，如深海般探不到底的眸子静静地注视着她："也有不赔偿的方法。"

林烟的眼睛顿时亮了亮，小心询问："不赔偿的方法？是什么？"

裴聿城这个人，太让人捉摸不透了，以至于她每次跟他说话都心惊胆战。

裴聿城没有回答，而是顿了顿，然后开口问道："可否问林小姐一个问题？"

林烟忙点头："当然！您问，您问！"

裴聿城："林小姐……喜欢我？"

"……"林烟一时愣住。

这个问题……她倒是想撇清关系，可问题是，要是说不喜欢，那她的种种行为全都堪称变态，足够送进牢里一百遍了。如果说自己是喜欢裴聿城，为了追求裴聿城才接近他的，勉强还能说得过去。

于是，林烟只能继续把自己的老脸踩在脚下，酝酿了一下感情，无比深情地开口道："当然了！我上次就说过，第一眼见到裴总您的时候，就已经对您一往情深！说星星好看的人一定是没有见过你的眼睛，说春风温暖的人一定是没有看过你的微笑，说糖果甜蜜的人一定是没有听过你的声音，只要一天不见到你，我的血糖都会变低！"担心自己还不够诚恳，林烟又加了一句，"如果能跟您交往，那我真是此生无憾了！"

裴聿城眸底的笑意如同涟漪一般一圈圈荡漾开来："林小姐的话，倒是令人十分感动。"

林烟闻言，眨了眨眼睛，下意识想到一个词——"十动然拒"，十分感动，然后拒绝了。

就在林烟胡思乱想的时候，她听到耳边传来裴聿城如同大提琴般低沉而富有磁性的声音——

"既然如此……我可以与林小姐交往。"

林烟："……"

男人话音落下的瞬间，林烟"唰"地抬起头，目瞪口呆，满脸灰飞烟灭，似乎怎么也没想到，裴聿城会答应自己。

五雷轰顶也不过如此。

完了……玩……玩脱了……

怎么就接受了！难道不应该是拒绝吗？说好的“十动然拒”呢？大佬您怎么不按照套路出牌？

林烟被吓得半死，咳了个惊天动地：“裴……裴总……我是不是听错了……您……您刚刚说同意跟我交往？”

裴聿城见她呛咳，便伸出一只手，轻轻在女孩的后背上顺着：“你没听错。”

“……”林烟的脑子已经彻底炸裂，失去了思考能力。

裴聿城突如其来的靠近更是让林烟的大脑一片混乱，她下意识地想躲开裴聿城，可是，她的“深情人设”不允许。

求生欲促使她僵直着身体，继续保持了跪坐在沙发旁的姿势。

而这一切的罪魁祸首，却噙着笑，云淡风轻地坐在那里看着她：“林小姐，怎么？”

林烟呆呆地盯着裴聿城，下意识地脱口而出：“裴总，您是不是眼神不太好？”

裴聿城：“……”

林烟急忙规劝：“我是说，其实吧，这年头男人在外面真的要注意保护自己，现在的女孩子一个两个可危险了。我觉得裴总您还是慎重考虑一下比较好！”

她真的是万万没想到，裴聿城在感情方面居然会如此单纯。这也太好追了吧？

裴聿城轻抚着女孩的手微微顿住，似乎是在思索，随即开口：“确实。”

林烟：“对吧，对吧！所以要不您还是好好考虑一下？”

裴聿城看向女孩：“所以，林小姐是暗示我，直接结婚比较稳妥？”

林烟：“……”

为什么他会有这么可怕的想法！

林烟差点把头都摇掉：“不不不……我没那个意思！我一点都不想跟你结婚！不对，我的意思是，其实我是不婚主义者，我没有结婚的打算！”

林烟语无伦次地解释着。然而，裴聿城听到这样的话，竟然丝毫没有不悦之色，镜片后深邃如夜幕的眸底闪过一抹她看不懂的幽光。

“可以不结婚。”裴聿城开口。

林烟傻眼了：“……”

这都行？

不过，仔细想想，倒是也可以理解。或许，裴聿城也只是看她比较新奇，所以才答应了跟她交往几天而已，怎么可能会想到结婚那么长远。或许是她太大惊小怪了？

一些有钱人三天两头就换个女朋友不都是很正常的事情吗？

想到这里，林烟稍微松了口气，但是，很快她又在心底哀号起来！

为啥！到底为啥事情就发展到了这种地步啊？为什么会把自己玩进去！

“林小姐的意思？”裴聿城看着她，等待着她的回复。

林烟：“……”

她的意思……她还能有什么意思？是她先不要脸的……紧跟着又跑去医院偷袭，现在甚至追到了家里来，一通天上地下的表白……难道她还能说不，说她不想跟他交往，说她只是一个纯粹的变态跟踪狂吗？

此刻，林烟的内心犹如翻腾的油锅：“我……我的意思是……我真是……真是太高兴了……”

林烟用尽毕生演技，让自己满脸都写着高兴。现在她也只能安慰自己，好歹今天不用死了！

“我……我可不可以有一个小小的要求？因为我的职业原因，我们的关系可能需要对外界保密！”林烟稍稍冷静后，恢复了一些理智，立即提出了重点。

裴聿城闻言开口：“你的生活和工作不会受到任何影响，我也不会干预你的事情，还有别的吗？”

听到裴聿城这么体贴，林烟倒是有些愧疚了：“暂时……没有了。”

这男朋友来得太快，就像龙卷风。

接下来她的人生目标，除了赚钱，大概还要多一个——跟裴聿城分手！

她这样经常不受控制，说不定什么时候又做出什么。万一她又去招惹别的男人？

这哪里是在谈恋爱，这分明就是生存考验！

而且，她一点都不想谈恋爱好吗！韩逸轩的事情之后，她深刻觉得，果然谈恋爱这种事情不适合她，她都已经做好这辈子不会再恋爱的准备。而且，谈恋爱多费钱啊。

平心而论，她其实知道，她这样的女孩子并不讨人喜欢，而她也受够了收起爪牙，去迎合讨好他人。她不像林书雅会穿衣，会打扮，性子又娇憨可人，天真无邪，柔柔地撒个娇，便让人想把全世界都送到她的面前。

林书雅的粉丝群体非常广，不仅男粉众多，女粉丝也非常多。网上全都叫着"书雅太单纯、太可爱""妈妈的心都化了""世界上怎么会有这么美好的女孩子""我要守护书雅一辈子"……她所有的付出、所有的努力，也比不上林书雅的一滴眼泪、几句撒娇。

所以，这么一想的话，跟裴聿城分手，应该还是很容易的吧？

估计要不了几天，或许都不需要她做什么，就可以脱身了！想到这里，林烟的心情才稍微好转了一下。

就在林烟神游天外的时候，耳畔突然传来裴聿城的声音："林小姐带手机了吗？"

林烟忙回过神来："带了，怎么了？"

屋后的阳光透过偌大的落地窗暖暖洒落，男人斜倚在沙发上，凉薄的眸底也被倒映了一片暖色："没什么，只是觉得，我似乎应该知道女朋友的手机号码。"

林烟顿时老脸一红。

为什么这个男人随随便便一句话就能把她钢铁一样的直女心融化掉？甚至连心中对金钱的信念都差点被腐蚀。

可怕！太可怕了！

林烟一时还有些不能立刻接受自己现在的身份，受宠若惊地把手机递了过去。

裴聿城在她的手机里输入了他自己的手机号，随即按下了拨通键，就算是交换了彼此的手机号码。

接着，裴聿城又要了她的微信号。林烟自然是满口答应，正要点开自己的微信，结果，不知想到什么，陡然变了脸色。

她的微信昵称是裴南絮的名字，微信头像是裴南絮的照片！

她口口声声最喜欢的是裴聿城，昵称和头像却是他弟弟。

万一被裴聿城看到……

完蛋！人设要崩！

怎么办怎么办……好悲催，怎么感觉自己每天都好像在生死大闯关似的！

林烟慌忙开口："哎呀，手机怎么回事，好像卡壳了，有点问题，您等我一下。"

就在这时，她无意间发现了裴宇堂跟自己的聊天记录。

她在自己不知道的时候，居然给裴宇堂发了那种惹人误会的话？

还有……还有这些视频是什么情况？！

裴宇堂给她发了不少视频，其中好几段视频的封面居然是裴聿城只穿着泳裤的样子。

前面几段视频倒是都很正常，是裴聿城平时工作、生活的录像，每一段都堪比时尚大片，随便截取一张都能当桌面。

现在林烟命悬一线，也来不及多想了。林烟以迅雷不及掩耳之势截取了一张傍晚的斜阳之下男人站在落地窗前的背影，设置成了头像。

紧跟着，她飞快地在脑海里搜索了一遍词库，然后果断把原本的昵称给改成了"烟城疏雨隔斜阳"。

林烟在短短的几秒钟之内完成了这一系列操作，然后才点开了自己的二维码："好……好了……可以加了……"

裴聿城对此似乎毫无察觉，拿起手机，扫描加了她的账号。林烟屏住呼吸，盯着裴聿城的反应。

裴聿城自然是一眼看到了林烟的昵称和头像，头像里自己的背影他自然认得出，还有那句"烟城疏雨隔斜阳"。

呵，短短几秒钟之内能做到这种程度……似乎应该重新评估她的智商。

男人依旧是那副漫不经心的表情，不过，嘴角却不易察觉地勾了勾。眼底一直酝酿的阴鸷，也消散了不少。

很快，林烟也通过了裴聿城的好友请求，两人都出现在了彼此的好友列表里。

裴聿城似乎是不怎么用微信的样子，ID和头像都非常公事公办，ID是自己的名字，头像是JM集团的标志。

一切搞定之后，林烟长舒一口气，偷瞄了他一眼，然后轻咳一声开口："我没有您的照片，所以这张……是三少帮我拍的。"完全就是一副深陷爱情无法自拔的小女人模样。

林烟说完之后，自己都忍不住给自己点个赞。这一番操作下来，弄得她自己都快相信了。为了保住这条小命，她真是太不容易了！

现在这手机号也给了，微信号也加了，总该放她走了吧？

林烟一副可怜巴巴的表情，满脸写着"若无事臣可以退朝了吗？"。

裴聿城看了眼手机上的时间："我待会儿有个会，可能不能陪你。"

太好了！

林烟一听，小脑袋跟向日葵一样"唰"地扬了起来，简直心花怒放，面上却是三分遗憾三分不舍还有四分体贴："没事没事，你去忙你的就好，不用管我，正好我最近可能也要忙着准备新戏！这样的话，那我就先走了，不打扰您工作了！"

裴聿城："等等。"

林烟："……"

又等？她不想等啊！谁知道等一等又能等出什么事情来？

随便说了几句话就谈了个恋爱，要是再多说几句，下一步岂不是得去民政局结婚？

无奈，林烟只能僵直着身体，一动不动。

只见男人从沙发上起身，随即，在她身旁的位置俯身弯下腰，修长的手指覆在了她的小腿上。

林烟："……"

当小腿被男人的手指覆上的一瞬间，虽然隔着一层布料，却依旧让她惊得一个激灵。

什么情况？

就在这时，耳边传来男人清冷淡漠又夹杂着几分揶揄的声音："腿不麻？"

林烟闻言，这才发现，自己在这跪坐太久，腿真的已经麻了，稍微动一下就是锥心的疼。她自己都没发现，裴聿城居然发现了。

男人说着，略卷了一下衣服袖子，随即单膝曲起，半跪在她身边，开始轻轻地帮她按揉起小腿。裴聿城的力道适中，虽然一开始还有些麻痛，但很快痛感便消退了。

裴聿城是什么人？是那种平常她只有在电视里和财经杂志的报道里才会看到的人物，是比裴南絮还要遥远十几个星系的人！这样一个人，此刻却弯着腰，半跪在她的面前……

又帅又有钱又温柔体贴！这是什么神仙男朋友？

在某个瞬间，她竟然有种为了眼前的人，就算倾家荡产也愿意的可怕冲动。林烟忙不迭摇摇头，回过神来："可以了，谢谢谢谢。"

方才那个"倾家荡产"的冲动让林烟心中警钟大响。

"那……我就先走了。"她匆匆道了个别，然后就跟火烧屁股一样离开了别墅。

女孩离开后不久，裴聿城踱步走进卧室，脱下睡衣，换上了一件白色衬衫，随意地扣了几颗扣子。随后，男人便坐在靠窗的椅子上，点燃了一支烟。薄薄的烟雾缭绕着，男人的眸子沉得如同深不见底的海。

似乎是陷入了什么思绪当中，男人半晌都没有动，连手中的烟已经燃尽都没有发觉。

不知过了多久，男人掐了烟蒂，打开旁边柜子里的第一个抽屉，从里面拿出两个红色的本子。

红色的封面上写着"结婚证"三个字，轻轻翻开，证书上贴的照片中，男人一向清冷的面上是难得柔和的微笑，而他身旁的女孩眸若星辰，笑靥如花。

回家之后，林烟洗了个澡，休息了一会儿，这一天过得真是太艰难了。

正躺在床上刷着手机，好缓解一下受惊的心情。没过多久，手机铃声突然响了起来。林烟看了眼来电显示，旋即接通电话。

"喂，妈！"

"小烟啊，今天晚上有空吗？你外公让我们回老宅吃饭。"电话另一头，传来林烟母亲的声音。

"外公让我们回去吃饭……"林烟闻言神色略微有些诧异，但还是应声道，"嗯，好的。妈，我一会儿就过去找你。"

挂断电话后，林烟迅速从床上起身。

母亲和父亲分开之后，一直被娘家所仇视，直到近些年来，关系才稍微有些缓和。至于原因，林烟自然是知道的。

父亲林跃通和母亲贺暮云结婚后，是靠着外公的赞助和资源才得以发家致富，深得外公信任。只不过，后来林跃通不知做了什么，将外公所有的资源全部拉走，并且吞并了外公手下最盈利的一个影视公司。外公在资金链断裂之后，手底下所有的产业一时间全部跌入低谷，没能坚持几年，外公的公司便宣告破产。现如今，外公的旗下，只存在一支又小又破的车队，这也是外公唯一不肯放弃的执念。

贺家是靠赛车发家的，属于赛车世家，当年外公凭着赛车获取了人生中的第一桶金，之后才进入商界和影视行业。但众所周知，玩赛车是最烧钱的，资金链断裂后外公的那支车队，只能渐渐从当初最大规模的赛车队，变成了现在最底层的小车队。甚至当年从外公手下跳槽走的高层，如今也已稳稳地踩在了外公的头上。

林烟叹了口气，这些年，其实外公也不容易，赛车队坚持到如今都还未解散，不知外公付出了多少艰辛。

其实，林烟母亲的娘家人，多少对她们母女俩有些仇视，如果不是因为林跃通，他们怎么可能会沦落到如今这种地步?

对此，母亲这些年也十分愧疚。只是，最近几年，外公似乎已经开始释怀，逐渐和母亲有了联系，但叫回老宅吃饭，之前倒是从没有过。

林烟当初在国外选择了赛车行业，或多或少也和外公这边有些关系。她记得，外公家里关于赛车的书籍和影像资料，满满当当地堆满了一屋子，自小林烟就没少看。只不过，她去国外赛车的事情，外公一家甚至是母亲都不知道。

原本，林烟是想在赛事中拿到一座重量级的国际奖杯，回来之后再把奖杯送给外公，希望外公不要再责怪母亲。只可惜，在那场赛事中，她出了很严重的车祸，也算上苍眷顾，这才没当场去世，只是腿上的伤，一直到今时今日都没能痊愈。

现如今，林烟彻底被禁赛，成为圈子里的笑柄，她自然更不可能再告诉外公。

出租车上，林烟思绪万千。

到了目的地后，林烟拿起从超市给母亲贺暮云买的东西，直接下了车。

“妈！”

林烟敲了敲门。

很快，房门被打开，一个容貌清丽婉约的女人映入林烟的眼中。

从女人的脸上，能够很明显看出岁月的沧桑。尤其是贺暮云的一双手，已经布满了老茧，但即使如此，依旧无法掩饰女人的容貌和气质。

“怎么又买那么多东西，我又用不上，多浪费啊！”贺暮云接过林烟手中的大包小包，蹙着眉头说道。

走入屋内，热气扑面而来，老旧的电风扇在“吱呀吱呀”地转动着。

“妈，没多少钱，我也找到工作了！”林烟看着贺暮云，心中有些不是滋味。

母亲现在一直住在距离市区极远的郊外。

其实，当年林烟在国外也赚了不少钱，但每次打给母亲的钱，都被母亲还了回来；要给母亲换个好点的房子，母亲也不愿意，说自己工作辛苦、赚钱不容易，说什么也不愿意接受。

其实林烟心里清楚，母亲心结太深，她是用这种方式在自我惩罚。

“找到工作也是自己赚的辛苦钱，妈这边不缺东西，妈有钱。你要缺钱了就跟妈说，妈这一幅画也很值钱。”贺暮云盯着林烟，轻声笑道。

不等林烟继续说些什么，贺暮云道：“小烟，你坐一会儿，等妈收拾点东西咱们就去老宅。”

“好。”林烟乖巧地点了点头。

林烟坐在沙发上，目光在屋内四处打量。

墙上挂着许多字画，都保护得很好，甚至没有什么灰尘。这些都是母亲贺暮云的得意作品，母亲自小便练得一手好字画，尤其是画，十分灵动，栩栩如生。

母亲虽然说自己的字画能够卖出去，吃喝不愁，但林烟知道，根本没人来买母亲的字画，而且一幅都没卖出去。

沙发的一角，摆放着许多废纸、矿泉水和饮料瓶……

林烟的眼角有些发涩，看了一眼还在忙碌的贺暮云，心中不是滋味。这些年，母亲的身体不太好，一直都没有怎么工作，之前汪景阳还跟她说过，看见母亲捡矿泉水瓶去废品收购站变卖。

“妈，我租了房子，是个公寓，你跟我回公寓住吧！这边太偏远了，也不方便！”林烟朝着贺暮云开口道。

闻声，贺暮云笑了笑，摇头道：“公寓那点大的地方，一个人住都不够。”

“够的够的，住我们母女绰绰有余了！”林烟急道。

“不去了，妈这里挺好，很清净，再说也住习惯了，你常回来看看妈就行。”贺暮云头也不回地开口。

林烟知道母亲的性格，母亲说了不去，她再怎么说母亲都不会过去跟她一起住。林烟也知道，母亲并不是不想换个好点的居住环境，但她从心里不愿意拖累子女。

想起母亲以往也是标准的大家闺秀，自小也是娇生惯养，可是，如今却落到这样的地步……林烟暗暗发誓，她一定要让母亲过上好日子，无论如何！

“小烟，我们走吧，别迟到了，你外公不喜欢别人迟到。”贺暮云收拾一番后，朝着林烟喊道。

闻声，林烟点了点头，站起身来，挽着贺暮云的手臂，朝着门外走去。

母亲居住的地方有些偏远，两人坐了将近一个小时的车才到老宅。

看着老宅，林烟思绪万千。林烟的童年和老宅无法分割，这里充斥着她太多的回忆。

林烟还记得，小时候老宅内有一辆老式赛车，是外公最喜欢、最宝贝的收藏品，之后那辆车也因为资金链断裂而被迫出售了。

很快，林烟和母亲走入了老宅大厅。

“姑姑，你来了。”一位二十岁左右的年轻男孩朝着贺暮云喊道。

“小风。”贺暮云朝着男孩微微笑道。

眼前这个看着有些腼腆的男孩叫贺乐风，是林烟二舅的独生子。

外公一共有四个孩子，三儿一女，林烟的妈妈贺暮云是老三。只不过，林烟的三舅前两年便已经去世了，她跟三舅的关系最好，她的赛车技巧，很多都是三舅教她的。

回国后，林烟便一直住在三舅的家中，若不是因为三舅的关系，林烟也不可能对王巧慧母女俩处处忍让。

很快，一个中年男人从屋内走了出去，冷冷地扫了一眼林烟和贺暮云，并未开口说话。

“大哥……”贺暮云神色小心地朝着中年男人唤了一声。

这中年男人叫贺雄，是林烟的大舅，因为林跃通的事，对林烟一家极为仇视，经常挖苦和嘲讽贺暮云，而贺暮云因为心存愧疚，也从来不会与他争论什么。

“我外公呢？”林烟看向身旁的贺乐风问道。

“表姐，爷爷和我爸在屋里谈车队的事呢。”贺乐风叹了口气开口。

“小风，最近车队有什么问题吗？”林烟见贺乐风的脸色不对，问了一句。

“嗯……是有点……”贺乐风面色凝重地点了点头，“烟姐，最近车队情况不容乐观，我们的车队现在是垫底的，如果赢不了下面的这场比赛，可能就要解散了。”

林烟闻言若有所思，赛车队有赛车队的制度，而制度情况往往又比较复杂，不过终归是看实力，竞争非常激烈，弱的车队被淘汰解散十分常见，经常一场比赛便能决定一个车队的生死。

林烟刚想仔细问一下车队的情况，不远处的大舅贺雄却不耐烦地瞥了贺乐风一眼，道：“小风，你跟她们说这些做什么，她们懂什么！”

贺乐风被骂了一句，有些尴尬地挠挠头，噤声不再多言。

“大哥，小烟也就是关心一下，没有别的意思。”贺暮云急忙解释道。

“关心？”贺雄一声冷笑，“你们还有脸关心？如果不是你们这一家，我们贺家能到今天的地步？现在连爸最看重的赛车队都要解散了，真是扫把星，还问车队的情况，跟你们说又怎么样，听得懂吗？还是你们能帮上什么忙？”

当下，林烟看向大舅贺雄，眉头微微蹙起。

她还想说些什么，一位满头白发、戴着老花镜的老者和二舅贺良便一同从屋内走了出来。

“爸。”贺暮云看向老者，开口喊道。

闻声，老者朝着贺暮云点了点头。

旋即，老者坐在饭桌旁，扫了一眼众人：“都坐下吃饭吧，刚好我有点事想说。”

当下，林烟等人纷纷入座。

“爸，车队的事没有缓和余地了吗？”大舅贺雄问道。

老者独自倒了杯酒，并未开口说话，倒是一旁的二舅贺良说道："下个月，我们要和老汤的车队打比赛，如果输了，我们的车队就要解散，没人会继续投资一个倒数第一的车队。"

"老汤……爸，他不是你以前的得力助手吗，要不你打个电话跟他商量一下？"贺雄开口。

"大哥，算了吧，老汤那个白眼狼，近些年一直都想搞垮我们的车队，有好几次我们都是被老汤给送出了赛道，找他谈？"贺良冷笑，"除非我们能赢过老汤的车队。"

"老汤的车队可不是吃素的，他培养了不少优秀的赛车手，就是不算赛车手，我们的硬件也没办法跟老汤的车队相比。"贺雄若有所思道。

正说着，敲门声响起。贺乐风起身开门。

"汤叔？"看到来人，贺乐风有些意外。

只见门口处，一位中年男子挎着黑色的皮包，梳着大背头，满脸堆着笑意走了进来："老爷子，我来看您了！"

"汤振英，今天是贺某家宴，我没记得请了你。"老者看向中年男人，面无表情地开口。

"老爷子，瞧您这话说的，我今天过来，又不是蹭您的饭吃，不管怎么样，我也是老爷子您培养出来的，我今天过来就是为了报恩！"中年男人笑道。

"什么意思？"老者问道。

"呵呵，老爷子，您车队这边是个什么情况，您自己也应该知道，下一场是你们的淘汰赛，正好对手是我的车队，您也知道，您这边的胜算是零。反正是要被解散，不如卖给我，起码还能落几个子在口袋里，您说呢？"中年男人笑道。

"说完了？"老者捏紧了拳头。

"说完了，您老意思怎么样？"中年男人开口。

"滚。"老者冷声开口。

随着老者话音落下，中年男人的面色也变了，冷冷一笑："我说老爷子，您这就是给脸不要脸了，就您那破车队，我愿意出钱收购，那是你的荣幸，等你到时候输了比赛，你们全家跪下来求我，我都不会要！就你们全家现在守着个破车队，吃喝都成问题了吧？还当成宝？"

"你滚不滚！"二舅贺良忽然站起身来，将手中的酒杯狠狠砸在中年男人的脚边。

“呵呵，好好好，我走。我要让你们看看，你们那破车队到底有多可怜，多垃圾，我亲自送你们永远离开赛道，半个月后，咱们赛道见。”中年男人点了点头，冷笑一声后，转身离开。

因为汤振英的到来，餐桌上的气氛顿时变得更加压抑，所有人的脸色都不太好看。

外公缓缓闭上眼睛，那张脸似乎瞬间又苍老了不少。

二舅贺良面色凝重道：“这次的比赛，汤振英那边肯定会疯狂针对我们，我们必须做好充分的准备。”

贺乐风苦笑着开口：“爸，我们本来也没什么胜算，连我的领航员前天都走人了，到现在都还没找到新的顶替，到时候能不能顺利参赛都是个问题……”

这时，大舅贺雄突然“砰”的一声用力拍了一下桌子，随即便开始怒吼出声：“看着我们贺家落到这种田地，看着当年叱咤风云的顶级俱乐部，连个领航员都留不住，什么阿猫阿狗都能欺负到头上，现在你们一家人开心了？满意了吗？”

贺暮云身形微晃，绞紧了手指，脸色苍白如纸。

一旁的贺良眉头微蹙：“好了，大哥，别说了，这件事情跟暮云没关系，是我们自己没本事赢过人家。”

这时，门口走进来一个年轻男人，听到这话，顿时嗤笑一声，道：“二叔，都这种时候了，你还帮这种丧门星说话呢？我爸说得没错，如果不是他们这一家狼心狗肺的东西，我们贺家怎么可能落到今天这般田地！”

说话的男人年纪看上去比林烟和贺乐风都稍微长一些，是大舅贺雄的儿子贺明凯。

林烟听到这里，目光冷冷地朝着贺明凯看去：“我们是丧门星，那你和你父亲是什么？只能跑吊车尾的窝囊废？”

林跃通确实是导致贺家败落的导火索，可是，母亲才是最大的受害者。大舅贺雄作为长兄，亲妹妹被欺辱至此，从未有过一句安慰，更别说维护和照顾，永远只有讥讽和责备。

旁边的贺明凯一听这话就炸了：“林烟你说什么！你给我再说一遍！

还说我窝囊废，我看你才是赔钱货！啧啧，你怎么不跟你那个妹妹林书雅一样，去找你们那个爹呢？对了，我差点忘了，林跃通可是个精明的商人，怎么会要你这种废……”

“够了，全都给我闭嘴。”

直到老爷子开口呵斥，其他人才终于噤声。

说完，老爷子站起身，一言不发地离开饭桌，走进了书房。

贺明凯神色讪讪地撇撇嘴，满脸不屑地看着林烟：“小丫头，我看你是不知天高地厚，站着说话不腰疼！你知道赛车多费钱吗？没钱拿什么跟人家比赛，有本事你去跑一个试试！你懂赛车吗？车轮子怎么装都不知道吧？居然还在这里大放厥词！”

大舅贺雄冷哼一声：“明凯，不用跟她争辩了，说了她也听不懂！”

这些年，林烟为了不让母亲担心，没跟任何人说过自己真正的职业，知道她是赛车手的只有林书雅。

林烟闻言，也没说话，只是面无表情地扫了父子二人一眼。

贺雄和贺明凯父子两人摔了筷子离开，这顿家宴，也随之不欢而散。

“小烟，我去看看你外公！”贺暮云红着眼睛开口，随即朝着书房的方向走去。

接着，二舅贺良也叹着气离开了，客厅里只剩下了林烟和表弟贺乐风。

林烟将表弟贺乐风叫到了一旁：“小风，我有点事想跟你说……”

贺乐风闻言忙安慰道：“表姐，刚才明哥他们说的话，你别往心里去……”

“没事，我知道。”林烟开口，“我找你不是为这个，刚才在饭桌上，我听你说，你的领航员走了？”

拉力赛都是以车组为单位，每个车组由赛车手和领航员组成。领航员又被称作“车手的眼睛”，比赛的时候会坐在副驾驶座上，随时向车手报路况。

很多人对领航员有些误解，认为领航员就是在旁边给车手读书、读报纸的，是个可有可无的位置。实际上，经验丰富的领航员可以精准地掌握每一个弯道角度、弯道长度、潜在危险甚至是风速、路面温度等，由此告知车手最合适的车速和档位建议，这样车手就可以省略判断路面的时间，最大限度地提高车速。可以说，一个好的领航员，相当于拉力赛的“最强大脑”。

贺乐风闻言有些窘迫，不好意思地挠挠头：“是啊，跑了……”

对于赛车手来说，领航员跑了，大概就跟老婆跑了一样丢脸。

贺乐风无奈道：“都怪我没用。”

“那你们现在有合适的人选了吗？”林烟问。

贺乐风摇摇头：“现在很多领航员都是混饭吃的，想找个专业的领航员，哪里这么容易？加上这次我们跟汤振英那边彻底撕破了脸，他那边肯定也会从中作梗。”

林烟闻言点点头：“要是到时候你们还是找不到合适的人选，我可以做你的领航员。”

贺乐风闻言愣了愣：“你？”

也不能怪贺乐风震惊，在他的印象里，林烟从没碰过赛车，所以没想到她会突然说要做他的领航员。

贺乐风笑了笑，开口说道：“表姐，我知道你是想帮我，不过表姐，你可能不太懂赛车，领航员可不是别人说的只需要给车手读读报纸就够了。领航员需要掌握所有的路况、天气、车况等信息，他需要的专业程度不亚于车手，不是随便什么人坐在副驾驶座上就可以做领航员的……”贺乐风顿了顿，叹了口气，继续道，“何况，领航也必须拥有比赛执照，你肯定没办法参赛的。”

林烟没反驳贺乐风的话，只说了一句：“赛照我有。”

贺乐风一愣：“你怎么会有赛照？”

林烟开口解释道：“其实我以前跟小舅舅学过一段时间赛车，你知道我妈爱操心，我都是瞒着家里人偷偷跟着小舅舅去开的，不过我也没开多久，驾照也是最低等级的E级驾照，勉强够做领航员。”

贺乐风闻言笑道：“真没想到，表姐也开过赛车。你一个女孩子，能拿到E级赛照也很厉害了！”

林烟：“如果到时候有需要的话，打我电话。”

贺乐风点头：“好的，无论如何，还是谢谢表姐了！”

Part7

世界崩塌又如何，那就去创造全新的世界！

家宴散场后，林烟先将母亲送了回去。

原本母亲因为外公叫她们回去吃饭，难得心情还不错，但没想到会闹成这样收场，回去的路上一直失魂落魄、沉默无言。

林烟很清楚，母亲这些年一直把所有的责任都揽在了自己的身上，几乎抑郁成疾。如果再这么下去，她只怕母亲的身体和精神都会越来越差。她想过很多方法试图转移母亲的注意力，只可惜母亲的心结太深。

当初母亲跟林跃通离婚时，法院判给了母亲一部分离婚赔偿和一栋房子。可是，后来因为大舅整天喝酒闹事，惹上了一个有钱的阔少，被人家告进了牢里，一旦大舅真的坐牢，那么出来之后一辈子都毁了。

母亲为了救大舅出来，只能以放弃离婚赔偿为条件去求林跃通帮忙。包括当时林跃通承诺的一栋市区的房子，也变成了偏远郊区的烂尾楼。事后，大舅不仅没有丝毫感激，反而把自己被人整进牢房的气也撒到了母亲身上。

车子开到家后，林烟挽着母亲的手臂，边走边开口安慰道："妈，大舅的那些话你别放在心里。不要总是用别人的错误惩罚自己，您已经做得够好了，也别总是觉得亏欠我，我已经是个成年人了，自己会照顾好自己的。至于书雅，她现在跟着父亲，日子过得不错，您更不必担心。"林烟顿了顿，继续试探着开口劝道："妈，您真的应该好好为自己打算一下了，您还年轻，不过是失败了一次婚姻而已，难道准备后半辈子就一直这么过下去吗？”

林烟和往常一样，安慰了母亲很多，只是，恐怕也收效甚微。

母亲一直沉浸在过去的愧疚里，余生只剩下“赎罪”两个字，完全没有为自己考虑过分毫。

昔日娇生惯养、心高气傲的千金小姐，硬生生被生活给磨成了一尊没有灵魂的躯壳。

“小烟，别担心了，妈没事的，这些年，我早就习惯了，不至于这点话都承受不住，何况你大舅说的也没错……确实是我的错……”

果然……听母亲这么说，林烟一脸无奈，正想开口说话，突然看到楼下停了一辆熟悉的蓝灰色商务车。

她们刚一走近，车门打开，从车里走出了一个西装革履的中年男人。

当男人走到路灯下，林烟立即认出了来人：“谢叔叔？”

“小烟……”中年男人忙快步迎上来，打了个招呼，看向林烟身旁的贺暮云时，神色似乎略有些拘谨，连声音都放柔了，“暮云……你们回来了。”

林烟笑道：“谢叔叔，这么晚了，您怎么过来了？”

这个中年男人叫谢铮，是如今炙手可热的谢氏集团老总，也是母亲的大学同学，跟母亲同龄，不过保养得不错，并不显老。看得出年轻的时候也是风云校园的校草级人物，加上他如今的身份地位，走出去依旧可以迷倒一群年轻漂亮的小姑娘。

上学那时候，谢铮追求过母亲，只是，当时母亲并不喜欢那些上流贵公子，认为他们浮躁不上进，而是对家境贫寒却才华横溢的林跃通一往情深。

刚开始的时候，母亲和父亲林跃通也度过了一段非常甜蜜的时光，但是，谁也没料到，林跃通会隐藏得这么深。相处久了之后，林跃通骨子里的自卑、自私和虚荣、功利全都暴露无遗，甚至，他根本就看不起母亲这样的千金小姐。

后来，母亲才知道，林跃通曾有个很相爱的初恋，但是后来那个初恋却被迫嫁给了一个有钱人，从此以后，林跃通就从心里开始憎恶那些有钱人。对于林跃通而言，母亲只是他用来往上爬的一个工具。等母亲醒悟过来的时候，林跃通已经利用他的伪装能力赢得了贺家所有人的信任，并且卷走了外公大半的基业。

母亲结婚之后，谢铮萎靡了很长一段时间，直到过了好些年，实在挨不住家里的逼迫才结了婚，不过，结婚没多久，夫妻两人就因为性格不合而离婚。随后，谢铮便一直没有再娶。

得知母亲离婚之后，谢铮曾第一时间找到了母亲，想要帮助她们母女，不过被母亲拒绝了。后来谢铮又上门了几次，每次都带着大包小包，虽然总是被母亲拒绝，但还是一直锲而不舍地上门。

谢铮的意思，母亲自然懂，正因为明白，所以才一直拒绝他的帮助，不想给谢铮无谓的希望。

以前，林烟一直觉得，这些都是长辈之间的私事，她一个小辈不好插手，但是现在看来，她倒是突然觉得，或许可以撮合一把他和母亲。

之前不插手，有个很重要的原因，是她不确定谢铮是不是一时兴起。但是，这么多年观察下来，谢铮身边不知道有多少年轻小姑娘主动投怀送抱，他都丝毫不为所动，始终没有再娶，一直在等母亲。

有一次，她早上来找母亲，竟然看到谢铮的车在楼下，似乎是守了一夜，上去问才知道，最近这边有小偷出现，不太安全，所以谢铮就默默在楼下守了好几天。林烟这才敢确定，谢铮是真心喜欢母亲的。

不过，显然今晚谢铮的运气不太好。因为母亲刚从外公那边回来，心情差得很，肯定没什么心思应付他。

“谢先生。”果然，母亲只是淡淡地打了个招呼。

见母亲神色疏离，态度冷淡，谢铮眸子里的光亮瞬间暗了下去。

谢铮这样的男人，在商场上杀伐果决、铁面无私，可是，站在母亲面前，却跟一个手足无措的少年一样，只因为母亲一个疏离的眼神便瞬间变得落寞。

林烟无奈地叹了口气，突然有点同情这个男人起来。

以目前的情况来看，如果让这个男人自己去追的话，感觉他这辈子都别想追到母亲了。

悲催的是，林烟也是有心无力，她是个没有感情的赛车机器，自己的恋爱都谈得一团糟，实在也不知道怎么追人比较好。

不过，没见过猪肉，也见过猪跑，之前一直跟那些男队员混在一起，她好歹看过一些招数。

于是，林烟想了想，轻咳一声打破沉默道：“谢叔叔，别站在这里了，有什么事情进屋说吧？”

谢铮闻言，顿时眸光一亮：“好。”

可是，话音刚落，贺暮云便开口：“太晚了，不方便，改天有时间再聊吧。”

这句“改天有时间再聊吧”，那就是无限期了。

谢铮一听，明知道贺暮云是彻底拒绝了，但还是顺从地连连点头：“那好的……好的……”

林烟：“……”

好个啥呀！这么好说话，难怪追这么久一点进展都没有！

林烟真是快被他气死了，一直给谢铮使眼色，可对方还是完全领悟不到她的意思。眼见着母亲已经准备上楼了，林烟只能赶紧开口：“哎呀！谢叔叔，我刚才看你走路的时候，腿一瘸一拐的，上次受的伤还没好？”

母亲听到林烟这话，总算是微微顿住脚步：“谢先生受伤了？”

母亲虽然对谢铮很冷漠，并且始终保持距离，但自小的教养让她不会没有礼数，所以听闻对方受伤，还是礼貌地问了一句。

林烟见状抓紧机会，对母亲说道：“妈，你还不知道吗？”

果然啊，谢铮完全没跟母亲提过这茬。

林烟继续说道：“前段时间这边不是有小偷出没吗？谢叔叔听说了之后就不放心你，怕你一个人在家里不安全，在楼下守了你好几夜，结果有一天晚上，还真被他看到了那个小偷，然后他为了抓住那个小偷，不小心伤到了腿，伤得可严重了……”

贺暮云显然是完全不知道这件事，听到林烟的话，满脸惊讶，面上也划过一抹不自然。

实际上，谢铮只是轻微的扭伤，听到林烟这话之后，下意识便想要反驳：“不是……暮云，我这只是小伤，早就已经好了。”

林烟：“……”

心好累啊，她都这样了，居然还带不起来。

林烟咬着牙，赶紧继续圆话：“妈，谢叔叔怕你担心，还在安慰你呢！那伤口可严重了，好长时间都不能下床的！哎，对了，妈，之前你不是去找老中医开过跌打损伤的药吗？我用了，效果还挺好的！不如让谢叔叔进屋涂点药，他一个单身汉，哪里会照顾自己！你看，他到现在还瘸着呢！”

“这……”贺暮云犹豫了一下，终究还是心软了，何况对方也是因为自己才受的伤，“那，那你进来吧，上次我给小烟去拿的药，还有剩。”

林烟一听母亲松口，顿时大喜，赶紧给一旁的谢铮使眼色。

谢铮似乎也完全没料到贺暮云居然会让自己上楼，整个人都傻了，半晌才回过神来，愣愣地开口：“可是我的腿没……”

“不！你瘸了！”林烟以迅雷不及掩耳之势打断谢铮的话，一个箭步蹿过去，强行扶住谢铮，“谢叔叔，你看你站都站不稳了，快跟我们进去上药吧！”

她一个钢铁直女，都做到这种地步了，他居然还不配合，她容易吗？

在林烟的不懈努力之下，最后谢铮总算是跟着她们上楼进了屋。

屋子很小，堆满了东西，不过却被贺暮云整理得十分干净整洁。

谢铮在一张小木凳上坐了下来，出神地环视着墙上的一幅幅画作，眸中满是怀念之色。

随后，谢铮的目光一直追随着母亲的身影，直到母亲进了卧室找药，依旧舍不得移开。

林烟一屁股在谢铮旁边的凳子上坐了下来，咕噜咕噜倒了杯茶喝掉，然后恨铁不成钢地对谢铮开口：“谢叔叔，刚才我都这么给你递话了，你怎么还拆我的台？”

谢铮神色无奈地说道：“可是，小烟，我的伤确实已经好了，待会儿你母亲肯定会发现我是骗她的，这样你母亲岂不是更讨厌我？而且，我也不想骗暮云，我还是跟你母亲说实话……”

林烟翻了个白眼：“行吧，那我就送佛送到西……”

接着，不等谢铮的话说完，林烟就用力在谢铮的腿上掐了一把。

“啊……”谢铮顿时失声痛呼了一声。

林烟：“现在不算骗了。”

贺暮云匆匆从屋里走出来：“怎么了？”

林烟面不改色：“谢叔他腿疼。”

经历过裴聿城之后，现在已经没有什么场面能影响她的演技发挥了。

谢铮：“……”

贺暮云忙拿着药走了出来，随即果然看到，谢铮的脚腕处一大片青紫到现在还没消散。

“开药的老中医医术很好，这个药效果还不错，你试试吧。”贺暮云将药膏递了过去。

谢铮受宠若惊地接了过去，跟捧着什么稀世珍宝似的：“谢谢……”

林烟见状，总算是松了口气，看了眼手机上的时间，适时开口：“妈，我明天还得早起，就先走了，等谢叔叔涂完药，就拜托你送他下楼了哈！”

说完，以免又出现什么变故，林烟完全不等谢铮和贺暮云反应，飞快地蹿了个没影。

希望谢铮能抓住这个机会，好好跟母亲聊一下，增进感情。

下了楼之后，林烟抬头看了眼楼上，深藏功与名。

搞定之后，林烟便准备往回走。

这边刚走出没多远，身后突然一道车光照了过来。林烟下意识地一扭头，结果就看到……是谢铮的车子跟了上来。

什么情况？这才刚上去，怎么就下来了？

车窗降了下来，谢铮开口唤她：“小烟，上车，我送你。”

林烟忙问：“谢叔叔，你怎么这么快就下来了？难道……被我妈赶下来了？”

谢铮面色略有些尴尬道：“没有，是我怕暮云跟我单独相处会不自在。”

林烟：“……”

她简直无话可说！

林烟无奈地拉开车门，上了车。

沉默了一会儿之后，谢铮开口：“小烟，谢谢……”

林烟还在低气压之中：“谢啥？”

谢铮：“谢谢你刚才……”

林烟：“掐了您一把？”

谢铮：“咳咳……”

林烟表示心好累，谢铮这青铜水平的配合，实在是白瞎了她的王者操作！

“谢叔叔，其实您也不用谢我。我之所以帮您，也是因为这么多年了，我看着您为我母亲做的事情，能感受到您是真心喜欢她的。”

谢铮闻言忙道：“我当然是真心的，这点我可以对天发誓！”

林烟叹了口气道："只是，我妈的性子，您是知道的，如果没人推一把，她永远都不会从过去走出来，而谢叔叔您又……"林烟努力用了个委婉的说辞，"您又总是默默付出不让我妈知道，这样下去，你们俩永远只能止步不前。"

谢铮神色无奈道："小烟，也不怕你笑话，我一见到你母亲就完全乱了方寸，不知道该如何跟她相处。"

"所以，谢叔叔，下次我帮你的时候，你好歹配合一下我，比如今晚，好不容易给你们创造了单独相处的机会，你们趁着这个机会好好聊一聊多好？"

谢铮忙神色认真道："小烟，我知道了，下次一定听你的。"

林烟："……"

基于谢铮今晚的表现，林烟对此表示深深的怀疑。

希望如此吧……

很快车子开到了公寓，林烟跟谢铮道别，随后上了楼。

还好她换住址换得比较及时，所以没有粉丝找到这里，她这几次出门也都算顺利。加上虽然粉圈对她掐得挺狠，但她毕竟还是个长时间没有出现在公众面前的小透明，平时也打扮得完全看不出是个明星，生活中基本没什么人认得出她。

林烟刚到家没多久，微信突然疯狂响动起来。林烟叹了口气，不用想她大概也知道是谁。

点开之后一看，果然，又是裴宇堂发过来的。

这不是开往幼儿园的车：烟姐！我眼睛！我的眼睛！我看到了什么！你的头像！你的昵称！

这不是开往幼儿园的车：烟姐！你的头像和昵称怎么都从我二哥变成我大哥了？这是什么情况？二嫂变大嫂了？

这不是开往幼儿园的车：烟姐！呼叫！紧急呼叫！

这不是开往幼儿园的车：烟姐！理理我啊！

这不是开往幼儿园的车：烟姐，不，大嫂！你跟我哥果然在一起了！

这不是开往幼儿园的车：大嫂，祝你跟我哥白头偕老、百年好合、早生贵子！大嫂，在我心里，你跟我大哥就是天造地设的一对！绝对的灵魂伴侣！我绝对不会阻止你跟大哥在一起的！从今天开始，大嫂你就是我亲大嫂！

林烟本来都已经忘了裴聿城这个定时炸弹了，结果硬生生被裴宇堂提起来，心情自然不好。见他还在这狂轰乱炸，她直接恶狠狠地在输入框里按下了一个“滚”字，随即便准备发出去。

手指刚要按下发送键，这时，手机“嗡嗡”响了起来。

这不是开往幼儿园的车：（红包）大哥大嫂白头偕老！

这不是开往幼儿园的车：（红包）大哥大嫂百年好合！

这不是开往幼儿园的车：（红包）大哥大嫂早生贵子！

林烟眨了眨眼睛。

烟城疏雨隔斜阳：谢谢宇堂弟弟^_^~

领完三个红包后，林烟心情舒畅了不少。

不过，她的好心情却没有持续多久。经纪人赵红绫给她发了一段林书雅和林跃通的视频采访过来。

采访的背景是林跃通的住宅。林书雅穿着一身高贵优雅的白色小礼裙坐在书桌前，正回答着记者的提问，父亲林跃通则满脸慈爱地坐在一旁。

记者：“书雅小姐，作为凯胜娱乐最当红的女艺人，也是娱乐圈公认的正能量天使，期间一定付出了不少艰辛吧。”

林书雅：“努力的过程确实很辛苦，不过也让我积聚了更多的力量，去帮助更多的人。”

看到这里，林烟扯了扯嘴角。

呵，很辛苦？

当初她答应跟她互换，让她跟着条件更好的父亲。即使是最苦的时候，她和母亲都不曾让她受过一丝委屈，后来她又有韩逸轩、林跃通，以及众多爱慕者一路为她保驾护航。她的人生如同开挂一样顺利，何来辛苦？

记者又问：“对了，书雅，听说你还有个姐姐？”

因为嫌弃她这个污点，林烟是林跃通的女儿这件事被林跃通封锁了消息，林烟当然也绝对不会主动去说这层关系。所以，记者虽然知道林跃通还有个女儿，却并不知道那个女儿就是林烟。

林书雅的脸色微沉，露出几分难过的神色：“是的，不过，我姐姐她高中就辍学了，整天在外面不回家，之前连母亲生病都没有回来，一回来就是伸手要钱……”

虽然已经习惯了林书雅的颠倒黑白，但现在听到这番话，林烟还是挺佩服的。当初母亲生病，明明是自己放弃了一场重要比赛，从国外请假赶回来照顾，而林书雅却跟同学去了夏令营出国旅游。每次回来都撒娇要钱，以学习之名拿去挥霍的也是林书雅，完了还去林跃通跟前卖乖，说是她自己勤工俭学赚的钱……

“天呐！这种姐姐也太过分了吧！”

视频中，记者们顿时满脸愤然地帮林书雅打抱不平。

记者继续问道：“对了，听说书雅小姐您还创办了本市最大、最完善的小动物救助站？”

林书雅谦虚地微笑着：“是的，因为我一直很喜欢小动物。”

“什么，书雅小姐还创办过小动物救助站？”某位记者好奇地问道。

一旁的林跃通神色自豪地开口：“不错，书雅跟我说过，‘天使之家’就是她一手创办的。”

记者们闻言全都是满脸惊讶，“天使之家”是有名的小动物救助站，影响力挺大的，但幕后创办人很低调，从来不接受采访。

没想到，那个神秘创办人居然会是林书雅。

林烟听到这里，都要气笑了。她花了好几年时间创办的“天使之家”，怎么成了她林书雅创建的了？

林书雅一向最讨厌小猫小狗，每次她让林书雅帮忙，林书雅都不情不愿，都让她买名贵的衣服、包包作为交换。现在林书雅为了立人设，竟把功劳都揽到了自己的身上。

看完之后，林烟关掉了这段采访，然后给赵红绫回了一条信息。

烟城疏雨隔斜阳：看完了，为什么给我发这个？

赵红绫：让你学习学习，看看人家是怎么立人设的。

烟城疏雨隔斜阳：……

确定不是来扎心的吗？

赵红绫：头像和昵称换了？很好。难得你居然肯换。

烟城疏雨隔斜阳：……

她不太敢去想，如果赵红绫知道她换的真正原因之后，会是什么反应……

林烟直接给赵红绫拨了一通电话过去。

跟赵红绫重新接上头之后，剧组那边林烟就交给赵红绫帮自己对接了。

林烟："绫姐，姜导的剧组大概什么时候开机，时间定了吗？"

不知道外公的车队比赛那天，她能不能空出时间赶过去。

赵红绫直接开口："你明天来公司一趟，我们见面详谈吧。"

林烟点头："好。"

赵红绫："记得捂严实，门口有你的黑粉蹲守。"

林烟："哦……"

别人家都是粉丝们举着应援牌、带着小礼物在公司蹲守，接送偶像上下班。

可是她呢？出道以来没有过一个粉丝，蹲守的全是揣着棍子、鸡蛋、烂菜叶的黑子，随时准备冲上去把她暴打一顿……这待遇，也算是娱乐圈独一份了。

最近发生了太多事情，每一件都是地震级别，若是以林烟刚回国时的状态，这会儿怕是已经被击垮了。

被禁赛之后，她就好像整个世界都崩塌了，对于任何事情都打不起精神。

当时她任由林书雅摆布设计，被她和韩逸轩骗得团团转，何尝不是因为她自己从未用心？

世界崩塌又如何，那就去……创造全新的世界！

即使前途依旧迷茫，但是只要内心坚定，便无所畏惧。

第二天，启星娱乐公司。

林烟按照赵红绫的命令乖乖赶了过去。

启星娱乐公司规模不大，不过，相比其他连水花都没有的小作坊，这些年启星娱乐发展得还算不错。赵红绫手下带出了一个准一线的艺人，一下子打响了整个公司的名声。

在赵红绫的提醒之下，林烟戴着口罩、墨镜，全副武装地出门了。

一到公司门口，果然看到了她忠诚的黑子们整齐划一的队伍。相比从前，队伍规模已经壮大了几十倍，各家的都有。公司其他艺人所有的粉丝加在一起，估计都没有她的黑子多。连应援牌……不对，是连抗议牌都有了。上面醒目地写着"林烟滚出娱乐圈"等亲切的字样。

林烟对于自家黑子的规模之大以及训练有素感到深深自豪，不由得啧啧咂舌，欣赏感叹了好一番，然后从侧门进了公司大楼。

进了公司，众人看到她出现，似乎有些惊讶，随即纷纷露出厌恶的神色，交头接耳地议论起来。

“这不是林烟吗！她怎么来了？都这样了居然还敢出门，也太不要脸吧！”

“她不要脸又不是一天两天的事情了，整天装柔弱什么都不争，其实心机别提多深！”

“真是的，这种人怎么会是我们公司的艺人，搞得我现在出去都不好意思说我是启星的！”

这些话林烟已经听过太多，早就已经左耳朵进右耳朵出。

刚走没几步，正好迎面走来一个熟人，是赵红绫的小助理多多。

林烟忙逮住了她：“多多……”

多多看到林烟，满脸惊讶地捂住嘴巴：“烟……烟姐！你怎么来了？你好厉害啊！你居然活着走到了这里？”

林烟嘴角微抽：“多谢夸奖，大概是因为我命大吧。”

多多扫了眼林烟又长又乱、鸡窝一样的头发，腰身仿佛套了一个破麻袋似的衣服，似乎明白她为什么没有被认出来了：“不打扮不化妆出门，头都不洗，烟姐，你现在这么放飞自我的吗？！你的人设啊！人设要崩了！”

不过，林烟全素颜的样子，倒是比之前浓妆艳抹、抹了面粉一样惨白的脸要好看多了。

林烟嘴角微抽。她之前的人设是柔弱小白花，这个人设如果立得好，那就是林书雅那种人见人爱的国民天使。要是立歪了……就是林烟这种会被全民，尤其是会被全体女孩子往死里恨的心机女。

之前林烟的微博都是林书雅在打理，记得有一次，林书雅发了一条她手指受伤的微博。那个伤口很小，如果不仔细看清楚，下一秒可能就要愈合了。除了蹭热度炒绯闻之外，这条微博也算是林烟比较知名的黑点之一。

至于现在，关于全新的人设这个问题，林烟心中早就已经有了打算。

“多多宝贝，别这么关心我的死活了，这是我的黑子才应该关心的问题！”林烟白了多多一眼，随即开口问道，“绫姐呢？”

多多一听，脸色顿时耷拉下来，示意林烟凑近，随即轻声在她耳边开口道："绫姐在办公室呢，不过她这会儿心情不太好……"

"怎么了？"林烟不解。

多多："出大事了，蒋思霏跳槽了！"

听到这个重磅炸弹，林烟吃了一惊："蒋思霏跳槽？怎么可能！她可是绫姐手下第一心腹大将！"

如果说林烟是赵红绫这辈子最大的污点，那么蒋思霏就是赵红绫最大的骄傲了。

多多苦着脸道："可不是么，绫姐从一个什么都不懂的新人开始手把手地带她，培养了这么多年，用了那么多资源，好不容易砸出了一个准一线，结果，蒋思霏这个节骨眼上突然要跳槽，这也太过分了。"

林烟疑惑道："什么时候的事情？我怎么完全不知道？"

多多叹气道："你不知道也正常，就今天早上的事情，发生得太突然，她一来公司就跟绫姐大吵了一架，然后直接走人了！"

林烟脸色微凝，缓缓开口道："她的合约期还没到，违约金数目不小，开得起价格的没几家公司。巅峰娱乐、凯胜娱乐、尚华影视、暴风时代、万众传媒……这几家公司里，巅峰娱乐挖人要求极高，超一线都不一定进得去，蒋思霏明显不够格。凯胜娱乐为了强行提高自己的档次，目前挖人的标准也开始参考巅峰娱乐，暴风时代一向只捧自己人，尚华影视最近资金链出了一点问题。那么，只可能是凯胜娱乐旗下正在重点发展的分公司，万众传媒。"

多多在旁边听得一愣一愣的。

"烟姐，真的被你说中了，就是万众传媒！万众传媒最近正在疯狂挖人！最鄙视这种公司了，自己不去培养艺人，就知道去别的公司挖墙脚！"多多生气道。

林烟面上倒是没什么愤怒之色，平淡地笑了笑："谁让人家有钱呢。"

多多闻言有些惊讶，之前林烟在她眼里就是个啥也不懂的草包，没想到她对这些却心如明镜，方才分析哪家公司挖角蒋思霏也是一说一个准。她都不敢相信那番话是从林烟嘴里说出来的。

"绫姐现在怎么样了？"林烟问。

多多回过神来，无奈地回道："还能怎样，绫姐一步一步好不容易坐到艺人经济部总监的位置，现在蒋思霏这么一走，绫姐的业绩一下子跌了大半。”

赵红绫作风强硬，这些年在公司得罪了不少人，但是因为她的业绩摆在那，而且她还一手捧出了公司唯一一个一线艺人蒋思霏，所以其他人就算是眼红也无可奈何。现在蒋思霏这么一走，赵红绫的处境确实不容乐观。

林烟拍了拍多多的肩膀：“走吧，带我去见绫姐。”

接着，多多将林烟带到了绫姐办公室。

“绫姐，林烟来了。”多多担忧地看了赵红绫一眼，随即小声对林烟开口道，“绫姐现在都这么难过了，你有什么话还是快点说完吧！不然绫姐看着你，心情肯定更不好了！”

林烟：“……”

好吧，她对此无法反驳。

“绫姐！”林烟打了声招呼。

以前见赵红绫，她总是在忙碌中，此刻，她却安静地坐在办公桌前的椅子上，神情有几分放空。

看到林烟，赵红绫面无表情地看了她一眼：“来了？坐。”

赵红绫一直都是铁娘子的性格，林烟不知道怎么安慰她才好，坐下后，她轻咳一声开口说道：“绫姐，你也别太难过了，蒋思霏走了就走了吧，你不是还有我嘛！我刚接了姜导的新戏，又跟裴南絮炒了一波绯闻，还有万千黑子为我炒热度！这么一想，简直前途无量啊！”

赵红绫：“……”

多多：“……”

到底是谁给你的勇气说出这样的话？

虽然是姜导的戏，但也不过是个女四，而且这个女四地位还岌岌可危，至于万千黑粉，这也是值得炫耀的吗？

赵红绫倒是被她逗笑了：“你倒是挺有自信。”

林烟笑眯眯道：“那必须的！我有信心，以后我肯定会是绫姐你手下最红的艺人！”

多多也忍不住笑出声：“噗，最黑的艺人还差不多，而且不用以后，你现在已经是了。”

多多说着，忍不住多看了林烟一眼，她莫名觉得，这次见面，林烟有哪里不一样了。

今天的林烟是素颜，皮肤是极其健康的润泽，而不似之前，总是浓妆艳抹，穿着不合时宜的服装，为了立柔弱人设，还喜欢把脸化得一片惨白、毫无血色。

不仅是外表有了变化，以前林烟总是一副毫无生机、对周遭发生的一切都不在意的样子，更别提说出“我一定是你手下最红的艺人”这种话。

可现在，明明还是同样一个人，甚至穿得如此不修边幅，就这么大大咧咧地坐在那里，却好似整个人都明亮了起来，那双眼睛更是如同缀满了万千星辰。

还有她此刻给人的感觉，打个不恰当的比方，就是一副即使像乞丐一样衣衫褴褛地躺在大街上，也是“我就是天下最拽”的姿态。

赵红绫将一叠资料递到林烟跟前。

“说正事吧，你现在的情况，之前我也已经跟你说过了。如果你想翻身，当务之急是必须做出改变，塑造一个正面的人设，来挽回你现在的形象。”

一旁的多多忍不住咕哝：“绫姐，就她这形象，还有挽回的余地吗？”

林烟：“……”

“想要改变大家根深蒂固的印象确实很难……”赵红绫看向林烟，指了指那叠资料，“这是一些娱乐圈女艺人常用的人设模板，你可以看一下，选一个你可以驾驭的。”

林烟接过资料，翻看起来：“我看看啊，勤奋敬业人设，这个不错呀！”

多多难以置信地看了她一眼：“得了吧，你手指破个口子都要发微博，演技差得要死，才艺全无，业务水平垫底，明明一无是处还各种挑剔耍大牌，就这样还想立勤奋敬业人设？”

林烟嘴角微抽，虽然想解释，但一想，之前的自己给人留下的确实是这种印象，解释也解释不清。于是，她继续翻到第二页：“那……高智商学霸人设？哎呀！我觉得这个挺适合我的！”

多多的表情更震惊了，继续毒舌道：“烟姐，请你清醒一点！谁不知道你只有高中学历，大学都没考上，还高智商，还学霸？”

林烟：“……”

她不是没考上，她只是没去上好吗！当年她还是全省理科状元呢！

一开始母亲的身体状况还可以，还能做些零工，加上她勤工俭学，利用课余时间去打打工，做做游戏代练，也还能够维持生活。可是，她高考那年，从小身体就很虚弱的林书雅意外落水，旧疾发作，需要一大笔手术费和医药费，父亲又被狐狸精迷惑了，居然放着林书雅不管。

她和母亲想遍了法子，实在筹不到那么多钱。母亲甚至撇开脸面去求外公，可外公那边的情况也不好，欠了一大笔外债，更拿不出来那么多钱。

她曾经天真地跑去找父亲，却看到父亲的车上走下来一个女人——当年让父亲和母亲离婚的导火索，父亲的那个初恋，马曼茹。

马曼茹嫁入豪门之后，一开始过得倒是不错，可是后来，她老公破产了，还欠了一屁股债，于是她就经常跑来父亲面前装可怜。每次她遇到麻烦，父亲都会扔下母亲赶过去。甚至连马曼茹的离婚官司，都是父亲帮她找的律师。

马曼茹前脚刚离婚，后脚父亲就逼着母亲离婚了。不过，这个马曼茹的手段倒是很高，知道得不到的才是最好的，父亲离婚之后，她故意吊着父亲，一直没有同意跟父亲结婚，却让父亲对她更加死心塌地。

那时候，林烟气疯了，跑去骂那个马曼茹，林跃通却暴怒打了她一巴掌，把她推在雨水里，小心翼翼地护着那个女人。当时林跃通看她的眼神，就像是看着什么恶心的累赘，生怕她的存在会脏了马曼茹的眼睛，影响他跟马曼茹之间纯洁伟大的感情，甚至巴不得她们母女三人全都消失在这个世界上。

她强忍着怒气和屈辱，低声下气地说了妹妹的病情，求父亲救救妹妹。而林跃通回她的，只有一句“滚”，只有一句“你们母女都是讨债鬼，只知道跟我要钱”。

那天夜里，她趴在医院病床前，看着虚弱得只能等死的妹妹，感受到了近乎绝望的无力。她迫切地想要变得强大起来。

当时，国内的第一学府也承诺了给她全额奖学金，并且给予了她贫困补助，但是，这不过是杯水车薪，当时的她也根本无心去学习了，迟迟没有办入学手续。就在那时候，小舅舅告诉她，有一支国外的车队看中了她，高薪挖她，并且承诺可以预支她薪酬。

当时母亲已经急得病倒，妹妹后续的各种治疗和那些需要长期服用不能报销的昂贵药物，都需要钱，她等不了四年那么长的时间，这四年里可能发生的变故太多了。

最终，林烟毫不犹豫地放弃学业，去了国外，独自踏上了一条无比艰险的旅途。

以免母亲发现会担心，她在国外用了全新的身份和名字，也极少在公众面前露脸。外界无人知晓，当年震惊整个赛车圈的天才赛车手Yeva，竟然是一个年轻的中国女孩。

所以，当得知毁了她的人，是她一直以来用生命守护的亲妹妹时，她才会彻底崩溃。

如今回想起这些，林烟还是会心痛，但已经不会那么怨恨。毕竟，恨一个人也是需要力气的。

林烟笑得风轻云淡，揶揄着抱怨："绫姐，你管管多多呀！"

多多"哼"了一声："我怎么了，我说的是实话啊！"

赵红绫显然也觉得很棘手，看向林烟，询问她的意见："你自己有什么想法？"

林烟摸了摸下巴，拿起一旁的钢笔，翻到空白页，"唰唰"写了几个字："我觉得，这个人设就挺适合我。"

"什么呀？"多多好奇地凑过去看。随即，她便看到，林烟在空白页上，写了两个字：林烟。

"林烟？什么意思？"多多不解。

林烟开口："立人设这种东西，属于强扭的瓜不甜，而且太容易被粉丝戳穿，到时候适得其反。与其硬来，不如就让我放飞自我，想怎么来就怎么来，表现的就是我自己，这样反而是最没有破绽的。"

赵红绫沉吟片刻，看了林烟一眼："你确定？"

林烟摊手："现在还有别的办法吗？"

多多满脸惊恐地看着她这一身穷酸的打扮："绫姐，可千万不要，你看她现在的样子，继续放飞还得了！"

林烟斜支着脑袋，笑道："多多宝贝，你这么毒舌，小心以后没人要啊！"

多多白她一眼："要你管！"

“没事，我要我要……”林烟说着，看向赵红绫，“绫姐，我缺个助理，不如你把多多派给我呗！”

“你要多多？”赵红绫有些意外。之前，小刘最讨厌的就是多多，她以为林烟也不喜欢多多。

“对对对，就要多多！”林烟连连点头。

多多吓得小脸都白了：“不要！我才不要做你的助理！你这么难伺候！你之前的那个助理小刘呢，你怎么不找她去！”

林烟之前的助理小刘是林书雅帮她找的，完全受林书雅背后操控，兢兢业业地为她被黑搬砖添瓦。林烟身边的人没有一个人看出来，只有赵红绫察觉了不对去问她，林烟这才告诉了赵红绫，是自己妹妹帮她找的助理，肯定没问题。赵红绫当时就警告了她，说林书雅有问题。只是，林烟那会儿整天浑浑噩噩度日，加上太信任这个妹妹，所以完全不顾赵红绫的警告。直到得知一切真相之后，她才辞退了小刘。

赵红绫思索了一下，最后开口：“多多，辛苦你一下，就由你来带林烟吧，把她交给其他人，我也不放心。”

多多不敢违背赵红绫的命令，苦着脸瞪林烟：“你干吗非要选我？”

林烟笑眯眯道：“哎呀，你可爱嘛，又总喜欢说大实话，我就需要你这样说实话的人在我身边提醒我，而且，你名字好听啊！”林烟一边说话，一边瞥了眼多多工作牌上的名字：钱多多。

好名字啊！吉利！

林烟拍着多多的肩膀安慰：“多多，别这样，乐观一点，说不定以后你就成了娱乐圈一姐的首席大助理了呢！”

多多面无表情地盯着她：“在那之前，我应该已经被你的黑粉砍死了！”

Part8

要怎么提分手？这实在是个技术活！

♥

不管怎么说，助理的事情就这么定了下来。

赵红绫找出《棋逢对手》剧组那边不久前刚发来的签约合同，让林烟签了。然后跟林烟说了一下后续的工作安排。

“剧组七天之后试镜，紧跟着就开机了，这段时间我也不指望你的演技能有多大提升，我对你的要求只有一个，夹紧尾巴做人，不要给我再惹出什么事情，安静等待热度自己降下来。我会让多多监督你，你必须听从她的一切安排。”赵红绫警告道。

林烟爽快地应声道：“这个没问题。”

赵红绫叹了口气，将一个表格递给她：“这是你的行程时间表，你的戏份不多，大部分时间可能都在等，有点耐心，不要抱怨。如果实在无聊，就在手机里下载几个游戏玩玩，别闲着没事就找茬。”

赵红绫也是同情林烟的遭遇，所以准备帮她一把。但是，以林烟现在的情况，她也帮不上什么大忙，具体能够做到什么地步，最终还是要看林烟自己。

林烟听着赵红绫的话，实在是有苦难言。之前她都半死不活了，哪有精力找茬，基本是小刘“假传圣旨”，提一些类似“饭菜必须是米其林三星餐厅”“咖啡必须几分热，不然不喝”“绝对不许乱动她的妆容”等奇葩的要求。也不能怪多多一听到要做她的助理就这么惊恐。没办法，这些历史遗留问题，她也只能一点点解决了。

林烟接过行程表看了一眼，外公他们车队比赛那天下午，正好没有她的戏份，到时候不管表弟需不需要领航员，她都准备去看看，说不定能帮上什么忙呢。

刚回国的那时候，她完全不能接触跟赛车有关的东西，一看到就会崩溃失控。

记得有一次她在拍一期综艺，小刘却突然将手机里一篇跟赛车相关的报道拿过去给她看。结果导致她当时直接状态失常，全程魂游天外，表现无比尴尬，被誉为“综艺黑洞”。

因为演技不好，名声又差，连综艺节目都不愿意找她，后来处境越发艰难……

直到帮裴宇堂赛车之前，林烟其实心里都还是有些疙瘩的。也是那天晚上重新坐在车里之后，感受到速度给她带来的血液沸腾的感觉，才让她彻底摆脱了心结。

办公室里，赵红绫正叮嘱着林烟进组后的一些注意事项，这时，办公室的门突然被人粗鲁地推开，随后便看到五六个经纪人气势汹汹地一齐挤了进来。

赵红绫顿时恢复了严肃漠然的表情，目光冷冷地看着这群人：“有事吗？”

几个人全都是一副兴师问罪的架势，为首的中年男人拍着桌子就开始怒吼道：“赵红绫，你还有脸问！连个人都看不住！蒋思霏可是公司唯一的一线，她这一走，你知道对公司的影响多大吗？”

“就是，捅了这么大的娄子，你可要负全责！”

“没了蒋思霏，你的业绩连三线经纪人都不如，有什么资格坐在艺人经济部总监这个位置上！”

面对众人的声讨，一旁的多多听完气得半死：“喂！你们也太过分了吧！蒋思霏再厉害也是绫姐一手带出来的！没有绫姐，咱们公司能有一线艺人吗？”

其中一个妆容精致的女经纪人冷笑：“你还有脸说！她捧人用的还不是公司的钱！为了捧蒋思霏，她抢了我们多少资源和资金！现在人跑了，鸡飞蛋打，让公司蒙受了多大的损失！”

多多愤怒地反驳："胡说！好多资源都是绫姐自己一家一家去跑的！要是全靠公司，那你们呢，你们怎么没本事捧出一线！"

多多还要继续说话，却被赵红绫拉住："多多，不用说了。"

那些经纪人还在不依不饶地质问："赵红绫，无论如何，这件事情你必须给我们一个交代！"

办公室的门敞开着，外面围满了公司的员工和艺人。

赵红绫平时做人太不讲情面，以至于这会儿不少人都在幸灾乐祸，尤其是昔日那些总是被蒋思霏压着一头的艺人。

其中一个二线艺人双手环胸，满脸不屑："没了蒋思霏，她赵红绫什么也不是，有什么资格坐在总监这个位置上！要不是她这么霸道，把公司所有资源都抢了，我们至于被压到现在吗？现在总算是遭报应了！"

旁边的几个艺人也跟着附和："可不是吗，我看她现在也就只配带带林烟这样的艺人了！"

"噗，难怪她把林烟都叫回来了呢！我看她已经黔驴技穷了吧……"

那些艺人的声音丝毫不收敛，音量很大，整个办公室的人都能听到。

屋里，躺着也中枪的林烟："……"

一时之间，赵红绫成了众矢之的，被众人问责，所有人都想把她拉下去。

赵红绫平时业绩太稳，根本就抓不到把柄，而这次，因为蒋思霏的跳槽，这么大的过失放在这里，赵红绫也确实无法脱责。

赵红绫自己也很清楚这一点，她深吸一口气，看向所有人开口："这件事情确实是我的责任，我会去请辞艺人经济部总监的位置。"

她向来不屑于推卸责任，无论如何，蒋思霏是从她手里跳槽的，这是事实。

多多闻言惊呼出声："绫姐！"

那些人明显就在等赵红绫这句话，闻言顿时全都露出暗喜的表情，纷纷说起风凉话起来。

"本来就该如此！"

"公司这么多人看着呢！就你现在这业绩，拿什么服众？"

就在这时，本应该默默隐匿减少存在感的林烟，缓步走到了人群中间。女孩漫不经心地扫了所有人一眼，淡淡开口："等等，急什么。"

众人看到林烟突然冒出来，顿时露出嫌恶不耐的表情：“这里没你说话的份！”

林烟没理会那些人，直接开口：“不就是走了蒋思霏吗？也值得你们大惊小怪！三个月内，我会帮绫姐把丢掉的业绩全部补回来，重回业绩第一！”

林烟话音落下的瞬间，现场顿时一片哗然。所有人都跟看疯子一样看着林烟，连赵红绫和多多也是满脸惊讶。

片刻后，现场响起此起彼伏的嗤笑声。

“哈哈哈哈哈，林烟，我看你是疯了吧！连这种可笑的大话也说得出来？”

“你都被娱乐圈封杀了，不过走狗屎运接了个毫无存在感的女四号，又不要脸蹭了裴南絮的热度，现在你都已经上了各家粉丝的黑名单了，你不连累公司就不错了，还给公司赚业绩？”

“过不了多久，她怕是连那个女四号也保不住！谁敢用她这样一身麻烦的艺人！居然还拿自己跟蒋思霏相提并论！”

面对众人的嘲讽，林烟面色丝毫不变，笑着开口：“我能不能做到，试一试不就知道了？怎么？诸位难道是对自己没信心吗？怕被我压下去了，拿不到业绩第一的位置丢脸？”

那几个经纪人听到这话脸都黑了。

“你简直在这里胡说八道！”

“痴人说梦吧！”

林烟摊手：“那不就行了，既然大家这么有信心，为什么不敢跟我打这个赌？”

众人没想到会被林烟横插一脚，几人愤愤地在一旁商议了一下。

赵红绫没有功劳也有苦劳，即使有他们问责，上面可能也不会让她立刻请辞。让林烟这个草包这么搅和一番，说不定赵红绫走得更快。到时候，赵红绫连那点好名声都会被林烟折腾掉，就彻底没有翻身之地了。

于是，为首的经纪人站了出来：“好，那我们就等三个月，到时候，若是赵总监的业绩不是第一，可要记得今天的承诺！”

几人说完，这才陆续离开。

众人走后，多多都快气疯了，上去就开始怒骂：“林烟，你干吗呀！绫姐对你这么好，你为什么要害绫姐？”

“多多……”赵红绫摇摇头，打断了多多，轻叹一声道，“算了，至少争取到了三个月的时间。”

虽然，这三个月的时间也无法改变什么。

多多还是有些愤愤不平：“她净捣乱！”

林烟眨了眨眼睛：“说不定我真的能爆火，然后电影、综艺、广告滚滚而来，冲上业绩第一呢？”

多多黑着脸：“要是你能冲上业绩第一！那我就给你做小伏低！端茶倒水、言听计从！”

林烟：“……”

聊完之后，赵红绫安排了一辆车，让多多亲自把林烟送到家。

到了楼下，多多板着脸提醒：“你以后出门都得小心点，现在还申请不下来经费给你请保镖，你别被人给打死了！”

林烟笑道：“知道了，不会那么容易死的，我还要为你和绫姐打下一片江山呢！”

多多：“黑粉江山吗？”

林烟：“……”

还能不能愉快地聊天了？

林烟朝着不远处自己黑粉们的方向看了一眼，咂舌叹道：“啧，这届黑粉不行啊，连我站在他们面前都认不出来！忠诚度也太低了！”

多多满脸无语：“别贫了，快上车吧！”

这边，林烟刚要上车，那边的黑粉们也不知道发现了什么，突然气势汹汹地朝着她的方向冲了过来。

“林烟！是林烟！”

“林烟，敢动我家哥哥，我跟你拼了！”

“姐妹们快上！打死她！”

……

一时之间菜叶、石头、烂鸡蛋铺天盖地砸了过来。

多多拍着头上的烂菜叶子，气得半死：“你这个乌鸦嘴！被认出来了！这下好了吧！”

林烟这会儿捂得严严实实，闻言挑眉：“不会吧，这都能认出来？真是低估他们的忠诚度了！”

多多沉着脸色："八成是公司的人通风报信的！"

林烟："好歹是同一个公司的，这是不是不太厚道？到底是谁这么缺德？"

多多："整个公司的人都讨厌你，我哪儿知道是谁！"

林烟："……"

多多催促："快上车！"

千钧一发之际，林烟和多多飞速挤上了车，然后疾驰而去。

"真是好久没有感受到黑子们如此热情的待遇了……"林烟摸着小心脏感叹。

多多白了她一眼："大家找不到你的行踪，只能在我们公司门口蹲守着，这还只是一小波人马而已，等剧组开机，大家都知道你要进组，所有黑子都会去蹲你，那才叫完蛋！你想好那天怎么死吧！"

林烟的小心脏上已经扎满了箭，她看了眼多多工作牌上的"钱多多"三个字，心情才顺畅了一些。

多多扭头看了一眼，看到好几辆车子追了上来，甚至还有不少闻讯赶来的狗仔。

多多焦急地催促："师傅，开快点！"

"这个路段不好开，我已经开到最快了！"司机师傅抱怨着，显然他也不想接这个艰巨的任务。

多多闻言愤愤地瞪了林烟一眼："都怪你，绫姐现在处境都这么难了，还要管你这个拖油瓶！"

前面的司机师傅也满头是汗："追得太紧了，恐怕甩不掉！"

多多急得不行："怎么办！万一被那些人追上，后果不堪设想！"

林烟一直没说话，她仔细观察了下前面的路段，随后回头看了看后面追的几辆车，然后对司机开口："老张，前面红灯下车，换我来开！"

司机老张一脸愕然："什么？换你开？"

多多怒道："林烟你又胡闹什么啊！你不是不会开车吗？"

林烟："我会。"

多多瞪她道："你会什么啊！你还想骗我！之前公司的司机人手不够，绫姐让你自己开回去，结果你死活不开，宁愿坐公交车回去，结果被黑粉围堵，你都忘了吗？"

这个锅……林烟倒是不得不背。因为当时正是她后遗症最严重的时候，她确实无法开车，一碰车就头晕目眩，不得已才坐了公交车。

林烟没办法，只能开口：“之前是不会，刚拿的驾照。”

老张没好气道：“我一个老司机都甩不掉，你一个刚拿驾照的新手怎么开！年轻人真是太乱来！”

说话间，车子已经开到了前面红绿灯的地方。林烟知道解释不清，直接拉开后座的车门，走下了车。

身后的多多尖叫：“林烟！你疯了！”

林烟：“下车。”

老张没办法，只能下车走到了后面。

同时，红灯已经快要结束。

五……

四……

三……

二……

一……

红灯结束，绿灯亮起。

林烟一脚油门踩下去，惊险地擦着前面的车子，超了过去。

多多吓得一把抓住安全带，破口大骂：“林烟！你冷静一点！被记者堵到也比一起被撞死好吧！”

林烟腾出一只手，掏了掏耳朵：“多多，你要是再继续这么吼，我还没被撞死，就要被吵死了！”

多多：“你别单手扶方向盘啊！”

多多的尖叫落下的瞬间，林烟一个漂移过弯，转到了左边的路口。

“啊啊啊啊……”多多吓得尖叫连连。

连司机都惊恐地抓住车门上的把手：“赵总监到底是从哪里找的艺人，脑子有问题吧！”

然而，紧跟着，两人就发现，林烟看似开得横冲直撞，实际上，这辆车子在林烟的手里，就像是被精密的仪器控制了一般，精准地超过一辆又一辆车，并且完全没有碰触周围的车子——她甚至还能在这空隙，遵守交通规则打个转向灯。

多多惊愕不已地透过后视镜，看着坐在驾驶座上的女孩。女孩面上戴着口罩，看不到脸，可是，露出来的那一双眼睛却平静如水，如同一把凌厉的刀刃，是她从未见过的模样。竟让人……莫名安心。

正失神间，“嗡”的一声，林烟又是一个漂亮的过弯，绕到了一条只能容纳一辆车子的小道。这条林间小道极其狭窄，难以通过，稍不留神就要开进旁边的田地里，更别提快速开过。然而，他们的车子就跟脱缰的野马到了草原一样，依旧跑得顺畅无比。

没一会儿，他们就已经一骑绝尘，把后面跟着的几辆车远远地甩开了。

林烟左绕右绕，穿林跃巷，等多多和司机反应过来的时候，后面已经完全没有黑粉和狗仔的影子。

不知过了多久，终于确定完全甩掉了那些人后，多多和司机两人还惊魂未定地坐在座位上，反应不过来。

老张常年开车，所以看出林烟的技术非常娴熟，看向林烟的目光颇有些意外：“林小姐，你这是在哪儿学的车？不像是新手啊！”

多多咕哝着开口：“那些狗仔跟狗皮膏药一样，粘上了就别想撕掉，算你运气好，居然真的把人给甩掉了。”多多说完，极其严肃地盯着林烟，“这次是特殊情况，以后你可绝对不能这么开车！”

要是她平时也这么开，那还得了！

林烟乖巧地应声：“遵命，多多大人！”

江枫华庭。

到家后，林烟开始系统地给自己制订计划。虽然启星娱乐不是什么大公司，但是，想要在三个月内做到业绩第一，也不是什么容易的事。

蒋思霏离开之后，启星还有几个实力强劲的二线，甚至有些三线的资源也都很不错。现在她虽然也算黑红，但名声实在是太差了，接不到太好的资源，如果不做出改变，她会顶着这些恶名过一辈子。除了改变自己的对外形象，洗白她的污点，能让她在这个圈子里站稳脚跟的唯一办法只有——实力。

洗白不是一天两天的事情，唯有无可替代的实力，才能让她有底气面对一切非议。

回忆回国之后的这段时间，她活得如同行尸走肉般浑浑噩噩，任人操控，竟就这么荒废了一整年。

十五岁开始扛起生活重担，十八岁离家踏上异国之旅，二十二岁于巅峰之处陨落，二十三岁被最亲最爱的人背叛……

最难、最痛的她都经历过了，还怕什么走投无路？不过是重新开始。

以前是林书雅操控她所有的事情，现在的一切她都要自己用心计划起来。

首先，林烟把自己的微博找了回来。这个微博是林书雅帮她注册的，用起来终归是不放心，而且以前的内容也实在是惨不忍睹。于是，她自己注册了一个新的账号，昵称是“何以解忧，唯有致富”。

头像用了她以前养的一只小猫的照片，那是她救助的第一只流浪猫，现在已经在救助站安享晚年了。

随后，林烟发了自己的第一条微博——我就是我，不一样的烟火！

用小号发完微博之后，她再用大号转发了一下：宝宝们，这个微博账号不用了，欢迎大家来我的新微博找我玩^_^

林烟这条微博刚一发出来，黑粉们立刻就骂开了。

网友A：谁是你宝宝啊！恶心死了！想吐！

网友B：这个心机女又想方设法炒作了！

网友C：以为换个微博号，以前的黑历史就不存在了吗？这智商简直了！

……

很快，林烟的小号就涨了好几千的粉丝。

林烟默默地扫了一眼那些ID，很多都是她的骨灰级黑粉啊，她到哪儿就追着骂到哪儿，可以说是非常忠诚了。

新账号发的这条微博下面很快也被骂开了。林烟正观赏着黑粉们的花式骂人技巧，这时候，在一堆唾骂之中，居然看到了一条格格不入的留言。

一朵小烟花：烟烟加油，支持你，做自己！我相信你是最棒的！

林烟眨了眨眼睛，颇有些意外。难道是黑装粉？

一粉抵十黑，有时候披着粉丝的皮在外面高级黑，比普通黑子还要招黑，这也是娱乐圈的惯用手段。

但是，林烟仔细想了一下，不太像。因为她的黑子已经够多了，没人会多此一举用这招。而且，这条留言的内容不像是黑粉装的，黑粉一般会捧一踩一，故意捧她，然后踩别家艺人，引别家艺人的粉丝来骂她。

问题是，她怎么可能会有粉丝这种东西？

早期的时候，她虽然演技渣，但还有几个颜粉，可是后来，她整天惨白着脸，弱不禁风，死气沉沉，颜值再高也不讨喜，加上黑料一箩筐，连那点颜粉也都没有了。

所以，林烟对于这个突然冒出来的粉丝很是震惊。

好奇之下，林烟特意翻了下这个人的微博，发现她转发了好几条跟她有关的八卦新闻，每一条都是在帮她说话。

还真是她的粉丝？

拖到其中一条很久之前发的微博时，林烟的手指顿了顿。

一朵小烟花：我知道一定会被喷，但我憋不住了，我要说一件事，从今天开始，我要粉林烟了！对，就是你们知道的那个林烟！小姐姐简直是人美心善的小天使！前几天我去看卫徐风的演唱会，结果人太多直接把我挤得摔在了地上，最后是一个小姐姐护着我，把我救出去的，否则当时我肯定被踩到骨折！你们知道这个小姐姐是谁吗？居然是林烟！林烟！那个最喜欢蹭热度的林烟！小姐姐现实中人超好，不仅用身体护着我把我带出去，还亲自去帮我买了创可贴，最后没等我说一句谢谢就走了！就是小姐姐的助理好讨厌，一直在旁边催林烟别多管闲事什么的！还有还有还有！小姐姐没化妆素颜的样子真的美爆了好吗！吹爆我烟的颜值！可惜我当时竟然没有拍照片！

这个一朵小烟花的粉丝不多，下面只有零星几条评论，全都是质疑的。

微风徐徐：假惺惺，炒作吧！

卫徐风的小可爱：肯定是装的！

林烟滚出娱乐圈：笑死人了，林烟人美心善？你怕不是林烟的水军？

一朵小烟花：其实一开始我也担心是装的，可是，如果是装的，当时旁边肯定有人拍照，第二天新闻稿应该就出来了，但是一直都没有，所以肯定不是装的！我觉得不能以我们看到的表面去判断一个人，这样乐于助人的小姐姐肯定不是网上传的那种人！

这个一朵小烟花一直在解释，不过，并没有什么人听她的，反而全都对她冷嘲热讽。

林烟终于回忆起来，好像是有这回事。她挺喜欢听卫徐风的歌，当时林书雅让助理给了她一张卫徐风演唱会的门票，让她去散散心，她自然毫无戒心地去了。结果，转头第二天林书雅就发了一条她去听卫徐风演唱会的微博，本来去听个演唱会也没什么，但谁让她是林烟，前面蹭过的热度太多，就算是真的单纯去看演唱会也没人信。

当时她还不知道之前的那几次都是林书雅私下策划并且买通记者发通稿的，所以对这条普通的分享生活的微博完全没有怀疑。如果不是看到这条微博，她都快忘了自己当时还顺手帮了一个小粉丝。

此刻，林烟看完了这条微博下面的所有评论，看着这个小烟花拼命为自己说话，心中蓦然有种说不出的滋味。

这种被人信任和守护的感觉……原来她并非一个人！原来也会有人这般努力地守护她！

从前其实她并不太理解演员这个职业，甚至是为了韩逸轩才选择了这一行，就算是打定主意认真起来的时候，也是为了生活居多。可是，就在这一刻，她突然发现了这个职业的意义。

林烟给汪景阳打了个电话，让他帮自己多采购一些吃的，然后就开始闭关。

深夜，灯光下，林烟一遍又一遍地揣摩着演技。她不是科班出身，没有经历过任何专业培训，只能凭借着自己的领悟力，一点一点去探索这个全新的领域。

转眼一个星期过去，林烟把所有的专业书籍全都啃了一遍，又翻阅了大量的影视资料，自己演练了一遍又一遍。

对于一个完全不懂行的新人来说，演戏最难的一点是面对镜头时的镜头感，在镜头面前，那种不自然和尴尬的感觉会放大到上百倍。

还好林烟十八岁就开始征战各大赛场，心理素质极强，最擅长的就是排除外部干扰，这一点困扰并不存在。就算是在万人目光之下，也照样能镇定自若，这是她最大的强项。所以她只需要掌握演戏的技巧，透彻理解自己所演绎的角色精髓即可。

前者她通过阅读大量专业书籍已经摸到了一点门道，后者她则是通过反复去看裴宇堂发来的那些视频，一点一点去揣摩裴聿城每一个动作、每一个神态、每次说话的语气。

如果能演出裴聿城十分之一的气场，她也能有自信演好这个霸道女总裁的角色。

林烟对着镜子，一遍一遍地练着眼神，最后几乎都要练疯魔了。

“呼……累死我了……休息一下……”林烟筋疲力尽地趴在了梳妆台上。

霸道总裁果然不是那么好模仿的，如果自身的气场撑不起来，稍微不注意就会演得很违和、很蠢。

林烟正感叹着，不知想到什么，突然整个都愣住了。

她突然发现……自从上次在别墅见过一面之后，裴聿城已经一个星期都没找她了，一个星期没找她了！

林烟一旦专心做一件事情就会全身心投入，忘记外界的一切，最近她磨演技磨得天昏地暗，竟然差点忘了自己多出了一个男朋友这件事。

怎么把这个定时炸弹给忘了？

裴聿城到底是几个意思啊？

虽然她是个钢铁直女，但好歹也是谈过恋爱的，正常情况下，作为男女朋友，这么久连通电话都没有，也太不正常了吧？

裴聿城是不是跟她一样，也忘了这茬了？

林烟想了半天，觉得只有一个可能了，以裴聿城的身份地位，换女朋友对他而言太正常了。当时不过是看她有趣，就随口答应了，紧跟着就把她抛在了脑后。

毕竟裴聿城是什么人啊，怎么可能会把她这样无关紧要的女人记在心上？她充其量只能算是裴聿城的万千觊觎者之一。

这么一想，林烟瞬间觉得一切都说得通了，也总算是松了口气。果然跟她之前揣测的一样。

更让林烟开心的是，最近她在家里的这段时间，总算是没有再继续“分裂”，一切都在往好的方向发展。林烟觉得，她可以开始计划提分手的事情了。

可是……要怎么提分手？这实在是个技术活！尤其对方还是裴聿城，这完全找不到理由啊！

林烟打开浏览器，搜索了一下：如何才能巧妙地跟男朋友提分手？

网上的回答五花八门。

有人说：“你作呗，作天作地，他受不了就跟你分手了！”

这个不行，她不敢，何况对着裴聿城那张脸，也作不起来啊，看一眼就啥气都消了。

有人说："你雇佣一个女人去勾搭他，然后说他出轨了，这样铁定就能分手了！"

这个也不行，雇佣人不要花钱吗？

还有人说："这还不简单，找他的错处啊！不回信息，不回电话，三观不合，爱好不同，什么都行！"

这个……好像可以试试！

翻看了半天之后，林烟受益匪浅。

原来还可以这么操作？

林烟正在学习技巧，这时候，手机突然响了起来。林烟随手接了起来，结果，刚一接通，手机那头便传来了裴宇堂惊慌失措的声音："大嫂！救我！"

林烟神色一顿："三少？出什么事了？"

"我……我闯祸了……我这次真的完蛋了……大嫂……除了你……这次没人能救得了我了……"手机那头裴宇堂的声音有些语无伦次，似乎是出了什么大事。

"到底什么情况，你慢慢说，说清楚了！"

林烟对裴宇堂的印象是天不怕地不怕，不知道他会被什么事情吓成这样。

裴宇堂急忙解释道："我喝多了，跟宋耀南起了点冲突，打了一架，进了局子，然后我找我二哥，把我保释出来了……"

林烟闻言松了口气："哦，那不就没事了吗？"

她还以为是什么人命关天的大事，吓了她一跳。裴宇堂这个一点就炸又毫无心机的性子，没事打个架什么的，她真是一点都不意外。

裴宇堂直接喊了起来："本来是没事！可重点是！这个事情现在被我大哥给知道了！我死定了！我大哥同意我做赛车手的条件是，这期间我绝对不许闯祸，也不许找家里帮忙，可是现在，我犯了戒！我今天夜里就要被连夜送去Y国的学校，那里实行二十四小时全封闭式管理，吃喝拉撒都会有人跟着，达不到我大哥的要求就会一直在那里待下去！特别恐怖！一旦我进去了，就再也没有自由了！"

林烟有些惊讶："这么可怕的吗？"

"当然可怕了！这种日子我过了十几年，好不容易获得自由，我再也不想回去那个牢笼了！让我回去不如让我去死！”裴宇堂的语气里满是惊恐，看样子心理阴影很严重。裴宇堂边说边哭，“大嫂，现在我肠子都快悔青了，都忍了这么久了，怎么就一时大意了呢？也怪我，看我大哥最近心情好像不错，我就放松了警惕，有点太飘了，结果就闯了祸……”

林烟挠挠头，想了想，然后劝道：“三少，其实我觉得你完全可以跟你大哥好好谈谈的，裴先生还是挺好说话的啊！”

裴宇堂的语气满是不可思议：“嫂子，你在开什么玩笑？我大哥好说话？你对我大哥到底是有什么误解？只要是我大哥说过的话、做过的决定，就绝对不会改变，谁来说都没用！一旦我回去，就必须按照他给我设定的道路去走，一步都不许错，他绝对不会再给我第二次机会！”

“这样的吗？”林烟听着裴宇堂的形容，心中不免有些奇怪。

虽然她没见过裴聿城几次，但真的觉得裴聿城还挺好说话的，根本不像是裴宇堂口中那么不近人情、冷漠专制的人。不然也不会在她几次三番对他做了不敬的事情之后，都没有追究，甚至那么容易就答应了她的“告白”。

“嫂子，求你了！你快来吧！你现在是我唯一的希望！我在我哥的别墅！你过来之后会有人在门口接你！我是偷偷给你打这个电话的，马上我哥的助理就要来没收我所有的通讯设备了！”裴宇堂苦苦哀求。

林烟实在是有些为难：“这……既然你都说了你哥不好说话，谁说都没用，那我过去显然也没用啊！而且你可能是对我跟你哥的关系有些误解，我跟你哥一共才见过三次面，你哥就是跟我玩玩而已，他都已经七天没联系我了……”

这毕竟是他们的家事，她一个可有可无的人，跑过去算什么？

裴宇堂闻言惊呼：“我哥跟你只是玩玩？怎么可能！我哥可是第一次谈恋爱！他会拿初恋来随便玩吗？”

林烟被“初恋”两个字给吓喷了。

她她她……她是裴聿城的初恋？

开玩笑吧！

她到底何德何能？

难道只因为她比较会拍马屁？

那头不知道是不是有人来了，裴宇堂突然压低了声音：“大嫂！求你了！就算你不相信你跟我哥的感情，难道还能不顾及我们俩的父子之情吗？”

林烟：“……”父子之情又是个什么鬼……

裴宇堂似乎还要说什么，不过可能怕被人听到，那头突然挂断了电话。

紧跟着，林烟的微信“叮叮叮”弹出几条信息。

这不是开往幼儿园的车：（红包）爸！

这不是开往幼儿园的车：（红包）爸！

这不是开往幼儿园的车：（红包）救！

这不是开往幼儿园的车：（红包）我！

林烟：“……”

这“父子之情”，让人有些难以拒绝……林烟非常勉为其难地领了那些红包。

算了，不管到底能不能帮到忙，去看一看也没什么。

云间水庄。

客厅内，几个保镖面无表情地守在门口，一身黑色西装的助理正在清点裴宇堂的行李。

落地窗外，夜色迷离，中间的沙发上，裴聿城身上穿着宽松的家居服，修长的手指夹着一支烟，随意地靠在那里。

裴宇堂则是“扑通”跪在他的脚边，正哭号不止：“哥，求你了，求你饶了我这一次吧，我下次绝对不敢了！”

“裴总，三少爷的行李都已经准备好了，即刻便可以出发前往Y国。学校那边也已经安排妥当，是您亲自挑选的那所私立学校，全封闭式管理，明天一早便可以办理入学手续。”助理站在一旁，恭敬地汇报。

裴宇堂跟小狼崽子一样恶狠狠地瞪了那助理一眼：“我不去！我死也不去那鬼地方！”

裴宇堂一边吼一边骨碌碌爬到裴南絮那边：“二哥！二哥你救我！你说句话呀！你帮我劝劝大哥！”

裴南絮轻叹一声，神色无奈：“宇堂，大哥的性子你还不了解吗？我该说的都已经说过了，继续为你求情，只可能火上浇油。”

裴宇堂急忙又问：“那我爸那边呢，你帮我问了没有，我爸怎么说？”

裴南絮摇摇头："父亲说，一切都听大哥的安排。"

裴宇堂简直震惊："这是亲爹吗？因为怕我哥，连我这个亲儿子都不管了吗？"

没办法，裴宇堂只能又跑回裴聿城那边哀求："大哥，今天晚上的事情真的是意外，宋耀南那小子太欠揍了，我喝多了一时没忍住，这才动了手，你就看在这两年我一直都表现很好的份上，再给我一次机会吧，求你了哥……"

裴聿城轻轻吐出一口烟，镜片后的眸子里没有一丝情绪："程默，你亲自去送。"

助理略一颔首："是！"

随即转向裴宇堂："三少，请。"

裴宇堂呆坐原地，瞬间全身的血液都凉了下去，简直感觉天都要塌了。

他就知道，他哥做过的决定，绝对不会改变。

他完了！努力了两年，前功尽弃！

裴宇堂抱住裴南絮的腿不松："二哥！二哥救我呀！"

裴南絮似乎终究还是不忍心，只能再次试探着开口："大哥，老三这两年的表现确实挺好，进步很大，今晚的事情我也去调查了一下，虽然是老三先动的手，但也是对方先故意出言挑衅，属于事出有因，老三并非无缘无故闹事。"

裴宇堂听得连连点头，眸子里又重新燃起了希望。

裴聿城似笑非笑地朝着裴南絮看了一眼："怎么，你要插手？"

裴南絮只觉得一股巨大的压迫感伴随着对方看似不经意的目光倾泻而下，额间瞬间划过一抹冷汗，开口："我只是说出我了解的事实，当然，至于大哥您的决定，我认为还是正确的。"

大概是这两年裴聿城的性子真的收敛了太多，以至于他都忘了自己这个大哥有多专制，竟敢一而再再而三地质疑他的决定。

眼见着外援全都挂掉的裴宇堂："？"

你就这么倒戈了？

Part9

最近我有些低血糖，因为太久太久没有见你了！

♥

程默推着两个大大的行李箱，一言不发地站在裴宇堂旁边。

见裴宇堂迟迟不动，他朝着门口的两个保镖看了一眼。两个保镖会意，一起走上前去。

“三少，请您别让我们为难……”

裴宇堂垂死挣扎：“不，我不走！我不走！”

“得罪了。”两个保镖互看一眼，只能强制性地一人架住了裴宇堂的一边。

两个保镖都是经过专业训练的，裴宇堂根本没有还手的能力，何况他也不敢在大哥面前动手。

“放开我！放开我——”

眼看着裴宇堂就要被拖上车，这时候，门口突然传来女孩弱弱的声音——

“那个……抱歉……打扰一下……”

林烟刚一进门就看到裴宇堂连人带行李地被两个彪形大汉按住，裴宇堂正在大声哭号，一时之间，难免有些被这架势吓到。看来裴宇堂在电话里说的话并不是夸张。

裴宇堂一看到林烟，简直如同看到了亲爹，推开两个保镖就朝着林烟冲了过去：“爸爸！爸爸！你可算是来了！”

裴南絮："……"爸爸？

裴聿城："……"

一旁的两个保镖和助理听到裴宇堂这惊天动地的一声"爸爸"，也都是一脸懵。

林烟尴尬不已地朝着自家偶像和现任男朋友看了一眼，咬牙切齿地瞪裴宇堂："注意你的措辞……"

你要是叫我爸爸，那我跟裴南絮还有裴聿城成什么关系了？

裴宇堂万分委屈："大嫂，我不要去Y国住那个大得能当足球场的别墅，不要去上那个全是王子公主的贵族学校，不要回来继承裴家的亿万家产……求你救救我呀！"

林烟简直听得满头黑线："……"

这话她听着怎么这么想打死他呢？

面对她这个已经七天没联系的女朋友，裴聿城的表情似乎没有丝毫变化，态度也一如平常。

夜色从窗外笼罩进来，男人的面色一半在客厅的灯光下，一半在夜色的阴影里，那双镜片后凉如月色的眸子染着一丝寒意，沉得如同几万米下的深海。

林烟很不习惯跟裴聿城之间关系的突然改变，所以乍一见面实在很是尴尬，连应该开口说什么都不知道。毕竟她之前说的什么暗恋多年、情深不悔都是编的，裴聿城对她而言就是个才刚刚见过几次面的陌生人而已，而且还是身份地位对她这样的凡人来说遥不可及的人物。

林烟白了裴宇堂一眼，嫌弃地把他推开，随后尴尬不已地朝着裴聿城打了声招呼："裴……裴先生……您好……"

裴聿城掐了指间的烟蒂，微凉如月的眸光落在她的面上："林小姐，晚上好。"

林烟偏头瞪裴宇堂，压低声音开口："看到了吧，我跟你大哥真的不熟，我连话都不知道该怎么跟你大哥说，你这让我怎么给你求情……"

裴聿城这态度，都让她怀疑那天的事情只是个幻觉。

裴宇堂也被林烟和裴聿城的相处方式给惊到了，怎么称呼这么生疏？

裴宇堂死命抓着这最后一根救命稻草："我不管！爸爸你得救我！你不能眼睁睁看着我被送走，我这么弱小可怜又无助，你忍心吗？"

林烟："我还挺忍心的……"

不能赛车的话就只能回来继承亿万家产，可真是够弱小可怜又无助呢！这无形炫富简直闪瞎她这等穷人的眼。

裴宇堂："可爸爸你都收了我孝敬的红包了！"

裴宇堂这话一出来，林烟顿时心虚了："唔……"拿人手软啊！

这熊孩子的红包还都挺大的，四个红包全都是188。

啧，怎么就管不住这手呢！

林烟眨了眨眼睛，极其心痛地问了一句："我现在给你退回去，还来得及吗？"

裴宇堂更心痛："来不及了，我的手机都被没收了，卡也被封了，你退回来也没用！"

林烟："……"

让你手贱！让你手贱！非去领什么红包！

沙发上，裴聿城朝着站在门口嘀嘀咕咕的两人扫了一眼："林小姐，找我有事？"

裴宇堂赶紧推林烟："快快快，我哥叫你呢！"

林烟咬牙切齿地瞪他，随后赶紧慌慌张张地回裴聿城："那啥，有的有的，是有事……有件很大的事情找您……"

算了算了……谁让她这么助人为乐呢！为了维护爱与正义，为了少年的热血梦想，拼了！

不过，眼下这情况，她若是上去劝，搞不好要引火烧身，所以肯定不能直接说她是为了来帮裴宇堂求情的。

七天不联系，突然跑上门却是为别人求情，这说得通吗？她的人设肯定得崩啊！

所以，在求情之前，她得先把自己的人设稳住再说。

对！人设人设人设！

她爱裴聿城爱得死去活来，她是裴聿城的疯狂追求者，甚至都快成变态跟踪狂了，所以，刚确定恋爱关系、七天不见、小别胜新婚的情况下，她应该如何表现才不突兀呢？

裴聿城闻言，目光淡淡地朝着她看了一眼："是吗？"

"对……"

林烟的大脑飞速转动，用最近刚学到的给剧本做人物小传的方式，模拟了一下应该有的表现。于是，下一秒，林烟牙一咬，眼一闭，小火车似的一头便朝着裴聿城的方向飞奔而去。然后，直接整个人扑进了裴聿城的怀里。

之前她全都是被迫对裴聿城无礼的，但现在为了人设，却不得不继续下去……她觉得自己简直是太造孽了！

等裴聿城反应过来的时候，女孩的身体已经带着清新的沐浴露气息向自己扑了个满怀。

男人一贯风轻云淡的眸底明显划过一抹错愕，转瞬幽暗得如同浓得化不开的夜色，他的身体因为女孩突然冲过来而稍稍后倾了一些，双手下意识地虚扶在了女孩的腰侧。

林烟调动起自己最近磨炼的演戏技巧，让自己切换到了恋爱少女的状态。而事实是，此刻，如此近距离地靠近着这个男人，还是自己主动，她这状态不用演也够像的了。

“我……我的大事就是……我想你了呀……”

女孩娇软的声音，响起在男人的耳畔。

裴宇堂：“……”刚刚不是还说不熟吗？

现场惊讶的不只是裴宇堂，还有那两个保镖。保镖眼睁睁看着一个穿着随便的女孩子朝着自家老板扑过去，第一反应便是赶紧上去护驾。还是一旁的裴南絮用眼神示意，并且伸手拦了一下，才阻止了两个保镖的动作。

虽然这不是林烟第一次接近裴聿城，上次是直接摔在人家身上，上上次在医院直接上手了，上上上次在别墅更不知道还做了些什么更不敬的事，但是，这是林烟第一次在清醒的情况下主动接近裴聿城。而且，还要说那么肉麻的话，她真是把老脸都快豁出去了！

此刻，裴聿城的身上只穿着一件轻薄的针织衫，虽然她一只手险险避开了裴聿城的身体按在了沙发上，但另一只手却没稳住，就这么隔着一层薄薄的布料按在男人小腹的位置，清晰地感受着那里紧实的肌肉线条……

妈耶！要命！

林烟立完人设，急忙便准备起身，结果，因为太慌张了，一个手滑，又栽了下去。这一次，两只手全都好死不死地按在了男人的身上！

林烟看着男人平整的衣服硬生生被自己弄皱，满心都是罪恶感！

“对不起，对不起……我不是故意的……”

林烟在心里把自己唾弃了一万遍，但戏还要继续演下去，只能赶紧麻溜地开口："你的眉毛不是眉毛，是水中月、镜中花；眼睛不是眼睛，是江河奔腾、星河璀璨；嘴巴不是嘴巴，是这个星球上最后一朵玫瑰！我刚刚绝对不是故意摔倒的，是最近我有些低血糖，因为太久太久没有见你了……"

裴宇堂："……"

裴南絮："……"

几位保镖助理："……"

眼睁睁看着林烟竟然连草稿都不打地直接一口气说出了这番话，旁边围观的几人全都忍不住露出了叹为观止的表情。

裴聿城似乎也略怔了一下，随即垂了下眸子，轻轻笑了一声，用大提琴般低哑的声音轻声开口："低血糖？"

林烟："喀……是……是的……"

太羞耻了啊！为了爱与正义，她也真是拼了！

裴聿城微凉的眸子里泛着涟漪，闻言，他倒是没有说什么，而是突然腾出一只原本虚扶在女孩腰间防止她摔倒的手，随后，缓缓摘下了面上的眼镜。

林烟："……"

没有了眼镜的遮挡之后，一瞬间如同山风吹散了浓雾，男人那双魅惑到令人心悸的眸子就这么完完全全地露在了她的眼前。一瞬间，林烟的心脏剧烈跳动。

突然摘下眼镜的裴聿城简直是勾魂摄魄啊！这太惹人犯罪了！

就在林烟心神剧颤的时候，摘去眼镜的男人突然用拿着眼镜的那只手轻轻按住了她的后脑勺。下一秒，一个如蒲公英吹落田野、如清风轻抚过河面般的吻极柔极轻地落在了她的唇畔。

呼吸相闻的距离间，男人开口问："还低吗？"

林烟："……"

她是谁！她在哪儿！她在干什么！

这猝不及防的来自自家BOSS的狗粮让一干保镖助理目瞪口呆，裴宇堂刚从助理手中抢回来的行李箱一个没拿稳，"咚"的一声直接砸在了他自己的脚背上，疼得他龇牙咧嘴。

林烟被裴宇堂的哀号声惊得回过神来，赶紧连连摇头闪身坐到一旁：

“不不不……不低了！”

简直血糖飙升好吗？

说好的初恋呢？第一次恋爱就这么会撩的吗？

这谁顶得住！

平心而论，刚才裴聿城的那个吻轻得几乎感觉不到，一触即离，非常克制有礼，却让她心脏跳得比在赛道最后一圈的极限漂移过弯时还要快。

旁边一个保镖回过神来之后，忍不住问一旁的裴宇堂：“三……三少……这女人是谁啊？”

裴宇堂一脸骄傲地开口：“我爹！”

保镖：“？”

裴宇堂：“我大哥的女朋友！我未来大嫂！”

两个保镖闻言对视一眼，皆是满脸震惊，他们跟在老板身边也有好些年了，这些年投怀送抱的女人不知道有多少，都没见老板有过丝毫动心，怎么突然就多了个关系这么亲密的女朋友？

毕竟是老板的私事，他们也不敢多过问，赶紧继续做正事。

“三少，您还是快上路吧！”

“是啊，别让我们难做了！”

“上路？上什么路！我不走！我死也不走！”

话题绕到了原点，裴宇堂又开始嚎了起来：“大嫂！大嫂！你倒是管管我呀！”

听到裴宇堂的哀号，林烟这才回过神来。光顾着沉迷美色，差点把正事给忘了。

“裴先生……”林烟忙看向裴聿城，试探着开口，“三少的事情我也听说了一点，喝酒打架确实不对。不过，对方那个叫宋耀南的明显也不是什么善茬，上次我还见过一面，明显是故意挑衅，设套引三少往里面跳。这次三少肯定也不是故意的，八成是落到对方的圈套里面了。”

一旁的裴宇堂听得连连点头：“大哥，大嫂说得没错，真的是他故意挑衅在先的！”

裴聿城的眸底没有一丝温度：“对方挑衅……所以，你连最基本的辨别能力和自控力都没有？”

裴聿城的目光冷得简直让人发寒，裴宇堂完全不敢正视亲哥的眼睛，缩着脑袋，连大气都不敢出。

林烟也顿时觉得压力山大，弱弱地开口：“唔，话是这么说，不过，毕竟三少年纪还小嘛，这个年纪的男孩子冲动一点，其实也很正常。”

裴宇堂继续点头附和：“对啊对啊，我这个年纪的男孩子打个架不是很正常吗？”

裴聿城：“年纪小不是犯错的理由，我也不需要知道任何理由。当初是你自己与我定下的规则，既然触犯，自然该付出代价。”

裴宇堂面上一阵心虚，顿时脑袋耷拉得更低了。

林烟闻言，余光落在了茶几上的一份文件上，似乎是当初裴宇堂跟裴聿城的“约法三章”，上面还有裴宇堂的亲笔签名和盖的手印。

难怪裴宇堂会病急乱投医来找她帮忙，裴聿城完全是油盐不进啊。何况他本来就占着理，三两句之后，她自己都快要被洗脑了。想讲道理说服他，这是不可能的。尤其还是裴聿城这样注重原则的人，更不可能破例。这也太难搞了！

林烟叹了口气，给了裴宇堂一个“我已经尽力了，你自求多福”的眼神。裴宇堂心里也很清楚这点，挣扎到现在也不过是不甘心罢了。

少年盯着茶几上的文件，眸子里的最后一丝光亮也彻底暗了下来，他死死捏着拳头，红着眼睛开口：“答应的事情没做到，是我的错，我走就是了……”

林烟也实在是没办法了，她稍稍往裴聿城旁边坐近了一些，然后伸出手，轻轻扯了扯男人的袖子：“那个，对不起，我知道这是您的家事，我不应该插手，不过……真的不能再给三少一次机会了吗？”

裴聿城：“……”

林烟：“就再给他一次机会吧，求你了……好不好？”

裴聿城没有说话，清冷的目光顺着女孩祈求的双眼，落到女孩扯着自己衣袖的小手上。

林烟轻咳一声：“那个，要是实在不行的话，就算了……”

不知过了多久，就在林烟已经准备给裴宇堂送行的时候，耳边传来了男人的声音——

裴聿城：“可以。”

林烟：“……”

裴南絮：“……”

裴宇堂：“！”

他听到了什么？

林烟自己都满脸不可思议：“你……您答应了？”

为什么呀！怎么好端端的突然就答应了？她自己都觉得自己没理劝不动啊！

“可以再给他一次机会。”裴聿城给予肯定的回答。

林烟忍不住问出了声：“为什么突然又答应了？”

裴宇堂和裴南絮闻言也朝着亲哥看去。他们太了解这个大哥的性子了，以他的智商，没人能说服他，他的原则也绝对不会为了任何事情妥协。所以方才裴聿城只是一句冷冷的“你要插手？”，裴南絮就直接放弃了为弟弟求情。

在林烟满脸不解的目光之下，裴聿城水墨晕染一般的眉梢扬起一抹淡淡的笑意，注视着女孩，缓缓开口：“跟女朋友讲道理，并非明智的行为。”

林烟：“……”

会……会心一击啊这简直是！

男人话音落下的瞬间，林烟只觉得熟悉的心脏狂跳又开始了。眼前的这个人，明明前一秒还冷得结冰，毫无转圜的余地；后一秒，却在面对她时，化为全然的宠溺和妥协。

裴宇堂：“……”这也太区别对待了吧？

裴聿城说完，又开口说了一句：“另外，可以插手。”

林烟还有些发愣，所以一时没理解裴聿城的意思：“什么意思？”

裴聿城：“我的家事。”

我的家事，你可以插手。

裴南絮：“……”心情似乎有点复杂呢。

裴聿城松口之后，助理和保镖们便全都退了出去，裴宇堂和裴南絮也离开了，一时之间，客厅内便只剩下了林烟和裴聿城两人。

林烟一直都觉得自己跟裴聿城的男女朋友关系挺没真实感的，也觉得裴聿城高高在上，离自己太遥远，还真没想到裴聿城会因为她的一句软话就改变主意。

裴聿城迈步走到了落地窗外的泳池边，林烟也缓缓跟了上去。

夜凉如水，星光点点洒落在水面上。

“裴先生……我……可以问您一个问题吗？”

“什么。”

“就是……之前，你为什么那么随便就答应了我的告白，同意让我做你女朋友？”林烟终究还是问出了这个问题。她实在是太好奇了，虽然自己想过挺多理由，但还是觉得挺不可思议的。

裴聿城偏过头，目光讳莫如深地朝着她看了一眼：“你认为……我是随便答应？”

林烟吓了一跳，赶紧摆手道：“不不不，我不是说你很随便的意思啊！就是觉得很惊讶而已，毕竟以您这样的身份地位，实在跟我不是一个世界的人，后来您也没主动联系过我，所以，我还以为你只是随口那么一说。其实，回去之后我想了很久，也忏悔了很久，我觉得我那天的话实在是太过分了，其实我只想远远地看着您，那天晚上对您不敬也是因为我喝多了，我发誓我对您只是纯洁的崇敬之情，绝对没有其他龌龊的心思，我也没想到您竟然会答应，所以……”

裴聿城漫不经心地看着她：“所以？”

林烟咽了口吐沫：“……”

所以，要不咱们分手算了？

林烟“分手”两个字都快要到嘴边了，最终，还是麻溜地转了个弯：“所以……所以……我一定更加倍珍惜……加倍地喜欢你……对您一心一意，至死不渝……”

裴聿城看着女孩紧张的表情，笑了笑：“你很怕我？”

林烟干笑：“没……没有啊……那只是敬仰……敬仰而已。您在我心里就跟那不食人间烟火的神仙一样，可远观而不可亵玩。我觉得跟我交往……实在是一种对您的玷污……”

哎，想分个手怎么这么难？

大佬！我真的配不上您啊！

裴聿城良久没有说话。

林烟摸不准他在想什么，有些发慌，忍不住偷偷去看他，结果，下一秒，正对上男人比夜色还深邃的眸子。

“如果，不仅可远观呢？”男人说。

林烟吓得心脏都快跳出来了，这这这……这啥意思啊？不会是她想的那种意思吧！

裴聿城伸出手，在女孩紧绷的颈边轻轻揉捏着：“不用紧张，我说过，我们的关系对你的生活不会有任何影响。你对我的态度、看法，甚至包括对我的称呼，都不需要有任何改变，一切可以按照你舒服的方式。”

林烟原本要分手的决心，又因为对方这短短的几句话而开始分崩离析了。

这真的是神仙男朋友啊！难怪裴聿城从不纠正她疏离的称呼，也总是配合地叫她“林小姐”，原来只是怕她不适应、不习惯。

林烟都不知道自己是怎么回到公寓的，整个人飘飘忽忽。

跟韩逸轩谈了好几年恋爱，也没有过这么上头的感觉！

冷静冷静，明天还要早起去拍定妆照。

林烟刚躺下来不久，手机就“叮叮叮”响了起来。

这不是开往幼儿园的车：大嫂！救命之恩，没齿难忘！以后有什么需要小弟的地方，就算是上刀山下油锅，我也在所不辞！

这不是开往幼儿园的车：不过大嫂，你们这进度是有点慢啊，怎么见面还是裴先生、林小姐的？

这不是开往幼儿园的车：要不然我帮你，直接把我哥送到你那里，这样绝对是最快的熟悉起来的方式，大嫂你考虑一下？

林烟：“……”

大晚上的，能别聊这种话题吗？还让不让人睡觉了！

烟城疏雨隔斜阳：免了！

林烟黑着脸回了一条，然后直接开了静音，躺下睡觉。

第二天清晨，林烟早早起了床。

梳妆台上，护肤品、化妆品的牌子全都乱七八糟，除了一些之前赞助商送的，剩下的都是她随便买的，平时她对这些东西实在是不感兴趣。林烟翻来翻去，从一堆乱七八糟的牌子和瓶瓶罐罐里翻出一瓶还剩了大半的自然堂冰肌水敷了下脸。

这种比较靠谱的品牌她还是认识的。随后，她又难得认认真真地做了下基础护肤，化妆是没戏了，她的技能点实在是没有点到这种技能上面去。

最后，她打开衣柜扫了一眼，里面她自己买的衣服全都是黑乎乎的很宽松的款式，穿着倒是很舒服，可美观性就一言难尽了，穿在身上就跟菜市场买菜的老大爷一样。

之前预支的片酬她全都用来付房租了，还有一部分她打到了母亲的账户上，现在只剩下了一点生活费，还没有经费去购置衣服。所以，找来找去，林烟还是只能挑出一件白色长裙。

回想起来，昨晚她去见裴聿城的时候，穿的好像是她自己买的老大爷式的宽松裤子和上衣……丝毫没有女人味。

裴聿城的眼神不会真的有什么问题吧？！

“林烟……”门外传来汪景阳的敲门声。

林烟换好衣服，去开了门。

汪景阳打量了她一眼，习以为常地露出嫌弃的表情：“这几天一点动静都没有，还以为你被粉丝砍死在家中了！”

林烟白了他一眼：“都说了我在闭关练习。”

“我记得你今天拍照吧，要我送你过去吗？”汪景阳问。

林烟很有自知之明地连连摇头：“不用了，我身边十步以内，最好都不要有任何异性出现。”

汪景阳嘴角微抽：“好吧，那你小心点。”

林烟摆摆手：“OK！”

汪景阳看着她，欲言又止，最后咕哝着道：“也别死撑得那么辛苦，实在不行的话，大不了不干了呗！好……好歹你还有我呢。”

林烟感动地点点头，拍着汪景阳的肩膀说道：“知道了，谢谢，真不愧是我最好的兄弟！”

汪景阳：“……”

兄弟……我追你追得还不够明显吗？

林烟跟汪景阳打完招呼便准备下楼，结果，刚走出没几步，“刺啦”一声，她的裙子由于太长，挂在了高跟鞋的跟上，直接被撕破了。

林烟顿时骂出了声：“……这是我最贵的一件裙子！”

汪景阳黑着脸扶额：“穿不好就别穿，我劝你还是别为难自己了！”

林烟沉吟着摸了摸下巴：“有道理啊，狗子，我穿成这样，到时候被追杀的时候怎么逃命？”

汪景阳：“……”

说完，林烟麻溜地回去屋里，换了一身方便舒服的运动装。

这是林烟复出后接的第一部戏，赵红绫亲自带着多多一起过来接她去剧组。

林烟戴着口罩和鸭舌帽，捂得严严实实地上了车。

“你怎么穿成这样就下来了？”多多一脸嫌弃。

林烟叹气：“哎，本来是穿裙子的，可是走到一半被高跟鞋踩到撕坏了，何况我也实在不习惯穿裙子，你就凑合着看吧！”

多多简直无语：“当初你这人设到底是怎么立起来的？有你这么糙的吗？”

“穿着大方得体就行，在我这边没什么要求。现在还早，你可以休息一会儿。”赵红绫一边开车一边开口。

“嘿嘿，还是绫姐对我好！”林烟喜滋滋地开口。

她的应激障碍已经恢复，可以自己开车了，所以还是得努力赚钱，买个代步车才行，总不能一直让绫姐过来接。

很快车子开到了今天剧组拍定妆照的地方。

林烟是第一个到的艺人，她过去的时候，其他艺人都还没来，只有一群工作人员正在忙碌着布景、打光、做准备工作。

刚走到门口，屋里顿时响起了一阵窃窃私语，投来了各种异样的目光。

“喂喂，快看呀！林烟！林烟来了！”

“真是她呀！她不是最喜欢穿一身白裙子，仿佛一朵出淤泥而不染的柔弱白莲吗？今天穿成这样，我差点没认出来！”

“肯定是换了装，怕被粉丝认出来群殴呗！在娱乐圈这么久了，我还是第一次见到这么恶心的女人，整天就知道装柔弱蹭别人热度！”

“可不是，一个高中学历、野路子的十八线，也敢蹭沈朝暮他们这样的流量，还扬言自己是韩逸轩的女朋友呢，简直了！”

“现在也不知道使了什么手段，混进了我们剧组，这次怕是看上了裴南絮的热度了吧，真是癞蛤蟆想吃天鹅肉！”

……

眼见着那些人越说越难听，甚至连音量都不控制，多多连忙警惕地按住林烟：“不高兴也得忍着，就当没听到，这个剧组里你咖位最低，何况他们说的也没错。”

林烟：“……”你真是我的助理吗？

赵红绫开口：“以你现在的情况，低调为上，无论发生什么，你都不要做任何回应。”

对于林烟危机公关的能力，赵红绫实在很不放心，所以干脆叮嘱她低调一点什么也别做最稳妥。

林烟乖巧开口：“知道啦！我连游戏都下载好了，待会儿我就乖乖打我的游戏！”

多多“哼”了一声：“你要真能这么听话我可谢天谢地了！”

林烟找了个没人的角落坐了下来，然后戴上耳机，点开游戏就开始玩了起来。

好久没玩了，她登录了一个青铜小号，正好闲得没事上上分。

多多惆怅地盯着怎么看也不靠谱的林烟，忍不住对赵红绫开口：“绫姐，你到底怎么想的啊？虽然林烟被分到了你的手下，可是她完全不受管控，所有的事情都只听她那个妹妹和助理的，硬生生把一手好牌打得稀巴烂。她完全就是一摊扶不上墙的烂泥，把你好不容易争取来的资源全都糟蹋了，连带着你的名声都跟着受损。要我说，这种人就不应该再管她的。”

赵红绫面上并没有什么表情，神色淡淡地开口：“既然我签了她，就该负责到底，不过，如果她继续执迷不悟，我也帮不了她。”

毕竟，她现在都已经快要自身难保了。

多多知道赵红绫很注重原则，自己就算是劝也劝不动，只能泄气地咕哝着：“但愿她别再出什么幺蛾子了……”

“对了绫姐，这部戏的女主到底是谁啊？剧组为了造势搞得这么神秘，这都快定妆了居然还没公布！”多多环视一圈好奇地追问。

赵红绫：“待会儿就知道了。”

多多点点头：“也是。”

今天这定妆，人总要出场的。

等了一会儿，门口突然传来一阵喧哗，一群保镖助理护着一个女艺人正朝着摄影棚的方向走来。

看到众星拱月般被簇拥在中间的女人，多多的脸色顿时“唰”地一下变了：“蒋思霏！”

蒋思霏今天面上化着精致的妆容，身着今年最新款的高定长裙，修身的剪裁完全衬出了她的女人味和好身材，艳光四射，一身女神范。她身边穿着香槟色套装的女人是万众传媒的金牌经纪人朱曼倩，也就是蒋思霏的现任经纪人。

一看到这两个人，多多的火气就噌噌往上冒："她怎么会来这里？"

赵红绫眸光微闪，没有说话。倒是蒋思霏，似乎是看到了她们，也丝毫没有要回避的意思，反而脚步一转，径直朝着赵红绫她们的方向走去。

蒋思霏在赵红绫跟前站定，随即在赵红绫身后的正在埋头打游戏的林烟身上扫了一眼，微笑着，客气地寒暄起来："绫姐，好巧，带艺人过来试妆啊？"

一旁的朱曼倩看到林烟，"扑哧"笑了一声，语气夸张地挑眉道："赵总监，您不至于吧？我不过是带走了一个思霏而已，你就已经混到只能带林烟这种艺人了吗？听说出演的还是一个……嗯……女几号来着……哦……女四号？"

朱曼倩一边抚着自己涂着红色指甲油的指甲，一边神色傲然地继续开口道："真是巧了，我们思霏也是来试妆的，不过，思霏是这部戏的女一，毕竟刚加入我们公司旗下，就算是我这个经纪人送她的一个小小的见面礼吧！"

蒋思霏居然是这部戏的女一？

多多气炸了："朱曼倩！你挖人墙脚还好意思说，你也太不要脸了吧！"

朱曼倩嘲讽地笑了笑："话可不是这么说的，良禽择木而栖，这是天经地义的事情。思霏这样好的条件，若继续跟着一个没能力的经纪人，岂不是太浪费了？"

"你说谁没能力呢，不是绫姐，她能有今天吗？居然还有脸在绫姐跟前耀武扬威！"

一旁的蒋思霏听到这话，脸色顿时有些不太好看。她最厌恶的就是所有人都把她的成就归功在赵红绫身上，就好像没有赵红绫，她就一无是处似的。

她做了赵红绫这么多年的傀儡，早就已经做够了，何况启星娱乐那样的小作坊，根本就不能再给她提供更好的资源。

朱曼倩双臂环胸："呵呵，若有能力，还能连个像样的女主都拿不下来吗？也不看看之前她给我们思霏接的都是什么角色？不是乡下丫头，就是不良少女，啧啧……我给思霏接的可是跟裴南絮搭戏的大荧幕女主，多少人求都求不来的机会！”

蒋思霏听到这话，脸色才缓和了一些，更加庆幸自己做了跳槽去万众传媒的决定。毕竟万众传媒是凯胜娱乐旗下的分公司，并且最近刚被凯胜娱乐的千金林书雅正式接管，资源自然是不缺。

“你……绫姐明明是为了……”

多多还想说什么，直接被赵红绫阻止了。

其实蒋思霏的相貌条件一般，赵红绫之所以看中蒋思霏，是因为觉得她是个好苗子，演技也很扎实，所以给她接的全都是有内涵的文艺片，想让她走实力派路线。朱曼倩口中不屑的那个乡下丫头角色，正是蒋思霏的成名作，并且让她一举拿下了金棕奖的最佳女配。只要她再沉淀几年，赵红绫有信心蒋思霏能够拿到大奖，只可惜她还是被这娱乐圈的名利给迷了眼。

这部《棋逢对手》确实是好班底、大制作，也是能上大荧幕的电影，可毕竟是一部商业片，还是大男主的题材。她看过剧本，这部戏的女主在剧中完全就是一个没有特色的花瓶角色，是为了衬托男主的存在，蒋思霏演这种角色太掉她的档次，而且她的颜值也撑不起这个角色。但是，赵红绫知道，自己无论说什么，蒋思霏也是听不进去的，于是干脆什么都不再说。

这时候，探班的记者已经陆续到场，此刻全都呼啦啦朝着蒋思霏围去。

这是朱曼倩惯用的炒作手段，这些记者肯定是她放出消息特意请过来的。

记者：“思霏，传闻你已经跳槽到新东家万众传媒，《棋逢对手》的女一号便是新公司帮你接的第一个角色，第一次跟裴南絮搭戏，有什么感想吗？”

蒋思霏：“很激动能够跟裴前辈合作，也很感谢我的公司万众传媒，感谢我的经纪人朱小姐为我争取到了这个角色。与万众的合作，是我最明智的决定！”

记者：“思霏，对于老东家你有什么想说的吗？听说是启星娱乐的赵红绫一手把你带出来的，为什么你会选择在合约期内跳槽呢？”

蒋思霏看向一旁的朱曼倩：“这……”

朱曼倩：“呵呵，某人故意阻挠思霏的发展，给她接的全是烂片，思霏在忍无可忍之下才选择了离开！还希望某人好自为之，别把手下的艺人当成敛财的工具！”

Part10

当我视你为至亲的时候，我自然一身破绽。
可是，你对我而言不过是个陌生人，
你以为，你还能有伤害我的武器？

相比蒋思霏那边的热闹，赵红绫这边则是冷冷清清，一个人都没有。

多多眼瞧着那两个人在那颠倒是非：“这个白眼狼！气死我了！得意什么！如果不是绫姐，她能有今天吗？不仅不知道感恩，还在那里泼脏水！不行，我要跟那些记者说清楚！”

“事情不是像她说的那样的……”多多说着就想要往里面挤，可是蒋思霏被包围得里三层外三层，那些记者的注意力也全都在蒋思霏的身上，完全没人搭理她们。

一个摄影师直接粗鲁地推了多多一把，笨重的仪器一下子撞在了多多身上。

“啊——”多多被撞得退后一步，顿时痛呼了一声。

这时，一直窝在角落里打游戏，毫无存在感的林烟摘下了耳机，然后缓缓伸了个懒腰。在多多差点再次被撞的时候，林烟一把扶住了她的胳膊，然后把她拉到了一旁。

“林烟，你干吗拉我呀？我要跟他们说清楚！”多多急道。

“别急啊！想做众人瞩目的焦点，想让他们全都听你说话，那还不容易吗？”林烟悠悠开口。

多多："你说得容易！谁会理我们！在娱乐圈，我们这样的人根本就没有话语权！"

林烟自然很清楚这一点。她也没反驳，站在那些记者身后，声音不急不缓地开口："诸位记者朋友，打扰一下，有想要采访我的吗？"

"你谁呀！一边去！"其中一个记者头也不回地说道，继续急着采访蒋思霏。

林烟微微一笑："我是林烟。"

林烟话音落下的瞬间，整个现场陡然一片死寂，大概过了好几秒钟之后，众人才陆续回头朝着说话的人看去。

"林烟？"

"是林烟本人吗？"

"真的假的？林烟本人不是从来不接受任何采访的吗？每次都是她的助理出面！"

林烟轻咳一声："诸位媒体朋友好，在下正是林烟本人，今天大家如果有什么问题的话，可以尽管问。"

处在绯闻旋涡中心的女主角亲自接受采访，可比这部剧的女主角的采访劲爆多了！

林烟这个名字代表什么，这个名字就意味着大八卦、大新闻啊！

几家主打八卦的杂志和网络平台的记者顿时忍不住了，赶紧冲了过去。不过，还是有很多主流平台不屑采访林烟这种艺人，依旧没有动，何况他们还是朱曼倩花钱请来的，自然更不会走。

林烟扫了众人一眼，笑眯眯地继续开口："今天本人知无不言，言无不尽，你们想知道的一切，我都可以回答！"

林烟："对了，就比如那什么……我跟沈朝暮的二三事……"

剩下没动的那些记者眼睛一亮，"嗖嗖嗖"又跑过来了一小截。

林烟："还有那啥……我和卫徐风不可不说的秘闻……"

话音刚落，"唰唰唰"顿时又跑过来一堆，甚至连朱曼倩请过来的记者也按捺不住了。

林烟："那天晚上我跟唐嘉业到底发生了啥？我跟韩逸轩和林书雅之前的恩怨情仇到底为哪般？为何连裴南絮都与我纠缠不清……"

一瞬间，几乎所有记者都呼啦啦地调转了摄像头，扛着长枪短炮朝着林烟的方向冲去。

圈子里一线那么多，蒋思霏也不算太出彩的那一个，身上也没什么八卦爆点。相比蒋思霏跳槽演女主，哪有林烟这个八卦女王的爆点多呢！

前段时间林烟搞了个与林书雅和韩逸轩之间的大新闻之后，就突然销声匿迹，害得他们少了多少业绩！

隔了好长一段时间之后，林烟才重新出山，一出山，闹出的绯闻就直接震动整个娱乐圈。

这次居然是跟裴南絮，还有图有真相。只可惜这件事情刚出来就立刻被双方一起否认了，娱乐圈没人敢乱写裴南絮的绯闻，所以这么大、这么令人眼红的八卦就这么凉了下来。

万万没想到，从不亲自接受媒体采访的林烟会破天荒地自己出来面对媒体。这位可是随便一句话都能写个大新闻的狠人啊！

记者们都觉得今天这趟来得实在太值了！

想到这里，那些记者简直疯了，不管是八卦日刊还是主流媒体，这时候大家哪里还顾得上什么矜持，顿时全都围了上去，完全把蒋思霏忘在了脑后。

这年头谁家不想要流量啊！

就连一旁的那些工作人员都不自觉地放下了手里的活儿，伸长了脖子看了过去。

原本众星拱月的蒋思霏身边骤然冷冷清清，只能一个人穿着华服尴尬地站在原地。朱曼倩也完全没料到赵红绫手下那个凉透的十八线居然三两句话就抢走了所有风头，整张脸都黑了：“喂，江记者，冯记者，你们去哪儿？”

这些记者明明是她花了那么多钱，找了那么多人脉特意请过来给蒋思霏撑场子造势的，结果居然全都跑到林烟那里去了算是怎么回事？她这岂不是为他人做嫁衣！

林烟蹭热度竟然蹭到她的头上了！朱曼倩完全没料到林烟会不要脸到这个程度，若是换了别人，被骂成这样，早就躲起来了。她倒好，居然还大摇大摆地自己跳出来！偏偏那些记者还真的就被她给勾过去了。

林烟嘴角勾起，朝着朱曼倩的方向微微一笑，更是气得朱曼倩火冒三丈。

也真是多亏了林书雅，为了黑她，想方设法地搞大新闻，甚至不惜连裴南絮都搬了出来。既然如此，她就好好利用一下这得天独厚的资源，化劣势为优势，用林书雅插她的这把刀，狠狠地还回去。

多多瞅了眼无比热情的记者们，回想起林烟那句有“万千黑粉”，心情也是一言难尽。

刚迈步走进来的导演姜一鸣和制片人冯安华本来还以为被记者围着的是他们特意压轴的女主蒋思霏，结果没想到蒋思霏孤零零地站在另一边无人问津。而林烟不过三言两语，就直接吸引了所有记者的眼球。

“冯制片，你看这……成何体统！好好拍个定妆照，闹成这样！”姜一鸣眉头紧蹙。

冯安华眸底闪过一抹精光，语调轻松地开口：“没事没事，让她闹，这种免费宣传的机会，何乐而不为。”

这个女艺人之前因为造谣韩逸轩，污蔑林书雅，曾被凯胜娱乐封杀。照理说，剧组是最不想用这种有麻烦的艺人的。

但是，如果这个女艺人一个人顶得上他们整个宣传团队的话，那就不一样了。

一时之间，所有的记者蜂拥而至，调转摄像头，对准了林烟的方向。

林烟没有告诉任何人，其实回国之后，她长期处于抑郁和严重的失眠状态之中，精神一直很差。

大概是因为心态的改变，虽然她没有刻意去做什么，但状态却一天天好了起来，忙碌的学习让她充实，原来紊乱的作息和饮食恢复了正常，长期的失眠也好转了不少，早上不过随便抹了水乳，皮肤状态便好到爆。

众人只见林烟身上穿着一件简单的纯黑色卫衣，修身的牛仔裤衬出笔直修长的双腿，长发如同云丝般慵懒而随意地散落在肩头，面上未施粉黛，脸色不是昔日厚厚的粉底堆出来的苍白，而是如同羊脂玉一般的暖白，没有丝毫瑕疵，甚至连毛孔都看不到，脸颊透着自然的绯红。

女孩缓缓摘下了头上压低的鸭舌帽，露出五官，鼻子精致小巧，双唇是娇嫩的樱花粉色，眉峰一扫如水墨晕染，尤其那双桃花眼，眼尾略微上挑，眸子波光流转之间带着灿若星子的光芒，眸底慵懒的笑意更是如同点睛之笔，瞬间让整张脸都灵动起来。

之前林烟“造谣”韩逸轩和林书雅被全网黑的时候，有狗仔曾经拍到过一张她的照片，那张照片简直跟个邋遢的女鬼一样。所有记者都以为他们看到的应该会是一个邋遢阴沉又歇斯底里、如怨妇一般的女人，完全没料到，他们见到的会是这样的盛世美颜。一时之间，整个摄影棚都诡异地安静了下来。

林烟从进来开始就一直用鸭舌帽半遮着脸，然后就埋头玩游戏，刚才工作人员也没太看清她，直到这会儿才完全看清她的脸。

若不是刚才林烟亲口说了自己的身份，记者们都认不出来。众人好半晌才回过神来，纷纷面面相觑地嘀咕起来。

“这大美人是林烟？变化太大了吧？她是不是整容去了？”

“仔细看，其实五官倒是没什么变化吧！就是……怎么说呢……给人的感觉完全变了……”

“其实林烟的颜值确实挺能打啊，你们还记得林烟当初那张红遍全网的杂志封面照吗？”

其实，林烟当初刚出道的时候，是因为一张照片而爆火的。

那是一张杂志平面照，林烟坐在一辆复古的老式跑车里，斜支着额头，看着窗外的天际出神，眸底明灭不定的光芒若燃烧的火。

就是这样一张照片，让一众网友惊为天人，就连女孩面上的那抹茫然和哀伤都令人心动不已。林烟最初那批颜粉就是那时候来的。

一张照片便可以吸粉无数，这样得天独厚的条件，在娱乐圈中是多少人求都求不来的。

只可惜，后来的林烟状态越来越差，不知道是不是因为过度减肥，身体有些过于消瘦，那张绝美的脸也因为日渐阴郁而令人愈渐不喜，完全磨灭了她身上原本的自然灵动，更别提她平时一言难尽的妆容和穿搭。

不料时隔数日后，再次出现在公众面前的女孩却仿若浴火重生，脱胎换骨一般。

明明还是那张脸，如今却美得惊心动魄，甚至，比当初火爆网络的那张照片中的她还要令人惊艳。

一旁的蒋思霏气得都快把牙咬碎了，林烟一个十八线，也敢抢她的风头！

朱曼倩冷笑连连：“难怪赵红绫把她牵出来溜呢，花钱重造去整容了吧！呵呵，你这位前任经纪人还真是想钱想疯了！”

蒋思霏双臂环胸：“那也没办法，谁让我走之后，她手下就没人了。”

两人说话的声音不低，林烟的目光径直穿越人群，看向一旁的朱曼倩和蒋思霏两人，嘴角微勾，笑意却不达眼底。

赵红绫手下没人，还不是因为这些年把大部分心血都花在了她蒋思霏的身上！

林烟直接扬声开口：“方才，我听到朱大经纪人说，我的经纪人赵红绫小姐为了敛财，给蒋思霏接的全是烂片？”

朱曼倩见林烟竟突然将矛头对准了自己，轻嗤一声，满脸嘲讽道：“怎么？难道我说错了吗？”

“蒋思霏小姐，对于你经纪人朱曼倩的话，你也不否认，是吗？”林烟看向蒋思霏，继续问。

蒋思霏沉着脸色，没有开口，算是默认了。

因为她的长相太普通，所以一直以来她都很在意自己的相貌，可是赵红绫还一直让她接那些很土气的角色，甚至让她故意扮丑，她早就受够了。每次看到网上那些说她长得难看的评论，她就恨得不行。此刻，林烟那张即使素颜也美得艳光四射的脸，就像是刺一样扎着她。

林烟见蒋思霏默认，冷笑一声，扫视了所有记者一眼，直接开口：“好，既然如此，那我就跟诸位来细数一下蒋思霏小姐这些年的作品。本人不才，没别的长处，不过，记性倒是还可以。如果我没记错的话，蒋思霏小姐出道三年，一共接了五部戏。第一部戏，也就是朱大经纪人您不屑的那个乡下丫头的角色，是蒋思霏的处女作，也是成名作，出道第一部戏便为她拿下了国内最高电影奖项金棕奖的最佳女配；第二部戏，也就是朱大经纪人您唾弃的那个不良少女，虽然错过了评奖时间，但全网口碑爆棚，诸多名家盛赞；第三部戏，与影后江佳艺合作，直接入围洛林电影节最佳华语影片；第四部戏，独挑大梁担任女主，入围金棕奖最佳女主；第五部戏，一个月前令蒋思霏小姐拿下金棕奖最佳女主，一跃跻身一线……”

林烟掷地有声，一口气说完这些，且信息丝毫不差。随后，她目光冰冷地看向朱曼倩和蒋思霏二人：“众所周知，这五部戏以文艺片居多，加起来的收入，可能还比不上一部商业片，甚至一部雷剧。朱大经纪人，蒋思霏小姐，你们说赵红绫一心为了敛财，并且将蒋思霏这些戏全都判定为烂片，那么，请问，两位是认为金棕奖的评委们眼瞎，还是觉得电影观众集体眼盲呢？抑或是认为，不赚钱的戏就是烂片？”

林烟话音落下的瞬间，全场鸦雀无声。

半晌后，记者们的目光都朝着一旁的蒋思霏和朱曼倩看去。

虽然林烟名声不好，信誉值几乎为零，说话已经没有什么可信度，可是，她刚才的那一番话，却有理有据，逻辑严密，没有任何问题。

蒋思霏能有今天的咖位和口碑，跟她接的戏密不可分。而且，业内也都很认可赵红绫的选戏能力。

可是现在，蒋思霏刚一跳槽，竟然就开始否认前任经纪人所有的付出，连带着自己的过往也一起否认了。甚至还嫌弃自己演过的那些角色不够高端大气，这未免太过分了一些。

蒋思霏听着林烟这番话，脸色顿时惨白，一个字都说不出来。

朱曼倩刚才有些得意忘形，说话的时候没太过脑子，听完林烟的话后就知道大事不妙了，脸色也一下子变了。

赵红绫给蒋思霏接的戏全都是票房扑街的文艺片，有些甚至是赔本赚吆喝，在现在的大环境下，这种戏不是烂片是什么？

但是朱曼倩万万没想到，林烟会拿奖项来说事，还把评委和影迷都给搬了出来。

林烟这一段分析很有水平，记者们全都开始倒戈起来，一旁的姜一鸣听了也连连点头。

连一个收了朱曼倩红包的记者都忍不住开口：“其实按照蒋思霏这条件，赵红绫给她规划的路线没什么问题，多少像她这条件的艺人一辈子只能跑龙套，可她只用三年就熬出头了，已经很幸运了啊！”

“是啊，好在她遇到了一个靠谱的经纪人！”

“可惜，对方不领情啊！现在火了，又抱上了大腿，就嫌弃那些片子烂了！”

“不仅如此，还带着新经纪人过来冷嘲热讽人家，这不是白眼狼吗？”

……

多多原本还怕林烟乱来，万万没想到，林烟竟然会说出这么一番话来。小丫头呆呆地愣在了原地，看着林烟的眼神，很是复杂。

而赵红绫则是缓缓闭上眼睛，叹息了一声。原本她以为自己可以接受，可以理解，可以释然，她手下的艺人，去留随意，她从不强留。可是，当听到林烟说的那些，听到她细数着自己曾花费无数精力为蒋思霏争取到的资源，想着自己这些年的努力，内心还是无法避免地泛酸。

眼见着记者全都开始指责，朱曼倩气急败坏地开口：“林烟！我刚才不过是口误，我的意思是，思霏值得更高的平台，更好的资源而已！”

“哦，所以，她之前拍的那些片子，就都成了烂片了？”林烟可不听她转移话题。

朱曼倩气结，眸底划过一抹阴鸷，冷声道：“林烟，你在这里装什么正义斗士，这个圈子里拍烂片最多，为了红为了赚钱最不要脸的就是你了吧！有什么样的经纪人就有什么样的艺人，旗下的艺人是这样，赵红绫这个经纪人能是什么样子？”

林烟眉头微挑，早就知道她要玩这一出，不紧不慢道：“呵呵，朱大经纪人这一手偷换概念玩得挺漂亮，不过可惜，众所周知，我林烟不服管教，我行我素，与赵红绫一向不和，只是绫姐她注重契约精神，有始有终，才一直忍让，没把我踢了。所以，不管我多黑，那也是我自己的事情。赵红绫不过是比较倒霉，一朵鲜花，插在了我这坨牛粪上！”

哪有人这么说自己的？

一众记者听到林烟这话，全都忍俊不禁。

当初林烟跟赵红绫这个经纪人确实多次闹出不和，这倒是事实。林烟的助理刘小盈甚至还曾声泪俱下地控诉赵红绫虐待殴打林烟什么的，结果最后证明都是污蔑。因为这事林烟的团队差点跟经纪公司闹翻，最后还是赵红绫出来保的林烟。

而且，林烟这一番话简直是绝了啊！什么叫赵红绫有始有终，注重契约精神？这不是在讽刺蒋思霏背信弃义，提前撕毁合约吗？

五年合约，这才三年，刚火起来就跑了，赵红绫简直是赔了夫人又折兵，白费了三年苦心。

一时之间，记者们看向蒋思霏和朱曼倩的眼神更加鄙夷了。

万众传媒最近疯狂挖角的事情大家也有所耳闻，之前还不觉得有什么，现在想想，这种行为确实有点恶心了。

不等朱曼倩开口，林烟笑眯眯地继续道：“而且，如果按照您这个逻辑，艺人不要脸，所以经纪人也不要脸。

“假设你这个说法成立，赵红绫不要脸。那么，我岂不是也同理可得，赵红绫不要脸，所以她带出的艺人肯定也不要脸，所以，你家蒋思霏也不要脸咯？”

“你……你……”

朱曼倩被林烟这诡辩说得一句话都无法反驳，差点被气吐血。

一众记者全都在旁边听得津津有味，恨不得搬个小凳子，再拿点瓜子来嗑。

之前他们怎么没发现林烟这么能说呢，这逻辑思维能力简直了啊？妥妥的掐架小能手！

林烟微微一笑，深藏功与名。

跟她吵架？从小到大的辩论赛她就没输过！

高中那时候林烟代表学校参加了全国辩论大赛，不负众望地把对手说哭了。其实也不是她想吵，可辩论赛赢了有奖金，而且不用耗费体力，动动嘴皮子就行。所以，那么多比赛中，她最喜欢的就是辩论赛。

当初在美国麻省理工读空气动力学专业时，她也是个比赛狂魔，只要有奖金的比赛都会去试一试，当时她赢得最多的也是辩论赛。

她是为了研究赛车原理才学的空气动力学，这个专业太生僻了，而且学校有人知道她赛车手的身份，如果公开，她怕自己的马甲会被扒出来，所以，这件事她连林书雅都没有说过。

包括她比赛时的危险，接受特训时受的那些苦，多少次差点丧命，多少次差点撑不下来，她也从没跟林书雅说过一个字。

最后，林烟的目光掠过在场的所有记者，微笑着开口：“万众传媒金牌经纪人朱曼倩怒骂金棕奖太烂，金棕影后蒋思霏直言自己出演的皆是烂片……诸位记者朋友，标题我都已经帮你们想好了。这个瓜，大家还满意吗？”

蒋思霏此刻哪里还有半点女神范，面上慌乱一片，甚至有些埋怨朱曼倩，怎么能在这种场合口不择言！如果是赵红绫，就绝对不会犯这种低级错误，平白给人拿捏住把柄，还害得她也被拖累了！

但蒋思霏又不敢跟朱曼倩发作，只能焦急道：“倩姐，你快想想办法，绝对不能让这种新闻传出去。”

这种新闻一发出去，得罪的可是整个娱乐圈的泰斗级大佬，林烟简直是要置她于死地！

朱曼倩没想到自己随便一句话会闯下这么大的祸，一时之间也慌了神，涨红了脸怒骂：“林烟！你别血口喷人！我都说了，我那只是口误！”

今天来了这么多记者，事情闹得太大，就算想压都压不下去。

一旁的多多此刻简直扬眉吐气，冷笑一声开口：“朱大经纪人，你是不是口误，跟我烟姐说可没用，得看诸位评委和影迷信不信！”

朱曼倩咬牙：“你们这分明是在故意挑拨！”

“挑拨也得有东西给我们挑吧，话是从你自己嘴里说出来的，又不是我们拿刀架着你的脖子逼你说的！刚才我烟姐反复追问，蒋思霏可是也默认了的！”

就在两人争执的时候，门口处突然传来一阵激动的惊呼声。

只见一个女人被经纪人和几个保镖簇拥在中间，身上穿着一件当季新款小仙裙，姿态优雅地迈步走了进来。

女孩的到来，瞬间惹得全场沸腾。

“啊！天呐！书雅！是林书雅！”

“林书雅怎么会来这里！她没参演这部戏吧？韩逸轩倒是有参演，但也不过是友情客串而已，连定妆照都不用拍的啊！”

“书雅也太好看、太有气质了吧！这是什么小仙女啊！书雅看这里！我是你的粉丝！”

……

众人完全没想到，拍一个普通的定妆照而已，如今娱乐圈最炙手可热的当红小花林书雅竟然会突然到场。记者们简直快激动疯了，瞬间全都叫着林书雅的名字，朝着林书雅飞奔而去。

女孩眉如远黛，一双眼睛如同含着秋水，撩动人心。尤其是面上那不谙世事的纯真，让她美好得如同天使。只一眼，便让人产生强烈的保护欲。林书雅刚出道的时候便是以这张天使一般的面容吸引了大批粉丝。

看到林书雅突然出现，林烟眉梢微挑，随即，肩膀突然被身旁的人轻轻按住。

林烟：“绫姐……”

赵红绫似乎是想要安慰她，但又不知道该怎么开口。

反倒是林烟不在意地笑了笑道：“绫姐，放心，我不会闹。”

会失控、会大闹，那是因为还会心痛，还会心有不甘，还会心存希望，可是现在，她不会了。

林书雅刚一出现，便立即成了所有人关注的焦点。制片人冯安华和导演姜一鸣也亲自迎了过去。

冯安华是个老狐狸了，立即笑着寒暄："哎呀，稀客啊林大美女，今天怎么有空来我们这儿？"

林书雅客气地跟两人打招呼："冯制片好，姜导好，冒昧前来，希望没有打扰到你们，我是来探班的。"

探班？她探谁的班？

众人都露出狐疑的表情。

冯安华也狐疑地开口："探班？可是，韩逸轩他今天不用过来啊。"

林书雅温柔而甜美地微笑着，看了冯安华一眼，随即又看向围观的记者们，耐心地解释道："前不久，我已经正式接手了我父亲手下的分公司万众传媒，而蒋思霏是我们公司目前主推的艺人，《棋逢对手》是我们思霏的第一部戏，所以，希望大家可以多多支持！"

众人闻言，这才恍然大悟，原来如此。林书雅是为了蒋思霏过来的！

虽说蒋思霏毁约跳槽的行为很令人不齿，但是，说实话，背靠凯胜娱乐这棵大树的万众传媒，条件确实比启星娱乐那种小公司好太多了，也难怪蒋思霏宁愿背负着骂名也要走人了。

这时候，有记者立即趁机提问："林书雅小姐，方才这里发生了一些冲突，贵公司经纪人公然诋毁金棕奖，不知道您有什么想说的呢？"

林书雅闻言，神色没有丝毫慌乱，镇定地扫了众人一眼，不疾不徐地开口："方才发生的事情，我已经从助理口中听说了。首先，万众传媒的宗旨是网罗娱乐圈的潜力股和真正有演技的人才，我个人也非常尊敬那些实力派的艺人。所以，我们是非常诚心地邀请了蒋思霏小姐加入，也努力为她争取了最好的资源。"

林书雅这话说得巧妙，首先把万众传媒给洗白了，明明是挖别人的墙脚捡现成的，却美其名曰惜才。

林书雅继续说道："很抱歉，因为我司经纪人出言不慎，导致大家产生了一些不必要的误会，对赵红绫小姐造成了一定的伤害。"林书雅说着，径直走到赵红绫跟前，态度诚恳地开口："这一点，我代替她，郑重地向赵红绫小姐表示歉意，希望您可以原谅。"

多多没想到林书雅三言两语就想把事情给揭过去，气恼不已："挖人墙脚，把人逼到混不下去，还要在伤口上撒盐冷嘲热讽，最后一句对不起就完了？”

林烟平静地看着这一幕，面无表情。

如果是别人来做这件事，或许还没那么容易三言两语就揭过去。可是林书雅在娱乐圈的人缘和形象都太好了，她一出面，就算什么都不做，记者立马就已经倒戈了一半。加上林书雅姿态都放到这么低了，还是在众目睽睽之下，这个道歉，赵红绫不接受也只能接受。

但是，一旦赵红绫接受了，那么这个问题，就一下子缩小到了私人恩怨的范畴。

林烟沉默地在一旁看着林书雅，就好像是第一次认识眼前的这个人。

天真无邪，不谙世事？

那些记者听了林书雅这一番话连连点头，眸中满是敬佩和赞同之色，刚才的愤怒都消退了不少。

“这个林书雅，年纪不大，但为人处世真是谦逊有礼！”

“是啊，其实万众传媒的出发点也是好意……”

赵红绫自然也明白现在的情形，不卑不亢地开口说了一句：“林小姐，您客气了。”

蒋思霏一看到林书雅出现，顿时像有了主心骨，面上也恢复了方才傲然的表情。

赵红绫不过是个小破公司的经纪人，没有她，连总监的位置都快不保了，林烟更是个十八线的狗皮膏药。

就他们，居然还想跟她斗！只要林书雅一句话，就算是天大的麻烦也能解决。

刚才还慌慌张张的朱曼倩顿时挺直了脊背，跟在林书雅身后，敷衍地跟着道了声歉，语气里却没有丝毫歉疚：“赵总监，实在是不好意思，其实方才我也解释了是我口误，谁知道你家艺人林烟一直死抓着我的口误不放，哎……”

听到朱曼倩这话之后，记者们下意识地朝着林烟的方向看去。

随后，便突然想到了一件事情——

林烟！林书雅和林烟！他们怎么差点把这个大八卦给忘了！

顿时有反应快的记者抓紧机会冲上前去追问。

“书雅，今天林烟也在场，之前她三番两次造谣你和韩逸轩，对此你有什么想说的吗？”

“林书雅小姐！对于此前林烟污蔑你第三者插足的事情您怎么看？”

“是啊书雅，林烟这么不要脸地造谣污蔑，你不考虑追究她的法律责任吗？”

一时之间，众人全都燃起了八卦之魂，所有目光都集中到了林书雅和林烟之间的恩怨情仇上。

果然啊，只要有林烟的地方就有八卦，今天这都多少个瓜了！

谁能想到，林书雅竟然会突然到场，这下冤家路窄，可有好戏看了！

林书雅一身奢华，高贵优雅，仿若聚焦在整个世界的目光之下。她的视线越过人群，缓缓落在林烟的身上，露出一个其他人无法察觉的轻嘲浅笑。那抹高高在上的嘲讽和林烟的目光一碰，便转瞬即逝，很快又恢复了优雅高贵的神情。

在一众记者的追问之下，林书雅露出欲言又止的表情，眸底神色复杂，半晌后，她才摇了摇头开口：“无论如何，她也是我的姐姐……”

姐姐？

林书雅话音落下的瞬间，现场一片哗然，所有人都惊呆了。

“林书雅小姐，方才您称呼林烟为……姐姐？”

“林书雅小姐，您刚才的话是什么意思？你跟林烟又是什么关系？”

林书雅转过身，看向各位神色惊诧的媒体人，最终颔首道：“其实，林烟是我的亲姐姐，我自幼家中遭遇变故，和姐姐相依为命，姐姐的性格有些极端，一直以来，我姐姐想要什么，我都会给她，从未有过任何犹豫。但是，有些原则，不容我继续让步。”

天呐！这是什么惊天大瓜！

林书雅和林烟居然是亲姐妹！

亲姐妹两女争一男！

紧接着，林书雅强忍着眼泪，继续开口：“这部戏，我姐姐出演女四号，希望大家可以多多支持她，我相信我姐姐本性不坏的，谢谢大家了！”

天呐，这是什么天使啊！

对方都这么对她了，居然还念着姐妹情谊为她说话！

林烟这垃圾演技，怎么可能得到这种大制作的角色，原来竟然是因为林书雅出手帮忙！

要说白眼狼，这个林烟才是真正的白眼狼吧！

一个是没学历、没演技的十八线，蹭热度、炒绯闻、演烂片，为了红不择手段，甚至不惜造谣中伤他人；另一个是影视学院的高才生，多才多艺，聪慧善良，还热衷做慈善，是公认的天使。

林书雅说的话，众人自然深信不疑。女孩柔弱伤心的模样更是激起了所有人的愤怒，瞬间惹得群情激奋。

林烟从头到尾都一言不发地站在一旁冷眼旁观，静静地看着林书雅的这番表演。

此刻，林书雅看着林烟，嘴角微微上扬，勾勒出一抹冰冷的笑意，眸底满是嘲色。随后，她缓缓走近林烟，极其伤心似的开口："姐姐……我知道，你现在依然还恨我，小时候，我的玩具，长大后，我的化妆品，我全部都可以让给你，哪怕姐姐说要去国外发展，我高中去当暑假工支持姐姐，这些都没关系……但爱情这回事，不是一厢情愿就行的，就算我想让，这次也无从让起……"

林书雅这番话说出来，听在那些记者耳中，他们的反应可想而知。

"之前林书雅接受采访的时候提过她那个姐姐，真没想到，林烟就是书雅那个不学无术的姐姐！"

一时之间，无数斥责的目光纷纷朝着林烟射去。

"林烟，你也太不要脸了吧！居然连亲妹妹的男人也惦记！"

"就是啊，仗着书雅善良就为所欲为地伤害她，得不到就造谣中伤！天呐！天下怎么会有这么恶毒的姐姐啊！这种人简直是玷污娱乐圈！"

"之前她还大言不惭地发微博说天使之家是她创办的呢，抢书雅的男朋友不说，连书雅做的慈善也要抢！她怎么就这么喜欢抢别人的东西！"

在一片愤怒的指责声之中，林书雅突然轻轻附耳过去。她压低声音，故意在林烟耳边低语："林烟，从小我就比你优秀，无论什么事情，我都比你做得更好，只是可恼，你的命总是那么好，你不过是靠运气，当年才处处压我一头，现在，我就让你看清你自己究竟是什么东西！如今，你在我眼中，比蝼蚁还渺小，你连给我跪着擦鞋都还没资格，你这辈子，只配仰视着我，懂了吗？"

林烟听着林书雅的这番话，轻嘲地勾起嘴角。她没想到，这么多年的姐妹亲情，她拼死保护的妹妹，从头到尾竟然抱着这样的心思。这一次，她没有歇斯底里，也没有怒发冲冠，相反，心底却有种尘埃落定的释然。

终于，心中最后一丝不忍，也彻底消失殆尽。

林书雅低低地笑了一声：“姐姐，别挣扎了，这个世界上，没有人比我更了解你。你的破绽，你的一切，都在我的掌握之中，你就是个一无是处的废物而已。”

林烟抬起眸子，眸光懒懒地在林书雅的面上一扫，带着令人心悸的压迫感：“林书雅，你真的以为，你很了解我？”

当我视你为至亲的时候，我自然一身破绽。可是，当你对我而言不过是个陌生人，你以为，你还能有伤害我的武器？

林书雅的眸光落在林烟身上，眸底一片冷傲，居高临下般地打量着身前弱小到近乎不可察觉的蝼蚁。之前林烟不过是运气好，才能居高临下地施舍她，甚至抢走她喜欢的男人。不过现在，林烟的好运气已经到头了，不管是林家，还是逸轩哥哥，所有应该属于她的一切，她都拿回来了。

至于林烟，废物，终究只能是个废物，就算是给她提鞋都不配。

“姐姐，如果你有什么需要，可以跟我说……”很快，林书雅站在记者面前，朝着林烟开口，“不管怎么样，你始终是我的姐姐，无论你以前做了什么，但血浓于水，无法斩断。”

随着林书雅言罢，一群媒体人纷纷打抱不平。

“书雅，你太善良了，她根本就不配做你的姐姐！这种人，我做媒体这些年见得太多了，她根本就毫无三观，毫无底线可言！”其中一个戴着眼镜的记者瞥了一眼林烟，冷声喝道。

对于这位记者所说的话，在场众人皆十分赞同。

另外一位穿着红色长裙的女记者厌恶地扫了一眼林烟，附和道：“毕竟，有些人是根本就不配称之为人的，只要能达成自己的目的，可以不择手段，利用身边的一切，至亲血脉又算什么？”

“各位，请不要这样说，姐姐可能也是一时糊涂罢了。”林书雅微微将眉头蹙起，伤心又隐忍。

“书雅小姐，刚才孙记者说得很对，您太善良了，林烟就是不要脸地利用你的善良，你要是一直这样不会保护自己，以后一定会吃大亏的！”红裙女记者正色道。

赵红绫默默地看着那群媒体记者，眉头微蹙，在这种时候明智地选择了沉默。

对于林烟，赵红绫算是比较了解的。早在最当初，她便觉得林书雅有问题，但碍于林烟和林书雅的关系，赵红绫也不好多说什么。可就现在看来，这个林书雅不止有问题，而且问题还很大。

然而，现在局势不同了，话语权完全掌控在林书雅的手中，所有人都会选择相信林书雅。如果她这个时候去为林烟解释什么，很可能会适得其反。

“林烟，你真是太不要脸了，你自己去国外逍遥快活，还让书雅顶着高温去打暑假工拿钱给你，你还是个人吗？书雅有你这种姐姐，真是倒了血霉！”红裙记者盯着林烟，眸内满是厌恶和鄙夷之色。

此刻，林烟扶了扶自己的鸭舌帽，脸上挂着淡淡的笑意，看向那位红裙记者：“怎么，你今天出门的时候，脑子落家里了？”

“你说什么！”

闻声，戴眼镜的那个记者出声呵斥：“恼羞成怒，开始人身攻击了？”

林烟嘴角微微上扬，却也不动怒，淡淡笑道：“我这也是好心提醒，身为媒体记者，别人说什么，你们就信什么，也不去调查，也没有取证，我说她没带脑子，不过分吧？”

不给记者继续开口的机会，林烟又道：“完全没有一点自我思考的能力，所有新闻只靠别人口述便当真……”说到这里，林烟话锋一转，“我想采访您一下，您是什么文化水平？这种异于常人的逻辑推理能力，是哪位老师教会你的？不如说出来，也让大家避个雷，以后填志愿表，千万不能填您的那所学校！”

在那些记者眼里，林烟就是个一无是处、只会勾搭男人、炒作蹭热度的草包，却没想到她说起话来滴水不漏。不过几句话，就弄得一群记者都答不上话来，连戴眼镜的这位，圈子里有名的兴云娱乐周刊的孙大记者也被噎住了。

一旁林书雅的脸色也不由得变了变，似乎没料到一向隐忍、不善言辞的林烟会突然这么咄咄逼人。

看来是狗急跳墙了吧。

林书雅的目光不易察觉地在那位孙记者身上瞟了一眼。孙记者接收到林书雅的目光，咬了咬牙，当即又站了出来，冷笑一声开口：“你一个不学无术、高中学历的渣滓也好意思跟我们提老师，提学校！你有脸吗？

都这样了还在这巧言令色地狡辩，书雅这么善良，难道还能冤枉你？好啊，既然你说我们没证据，那上面说的那些我们便姑且不提了，但是，你造谣韩逸轩，污蔑书雅小姐的事情总是你亲口说的，没有人冤枉你吧？还有《棋逢对手》女四号这个角色，众所周知，姜一鸣导演就是选个龙套也是要求严苛，你这样的水平，怎么可能进这种大制作，还不是沾了书雅的光！”

这个记者话音刚落，其他记者似乎顿时找到了攻击点，也纷纷附和起来：“就是就是！这些你还有什么好辩解的？弄得好像自己多无辜一样！”

林烟的目光扫了那孙记者一眼：“第一，那些话确实是我亲口所说，但我到底是不是造谣污蔑，抱歉，你们也没证据；第二，《棋逢对手》的女四号，我是凭借自己的演技得到的，与林书雅小姐无关。”

林烟话音落下的瞬间，那些记者几乎全都哄笑出声。

“哈哈哈，天呐，我一直都知道林烟不要脸，但没想到她还能这么不要脸！”

“还凭演技得到的？凭她拍那些烂剧的精湛演技吗？”

“圈子里谁不知道她演技差，到底谁给她的勇气说出这种话！”

导演姜一鸣原本一直都没准备插手，可听到这里，却有些忍不住了。

“林烟确实是凭演技得到的这个角色！”姜一鸣沉声道。

而且他认为林烟的演戏天赋极高，女四号这个角色的人选，非她莫属。

一旁的冯少华似乎料到姜一鸣的想法，在姜一鸣开口之前，忙好声好气地拦住他：“姜导，这种时候，你可不能去搅这趟浑水啊！这件事情，也只能由他们误会去了。”

“为什么？这对那孩子不公平！”姜一鸣神色不悦。

冯少华无奈道：“你想想，这时候你要是站出去说话，记者肯定会跟你要证据，到时候你怎么说？难道把当时试镜的录像拿出来给他们看，然后让他们挖出周峰那件事？”

姜一鸣一愣，顿时沉默了。

这时，有记者将话筒递到了姜一鸣的跟前。

“姜导，请问您对林烟的演技怎么看？”

“林烟刚才说她是凭借演技进组的，请问是真的吗？”

"姜导，您应该是知道书雅跟林烟的关系，看在书雅的面子上才把女四号这个角色给林烟的吧？"

面对记者们的提问，姜一鸣面色阴沉。

他想要开口帮林烟澄清，但是周峰那件事情关系到巅峰娱乐，影响太大了，绝对不能让记者知道。最终，姜一鸣只能保持了沉默，一句话都没有说。

林书雅见状，嘴角微勾，露出意料之中的表情。她太了解林烟了，她的演技一塌糊涂，八成又是运气好捡了便宜，当时周峰被人举报后，姜一鸣怕她出去乱说，才把这个角色给了她。

围着的记者们看到姜一鸣这样的反应，自然是当他默认了，顿时集体兴奋起来。

"看吧，连姜导都默认了！"

"居然连这种谎话也说得出来，果然是毫无下限！"

"林烟，现在你还有什么好说的！"

林烟知道姜一鸣不能开口的原因，耸耸肩道："没什么好说的，一切用实力说话，等电影上映，我的演技如何，大家自然会知道。还希望到时候，诸位凭空污蔑我的记者大人，可以一一跟本人道歉。"

一众记者闻言，看着林烟的表情就像是看疯子。

"跟她道歉，我看她是疯了吧！"

"我看她是死猪不怕开水烫，不见棺材不掉泪！"

"道歉？我看到时候，她痛哭流涕地跟所有砸场子求退票的影迷道歉还差不多！"

孙记者满脸讥笑，嘲讽不已地开口："行啊，到时候你要真是能证明演技，我跪下来给你道歉都行！"

"哈哈哈哈哈，我也是我也是……"

孙记者这话顿时又引得现场一阵哄笑和附和声。

林烟扫了一眼现场密密麻麻的录像设备，满意地点了点头，这么多人看着，到时候可一个都跑不了呢。

Part11

人家说，忘不掉前任，不过是因为新欢不够好，
那我肯定是不存在的啊！
我男朋友直接秒杀他十几条银河！

采访时间结束，记者们陆续离开，摄影棚这才终于安静下来。

林书雅跟蒋思霏聊了几句后，也紧跟着离开。离开之前，傲然的目光居高临下地在林烟的面上一扫："姐姐，再会了。"

前脚林书雅刚一离开，蒋思霏便故意看了赵红绫一眼，随即对一旁的朱曼倩开口："我还以为赵红绫是个聪明人呢，没想到，她居然蠢到想靠着这个垃圾翻身！"

"呵呵，我早就说过，赵红绫完全就是在靠着你，吸你的血！你怕是还不知道吧，赵红绫跟公司其他经纪人打了个赌，三个月内，会带着林烟做到业绩第一，否则她就辞去艺人经济部总监的职位呢！"

"真的假的？她疯了吧！"

两人你一言我一语，直到工作人员过来请蒋思霏进去换衣服，蒋思霏才踩着高跟鞋，高傲地腰肢款摆着离开。

多多满脸绝望地哭丧着脸："烟姐，你在这么多记者面前放出这种话，到时候可怎么收场？"

上次在公司是这样，这次在记者们面前又这样。

林烟眨了眨眼睛："怎么收场？为什么问我？这应该是那些记者该考

虑的事情了！”

多多：“……”

到底是谁给你这样的迷之勇气啊！

接下来，工作人员全都凑到了蒋思霏那边套近乎，一时之间，等候室里只剩下林烟、赵红绫还有多多。

期间，没有任何人理会她们。所有人都在围着蒋思霏转，蒋思霏如同在拍摄时尚大片，衣服换了一套又一套，工作人员全都捧场地在一旁夸赞着。

这一拍转眼就到了中午，林烟已经等了快三个小时。

赵红绫拿起手机看了眼时间，眉头微蹙。

今天这定妆照，怕是拍不成了。

林烟和蒋思霏的定妆照安排在了上午，下午还有其他艺人要拍。如果蒋思霏拍摄的时间太长，那么后面的林烟就拍不了了。

多多一直在警惕地盯着林烟，挺担心林烟如果等得不耐烦会闹腾，结果，却发现她正沉迷游戏无法自拔，顿时有些无语：“绫姐，幸亏你之前让她在手机里多下了几个游戏……”

其实，自家经纪人和助理都不知道，林烟是“沉迷赚钱，无法自拔”而已。她想过了，现在这款游戏还挺火的，她不如干回老本行，趁着空闲的时间搞搞代练业务，还能赚点零花钱。打游戏赚钱两不误，岂不美滋滋？

所以，她已经一边练号，一边在游戏论坛上发了个代练帖，然后等金主上门。

“绫姐，我去问一下什么时候轮到我们。”

“嗯。”

多多说完，便去找工作人员了。

此时，统筹正在满脸堆笑地跟朱曼倩说话：“倩姐，思霏身材真好，简直是衣服架子，穿什么都好看，太有高级感了……”

“您好，请问一下，林烟什么时候可以开始拍摄？”多多问。

统筹被打断，顿时不耐烦地扭过头去：“急什么，女一号都还没拍呢，你家一个女四号，催什么催？”

多多有些着急，无论她多讨厌林烟，但还是要为自家艺人争取利益：

“可是，她光是试衣服、化妆都已经花了好几个小时，我们烟姐后面已经没剩多少时间了……”

这种高级摄影师的档期很满，时间都是提前约好的，后面肯定也不会再有机会补拍，蒋思霏这分明就是故意不想让林烟拍定妆照。如果定妆照拍不了，那前期的官方宣传，肯定就没有林烟的照片了。

还在慢悠悠选衣服的蒋思霏似笑非笑地朝着多多看了一眼：“多多，你现在是林烟的助理？”

“是又怎样？”多多没好气道。

之前她是负责蒋思霏的，亏她还把蒋思霏当主子一样鞍前马后地伺候，谁知道她这么狼心狗肺。

蒋思霏穿着一身华丽的高定礼裙，居高临下地开口：“大家都这么熟了，我这边突然换助理，倒也有些不习惯，我看，你照顾人挺有一套的，不如，你过来跟我，我给你双倍工资。”

言外之意，你以前伺候得我挺舒服，给你钱，继续过来伺候我。

多多一听，差点气炸。自己走人就算了，居然还想连她都一起挖，她以为谁都跟她一样狼心狗肺吗？

多多很小就来城市打工了，遇到绫姐之前，她在影视城给各剧组打杂，整天给人搬东西、运道具、端茶倒水，一个人做好几个人的活。是绫姐看她做事勤快，才把她招到了公司，做了人人羡慕的艺人助理。她虽然懂的不多，但是说什么也不可能会在这种时候背叛自己的恩人！

多多当即冷笑一声：“不用了，您还是留着那点钱去整容吧！”

多多这话简直正戳红心，蒋思霏的脸色几乎是“唰”地一下就黑了：“你……”

朱曼倩忙上前安抚：“思霏，算了，这小丫头就是不识好歹，跟着林烟这种艺人，以后还有得她受的呢！”

多多回来之后便阴着一张小脸，眼眶也有些泛红，一看就是受气了。

“怎么了？”赵红绫忙问。

“绫姐，我没事，就是那些人太过分了，那个蒋思霏，分明就是在故意刁难！”

赵红绫面色复杂地看了多多一眼，沉默片刻后开口：“当初，是因为思霏这边缺一个助理，我才聘用了你，一直以来，你都是跟思霏的，其实助理本来就都是跟着艺人走的，毕竟彼此都比较熟悉了，如果你……”

多多听出了赵红绫的言外之意，顿时激动道：“绫姐，你把我当什么了！我才不管之前我跟的艺人是谁，我只认你，你让我跟着谁，我就跟着谁！我就算是跟着林烟，也不会去跟蒋思霏那个白眼狼！”

好端端打着游戏，又莫名躺枪的林烟：“？”

最后，这定妆照果然还是没拍成。统筹只随便扔了一句“后面会看着再安排时间”，但显然就是个敷衍的说辞。

“我们等了这么久，她说不拍就不拍了？绫姐，不如让我去找导演说一下！”多多气恼道。

赵红绫摇摇头：“没有上面的意思，她一个统筹，也不敢这么做。”

言外之意，上面肯定也是默认了的。在蒋思霏和林烟之间，剧组会偏向谁，不用想也知道。

他们只会偏向利益的一方。之前纵容林烟，是因为她能制造热度，现在纵容蒋思霏，是因为蒋思霏的后台。

“走吧。”赵红绫看向林烟开口。

原本她还想要安慰林烟几句，结果就听到林烟迷茫地抬起头：“哎？走了吗？这么快！等等，等我这局打完！这把我肯定五杀！”

赵红绫：“……”

她和多多都有些着急，可是，这丫头从头到尾丝毫没有焦急之色，而是专心打着游戏，好像早就知道今天肯定拍不了定妆照。

三人下楼，走向地下停车场。赵红绫给司机打了个电话，听完手机那头司机的话后，赵红绫面色微沉。

“现在外面和停车场里都有大量粉丝蹲守。”赵红绫说道。

多多立即打开手机，看了一眼新闻和微博：“果然，刚才的视频已经被媒体传上去了，拍摄现场的地址也被泄露，很多粉丝闻讯而来……”

林烟略作思索，随即开口：“绫姐，粉丝们基本都不认识你和多多，要么我们分头走，你们先走，我自己想办法。”

赵红绫立即否决：“不行。”

林烟正说着话，这时，走廊尽头突然走来几个人。旁边的两个是助理和保镖，中间的男人身形修长，穿着一身深空灰的复古西装，那完美的五官如由上帝之手铸造一般俊美迷人。

男人眉眼温柔，嘴角挂着柔和的笑意，整个人都如沐春风。

多多看到来人，双颊涨红，激动得连舌头都打结了：“啊！裴……裴南絮！是裴南絮！”

不久前刚蹭完人家热度，这边竟然就撞上了真人，这也太尴尬了！

多多简直想哭，林烟的对家简直遍地都是，随便走几步路都能撞上，一撞还就是这么大的！

“裴南絮。”赵红绫还算镇定，礼貌地跟对面的人颔首致意，算是打过招呼。

林烟做的事情，换谁都会不高兴。还好以裴南絮这样的地位，应该不会跟林烟计较这种小事。上次赵红绫去跟对方的工作室沟通，对方的态度也还算和气。

说完，她便带着多多和林烟站在了一旁。

眼看着裴南絮一步步走近，多多赶紧死死拉着林烟，远远避在了角落。

然而，没想到，低垂着的视线中，裴南絮修长的双腿走到一半，却突然顿住，随后折转过来，直接在她们的身前站定不动了。

紧跟着，多多便听到耳边传来一个好听到耳朵怀孕的声音——

“林小姐。”

是裴南絮的声音！裴南絮居然……居然主动跟林烟说话了！

多多惊讶不已，下意识抬起了脑袋。

林烟虽然已经不是第一次跟裴南絮接触了，但毕竟也做了裴南絮的粉丝好些年，在面对裴南絮的时候难免还是粉丝心态，激动又忐忑。

听到裴南絮主动搭话，林烟有些惊讶，略有些紧张地开口：“前……前辈好……”

裴南絮闻言笑了笑，神色略有些无奈：“林小姐，如果可以的话，还是换个称呼，你这声前辈……我怕是，不敢当。”

辈分不对。

林烟：“……”

“叫我南絮就好。”裴南絮笑道。

林烟立即把头摇得像拨浪鼓：“这……这不合适吧？”

叫南絮，她不敢当啊！这被人听到了还得了？

裴南絮倒是没再勉强，从一旁的助理手中拿过一个购物袋，递到林烟的跟前，说道：“林小姐，这会儿外面都是粉丝，你很难离开，把这套衣服换上，我带你出去。”

林烟：“……”

此时此刻，一旁的多多直接被两人的对话给惊呆了，准确来说，是被裴南絮对林烟的态度惊呆了。她还以为裴南絮是来兴师问罪的，结果却好像完全不是这么一回事。

他不仅让林烟直接称呼自己的名字，还特意跑来这里，就为了帮林烟，甚至连衣服都帮林烟准备好了。

难道……难道裴南絮这棵好白菜也……

这也太不可思议了！

这个猜测，简直让作为裴南絮忠实迷妹的多多觉得天崩地裂！

多多实在忍不住，压低声音追问一旁的林烟：“烟姐！为什么裴南絮对你这么好，居然还主动帮你，你跟裴南絮到底是什么关系？”

林烟这会儿也是挺受宠若惊的：“反正不是你脑子里想的那种关系。”

多多：“都这样了，不是那种关系，还能是什么关系？”

虽然她很不想往那方面想，可是裴南絮的态度，实在是让人不想歪都不行。

林烟无奈道：“想什么呢你，难道你觉得裴南絮会那么眼瞎看上我吗？”

多多连连摇头，斩钉截铁地开口：“不会。”

林烟：“那不就得了？”

裴南絮没眼瞎，眼瞎的是他哥……

多多和赵红绫对于林烟的这句话，似乎都无法反驳。毕竟，无论从哪方面来看，裴南絮都不可能看上林烟。论在娱乐圈的地位，裴南絮是刚出道即到达巅峰的实力派，娱乐圈当之无愧的顶流，现在还是巅峰娱乐的股东之一；论家世背景，那就更不用说了，D城第一名门世家裴家的二公子，母亲在国外的家族背景也同样是深不可测，亲哥更是那个商界传奇一般的大佬，跨国财阀JM集团的总裁裴聿城。

说到裴聿城，这位大佬在商界的传奇自然不用多说，而他在娱乐圈引起的轰动，也同样史无前例。虽然裴聿城不是娱乐圈的人，但是人气不亚于任何一位流量明星。娱乐圈的流量老公换了一茬又一茬，但裴聿城的地位稳如泰山，从未动摇过。

当年裴聿城第一次曝出照片，似乎是因为狗仔追踪裴南絮的时候无意中拍到了他。仅仅是一个戴着眼镜斜靠在银色跑车上的侧影，就让无数女粉、万千迷妹集体爬墙，JM集团官方微博粉丝暴涨，连带着财经频道的点击量都跟着暴增起来……

以至于，后来裴南絮还经常开玩笑说，你们粉我只是因为想让我发我哥的照片吧？

之前裴聿城病危的传言，还在娱乐圈引起了不小的轰动，无数女粉哭着为他祈福，顺便纷纷如获至宝地把那张裴聿城难得曝出来的病床照珍藏起来。

可以想象，就算是裴南絮、沈朝暮、卫徐风、唐嘉业、韩逸轩等流量男艺人代表的粉丝全部加在一起，怕是也没有一个裴聿城的粉丝数量可怕。

所以说啊，像裴南絮这样家世背景深厚、地位高不可攀的男人，怎么可能看上林烟这样一个满身黑点的小艺人？

出于对裴南絮审美的信任，多多相信了林烟的话，语气也缓和了不少：“那裴南絮为什么帮你？”

“……”对于这个问题，林烟的表情很纠结。

裴南絮这么帮她，不用说，肯定是因为裴聿城的关系了。

可她能说啥呢？说因为裴南絮他哥是她的现任男朋友，所以裴南絮这个小叔子才会帮她？

对于裴聿城的影响力，林烟也是很清楚的，她难以想象，那些粉丝如果知道自己对裴聿城做了什么，她会是个什么灰飞烟灭的下场。所以，打死她也不可能让任何人知道她跟裴聿城的关系。

但是，那要怎么完全撇清她跟裴南絮的关系呢？

只是朋友什么的这种说辞，暧昧又没有信服力，而且，她其实也不太想欺骗绫姐。

太难了……妈呀，她真是太难了！

于是，林烟也只能绞尽脑汁，艰难地寻找着合适的措辞：“一定要形容一下我和裴南絮的关系的话，我们大概算是……亲戚关系？”

论关系和辈分，男朋友的弟弟，是不是算是她的小叔子？

说是亲戚的话，她也不算说谎吧？

多多满头黑线，显然不相信这个说辞："你们一个姓林，一个姓裴，怎么会是亲戚关系？"

林烟理所当然地回道："不是一个姓氏，就不能是亲戚关系了吗？"

"可以是可以！可是之前怎么从没听你说过？"

如果真有这一层关系，以林烟的个性应该早就大张旗鼓地宣传了才对，所以八成是有猫腻……多多一脸怀疑，随后朝赵红绫看去。

明显赵红绫也不知道这件事，不过，她看出林烟似乎有难言之隐，倒是没有再追问。

林烟随口回道："因为是远房亲戚嘛，八竿子打不着的那种，你们不知道也正常，主要还是裴南絮人好，才随手帮我一把。"

其实，要这么说也没什么问题，她跟裴聿城随时都可能分手，到时候她跟裴南絮自然就是八竿子打不着的关系。

多多闻言还是相当惊讶："你跟裴南絮居然还有这种关系？真是太神奇了！"

就算是八竿子打不着的远房亲戚关系，那也很惊人了好吗！

林烟撇撇嘴："很神奇吗？"

这种程度有啥好神奇的，大惊小怪！

她跟裴南絮的三弟裴宇堂还是父子关系呢！

这边林烟跟多多咬耳朵说了半天，裴南絮倒也不催促，非常耐心地站在那里等着。

最后，还是多多和赵红绫问完之后，自觉退后一些，方便他和林烟说话。

"走廊尽头就有洗手间，可以去那边换。"裴南絮开口。

林烟这会儿实在有些犹豫。对于裴南絮的帮助，她也是诚惶诚恐。毕竟她跟裴聿城的关系很复杂，完全不受她的控制。如非必要的话，她不想跟裴聿城之间有太多牵扯，毕竟小命要紧。而且，这光天化日，在重重粉丝的众目睽睽之下，让她上裴南絮的车……

这是不是……太刺激了一点？

林烟只能硬着头皮开口婉拒道："多谢您仗义出手相助，不过，我觉得这还是太冒险了一点，万一被粉丝抓到，到时候跳进黄河也说不清了。我倒是无所谓，但不能让您的名誉受到影响。不如这样吧，这衣服我收下了，等下我自己想办法离开就行了！”

林烟这番话可谓是滴水不漏了。她觉得，自己都说到这种地步了，裴南絮肯定不会说什么了。

结果，裴南絮意味深长地看了她一眼，随后，用只有两个人能听到的声音对她开口：“可是，我哥在车上等你。”

林烟：“……”

大……大……大佬在车上等她？！

那她还敢不去吗！

早说呀！早说她就不费这个劲挣扎了。

林烟几乎是哭着开口：“那好吧，您稍等，我这就去换衣服！”

裴南絮失笑：“好，不急，我等你。”

看着女孩抱着衣服撒腿跑向洗手间的悲壮身影，裴南絮的眼底滑过一抹不易察觉的狐疑。

怎么总觉得这女孩对他哥……似乎不太像是对待恋人的感觉？甚至是有些……惧怕？

很快，林烟换了一身跟裴南絮助理一样的衣服走了出来。

“赵总监请放心，我会将林小姐安全送回去的。”裴南絮开口。

赵红绫礼貌地感谢：“那就拜托您了。”

林烟跟着裴南絮离开后，多多忍不住好奇咕哝：“绫姐，你相信林烟的话吗？她跟裴南絮真的是远房亲戚关系？林烟好像一直都很喜欢裴南絮吧，我记得她连私人微信的头像和昵称都是裴南絮来着！”

赵红绫摇摇头：“不能肯定。至少不是情侣关系。”

林烟确实很迷裴南絮，但是，从方才两人的相处模式来看，应该是没有任何暧昧。

多多想了想：“其实林烟的话也有道理，裴南絮可能确实只是随手帮个忙而已……”

裴南絮带着林烟和一个保镖从VIP通道直接走到了地下停车场。

果然，停车场也有一群粉丝围堵着。远远看到裴南絮出现，粉丝们顿时发出疯狂的尖叫声。

林烟戴着口罩，努力保持着镇定跟在裴南絮的身后。

裴南絮下意识便要绅士地帮林烟开车门，可是林烟现在假扮的是裴南絮的助理，哪里能让他帮自己开车门！

林烟求生欲满满地率先冲到前面，帮裴南絮开了车门，随后，她才从另一边上了车。

保镖则是上了后面那辆车。

“哥，人接到了。”上车后，裴南絮说道。

裴聿城：“嗯。”

此刻，裴聿城已经坐在了车子的后座上。只见男人手里拿着一叠文件，身着正装，车里的光线略有些暗，可是，仅仅是昏暗光线下的一个侧脸，就足以撩得人心跳加速。

那张脸，完全是三百六十度无死角。尤其是今天裴聿城这身装扮，似乎是刚从某个正式场合过来，不同于平常的随意，西装领带纹丝不乱，看似低调却昂贵到令人咂舌的袖扣、金丝眼镜，白色衬衣的扣子一丝不苟地系到领口第一颗。

林烟还是第一次看到裴聿城穿正装的样子，这一眼简直让她差点心脏骤停。难怪当初只是一张并不太清晰的照片就能让那些女人那么疯狂。

而此刻，这个男人，就这么活生生地坐在她的眼前！

后座的空间非常宽敞，裴南絮坐在了对面，林烟只能在裴聿城旁边的位置上坐了下来。不过林烟是贴着窗边坐的，两人中间至少还空着一个座位的距离。

“裴先生……”林烟小心翼翼地打了声招呼。

裴聿城抬起头，露出镜片后深海般幽暗的眸子：“林小姐。”

那低哑磁性的声音如同大提琴一般在密闭的车厢内低空飞行，林烟莫名觉得，他这声疏离的“林小姐”听起来都这么让人把持不住。

不行！说好的放下美色呢？

林烟正默念清心咒，就在这时，前面的驾驶座上陡然冒出了一颗脑袋：“大嫂！”

林烟被突然冒出来的裴宇堂吓了一跳：“……三少……你怎么也来了？”

“今天周末，不用上课！我就来帮我哥做免费司机啦！”裴宇堂露出一颗可爱的小虎牙，特别乖觉地开口。

看来是上次犯错之后，他正在争取好好表现。

“宇堂，这边不宜久留，先开出去再说。”裴南絮提醒。

“好嘞！”裴宇堂立即启动了车子。

林烟双腿并拢，从头到尾都跟小学生一样乖乖坐在自己的位置上。

很快，车子开出了停车场。

一到外面，黑压压的全都是粉丝。举牌子的举牌子，拉横幅的拉横幅。

林烟刚才已经看过新闻，她跟林书雅的关系已经曝光了，现在网上对她是铺天盖地的骂声，比之前还要声势浩大。

外面这些人，大部分都是林书雅的粉丝为她打抱不平来的，韩逸轩的粉丝也不少，再加上其他几家男艺人过来抗议的粉丝，场面可谓是相当壮观了！

比如对面那个“林烟滚出娱乐圈”的横幅后面的落款就是“风车”，是卫徐风的粉丝。

再看前方那个“林烟与狗不得靠近哥哥”的灯牌后面的落款是“椰子糖”，明显就是唐嘉业的粉丝了。

还有后面那个“心机女林烟天打雷劈”的横幅后面的落款是“薏仁”的，那些是韩逸轩的粉丝……

裴宇堂一边开车，一边叹为观止地开口：“大嫂，厉害啊，你这绯闻男友能凑一桌麻将了吧？”

话音刚落，林烟脸都黑了。

在你的大哥、我的现任男友面前，提我的绯闻男友是什么鬼？是想我死吗？

裴宇堂大概也意识到自己说错话了，为了缓解尴尬，赶紧打开了车上的电台广播：“听歌听歌……我放点歌吧……”

频道里一首歌的尾声结束，然后开始播放娱乐新闻。女记者开口：“今天我们就来聊一聊娱乐圈中绯闻男友最多的女艺人是谁……”

林烟：“……”莫名有种不祥的预感。

女记者：“相信不用我说，大家都知道啦！就是刚刚被曝出是林书雅亲生姐姐的女艺人，林烟！据不完全统计，目前她的绯闻男友名单上已有韩逸轩、沈朝暮、唐嘉业、卫徐风……”

裴宇堂：“……”

裴聿城："……"

林烟："……"

广播里每报一个名字，林烟就感觉自己的人设崩塌了一次，听到最后，她已经面如死灰了，翻车现场也不过如此了！

林烟浑身僵硬地扭头去偷瞄旁边裴聿城的反应。

后者依旧保持着斜支着额头的姿势，目光淡淡地朝向窗外那些疯狂的粉丝，完全看不透镜片后的眸子里是什么情绪。

但裴聿城越是这样平静，林烟就越是惊恐。

裴宇堂也是一脸懵，没想到随便打开广播，放出来的就是自家大嫂的八卦。于是，裴宇堂手忙脚乱地换了个台。

换了台之后，广播里传来的就是——

"近日，林烟甚至与圈内一位重量级的演员裴南絮传出绯闻……"

裴南絮："……"

林烟："……"

你搞死我算了。

这次竟然是大嫂和二哥的八卦绯闻！

裴宇堂吓得有些抓狂。林烟和裴南絮则是一齐将目光投向了裴宇堂罪恶的爪子，还呆呆愣在那里的裴宇堂接收到两人的视线，赶紧把收音机给关了。

声音关掉之后，车子里便陷入了死一般的寂静。

他那个大哥，居然也会有这一天？

裴宇堂瑟瑟发抖蜷缩在前面，大气都不敢出。我为什么要在车里，还不如在车底！

最悲催的还是林烟，此刻她真是想死的心都有了。不过，就在这时，她脑子里突然冒出一个疯狂的想法来：要不……她干脆借着这个机会跟裴聿城闹翻分手算了？

林烟贴着边边，暗搓搓地凑到前座，压低声音问裴宇堂："三少，三少，要是你哥发现他女朋友不规矩会怎么样？"

裴宇堂带着哭音："我哪儿知道啊！"

林烟："你就推测下……"

裴宇堂："我推测一下？那，大概是世界毁灭吧……"

林烟：“这……这么可怕？”

裴宇堂：“所以我就说你对我哥真的一点都不了解啊，你要是知道我哥以前是什么样子，你这会儿大概已经逃到千里之外了！”

林烟：“……”

最后，林烟果断掐灭了方才的念头。她还是选个安全点的分手方式吧，何必这么想不开呢！

再说现在她的身体情况也不稳定，随时可能失控对裴聿城做出些什么，还需要“女朋友”这个身份保命。

林烟再次展开了激烈的头脑风暴，随后小心翼翼地看向裴聿城，迅速开口解释道：“那啥，裴先生，可能您不太了解娱乐圈，其实这些娱乐新闻一向都是乱说的，裴南絮这个就不用我说了，毕竟作为您的亲弟弟，裴南絮跟裴总您一样品性高洁，助人为乐，都是那些人用龌龊的心思妄自揣度。至于其他人，那更是胡说八道，完全不可能的事情！”林烟满脸义正辞严，掷地有声地开口道，“我又不瞎，怎么可能会看上他们！我眼光可是很高的好吗？还有那个韩逸轩，倒确实是我前男友，不过就是人渣一个，我更不可能跟他有什么了。人家说，忘不掉前任，不过是因为新欢不够好，那我肯定是不存在的啊！我男朋友直接秒杀他十几条银河！”

裴南絮：“……”

裴宇堂：“……”

厉害了，爸爸！不仅解释了误会，每句话还都顺带着把大哥往死里夸了一遍。裴宇堂可以说是相当钦佩了。

“大嫂，您这拍马屁的技术，到底是哪里学的？能不能教教我？”裴宇堂由衷地问道。

林烟瞪了他一眼：“胡说，什么拍马屁，我那都是发自肺腑的由衷之言！”

裴宇堂：“是是是……”爸爸您说什么都对！

林烟这边说了半天，裴聿城却一直没有开口说话，阴影下的表情看不清晰。她也不知道裴聿城到底是个什么态度，只能咽了口吐沫，再接再厉地继续道：“总之，裴先生，这些都是谣言，我跟他们真的没有任何关系！我知道裴总您日理万机、心怀天下，肯定是不会在意这种小事……不过……就怕引起一些不必要的误会……我觉得还是解释一下比较好……”

裴聿城闻言，放下手里的文件，伸出修长的手指，随意地扯了扯领口的领带，刹那间，便多了几分随性和不羁。

随后，男人斜支着额头，朝着身旁的女孩看去：“林小姐谬赞了，这些溢美之词，裴某不敢当。”

林烟：“啊？”

林烟有些摸不准裴聿城这句话是什么意思。

裴聿城看着眼前忐忑又茫然的女孩，用清冷而低哑的声音开口道：“我会吃醋。”

当不上她的夸赞，因为，他会在意，会吃醋。

林烟：“咯咯咯咯……”

此时此刻，林烟感觉自己简直就像是一个烧开的水壶。她完全没料到裴聿城会这么直白地说他会吃醋。

他回答的不是生气愤怒，更没有指责，只是告诉她，听到她和别的男人的绯闻，他会在意，会吃醋。

林烟差点被撩掉半条命！

妈妈，我好像恋爱了……会倾家荡产的那种。

一旁仍是单身的裴宇堂：“……”

同是单身的裴南絮：“……”

为什么莫名觉得自己闪闪发光？

原本以为世界末日即将到来，谁料却被劈头盖脸塞了一波狗粮。

一旁的裴南絮轻咳一声开口：“哥你也知道的，八卦新闻大多数都只是为了博人眼球，并不可信。”

林烟不知想到什么，突然陷入了沉默。

过了片刻后，她才迟疑地抬起头，朝着身旁的男人看去，缓缓开口：“裴先生，你应该也知道，我现在是全网黑，没素质、没人品、演技渣，不仅残害亲妹妹，还有一大堆绯闻男友……几乎所有人都在骂我……你……不介意吗？”

她不相信以裴聿城的能力查不到她的老底，所以，其实她一直都很奇怪，为什么裴聿城那么轻易地就答应让她做自己的女朋友。如果是当时不知道，那事后肯定也会查到的，毕竟连裴宇堂都清楚这些。因为不合理性太多了，所以她才一直对这份感情没什么真实感。

听到林烟的问题，连前面开车的裴宇堂都八卦不已地竖起了耳朵，他也好好奇啊！刚从二哥那听到消息的时候，他就一直很想知道，大哥到底是咋想的！

男人闻言，幽暗的双眸似乎冷了几分。

随后，便听到他开口："介意。"

明明是意料之中的回答，但不知道为什么，林烟的心里还是莫名"咯噔"一下。

她正想着要说些什么。

这时，却听到男人继续道："需要我帮你解决他们吗？"

他当然介意那些骂她的人。

林烟："……"

裴宇堂："……"

裴南絮："……"

林烟再次被惊得呛咳出声："不……不用不用……"

裴大总裁为啥总是不按照套路出牌？

她这条小命真的不够他撩的啊！

哪有不分青红皂白就要帮她解决别人的？

不过，裴聿城这份无条件的信任，还是让她有些动容。她早已经习惯所有人都不相信她，可是，这个男人对她却从未有过质疑。

林烟急忙摆手道："都是小问题而已，我自己可以解决的。"

裴宇堂艰难地消化了一下这猝不及防的第二波狗粮："要我说，大嫂，你就是太低调了，之前我看那些八卦新闻里有人吹嘘林书雅在娱乐圈的后台和关系很厉害！拜托啊，再厉害有大嫂你厉害吗？明明大嫂你才是娱乐圈最牛的关系户好吧！你为啥不直接把我大哥搬出来算了？"

林烟："……"

搬出来，然后她就被撕成灰了，而且还会影响到裴聿城。

她现在最大的问题倒不是被打压，而是她身上被泼的那些脏水。虽然她自己方才还在自黑谁眼瞎了才会看上她，不过，她心里还是莫名地不希望别人质疑裴聿城的眼光。

林烟摇头，撇撇嘴道："那还是算了吧，到时候那些人骂你大哥眼瞎怎么办？至少等我成功逆袭了再说！"

裴宇堂从后视镜里偷瞄了一眼自家亲哥，现在他已经完全确定大哥是真的喜欢林烟了。

于是，裴宇堂开口说道：“那有啥啊，我大哥肯定不会在意这些的啊！”

林烟想也不想地脱口而出：“那不行！你大哥不在意我在意，你大哥是最好最厉害最完美的，无论哪方面都是！所以他的女朋友也必须得是最好的！”

林烟话音一落，车厢内再次陷入沉寂。

裴聿城淡漠的眸子在某个瞬间，似乎不易察觉地泛起一抹微澜。

裴宇堂一边开车，一边泪流满面：“大嫂你行行好，车里还有我和我二哥两个单身汉呢！”

裴南絮轻咳一声，无奈轻笑。

林烟闻言，双颊不受控制地有些发烫起来。刚才那句话，她其实完全是无意识地脱口而出的，等说出来之后，她自己都吓了一跳。

她这是入戏太深了吗?

她居然都有些分不清方才自己说那句话到底是为了哄裴聿城，还是真心说的。

林烟轻咳一声：“总之，还是很感谢裴先生您的信任，您放心，这些问题我自己会处理好的。”

男人的眸子很快又恢复了一贯的平静，尊重了她的意见：“嗯。”

三人说话间，车子已经穿越黑压压的粉丝，成功行驶了出去。

林烟心有余悸地瞄了一眼车窗外。谁能想到，她会跟裴南絮、裴宇堂、裴聿城一起坐在这辆车上呢!

Part12

绯闻男友这么多，不差他一个！

♥

林烟跟裴宇堂说了自己的住址，车子很快在公寓大门口停了下来。

裴聿城下车将林烟送了进去。

一路无言，很快两人便走到了公寓楼下。

站在男人的面前，没有感情的赛车机器林烟头一次有种手足无措的感觉：“裴先生，谢谢您今天过来接我！”

“不客气，应该的。”

裴聿城语气疏离，说完点燃了一支烟。

看男人的神色，似乎有些心不在焉，情绪也好像有些烦躁。

大概是在想工作上的事情?

特意跑过来接她这一趟，应该浪费了不少时间吧。

林烟见状忙开口：“那个，没什么事情的话，那我就先上去了！”

裴聿城：“嗯。”

于是林烟便准备闪人。

“林小姐。”

结果，这边刚走出没几步，身后便传来男人的声音。

“啊？”林烟下意识地转过身，“怎么……”

还没来得及问是什么事，男人就掐灭了手里的烟，突然朝着她走来。

紧跟着，便是一个微凉的吻，伴随着森林般清新的气息，夹杂着淡淡的烟草味，轻轻落在了她的唇角。

林烟僵硬成了石块，呆呆地盯着突然亲吻自己的男人，好半天回不过神。

男人注视着她，那双幽邃的眸子里，满满都是她的倒影。

见女孩呆呆盯着自己，男人的眸光瞬间变得更加幽暗。

上一秒，男人已经直起身，可下一秒，又重新俯身，在女孩的唇上再次落下一吻："……晚安。"

男人的眸底深处如同是有什么即将冲破牢笼，又被他强行压了回去。

晚安？安个啥啊！

她今晚怕是要彻夜不眠了。

林烟一直都以为裴聿城应该是那种"就算是跟你结了婚，也一定是跟你相敬如宾地相处"的人。可事实证明，好像完全不是这样。

虽然他无论是对她的称呼，还是跟她相处的模式，都是保持着只比陌生人熟悉一点点的距离，但真的撩起她来的时候，却毫不手软。

每次都弄得她心惊肉跳，偏偏又不能说什么。毕竟以他们现在的关系来说，裴聿城的举动没有任何问题。

回去之后躺在床上，林烟花了好半天时间，心跳才恢复了正常。

临睡前，她不忘经营自己的个人微博。

新号注册已经有好些天了，她每天都会坚持发一条微博，如果当天没有什么特别的内容可以发布的话，她就发同一条内容。

比如她现在发的这条——何以解忧，唯有致富：今天致富了吗？没有。

今天林书雅亲自接受记者采访，爆出了姐妹关系的大料，多少人都在死死盯着林烟的微博，等着她发些什么。

万万没想到，等了一天，就等来了这么一条。

这女人除了想致富，就没什么别的可以发了吗？

怎么跟复读机一样，天天就是同一条？

林烟发完也没去看那些评论和吐槽，翻了会儿专业书，然后直接躺床上睡觉了。

第二天，林烟不用拍戏，她现在也没什么其他工作，赵红绫安排她自由活动。

她在《棋逢对手》这部电影里面只是个女四号，总共也没有几场戏份，正式进组是几天后。

于是，林烟趁着空闲去了一趟医院。

回国之后，林烟的状态一直很差，刚开始她还看过一段时间心理医生，后来连心理医生都不去看了，完全是放任不管，包括左腿的复健也中途停了下来。想要重新开始，至少她需要一个好的身体状态。

林烟约了自己之前看的那个心理医生。这个医生是她之前在国外的队友帮忙介绍的，所以可以信任。

“林小姐，好久不见了！”女医生亲切地开口。

林烟：“好久不见，安医生。”

女医生一边打量着她，一边微笑着开口问道：“有什么需要我帮忙的吗？”

林烟开口：“我想请您帮忙检查一下，这段时间我也没怎么用药，不知道恢复情况怎么样。”

女医生看了女孩一眼，笑了笑道：“我想，林小姐应该不需要检查了，从林小姐刚踏进来的第一步，便能看出来，林小姐您的状态恢复得很好！”

林烟摸了摸自己的脸：“有吗？很明显？”

女医生：“遇到了什么开心的事情吗？”

林烟眨了眨眼睛：“开心的事情？”

女医生试探着问：“是……恋爱了吗？”

林烟顿时瞪大了眼睛：“这您都能知道？”

林烟刚说完，便觉得哪里不太对。

不对呀，她虽然恋爱了，但又不是真的，她不是在假装恋爱吗……

医生轻笑一声：“看来您已经彻底走出来了，其实已经不需要我再帮您确认。”

林烟挠挠头，其实她自己的状态自己最清楚：“这段时间，确实发生了很多事情，我也想明白了很多，状态已经好多了。不过，还是谢谢您，安医生！”

“不客气，不过，你上次提到的情况怎么样了？”安医生问。

之前林烟有跟安医生提过她身上一些反常的情况。

林烟闻言叹了口气，沉吟道：“我正想跟您说这件事情，这也是我今天来找您的主要目的，最近这段时间已经没出现过类似的情况了，不过，我还是有些不太放心。”

安医生点点头，开口说道：“之前你也做过比较专业和详细的检查了，所以，身体上应该没有什么问题，我推测，可能还是心理上的。”

安医生想了想，继续道：“林小姐，你有没有想过，可能你无意识的时候做的那些事情，其实是你潜意识里真实的愿望呢？”

“啊？”林烟有些懵。

真实的愿望？那岂不是在说她自己就是那个色鬼？

“这不可能吧……”林烟轻咳一声。

安医生笑道：“其实在心理学上，这种情况也是存在的。有些病人潜意识里有强烈的欲望去做某件事情，但平时一直被自己压制了这样的欲望。时间久了，可能就会导致你这样的情况，在自己不知情的情况下去做了，并且事后丧失了这部分记忆。”

“那我自己跟自己对话，也是我的臆想吗？”

“不排除这个可能。”

林烟想了想，其实，相比精神分裂，安医生的这个说法更有可信度一点。

见鬼什么的就不说了，那完全是她病急乱投医。至于精神分裂，则会伴随着很多其他症状，而她除了那几次意外，其他一切正常，也完全不会影响到她的生活和精神状态。

但是如果这些事情是她的潜意识里的真实所想，那就更可怕好吧？

怎么有种玄幻小说里正道主角黑化后，多出一个心魔的既视感？

无论如何，得知自己的状态还算稳定，林烟也算安心了一些。至于心魔这个问题，说不定等她的状态完全恢复，就能正常了。

离开心理门诊之后，林烟去了康复科，跟医生预约了未来的康复训练课程。

其实她之前就交过一整年的康复课程费用，只是她后来太颓废，虽然预约过了，却一直拖着没有去训练。原本在国外的时候，她的腿经过治疗和训练已经恢复了大半，现在这么一中断，又要重新开始了。不过，她现在最不怕的就是重新开始。

单独的训练室内，林烟在康复医师的帮助下一遍又一遍地重复着枯燥而艰难的动作。

两个小时下来，林烟全身都已经汗湿了。

一旁的康复医师刚开始便认出了这个病人是最近八卦新闻里闹得沸沸扬扬的林烟。原本还有些不屑一顾，可是到了后来，看着女孩面色不改地做完了整整两个小时的康复训练，却不免有些钦佩了。

结束之后，康复师忍不住主动搭话："林小姐，你可真厉害，这种训练，一般人可能不到十分钟就要喊苦喊疼，你居然做了两个小时眉头都不皱一下。"

"是吗？"林烟笑了笑，哭丧着脸道，"其实我都在心里流了几吨泪了，只是你不知道而已。"

康复训练确实很痛苦，但更严酷的训练她都做过，已经习惯了。

康复师没想到她会这么说，不由得被她逗笑了。

没想到林烟这么平易近人，完全不像传言里说的那样娇情又刻薄，康复师忍不住又搭了几句话："林小姐，你这个腿伤是严重的机械性损伤，骨头和肌肉全都伤得相当严重；若不是你之前找了非常厉害的医生做手术，这条腿现在怕是已经废了。你怎么会受这么严重的伤？"

林烟闻言，目光微怔，随口道："之前出了点小意外，车祸。"

这么严重，那应该不能算是小意外了吧？

毕竟是人家的隐私，康复师点点头，也没有多问，开口提醒道："今天的训练已经结束了，下周记得准时过来！你这个腿真的不能再拖下去了，不然再晚来一点，腿部肌肉完全黏合定型，连康复训练都救不回来！以后做一些高精度的动作都会受到影响！"

林烟点头："我知道了，谢谢！"

这些天，网上的舆论发酵得越来越激烈。

《棋逢对手》的官方微博陆续发布了艺人的定妆照，上了好几次热门。

裴南絮在剧中的造型大受好评，蒋思霏那张修图修得都快看不出是她的定妆照同样得到了网友和书粉的肯定。

虽然蒋思霏这张图明显是精修过的，但是蒋思霏之前的名声和口碑经营得相当好，粉丝对她的观感还是不错的，对她的演技也很信服，那张照片下面清一色都是夸赞和期待。

因为林烟没有拍定妆照，所以她女四号林翩若这个角色，官方便没有发图。

原本一个女四号，定妆照发不发也无所谓。可是，《棋逢对手》这部电影是根据同名小说改编的，小说中，林翩若这个角色的笔墨虽然不多，却有相当一部分死忠粉很喜欢她。所以，选角表刚正式发布，一看到自己心目中的女神的扮演者居然是林烟，几乎所有的粉丝都愤怒了。

最让粉丝愤怒的是，女四号林翩若的搭档，也就是男四号方灿阳的饰演者，是这两年爆火的新一代流量小鲜肉卫徐风！

在剧中，林翩若是霸道女总裁，而方灿阳是霸道女总裁的小男朋友！

这样一对搭档原本让书粉们非常期待，但林翩若的扮演者居然是林烟！

所以，书粉的愤怒，在某些人的推波助澜之下，直接无限扩大。《棋逢对手》的官博差点被粉丝们铺天盖地的骂声给淹没了，尤其是在卫徐风那条定妆照微博下面，粉丝们简直就跟哭丧一样。

网友A：居然让我家徐徐跟林烟演情侣，剧组你们是咋想的！

网友B：就林烟那丑哭的颜值还有气质，能演我家女王翩若？

网友C：强烈抵制《棋逢对手》！如果要让林烟演林翩若，我绝对不会看这部戏的，这不是给自己找恶心吗？

网友D：没看剧组连林翩若的定妆照都没发吗？自己也知道林烟根本见不得人吧！

……

官方正式公布了角色名单后，卫徐风的粉丝几乎都下场开撕，有些情绪激烈的粉丝，甚至给林烟P（用电脑软件处理图片）了黑白遗照。

这种情况下，林烟这边没有任何回应。每天跟网友们唯一的互动只有那条“今天致富了吗？没有”。

对于卫徐风这个人，林烟了解得不多，基本都是来源于道听途说，只是很喜欢听他的歌而已。

听说卫家是做珠宝行业的，是有名的豪门，卫徐风是卫家最小，也是最受宠爱的儿子。

在音乐方面，卫徐风确实非常有才华。他从小学习音乐，18岁出道，作词、编曲、弹奏、演唱无一不能，一个人堪比一支乐队，刚出道便凭借绝佳的音乐天赋和才华横扫歌坛，随后开始进军影视圈，可谓是天之骄子。

就是这样一位天之骄子，却拜倒在了林书雅的石榴裙下。两人同在凯胜娱乐旗下，卫徐风算是林书雅的师兄，林书雅刚出道的时候，卫徐风特意带过这位小师妹，还不遗余力地给她介绍了很多资源，算是对她照顾有加。粉丝们甚至还传过两人的绯闻，不过最后都被澄清了，说只是纯洁的师兄妹关系。

这样郎才女貌的一对，就算是闹出一点暧昧的绯闻，也无伤大雅，反而是锦上添花，甚至两人还有不少CP（荧屏情侣）粉。

虽然粉丝们并不知情，不过圈子里知道内情的人都很清楚，卫徐风是真的迷上了林书雅，即使在她跟韩逸轩交往之后，也依旧还在猛烈追求她。

林书雅凭借着天使一般的外表俘获了大批爱慕者和提携者，卫徐风正是其中之一。

之前裴宇堂说八卦新闻传林书雅的关系硬，其实也不是空穴来风。林书雅的父亲是凯胜娱乐的董事长林跃通，男朋友是韩氏集团的继承人韩逸轩，师兄是乐坛才子卫徐风，钢琴老师是知名钢琴大师郁子航，专业导师是影视学院的副院长……

她就像是那些小说里头顶主角光环的女主角，每个人都对她爱护有加，动不动就遇到贵人，身边的青年才俊还纷纷沉迷于她的善良和美貌，无法自拔。

相比之下，林烟大概就像是个恶毒女配。

就在事情处于白热化阶段的时候，之前炒作林烟和卫徐风绯闻的通稿突然又冒了出来。通稿中甚至还说卫徐风一心爱慕和迷恋林烟，惹得粉丝们更加恶心。

林烟不用想也知道，这是林书雅惯用的给她拉仇恨的手段。刚得知方灿阳的扮演者是卫徐风的时候，她其实就已经预料到了。到时候这位卫小少爷，估计少不了要有一场大闹！

果然，卫徐风不仅点赞了一条怒骂林烟狼心狗肺欺辱妹妹的微博，还亲自上线，转发了一条他和林烟的八卦绯闻——

卫徐风：看上她？除非我眼瞎！

晚上，林烟正躺在床上刷八卦，手机响了起来，是赵红绫的电话。

“喂，绫姐？”

“卫徐风的微博，你看到了？”赵红绫果然是打电话来问这件事。

“正在看呢！”林烟回道。

她原本是上线去发微博的，结果发现今天自己的微博评论里骂她的人比以往都要多，于是便看了下是什么情况，然后就知道了卫徐风的那条微博。

随便扫了一眼之后，她便百无聊赖地退回到自己的微博页面，继续编辑今日份的致富微博。

“这个卫徐风，他的背景你应该也听说了一些，这种人不是我们惹得起的，而且他的脾气在圈子里是出了名的差，谁的面子也不给，我怕他到时候会为难你。明天我的行程排不开，没办法陪你过去，你自己小心一点，尽量忍耐一些，不要跟他起正面冲突。”赵红绫提醒道。

林烟乖巧点头：“我知道了，绫姐。”

赵红绫叹了口气：“不过，若是对方实在太过分，记得给我打电话，我过去处理。”

卫徐风在圈子里的风评算是毁誉参半，他确实非常有才华，但就是脾气太差，完全是个惹事精，三天两头就闹出新闻来。不过众人却是敢怒不敢言，谁让他有这个嚣张的资本。

而且棘手的是，这一次，舆论全都站在了卫徐风这边。

原本舆论就对林烟很不利，若是再加上一个刺头卫徐风……赵红绫其实已经做好了最坏的打算，若实在不行，这部戏，怕是只能放弃了。

“明天多多会陪着你，那丫头性子直，对你有些偏见，你别在意。我已经跟她解释过，虽然她心里可能还是有些疙瘩，但是日常生活和工作上，她会好好辅助你，不用担心。”

林烟听着赵红绫的话，心头满是暖意：“谢谢绫姐。”

她倒是不在意多多对自己的态度，相反，多多摆在明面上的厌恶，让她更加安心。至少，她不用再费那个心思去防备身边的人。她上一任助理对她倒是千依百顺、照顾有加，可背地里做的事情，每一件都让她不寒而栗。

跟随赵红绫以来，自己给她添了无数麻烦，可是她始终没有放弃过自己。其实，她完全可以把精力全都放在更值得花费心思的艺人身上，可即使是在自己最艰难的时候，赵红绫也依旧分心照看她。只是因为，她是她手下的艺人。

第二天。

剧组里相当热闹，跟过年似的，人们三五成群地围在一起聊着八卦。

“喂，你们看到昨晚卫徐风发的那条微博了没有？”

“哈哈哈，当然看了，简直大快人心！卫小天王太刚了，亲自下场开撕，直接说眼瞎了才会看上林烟！今天都已经上热搜了！”

“让那女人天天炒绯闻，这下脸都被打肿了吧！也不看看人家是谁，歌坛小天王，玺瑞珠宝的少东家，圈子里有名的惹不起的主儿，敢在这位小霸王头上蹦跶，简直是找死！”那人说到这里，顿了顿，露出暧昧的神色，压低声音道，“而且，谁不知道卫徐风对林书雅有意思？心上人被欺负成这样了，他还能不帮着打回去？”

“啧啧，也就只有林烟那种人才会不要脸到跟林书雅争男人吧？她难道不知道，她现在就是整个圈子里的笑话吗？”

“她连林翩若都敢演，还有什么是她不敢的？就是不知道，惹得卫天王雷霆大怒，她今天还敢不敢过来呢？”

就在那名工作人员话音落下的瞬间，摄影棚里突然安静了一瞬。

只见门口处，林烟和上次一样穿着休闲装，戴着鸭舌帽，大步流星地走了进来，身后跟着她的助理钱多多。

几乎在两人走进来的瞬间，无数异样的目光随即看了过来。

“快看快看！是林烟！天呐！她的脸皮也真是够厚啊！居然真的敢来！”

“这可是跟卫徐风演情侣的机会，她怎么可能放过？就算是跪着也一定会过来的吧！”

“啧啧啧，卫天王什么时候过来？真想看看到时候卫天王会怎么撕她！肯定是一场大戏！我都已经迫不及待了！”

……

多多之前一直跟着蒋思霏，早就习惯了众人客气有礼的态度。可跟着林烟没两天，她都快把所有的冷言冷语听尽了。

多多黑着脸吐槽：“说实话，我在剧组打杂这么多年，第一次遇到你这样的艺人，能被黑得这么彻底。”

现在整个网络上，只要是骂林烟的，那么很好，我们大家就是朋友。

林烟笑眯眯地看着小丫头："我这么厉害吗？居然统一了大家的审美啊！"

多多嘴角微抽："真不知道你怎么能做到这么没心没肺的，你知道你这次得罪的是谁吗？你都快死到临头了，还在这说风凉话！"

"那个卫徐风，这么可怕的吗？"林烟挑眉。

多多露出惊讶的表情："当然了！你完全没听说过他吗？就卫徐风那家世背景，以前他还没入圈的时候就已经是出了名的纨绔了！入圈之后更是横行霸道，无人敢惹，只要有一点让他不顺心的地方，就能闹得天翻地覆！你上次蹭他热度，他没追究，已经是你天大的运气了。这次居然炒出这种绯闻，他是绝对不会善罢甘休的！"多多越说越气，"所以你到底为什么又要背着绫姐乱来，那种绯闻都敢炒，你不要命了吗？"

林烟眨了眨眼睛："谁说那些绯闻是我炒的？"

多多："不是你还能有谁？"

林烟："我又没钱，拿什么买通稿？"

多多竟然直接被这句反问给问得噎住了："……"

这段时间以来，有一点她是很肯定的，林烟是真的非常穷。身上的衣服都是平价品牌，背的是个破帆布包，上面印着闪瞎人眼的"致富"两个字。在这么危险的情况下，她今天出门坐的居然还是地铁，简直是要钱不要命！还有她那个自己运营的微博每天发的内容，她都没脸看了。

林烟见多多被噎住，笑着拍了拍她的肩膀："再说了，以我的实力，还没有花那种冤枉钱的必要。"

多多："……"你开心就好。

到了化妆间，造型师和助理已经在那里了。

造型师是个穿得花枝招展的清秀男人，那腰身比女人还细，指甲干净、整洁，面上画着精致的哥特风小烟熏妆，头发染成了亚麻色，身上是一款最近很火的潮牌。

看到林烟过来，对方也没理会，斜睨了她一眼，便径自继续跟助理聊着天。

倒是他的小助理，忍不住一直朝着林烟打量："哥，她就是林烟啊，五官倒是还可以，就是这打扮，太糙了吧！"

林烟主动上前打了个招呼："你好。"

造型师这才上下打量了她一眼，慢悠悠地开口：“Kevin（凯文），你的造型师。”

“我们现在开始吗？”林烟问。

造型师的目光在她的脸上扫了一圈：“你化妆了吗？”

林烟：“没有，只做了个护肤。”

造型师闻言，略挑了下眉头，似乎有些意外，随即开口：“行吧，省得卸妆了，你再做下保湿，我去准备下，等下过来给你化妆。”

林烟点头，然后在梳妆台前坐了下来。

多多忧心忡忡，一边刷着新闻，一边不停在林烟边上来回走动着：“昨天卫徐风发的那条微博已经上热搜了，而且他一下场，他的粉丝也更加肆无忌惮地跟着开始撕，怎么办？你今天第一场就是跟卫徐风的对手戏……”

林烟从帆布包里翻了半天，翻出一瓶润肤露，一边胡乱往脸上抹，一边开口道：“放轻松，兵来将挡，水来土掩。”

这时，造型师Kevin将化妆工具准备好，走了过来。见林烟掏出了个不知道什么东西在抹脸，看了她一眼：“你在用什么抹脸呢？”

“润肤露啊，龙血能量润肤露！这名字是不是特别霸气？”林烟拿着那个红黑相间的瓶子，开口说道。

Kevin闻言，简直一脸震惊。

国民品牌，确实便宜又好用，加上她的皮肤底子好，用这牌子也足够了。但问题是……

“这款不是男士用的吗？”Kevin开口反问道。

林烟眨了眨眼睛：“是吗？我问导购小姐姐哪款最方便，她就推荐我这款啊！她说爽肤水、精华、乳液三合一，一瓶搞定！”

一旁的多多默默扶额，简直不想承认这是自家艺人：“怎么不懒死你呢？”

Kevin似乎都不知道该说什么了，呆呆地站在那里，满脸难以置信：“你到底是不是女人？”

造型师完全没料到，那个传言中勾搭遍了整个娱乐圈男艺人的林烟，居然会比爷们儿还要糙。

Kevin：“网上都骂你……你对得起网友们的评价吗？”

林烟：“真是对不起啊。”

Kevin凑近女孩的脸，仔仔细细地打量了一番：“你居然真的完全没化妆，这皮肤状态也太好了，你一直都用这个吗？”

林烟：“对啊，用很久了，咋了？”

Kevin扶额：“就算好用那也是男士专款，你可以拿去送男朋友，就不能换点适合你自己用的吗？”

难道这润肤露的效果真的这么好？回头他倒是可以试试看。

“那个，请问一下，化妆需要多久？”林烟开口问道。

Kevin面无表情道：“两个小时左右吧。”

“这么久？”林烟震惊。

Kevin：“久吗？这还单只是化妆的时间，发型还要半小时，服装时间不定。”

“不会吧。”林烟一副快要死过去的表情。

Kevin白了她一眼：“你以前都不化妆的吗？之前化妆不是这个时间？很多明星都是凌晨就起来化妆的！”

“我之前……最多半个小时就搞定了啊……”林烟喃喃道。

Kevin满头黑线，忍无可忍地吼了出来：“你是一个艺人，平时可都是要出镜的，半个小时化给鬼看呢？难怪我看你明明底子这么好，之前出镜却没有一次妆容和造型是能看的。你这底子，就算是状态再差，也不至于弄成那样才对！你到底找的什么乱七八糟的造型师？你知不知道你这是暴殄天物！是在犯罪！”

林烟缩了缩脖子，莫名就被骂得狗血淋头。

没办法，她本来就不了解这些东西，都是林书雅帮她安排的。

这个造型师是不是有强迫症？她就算是丑也是丑她自己，没碍着他的事吧？

“有吗？我觉得还挺好看的。”林烟弱弱地开口。

反正化得快就行，多省事。

Kevin似乎已经彻底被她可怕的审美所折服，“唰”地拿起一把化妆刷，叉着腰怒道：“美？今天让你知道什么才是真正的美！”

林烟的脸被一把扳了过去，Kevin开始仔仔细细地帮她设计妆容。

Kevin一边不停感叹她皮肤好，五官生得完美，一边随口问了一句：“你之前什么职业，一直都是做艺人吗？”

“之前……”林烟神色微怔，随即含糊道，“之前不是，之前的工作比较糙，那个职业，大部分都是男人。”

Kevin露出果然如此的表情：“难怪呢，那你后来怎么会想到入这一行了？”

林烟：“钱赚得多呀！”

Kevin：“好吧……”

原本还以为她至少要谈谈人生，谈谈理想，没想到这回答倒是挺直白的，令人意外但并不反感。

Kevin扫了眼她的装扮，忍不住道：“按照你之前接的那些片子和广告，收入应该还可以，不至于穷成这样吧？看你这样子，不买衣服，不买包包，又不买化妆品，钱到底都用到哪里去了……”

“呵呵，我对这些不感兴趣。”林烟含糊着敷衍了过去，避开了这个问题。

她赚的钱，一部分花在了林书雅的身上，一部分投进了天使之家，还有一大部分，都投进了“宝贝回家”慈善基金会。

随着时间的流逝，似乎所有人都遗忘了，她还有个自小便走丢的弟弟。

但是，她不能忘……每次想到那个小小的、每天都跟在自己身后的身影，她就心如刀绞。这些年，她怕母亲受刺激，从不敢在母亲面前提一个字，但是，她其实从来就没忘过，也没有放弃过。只要她还活着一天，就不会放弃寻找，她一定，一定要把弟弟找回来！

林烟的造型做到一半，化妆间外面突然传来一阵嘈杂的声响。

多多满脸担忧地探着脑袋往外面看了一眼：“好像是卫徐风来了，我出去看一下。”

“好！”

林烟随意地摆摆手，然后，第N次请求Kevin：“我真的不可以开几把游戏吗？”

Kevin黑着脸：“不可以，给我保持着这个姿势老实待着，你低着头我怎么化？”

林烟心痛不已地嘀咕：“时间就是金钱啊。”

让她就这么干坐着啥也不做，简直就是煎熬！

Kevin看了她一眼：“卫徐风来了，你就一点都不关心？”

林烟：“我关心啥？”

Kevin：“他好歹是你绯闻男友啊！”

林烟：“我绯闻男友这么多，又不差他一个！”

Kevin：“……”

果然，外面的摄影棚里，卫徐风到了。

来人穿着黑色的飞行夹克，一身朋克重金属风的装扮，自带微卷的头发挑染成了耀眼的红棕色，一只耳朵上戴着红宝石耳钉，凌厉的眉峰，高挺立体的鼻梁，浅金色的眸子里满是桀骜不羁。

不同于他的名字“微风徐徐”那么轻柔和缓，卫徐风整个人一出现，便给人极其强烈的攻击感，如同一阵狂躁的风暴。

剧组的工作人员、群演和一些小艺人全都激动地撕扯着嗓子喊了起来，连躲在后面观望情况的多多都差点惊呼出声。

不愧是有热带风暴之称的歌坛小天王卫徐风，近距离看真人居然比照片和电视上都要帅。

“啊！天呐！卫徐风也太帅了吧！”

“演戏不要太合适好吗！书粉一本满足！”

……

制片人冯安华和导演姜一鸣以及副导演吴文海等人都跟着亲自来迎。

卫徐风俊逸的眉宇之间满是阴郁之色，不耐烦地挥开助理递过来的咖啡，一屁股在沙发上坐了下来。

冯安华面上堆着笑，热情地迎了上去：“哎呀，卫少爷，我可总算是把您给盼来了，赶紧去化妆换衣服吧，我专门给你准备了单独的化妆间，还有金牌造型师！”

“是啊，肯定让您满意！”副导演吴文海也连忙附和道。

昨天卫徐风发飙，亲自上线发微博的事情他们自然都已经知道了，生怕今天这位祖宗会闹出什么事情来。

卫徐风将双腿交叠，架到了茶几上，扯着嘴角，冷笑一声：“别跟小爷我来这套！”

这话一出来，冯安华几人就知道要遭殃。

果然，紧跟着就听到卫徐风面色阴鸷地开口：“当初小爷那是看在书雅小师妹的面子上，才答应出演这个角色，现在你给我狸猫换太子，换了这么个玩意儿过来，还要硬逼着小爷去跟她演情侣，胆儿挺肥啊？”

原来卫徐风以为女四号是贺姗姗，所以才答应了出演男四号这个角色。

冯安华抹了把脑门上的汗，无奈解释道："我的卫少爷，误会啊，这中间实在是有些误会，后来出了一些意外，我们也是不得已……"

冯安华继续道："您看，为了弥补，我们已经为贺姗姗小姐安排了另外的角色，她今天就会进组了。"

卫徐风斜倚在沙发上："所以呢？这就完了？"

昨天冯安华就猜到卫徐风恐怕会闹这一出，为了安抚这位爷，他硬是想办法给贺姗姗安插了一个其他角色。可是，如今看来，这位祖宗，怕不是那么好哄的。

气氛正僵持着，这时，其他几个女艺人也走了过来。为首的是女一号的扮演者，蒋思霏。

跟了财大气粗的万众传媒之后，蒋思霏可谓是鸟枪换炮，全身上下的行头都换了。

此刻蒋思霏穿着一身奢华的名媛风小礼裙，戴着满钻手镯，皮肤大概是打了针，简直吹弹可破，整个人看上去都艳光四射，几乎完全没有之前演乡下妹的影子。

而蒋思霏旁边跟着的长相娇美的女孩，正是刚进组的贺姗姗。上次家里几乎被林烟搬空之后，她跟表姐林书雅哭诉了好几天，后来林书雅让她在家等消息。然后，今天早上她就接到通知，制片人冯安华亲自给她打电话，各种赔礼道歉，让她直接来剧组报到。

上次被剧组赶出去，这次却被请回来，贺姗姗可谓是扬眉吐气。

"冯制片好，姜导好啊！"贺姗姗趾高气扬地打着招呼。

当初居然不要她，现在怎么样，还不是要亲自把她请回来？

冯安华如同什么事情都没有发生过，热情地开口："贺小姐好！又见面了！卫少今天心情不太好，还希望贺小姐帮我们在卫少面前多美言几句啊！"

贺姗姗冷哼一声，不搭话。

蒋思霏踩着高跟鞋走过来，一副前辈的姿态，柔声询问一旁沙发上的卫徐风："怎么了？又有谁惹我们卫大少爷不高兴了？"

卫徐风是凯胜娱乐旗下的艺人，蒋思霏刚跳槽到万众传媒，而万众传媒又是凯胜娱乐旗下的分公司，所以，她跟卫徐风也算是同公司的艺人了。

靠着这层关系，她和卫徐风的关系便蓦然拉近了。若是放在以前，在启星娱乐那个小破作坊的时候，她怕是连跟卫徐风说一句话的资格都没有。

贺姗姗亲昵地挽着蒋思霏的手臂，闻言轻嗤一声开口："思霏姐，还能有谁啊！肯定是那个丑人多作怪的十八线了，逮着风哥炒作已经不是第一次了，这次居然还追到了剧组里，肯定把风哥恶心坏了！跟那种又丑又恶毒的女人演情侣，谁受得了啊！"

贺姗姗一边打抱不平，一边红着脸不停朝卫徐风打量着。

天呐！没想到卫徐风真人居然比电视里还要帅一百倍！

那张脸就像是出自上帝之手的精心之作，而且明显是自小受过贵族精英教育的熏陶，虽然看上去桀骜不驯，但周身上下都是一股矜贵的气息，就像是从漫画书里走出来的王子。

贺姗姗看得简直挪不开眼，与此同时，眸底流露出愤恨不已的目光。

该死的！如果不是林烟横插一脚！跟卫徐风演情侣的人就是她了！

蒋思霏像知心大姐姐一般劝慰着卫徐风："徐风，别生气了，为了这种事情气坏了身体不值得。"

"是啊是啊！风哥你要是气坏了身体，书雅姐也会难过的！"贺姗姗连忙附和，同时抓紧机会自我介绍，"对了，风……风哥，我是贺姗姗，书雅姐的表妹！"

卫徐风看到蒋思霏和贺姗姗两人，只是略抬了下眼皮子，并没有要搭理两人的意思，显然今日心情欠佳。贺姗姗见状，神色略有些失望，不过，很快又恢复了精神，她马上就有机会跟卫徐风一起演戏了！

蒋思霏知道卫徐风一贯就是这个性子，倒也不在意。她转过身，朝着冯安华看去，语气严肃地开口："冯制片，现在的事情你已经看到了，原本我们这好好的一部剧，从导演到选角，整个班底都是顶尖的，却偏偏插了这么一颗老鼠屎进来，这不是诚心恶心人吗？也难怪徐风会气成这样了！这件事情无论如何，你必须得给我们一个交代，也要给书粉和影迷们一个交代！"

一旁的贺姗姗立即适时露出了委屈又愤怒的表情，开口说道："当初我也试镜了林翩若这个角色，所有人都说我演得好，可是姜导却没有选我！好吧，那我相信姜导的专业水平，怪只怪我演技还不够好，可是现在，你们却告诉我，最后定了林烟那种人来演林翩若，这是什么意思？难道是觉得我连林烟都不如吗？我好歹也是影视学院科班出身的吧？”

现在看在卫徐风的面子上，剧组又给她安插了一个女配。这个女配的戏份虽然也还算可以，但是怎么能跟林烟的那个角色比？林烟的那个角色，不仅深受书粉喜爱，还能跟卫徐风演对手戏。光是能跟卫徐风演情侣这一点，就是多少女艺人梦寐以求的。

之前她就从书雅表姐那里得到内部消息，说是卫徐风会在剧中客串一个男配角。原本她就是冲着林翩若这个角色来的，想借着卫徐风的名气出道，然后一举成名。谁知道，最后这个角色竟然落到了林烟手里，让她怎么能不气？

原本，贺姗姗心里就算有所不满，但也不敢在姜一鸣这样的大导演面前抱怨，毕竟周峰那个倒霉鬼突然下台了。但是，现在不同了。有了卫徐风出面打头阵，还有蒋思霏撑腰，她完全可以跟在后面推波助澜一把！到时候，这女四号的位置一空，她正好可以顶上来。

Part13

林烟的演技如何，你亲自去试试就知道了！

听到贺姗姗这番大言不惭的自夸，姜一鸣终于还是忍无可忍，看向卫徐风开口："当时是我亲自试镜的，贺姗姗小姐确实不太适合林翩若一角，如果你当时看到她的表现，想必也绝对不会满意。"

不等贺姗姗开口，卫徐风危险地掀起唇角："哦？所以，姜导看我现在像是满意的样子？"

姜一鸣轻咳一声："其实，林烟的演技如何，你亲自去试试就知道了！"

卫徐风冷笑连连："小爷怕是没有这工夫，不如你们，另请高明？"

听到这话，冯安华和姜一鸣顿时有些慌了。他们请卫徐风，不仅是因为他的形象适合男四号方灿阳这个角色，更大的原因是希望他来演唱这部电影的片尾曲。要是把他惹毛了，那他们的片尾曲也没了。要知道，多少人为了求卫徐风一首歌，连脑袋都求破了。

一旁的贺姗姗看着卫徐风，面上已经布满了红霞。

好帅呀！

卫徐风……这是在为她出气吗？

他应该也是希望她来演林翩若的吧……

于是，贺姗姗顿时更加有底气了，愤愤不平地开口："别说风哥不答应了，我们这些艺人也不答应，跟林烟这种人一起拍戏，完全是拉低我们的档次！剧中的林翩若不仅学识出众，手腕强悍，颜值也很高，艳压除了女主角之外的所有女配，你们选个恶毒的丑八怪来演，是在侮辱我们吗？”

林烟除了刚出道时候的惊鸿一瞥，后来的颜值水平确实一言难尽。

当初姜一鸣选角的时候，更注重气场，相貌倒是其次了，听到这里，其实也有几分气弱。他不确定林烟是否真的能完全撑起这个角色。

当然，其实这一切都是其次了。无论林烟的演技和颜值怎么样，都已经不重要了，现在的问题是，如果其他艺人一致抵制，甚至罢演，那问题就棘手了。

眼前的一个是女一号蒋思霏，一个是有卫徐风撑腰的贺姗姗，这两个人没有一个是好惹的。

冯安华拍了拍姜一鸣的肩膀，压低声音道：“姜导，别犹豫了，换人吧，这是如今唯一的办法了。”

姜一鸣的脸色有些难看：“至少给她一次试拍的机会……”

冯安华神色无奈：“我说姜导啊，你想试拍，那也得人家卫大少爷松口啊！你看卫徐风那样子，对林烟都厌恶至极了，怎么可能还愿意跟她试戏！这要是再逼急了，咱们的片尾曲都没了！为了一个小小的女四号，得不偿失啊！”

冯安华原本还想利用林烟多炒作几波，谁知林烟踢到了卫徐风这块铁板，现在也只能弃了。

姜一鸣还是想争取一下，他沉吟着朝卫徐风看去，最后一次询问道：“卫少，那……你的意思是？”

不等卫徐风开口，贺姗姗立即抢话，冷着脸，不满地开口：“风哥的意思难道还不够明显吗？当然是换人了！”

姜一鸣沉吟：“这都已经开拍了，临时换人的话……”

蒋思霏为了讨好卫徐风，忙开口：“这不是有现成的人顶上吗？姗姗就可以代替林烟，相信徐风也会满意！”

见事情的发展比想象中还要顺利，甚至都不用她自己开口，贺姗姗眸底划过一抹喜色，决定最后再推一把，厉声开口威胁道：“姜导，由林烟来出演林翩若这个角色，恕我实在无法接受。如果您和剧组执意如此，那么抱歉，我将退出剧组！你们爱找谁演找谁吧！”

蒋思霏漫不经心地抚了抚指甲，淡淡地开口：“不如，我也退出？”

一个林烟，还想跟她斗，她想捏死林烟有一万种办法，林烟连反抗的机会都不会有！

与此同时，躲在旁边看了半天的多多急得直跺脚。

完了完了！一个一线的蒋思霏，还有卫徐风做后台的贺姗姗一起施压！剧组迫于压力该不会是真要赶林烟出剧组吧？

不行，她得赶紧去找烟姐。

冯安华见状赶忙安抚："这话说的，二位冷静冷静，别急啊，万事好商量，我们也没说不换人……"

卫徐风原本就心情不好，听着一群人在那吵吵嚷嚷半天，早就不耐烦了，眉宇之间满是阴霾。

他想让一个人消失，还需要讨论这么久？

敢炒他卫徐风的绯闻，还敢冒充他女朋友，敢造谣他对一个丑女人爱得死去活来？

这简直是对他这个颜控最大的侮辱！他不仅要让她滚出剧组，还要让她滚出娱乐圈！

吵死了！都闭嘴！

卫徐风一脚踹在茶几上，正要动怒，然而就在这时，他的目光突然越过争吵的人群，无意间落在了前方不远处。

只见对面化妆间的门突然打开，随即，从里面走出了一个女孩。女孩穿着一席经典款的黑色小礼裙，裙身的材质全部用黑色鸦羽镶嵌点缀，裙摆是摇曳着的细腻的黑羽流苏，修长白皙的颈脖上带着蕾丝项圈，长至腰间的头发被造型师做了个如海藻一般慵懒的微卷。女孩黛青色的眉宇之间是如冰霜般的疏离冷淡，黑色的双眸里如同倒映着满天星辰的夜空，娇嫩的双唇仿若盛开的罂粟，行走之间恍若脚底有万千火红的彼岸花盛放，整个人简直美得令人心悸。

卫徐风的心脏就好像被一支利箭"嗖"地穿透，脑海中满满只有四个字——一眼万年。

女孩的身后，造型师Kevin正气势汹汹地拿着刷子追在她后面怒吼："林烟，你给我站住！还没完呢！还有定妆粉！定妆粉还没抹！"

林烟？！

她就是林烟？

冯安华和贺姗姗等人正吵得不可开交，完全没留意到后面的林烟。

最后，冯安华终于还是决定直接让林烟离开剧组算了，否则卫徐风这个小霸王肯定要闹得天翻地覆。

冯安华走到卫徐风跟前，直接开口："哎，由于蒋小姐和贺小姐全都闹着退出剧组，我这边实在是很为难，刚才我也仔细想过了，其实两位说的话也不无道理，既然大家的意见都这么坚决的话……那么就……"

因为冯安华突然走过来，一下子遮挡住了卫徐风的视线。卫徐风直接伸手将冯安华拨开，脱口而出道："那就让她们俩退出剧组好了！"

冯安华："好！"

说完，陡然发现不对……

"……啊……啊？"

让她们俩退出？让蒋思霏和贺姗姗退出？

不应该是让林烟退出吗？

"卫少，这……"

冯安华看向卫徐风，神色微微一愣，刚才难道是他听错了？卫徐风到底是让林烟走，还是让贺姗姗和蒋思霏离开？这话怎么听着感觉有些不对劲呢？

一旁的贺姗姗和蒋思霏也未听清卫徐风所说，但完全没多想，下意识地认为卫徐风肯定是在赶林烟离开。

冯安华比较谨慎，还想继续追问清楚卫徐风到底是什么意思，可是，卫徐风的注意力已经完全落在了他身后的方向。

"这……这……这是林烟？"

卫徐风盯着对面的女孩，不过短短瞬间，神色已经变了无数次。他虽然没有见过林烟本人，但之前也看过林烟的照片，眼前的人跟照片里的居然会是一个人？

那是照片吗？那是照骗吧！

这时，冯安华和身旁的姜一鸣等人也顺着卫徐风的视线，转身朝着化妆间门口看去。

几人的第一反应均是眼前一亮，眼前的女孩，简直就像是林翩若从书里走了出来。不仅有着令人惊艳的美貌，还有身上那独特的气质，矜贵而冷漠，犹如霜雪之夜中带刺的玫瑰。最吸引人的，还有女孩眸底那抹不惧任何孤独与寒冷的自信和骄傲。

姜一鸣激动得差点老泪纵横！林翩若！林翩若这个人物完全因为林烟而活过来了！

他怎么也没想到，林烟定妆之后的造型，居然会如此合适，连神态和气质都如此完美，简直跟角色完美契合。姜一鸣正激动着，可下一秒，脸色便沉了下来。

卫徐风这边……姜一鸣觉得，无论如何，他还是要争取一下。

正这么想着，姜一鸣便立即走到卫徐风跟前："卫少，林烟她……"

不等姜一鸣说完，正出神的卫徐风似乎蓦然回过了神来，他盯着姜一鸣，然后又一把将冯安华拽了过来，满脸杀气地威胁道："刚才的事情，不许跟她透露一个字！"

姜一鸣："我没太明白，卫少是在说什么？"

冯安华："她？"

卫徐风满脸不耐烦："林烟！"

姜一鸣："什么事情？什么不能透露一个字？"

"我……"卫徐风已经焦虑得快冒火了。

还好，这时候冯安华瞥了林烟一眼，陡然眼睛一亮，赶忙开口："明白明白！卫少放心！不透露！绝对不会透露一个字！刚才什么事情都没有发生！卫少您对林烟小姐没有任何不满和意见！我们正在和平而友好地商讨接下来的拍摄细节！"

卫徐风听到这话，脸色才稍微缓和了几分，整了整领口道："总算你们还有个带脑子的！"

冯安华见自己意会对了，也是满脸惊讶，一边往林烟的方向偷瞄，一边乖觉地开口："那，卫少，我这就介绍今天要跟您对戏的林烟小姐……给您认识？"

"那还不快点！"卫徐风瞪他。

"是是是。"冯安华说着，便要领卫徐风过去。

卫徐风刚站起身迈步，又立即顿住脚步，眸子里竟然有几分紧张："我这身怎么样？"

冯安华嘴角微抽，当场震惊了，他没想到卫大少爷居然还有不自信的时候！

冯安华立刻竖起大拇指："卫少您当然是帅……帅破苍穹了！绝对没

问题的！”

卫徐风闭了闭眼睛，深吸一口气，随后才开口：“待会儿你知道该怎么说吧？”

冯安华：“知道……当然知道……必须知道……您放心……”

冯安华迎在前面，协同卫徐风一起朝着林烟走过去。

每走近一步，每靠近女孩一点，卫徐风的呼吸便急促一分。

真的……太像了……会是她吗？

另一边，林烟被Kevin强拉着补完了定妆粉，才终于腾出空来问一旁的多多：“对了，多多，你刚刚想跟我说什么来着？”

多多本来正想冲进去找林烟汇报情况的，没想到林烟已经出来了，而且整个人都变了个模样。之前在里面的时候，她只看到了林烟化到一半的状态，完全没想到，造型全部完成之后，居然会如此惊艳！

乍一看到做完造型后的林烟，多多一时之间呆住，差点忘了说正事。此刻，多多才回过神来，急忙开口：“烟姐，那边全都闹起来了，卫徐风一来就开始兴师问罪，逼剧组给个说法，蒋思霏和贺姗姗仗着有卫徐风这个小霸王撑腰，也联合威胁导演，说要是不赶走你，她们就退出剧组！姜导倒是想为你说话，可是也畏惧卫徐风的淫威，冯安华又是个墙头草，为了哄卫徐风肯定会牺牲你，这下怕是真的要完了……”

这边多多正滔滔不绝地哭诉着，这时，冯制片突然一个箭步蹿上来，满脸热情的微笑，以一副惊叹不已的夸张表情看着林烟开口：“哎呀，林烟，你这个造型，实在是太美了！太适合林翩若这个人物了！能有你这样优秀的艺人加入我们剧组，实在是太幸运了！”

林烟被冯安华突如其来的热情给吓了一跳：“冯制片过奖了，主要是造型师厉害，化腐朽为神奇……”

冯安华闻言嘴角微抽，腐朽？哪有用这种词汇形容自己的？

“……”卫徐风的双眼一直都目不转睛地落在女孩的身上，此刻轻咳一声，不耐烦地催促。

冯安华急忙领着林烟上前一步：“来来来，林烟，过来这边，我给你介绍一个人，这位就是你今天要对戏的演员……”

此时此刻，卫徐风的身上哪里还有半分方才那桀骜不驯、玩世不恭的样子？

男孩规规矩矩地站在那里，那淡金色的眸子闪闪发光地盯着她，连头上桀骜不驯的棕红色卷发似乎都变得乖巧起来，他非常有礼貌地打着招呼：“你好，我是卫徐风。”

他是……卫徐风？！

刚才多多不是还把卫徐风描述成一个狂躁的混世小霸王吗？

这态度，这感觉，是不是哪里不对？

林烟更懵了，但还是下意识地回了一句：“你好，林烟。”

“林烟……林烟……林烟……”卫徐风口中反复呢喃着这个名字，随即，有些羞赧地抿了抿唇，嘴角勾出个乖顺的笑容，“你应该比我大，那么，我就叫你烟姐吧。”

烟姐……

林烟：“？”

多多：“……”

此时此刻，多多呆呆地站在一旁，已经直接看傻眼了。

这……这……这是什么情况？

为什么卫徐风这会儿完全就像是变了一个人？

这感觉，就仿佛一只狂躁的藏獒一下子变成了乖巧可爱的萨摩耶。如果卫徐风这会儿身后有尾巴的话，怕是已经摇得飞起！

多多满脸莫名其妙地咽了口吐沫：“这……这什么情况？”

一旁的Kevin上下打量着卫徐风，眉头微挑，不屑地“啧”了一声道：“还能是什么情况，呵，男人。”

多多：“……”

不仅是多多震惊，更震惊的是一旁的蒋思霏和贺姗姗。

第一天拍定妆照的时候，因为蒋思霏故意拖延时间，林烟没能拍成，所以，这次是林烟第一次定妆。

蒋思霏怎么也没想到，林烟定妆之后的造型效果竟然会这么好！连她也不得不承认，刚看到林烟的那一瞬间，她嫉妒得几乎发疯。这对于一向在乎相貌的蒋思霏来说，如同一根刺陡然扎进了她的心里。

不过好在，林烟这张脸，就算是再好看也没用！

蒋思霏远远看着冯制片和卫徐风走了过去，忙踩着高跟鞋跟着走上前去，贺姗姗也连忙跟上准备看好戏。

蒋思霏站在那里，一副居高临下的姿态："冯制片，现在是不是应该让林烟退出剧组了？"

贺姗姗连忙附和："就是啊，冯制片，刚才可是连风哥都发话了，这种人，你们难道还要留在这里碍风哥的眼吗？"

几乎是在两人刚走过来的一瞬间，卫徐风原本乖巧可爱的面容便陡然阴沉了下来，只是碍于林烟就在这里，他又将怒火强行压了下来，只是朝着冯安华投去一眼。

这杀气满满的一眼，差点把冯安华吓得魂飞魄散。冯安华赶紧强行将蒋思霏和贺姗姗拉到了一旁。

"冯制片，你拉我们过来这里做什么，你什么意思？那个女人到底什么时候走？"贺姗姗满脸不悦地开口质问，显然是已经耐心告罄。

贺姗姗以为，刚才卫徐风私下找冯安华和姜一鸣他们说话，是谈让林烟离开剧组的事情，而冯安华和姜一鸣却依旧想要保林烟。

"走？"冯安华冷冷一笑，"谁说林烟要走，管好你自己的事，别操那么多的心！"

"你……冯制片！你知道你在跟谁说话吗？"贺姗姗顿时满脸怒气。

蒋思霏也蹙起眉头："冯制片，你最好想清楚，为了一个林烟，到底值不值得！"

已经有后台撑腰的冯安华哪里还会在乎这两个人，扫了两人一眼，幽幽一笑道："蒋思霏，您还真别威胁我！您那个角色，我想找个代替您的人，轻而易举！您若想退出，那么请自便！"紧跟着冯安华又朝着贺姗姗看了一眼："当然了，贺姗姗小姐，您也一样。"

冯安华说完便背着手气定神闲地走了，留下蒋思霏和贺姗姗呆呆地站在原地，大眼瞪小眼。

蒋思霏和贺姗姗哪里肯就这么善罢甘休。

贺姗姗立即便要去找卫徐风告状，可是，冯安华似乎已经知道她们想做什么，立即开口："接下来我们要开始封闭式拍摄，还请闲杂人等先行离开！"

说完，便叫来工作人员立刻清场。

蒋思霏咬着牙，冷笑一声："冯制片，既然您执意如此，那么，便别怪我了！走！"

贺姗姗跺了跺脚，气呼呼地跟了上去。

两人走后，尚且处在茫然中的姜一鸣走了过来：“老冯，这到底是怎么一回事？”

冯安华一脸喜气洋洋：“什么怎么一回事？”

“就这么让蒋思霏她们走了，不会有事吗？还有卫徐风到底是怎么回事，这态度怎么突然就变了？”姜一鸣满心都是疑问，“难道是卫徐风看林烟的造型还不错，所以想通了，又肯演了？”

“不止如此……”冯安华无奈地拍了拍姜一鸣的肩膀，“我说老姜啊，敢情到现在你还没弄明白？算了算了……你还是好好拍戏吧！你就当是卫徐风想通了，不闹了，其他你就不用管了，交给我就好！”

“对了，今天这第一场戏是什么内容来着？”冯安华问。

说到这里，姜一鸣便是一脸愁容：“方灿阳和林翩若的对手戏需要很默契的相处和互动，以这两个人的状态，怕是很难啊！比如今天这个第一场戏，就是林翩若晚归，方灿阳吃醋闹别扭……卫徐风真的能演得出来吗？”

冯安华看了眼正努力在林烟面前卖乖的卫徐风，笑呵呵道：“我看问题不大！”

其实冯安华对这件事情确实是有些意外的。毕竟之前还在传卫徐风一直在追求林书雅，怎么突然就看上了林烟？不过，林烟方才出现的瞬间，确实是足够惊艳，以卫大少爷的性子，他对林烟一见钟情也能理解。他奇怪的是，就算是卫徐风看上了林烟，但是，以卫徐风的条件，什么样的女人不是手到擒来？需要这么紧张吗？他没想到卫徐风的态度变化会这么大！这还没开拍，怕是就已经进入了方灿阳的角色了吧？

“烟姐，之前我就一直很期待跟你合作了！烟姐你呢？”

卫徐风一口一个烟姐，叫得别提多亲切，而且极其自来熟，看着她的眼神还闪闪发光。

最让她震惊的是，他居然说期待跟她合作？林烟此刻已经完全懵了。

到底是多多得了幻想症，还是卫徐风吃错药了？

这卫徐风跟多多口中形容的完全不一样啊！

林烟下意识地朝着多多看去，满脸写着问号：怎么回事？

而多多回应她的，则是更多的问号……

林烟：“……”

好吧，她觉得卫徐风吃错药的可能性比较大。毕竟他昨天晚上还亲自发了微博攻击她，怎么今天态度会突然变化这么大?

林烟很想说，她并不期待，她一点都不期待和任何跟她有绯闻的男艺人在一个剧组合作，何况还是演情侣。

林烟早就打定了主意，绝对会跟她“死亡名单”上的那些人保持安全距离。但她怎么也没想到，卫徐风居然完全不按照套路出牌。

还好，这时候工作人员走了过来：“卫少，现在可以开始做造型了吗？我们为您准备了单独的化妆间，还有特别聘请的金牌造型师！”

卫徐风眉头微蹙：“单独的化妆间？”

“是的，您放心，化妆间我们早就准备好了，完全不会有人打扰！”工作人员忙点头。

卫徐风：“不用了，就在这里化。”

“这里？”工作人员不解地开口。

卫徐风：“对，还有，不用给我另外安排造型师了，烟姐的造型师是谁，直接让他过来给我化妆。”

工作人员有些傻眼，不知道该作何回应。谁不知道卫徐风的大少爷脾气，要求非常苛刻，他们都已经把化妆间打扫得一尘不染，造型师也准备了很久，就差沐浴焚香了，结果他现在不仅要在公共场地化妆，还要用普通的造型师?

卫徐风眸光微凝：“怎么，有问题？”

工作人员正不知道怎么回答好，冯安华便走了过来：“没问题，当然没问题了！”然后转头对工作人员道：“卫少让你怎么做，你就怎么做就是了，这点事情都办不好？”

“好的好的，我这就去安排！”工作人员一头雾水地离开。

最后，卫徐风就坐在林烟旁边的椅子上开始化妆，化妆师也成了Kevin。

卫徐风盛名在外，Kevin自然清楚，得知卫徐风居然找自己做造型，他不由得提起了百分之一百二十的心。

在化妆之前，Kevin谨慎地问道：“卫少，您对妆容和造型有什么要求吗？”

卫徐风的余光落在旁边的女孩身上，托着下巴，喃喃自语：“有能迷倒我隔壁小姐姐的造型吗？”

Kevin："……"

他真的很想知道，卫徐风到底是怎么做到如此毫无心理负担地对林烟转变态度，然后还说出了这句话的。他的脸难道不疼吗？

Kevin嘴角抽搐："卫少，据我所知，昨晚您还发布了一条微博，内容我可以帮您回忆一下，看上林烟，除非你眼瞎？"

卫徐风挑眉，一副理所当然的语气："那又怎样？小爷就是眼瞎了，不行？"

Kevin："……"可以的。

卫徐风在化妆的时候，多多正在跟林烟碎碎念："不对啊，这不对吧，我之前在片场打杂的时候见过卫徐风的，再没有比他更难伺候的祖宗了，咖啡的温度都要精确到度数的，饭菜必须是指定的顶级私家菜馆，还有各种你闻所未闻的匪夷所思的要求，怎么可能会这么好说话？"

林烟也不知道自己看到的跟多多说的，到底哪个靠谱了，不过反正她也不关心。

趁着等待的时候，林烟已经迫不及待地点开了手机游戏，全神贯注地选起了游戏中的英雄人物。她之前接了一单游戏代练，必须要在规定的时间内把顾客的游戏段位升上去，否则就算违约，得不到酬金还会被扣钱。

时间来不及了，要是段位上不去，要扣钱的！这化个妆的时间未免也太长了！

林烟这边刚打开游戏，副导演吴文海走了过来，见林烟在打游戏，顿时板起了脸："林烟，你怎么回事，都快开拍了，不好好准备，还在玩什么呢？"

卫徐风此时正在化妆，头上还夹满了小夹子，但注意力一直在林烟身上，见状顿时阴沉着脸色开口："烟姐爱玩游戏，你让她玩就是了，捣什么乱，不知道别人打游戏的时候最讨厌被打扰的吗？"说完便眼巴巴瞅向林烟："烟姐，你玩的什么游戏，可以带我一起吗？"

林烟："……"

多多："……"

这剧情发展是不是哪里不对？进组之后难道不应该是林烟对卫徐风死缠烂打试图制造绯闻吗？为什么好像完全反过来了？

别说是多多，剧组的其他工作人员也渐渐察觉到了不对。原本以为卫徐风今天肯定会大发雷霆，林烟会吃不了兜着走，谁知道卫徐风对待林烟的态度又温和又有礼貌。

不对，已经不能说是温和有礼了，卫徐风在林烟面前简直乖得跟小白兔一样。

副导演吴文海也是被这位祖宗骂得一脸懵：“啊？”

卫徐风压低声音威胁：“怎么？听不懂人话？”

吴文海吓了一跳，急忙点头哈腰地对林烟开口：“好……好……林烟啊……你玩……你继续玩……”

吴文海莫名其妙被骂，一头雾水地挠着头跑去找冯安华：“老冯，这什么情况？”

刚刚卫徐风不是还闹着要赶人的吗，一会工夫怎么就大变脸了？

冯制片当然不会随便透露卫徐风的心思，隐晦地交代道：“甭管什么情况，你只要知道一点，别得罪林烟就行！”

吴文海：“？”

很快，卫徐风的造型做完了，只要换上服装就大功告成了。

半晌后，卫徐风换好衣服，从试衣间里走了出来。此刻的卫徐风已经完全换掉了刚才的装扮，穿着一身干净的白色T恤和浅蓝色牛仔裤，搭配白色运动鞋。身上的项链、手链、耳钉全都摘了下来，连那头他最宝贝的红棕色头发，竟然也让Kevin给他染回了黑色，柔软顺滑的黑色头发看起来更是乖巧。卸掉了原本有些浓的妆，只打了一层粉底，化了个眉毛，清爽干净。

卫徐风原本的五官相当精致，面上没了浓妆之后，干干净净的模样就像刚进校门的大学生，笑起来简直能把人融化。

旁边的工作人员全都忍不住尖叫出声。

“啊……我的天呐！卫徐风这个造型也太好看了吧！这谁顶得住！”

“简直是芳心纵火犯！”

……

连导演姜一鸣看了也是一脸满意：“很好很好，这个造型非常合适！”

没想到，卫徐风居然愿意染头发！进组之前卫徐风就说过，不许动他的发型，上次拍的定妆照都是用的他自己的发型，没想到这次竟然愿意把头发拉直，还染回了黑色。

卫徐风做完造型，立即献宝一样朝着林烟飞奔过去："烟姐，我好看吗？"

怎么又来了！

"别……别过来！你有什么话，就站那说！"在卫徐风靠近过来的瞬间，林烟立即抱着手机以光速退到十步开外，严格跟他保持距离。

谁也别想再炒我的绯闻！

看到林烟防备的姿态，卫徐风眸底耀眼的光芒瞬间黯淡下来，如同一只被主人抛弃的宠物犬，连摇不停的尾巴似乎也耷拉了下来，伤心欲绝。

旁边的一众工作人员面面相觑，从刚才起，他们就已经全都被搞懵了。

冯安华见状，忙走上前去，对林烟开口："林烟啊，这马上就要开拍了，你还是跟卫少先交流一下感情吧，不用这么生疏。"

卫徐风一听，耳朵顿时竖了起来。

林烟立即道："不用不用，我入戏还挺快的，保证不会有问题。"

卫徐风："……"

冯安华："但卫少这边怕是有问题啊……"

林烟："怎么可能，卫少这么厉害，演技这么好，更不可能有问题了！"

冯安华顿时被噎住了，他总不能拆卫徐风的台，说卫徐风演技不好吧？

真是奇怪，这个林烟怎么不按套路出牌？她不是应该想方设法缠上卫徐风吗？怎么反而躲得比耗子还快？

这时，旁边的姜一鸣开口建议道："要不然就直接开拍吧，再晚点时间怕是不够了。"

冯安华想了想，直接开拍也行，拍戏林烟总躲不过去了吧。

"那，卫少，不如我们直接开始拍戏吧？都是你跟林小姐的对手戏！"冯安华试探着问。

卫徐风又委屈又乖巧地瞄着林烟："我随意，我都听烟姐的。"

林烟："……"

冯安华嘴角微抽，只能又看向林烟："林小姐？"

"可以可以，我随时可以拍！"林烟急忙点头。

赶紧拍完，然后远离危险。

姜一鸣走过来，先跟两人说了下戏："徐风啊，我跟你说下戏，在剧中，林翩若是你最爱的女人，你的所有感情和热情都倾注在了她的身上。所以，你在面对她的时候，眼神必须始终是火热的，在面对她的忽视时，要表现出受伤、委屈和愤怒……你需要把林烟想象成你的女神……"说到这里，姜一鸣轻咳一声，似乎是怕卫徐风又突然发飙，小声开口，"我知道这对你可能比较难，你可以尝试一下！"

副导演吴文海也在一旁开口："我记得卫少您有个非常喜欢的女艺人吧？好像您还在微博发过关于她的动态……"

卫徐风有个超级迷恋的女神的事情，在粉圈里也不是秘密。

"不是女艺人。"卫徐风语气严肃地开口。

吴文海急忙拍了拍脑袋："哦，对，我想起来了，好像是个从不露面的女赛车手，赛车非常厉害，在国际上都很有名，之前在微博看卫少您经常晒她比赛的门票，几乎一场不落。要是待会儿演对手戏的时候，你把林烟想象成她的话，应该就没问题了。"

卫徐风迷恋的女神，因为不是娱乐圈的人，是个赛车手，所以粉丝倒也不排斥，反而觉得卫徐风审美特别，追星的样子很可爱，甚至不少人跟着卫徐风一起粉上了那个女赛车手。

卫徐风神色怔怔地看着林烟，喃喃道："不用想象……"她本来就是。

林烟听到这里，下意识地朝着卫徐风多看了一眼。

卫徐风也追星？追的还曾是她的同行？赛车手？该不会是她认识的人吧？

姜一鸣以为卫徐风的意思是说没问题，于是赶紧继续跟林烟说戏："林烟啊，林翩若的人设你应该知道的吧？她的内心只有事业，不相信爱情，也不需要爱情。方灿阳对她来说，只是一个放在身边打发闲暇时间的伴侣。她并不爱方灿阳，对方灿阳也完全没有男女之情，你待会儿控制住情绪，对卫徐风的态度要做到看似有情，实则无情，你懂我的意思吗？"

姜一鸣每说一句，卫徐风的脸就黑一分："这什么破剧本？"

冯安华安抚道："卫少，这剧本也是根据小说改编的啊！"

林烟听到姜一鸣的话，点点头："哦，懂，林翩若就是个没有感情的赚钱机器！”

姜一鸣：“算是吧……”

林烟这话虽然糙，但是，还挺精辟的。

卫徐风：“……”我想改剧本！

多多站在一旁，满脸焦急地嘀咕：“这也太难了吧？面对着卫徐风，这谁做得到啊？”

其他工作人员的想法基本也跟多多差不多。

“待会儿林烟不会趁着拍戏占卫徐风的便宜吧？”

“可是，我看林烟怎么好像是一直在躲着卫徐风？”

“八成又在玩什么花样！欲擒故纵吧！”

“那卫小天王反常的态度又是怎么回事？总觉得这两人跟传闻中的完全反过来了……”

听到这话，其他几个工作人员也选择了沉默，面上全都是看不懂的表情。

跟两人说完戏之后，姜一鸣拍了拍手：“好了，大家各就各位，我们马上开始今天的第一场戏！”

话音刚落，所有工作人员都做好了准备。

场记手里拿着板子喊道：“第三十七场，3、2、1！Action（开始）！”

林烟闭上眼睛，深吸一口气，当工作人员喊完开始后，林烟脸上漫不经心的表情瞬间退去，换上了面若冰霜的神情。她一手拿着一份文件，一手搭着外套，耳朵夹着手机，大步流星地推开家门。

随后，她一边说着电话，一边换上拖鞋走进了客厅。这时，摄影机调转方向，切换到了客厅的沙发上。

沙发上，一直在等林翩若回来的方灿阳因为太困而睡着了。方灿阳穿着白色T恤和牛仔裤，乌黑柔顺的头发略有些凌乱，怀里抱着一个枕头，听到动静后，迷迷糊糊地从沙发上爬了起来。方灿阳刚睡醒的样子，简直又乖又可爱。

方灿阳看着林翩若换好拖鞋进了门，看着她将手上的外套挂到了衣架上，看着她脚步匆匆地进了书房找文件，又看着她快步走到了卧室翻找东西……从头到尾，目光都一直围着她打转。

终于，她忙完了，挂了电话后，她又走到落地窗前，随手点了支烟，然后拿着手提电脑看各种表格。

从头到尾，她都没有看过他一眼。

方灿阳的脸色终于从一开始的沉迷，到哀怨，最后变作了彻底的愤怒。

与此同时，导演姜一鸣也忍不住喊了“咔”，看了眼林烟，委婉地开口喊道：“停！林烟啊，你演得……很好，但是在对待卫徐风的态度方面有些过了。你虽然不爱方灿阳，但好歹还是喜欢的！”

卫徐风：“……”

姜一鸣的话，简直每个字都在扎卫徐风的心。

林烟：“哦……抱歉，那我再来一次！”

林烟对卫徐风避之不及，一时间确实无法把自己完全代入角色中去。不过她悟性确实很高，瞬间想到了一个办法，她决定把卫徐风想象成一只小猫试试。

对于林翩若而言，其实方灿阳的存在和一只能够跟她撒娇、胡闹的小猫差不多。

很快，拍摄继续——

方灿阳脸色黑沉，俊脸上满是质问：“你去哪儿了？为什么这么晚才回来？”

林翩若头也不抬地继续看电脑：“公司宴会。”

方灿阳捏紧拳头：“宴会？那你身上的男士香水味是从哪里沾来的？”

“你是狗鼻子吗？”林翩若轻笑一声，接着，毫不避讳地回答，“跟陈敬聊了一会儿。”

方灿阳立即炸毛：“陈敬！又是陈敬！聊天需要靠得这么近吗？你是不是喜欢他？”

林翩若：“我喜欢你。”

林翩若看着方灿阳的眼神，如同他是一只弄乱主人毛线团的小猫，无奈却依旧忍不住喜爱。

姜一鸣顿时满脸激动，感觉对了！

“你……”卫徐风因为女孩眸底的宠溺而瞬间失神，双颊一直红到了耳根子。

这一幕简直毫无演戏的痕迹，太自然了！

“咔！非常好！”姜一鸣喊了停。

这场戏居然只拍了两遍就过了，而且无论是卫徐风还是林烟的表现全都在线，简直顺利得让他差点老泪纵横。

导演喊了结束之后，林烟眸底的情绪褪尽，顿时恢复了自然。

一旁早已经做好长期拍摄准备的工作人员都有些没反应过来。

“这……这就结束了？”

“看不出来，林烟的演技好像不错啊！”

“确实有点出乎意料！不仅造型合适，演技也确实过关。”

……

“导演，可以了吗？”林烟走到姜一鸣跟前询问。

姜一鸣满脸喜色：“可以可以，你们配合得非常好！”

卫徐风也跟着凑过来，看了眼显示器：“是吗？我觉得一般般啊！一点都不好！还是重拍几遍吧！”

林烟蹙眉：“哪里不好？明明就挺好的啊！”

卫徐风顿时改口：“哦，我也觉得挺好的。”

姜一鸣：“……”

林烟：“……”

那时的林烟严重怀疑，卫徐风是不是精神分裂了？

Part14

她居然还有粉丝这种神奇的生物？

拍摄结束之后，林烟回到化妆间卸妆。

“我的天，化了这么久，现在又要卸……做女人怎么这么麻烦？”

林烟刚坐下来，身后传来一阵脚步声。

是卫徐风又跟了上来。从她做完造型出来开始，卫徐风就没有离开过她的视线范围，好像生怕她跑了似的。

林烟谨慎地站在十步开外：“卫先生，您有事？”

此刻，卫徐风的态度已经缓和了不少，平静地看着她开口：“烟姐，你可以叫我小风。”

林烟蹙眉，最终还是开门见山道：“卫先生，我就直说了，你应该知道我的前科，也应该知道那些通稿里是怎么写我们俩的绯闻的，就在昨天晚上，你还对此做出了回应。我想，作为一个正常人该有的反应，你无论如何，都应该跟我保持距离，而且我也……”

不等林烟说完，卫徐风耷拉着脑袋，说了一句：“我不是正常人。”

林烟：“哈？”

卫徐风：“我眼瞎。”

林烟：“……”

卫徐风深吸一口气，目光专注地注视着她：“烟姐，你……你真的不记得我了？”

林烟闻言有些意外："什么意思？"

听卫徐风这话的意思，是他们以前认识？

可是，在此之前，她根本就不认识卫徐风啊！

卫徐风见林烟似乎完全不记得自己，神色略有些焦急："三年前，在美国，马萨诸塞州的波士顿，国际汽车联合会举办的一场慈善晚宴上，当时主办方为救助儿童筹集资金，众多知名赛车手捐出物品进行拍卖……"

林烟听到这里，露出回忆的神色。

那场拍卖会，她有印象，当时她也到场了，她拿出来拍卖的是一条比较有纪念意义的项链，那是一块小小的铜牌，上面刻着她来国外后第一次正式参加比赛的时间。那天晚上，那条项链拍出了全场最高价，所以她印象还比较深刻。

卫徐风怎么突然提起这个？难道他也去了？

卫徐风盯着林烟看了很久，确定她真的完全记不起他，眼眶有些泛红："烟姐，当时你拿出来拍卖的物品，是一块铜牌，上面刻着你在美国第一次正式参加比赛的时间，而这块铜牌，是被我拍下的……"

在林烟越来越震惊的目光之下，卫徐风掀开衣领，将他脖子上那枚硬币大小的铜牌小心翼翼地拿了出来。最后，青年手指攥着项链，一字一句地盯着她开口——

"你真的……真的完全不记得我了吗……Yeva……"

林烟："……"

林烟在听到"Yeva"这个名字的瞬间，面色陡然变了，呆呆地盯着卫徐风脖子上那条项链，彻底愣在了那里。

就算是她想破了脑袋，也不可能料到……卫徐风竟然……竟然是她的粉丝？

她居然还有粉丝这种神奇的生物？

当然了，重点不是这个，重点是，这也太巧了吧？

见林烟不发一言，卫徐风突然放下项链，准备当着林烟的面脱衣服……

林烟见状，简直被吓得魂飞魄散！

怎么回事！好端端的，说话就说话！你脱……脱什么衣服啊！

她是个正直的赛车手，绝对不会对粉丝做那种事情的！

这要是被人看到，她跳进黄河也洗不清好吗！

林烟的第一反应是以迅雷不及掩耳之势飞奔到卫徐风身后，一把将化妆间的门给反锁上了。

等锁好门之后，林烟才发现……自己锁门之后，怎么看上去更奇怪了呢？

化妆间内顿时陷入一片诡异的死寂。

林烟僵硬地转过身，随即看到卫徐风赤裸着上身站在那里。

这……这都叫什么事儿啊！

林烟心累不已地扶额：“那什么……卫徐风……你先冷静一点……听我说好吗……”

卫徐风目光炙热地盯着林烟的眼睛，一步步走到林烟跟前，指向自己腰腹的位置：“这个签名，你也不记得了吗？”

林烟朝他腰腹的位置看去，只见那里是四个英文字母的文身——Yeva。

“当时我没有可以让你签名的东西，便让你在我身上签了个名字，后来……我一直舍不得洗，最后，我把你的签名直接文在了身上，这样它就会一直都在了。”卫徐风缓缓开口。

林烟看着眼前自己的粉丝，说她一点都不感动，是不可能的。

她在国外比赛的时候，全身心都投入在比赛之中，从不关注外界，慈善晚宴是她唯一愿意应酬的场合。那也是她第一次知道，还有如此喜爱和支持自己的粉丝。只是，她现在这个样子，怎么去面对昔日的粉丝……

林烟整理好思绪，看向对方开口：“抱歉，卫徐风，我想，你应该是认错人了，我并不是你说的那个人。”

“不是？”卫徐风的面色顿时一空。

“你见过Yeva，确定她和我长得一样吗？”林烟神色镇定地问。

她已经完全想起来了当时的事情，也想起来，当时她和以往一样戴着口罩和帽子，并没有在卫徐风跟前露过面。

卫徐风闻言，薄唇紧抿，半晌后，摇摇头：“她极少露面，除了和她一起比赛过的车手，几乎没人见过她的真面目，当时我见到她的时候，她也是戴着口罩和帽子，但是……你的眼睛……”卫徐风抬起头，对上女孩的眸子，“你的眼睛和她一模一样，这一次我不会再认错了！”

听卫徐风这话，怎么好像之前已经认错过几次？

林烟神色无奈道：“既然你都没有见过她，怎么能只凭借眼睛相似，就认定我是她呢？而且我的简历和资料都是公开透明的，你仔细想想也应该知道，我不可能是你说的那个人啊。”

“不可能……那为什么方才我提到Yeva这个名字的时候，你的表情那么震惊？”卫徐风敏锐地开口。

林烟轻咳一声：“那是因为……因为这个名字我也听说过，这个女赛车手，服用禁药的丑闻都传遍了整个赛车圈，而且，她不是已经被永久禁赛了吗？”

卫徐风听到林烟的话，脸色陡然变了，眸底原本的炙热瞬间冻结成冰：“闭嘴！你又知道什么？凭什么这样说她！什么丑闻！什么服用禁药！他们是亲眼看到了吗？她是用生命在比赛，几乎全年都在飞来飞去，大大小小参加了一百六十八场比赛，所有区域级别的比赛直接无敌横扫，其中37场世界大赛，夺得了30次冠军，5次亚军，2次季军……一路走到世界顶级的巅峰之赛，以她的实力，需要服用禁药？赛车手全程需要头脑处于极度清醒和冷静的状态，比赛的时候太过亢奋反而会导致事故发生，怎么可能还会主动去服用兴奋类药剂？这种事情只有体能和精力不足的新车手才会去做！Yeva虽然是女孩子，但是她无论是体能、精力还是经验技术全都碾压那些混蛋！那些造谣的人，还有脑子，有常识吗？”

卫徐风越说越激动，到最后几乎已经是双眸猩红。

林烟听着卫徐风说的一字一句，心里说不出什么滋味。她树敌太多，当时的丑闻出来之后，几乎是墙倒众人推。没想到时隔这么久，会在卫徐风的口中，听到这样一番话。

“抱歉。”林烟开口。

卫徐风深吸一口气，似乎稍稍冷静下来了，随后便蹲下来，埋着头抱住膝盖，一言不发地靠蹲在沙发旁边。

林烟挠挠头，把地上的衣服捡了起来：“你先把衣服穿上吧。”

卫徐风从膝盖之间抬起头，恶狠狠地瞪向林烟：“你不是她为什么要冒充她！你是不是故意的？是不是觊觎小爷的肉体？”

林烟嘴角抽搐，这位少爷，你怎么翻脸比翻书还快？

林烟：“貌似是你自己把我错认成Yeva的，又自己脱了衣服给我看的吧……”

“闭嘴！你这样的人才不配叫她的名字！”卫徐风盯着她，“你凭什么眼睛跟她这么像，凭什么连眼神都跟她这么像！谁准的！”

卫徐风满脸都写着“你不配”“我不准”，恨不得把她的眼珠子都挖出来。

林烟无奈地叹了口气，这位祖宗，果然是个不讲道理的主儿。

林烟正想说些什么，卫徐风又将脑袋埋进了膝盖里，不说话了。

过了好半晌后，传来青年的低哑声音：“那次比赛之后，她就失踪了，有人说她回国了，我打听了很久，找了很久，还是找不到她，她到底去哪儿了？她不会想不开做傻事吧……”

林烟嘴角微抽：“她这么大的人了，能有什么事情，不能赛车了，还能做别的职业嘛！你看啊，说不定……我就是Yeva呢？”

卫徐风扭头瞪她：“闭嘴！不许再侮辱我女神！你要是她，我就从这窗户跳下去！”

林烟：“……”

卫徐风冷着脸从她手里把衣服夺回去，把自己裹了个严严实实，恢复了原本不可一世的小霸王姿态。林烟见状反倒松了口气。

总算是恢复正常了。

林烟卸了妆，然后去试衣间换回了自己的衣服。出来的时候，卫徐风依旧呆呆地坐在沙发上，似乎受到的打击不小。

林烟垂下眸子，轻轻叹息一声，这样也好，要是他知道昔日那么喜欢和支持的女神落魄成现在这样，怕是受到的打击更大。

“卫少爷，您要是没什么事情的话，那我先走了！”林烟拿起手机和包包，打了声招呼。

卫徐风依旧处在遭受打击的抑郁之中，也不吭声。

林烟撇撇嘴，直接推门离开。

多多刚去打电话安排好接林烟的车子，见她出来，两人便一起朝外走去。

“烟姐……”多多欲言又止。

林烟：“干吗？”

多多轻咳一声，有些担忧地询问：“刚刚你和卫徐风在里面那么久，没对他做什么吧？”

“你怎么不关心关心自家艺人的安危，不问问他对我做了什么呢？”林烟没好气地开口。

给她看个文身而已，干吗要把衣服脱了？这不是吓人吗！

多多：“……”

要是以前，多多肯定就直接开喷了。但是今天，这魔幻的一天下来，她居然不敢肯定了。

林烟刚走到门口，正撞上了蒋思霏和贺姗姗，两人被一群黑压压的记者围在中间。

贺姗姗正一脸愤怒地在跟记者们说着什么：“没错，我就是原先林翩若的扮演者，我的角色是被林烟硬抢去的，今天是她跟风哥的对手戏，她利用拍戏作为幌子，一直在对风哥纠缠不休！我们实在没办法，只能眼睁睁看着风哥被那女人欺负到这种程度！”

听着贺姗姗的话，记者们直接炸锅了。

“天呐！那女人怎么会无耻到这种程度？”

“这让剩下的几位男艺人还怎么敢进剧组啊？”

这时，蒋思霏也开口说道：“这个，我们也实在不清楚，为了剧组其他艺人的权益，我和姗姗今日跟剧组认真沟通过，但是，估计是林烟死缠烂打，用合约要挟，死活赖着不走，剧组也完全拿她没办法。”

这些记者中的一些女性记者很多都是卫徐风的粉丝，听到这些话之后，简直气炸了。

自家爱豆都被欺负成这样了，还能忍？

就在这时候，有眼尖的记者发现了不远处的林烟。

“林烟！”

“是林烟！”

顿时，所有记者都朝着林烟和多多的方向蜂拥而去，摄像机、话筒都快直接架到了林烟的脸上。

“林烟！有同剧组艺人说你今天全程利用拍戏之便对卫徐风纠缠不休，请问你有什么想说的吗？”

“请问你是准备捆绑卫徐风，把炒作绯闻进行到底吗？”

“卫徐风都已经公开发过微博澄清，人家对你都厌恶成这样了，你怎么还能像狗皮膏药一样缠着不放？”

林烟：“……”

她缠着卫徐风不放?

好吧好吧……你们开心就好。

这时候，多多在更多记者围上来之前，突然从人群外面冲了进来，一言不发地死死护着林烟往外走。

林烟颇有些意外地看着这个小丫头，没有说话。

多多终于把林烟护送出去，没好气地“哼”了一声：“我只是答应了绫姐要看好你！”

之前林烟做的事情暂且不提，但今天的事情，她是亲眼看到的，也不知道林烟抽的什么疯，从头到尾都没有接近过卫徐风。不过，更抽风的貌似是卫徐风，居然全程主动跟林烟搭讪。但是她也清楚，这样的话就算说出去，也没有任何人会相信，反而会被嘲讽得更厉害。

这一天过得，可真够惊心动魄。

林烟回到家，随手翻了下微博，果然，因为蒋思霏和贺姗姗在记者面前带的这波节奏，网上对她的谩骂声又高了一波。

她照例发了条“每日致富”微博，然后随手刷新了下热门，结果，刷到了卫徐风刚刚发布的一条微博。

卫徐风：我的世界，白天不再有阳光，黑夜不再有星辰。

卫徐风这条伤春悲秋文艺范的微博一发出来，下面的粉丝简直心疼一片。

网友A：快来看看呀！看看都把我们家孩子逼成什么样了？我们家孩子为了敬业地演戏，竟然要做出如此大的牺牲！

网友B：刚出来的新闻真是气死我了！我要给我家宝宝寄个防狼电棒！一旦林烟敢靠近，就电死她！

网友C：这颗娱乐圈的毒瘤，难道就没办法把她铲除了吗?

……

随便刷个热门都是自己的八卦，自己的瓜，连点新鲜的八卦都没有，没意思。

林烟无聊地扔了手机，随后，从床头摸出了半张泛黄的照片。照片里，一个五六岁的小男孩紧紧揪着她的衣角，怯生生地和她一起并肩站在樱花树下。

另外被她撕掉的半张，是林书雅。

林烟怔怔地盯着照片里的弟弟，随后拿起手机，拨通了电话。

林烟：“喂，有我弟弟的消息了吗？”

手机那头传来一个低沉的男声：“按照你提供的信息，我已经初步锁定了几个目标，不过，那几个目标都不是一般的组织，想搞到消息非常棘手，我还需要一些时间。”

听到意料之中的回答，林烟的目光黯淡下去：“知道了，谢谢。”

手机那头的人叹了口气：“其实，我劝你不要抱太大的希望，你弟弟那样的身体条件，没有你的保护……生还的可能性很小。”

林烟声音微颤：“一天看不到尸体，我就一天不会放弃。”

当年，她跟弟弟一起被拐卖，然后又在多方转手之下进入了一个地下实验室，在那里被关了很久。那段时间发生了什么，她现在已经完全不想回忆。

后来，她和弟弟被强行分开。她无法想象如果没有自己在身边，弟弟独自一人要怎么面对那些可怕的事情。

她开始装作配合，等他们放松警惕之后，终于找到机会逃了出来。可是，等她再返回去想救弟弟时，那个实验室却如同凭空消失了一般，再无踪迹。警察找过去的时候，却发现那里不是实验室，只是一个废弃的仓库。

当时她还年幼，她跟警察说那里是一个实验室，有很多跟他们一样的孩子被关在那里，可得到的回复是警方已经调查过了，那里从头到尾就只是一个废弃的仓库。

她也去医院做过全面检查，显示身体没有任何问题。

所有人都认为她是精神受了刺激，胡言乱语。

而弟弟，寻找至今都没有丝毫消息。他就好像凭空从世界上消失了。

而那段时间发生的事情，也好像只是错觉。

错觉？怎么可能是错觉呢？

手机那头的人叹了口气，随后问：“你的身体状况最近怎么样？我担心……当时会让你的身体产生一些不可预测的后遗症。”

“挺好的，这么多年了，都没什么问题，只是精神上……算了，也不是什么大问题，不用担心。”

说到这里，林烟心里“咯噔”一下，她最近出现的精神问题，难道是当时在实验室留下的后遗症？

因为这些年身体都很正常，所以她之前从未往这方面想过。

林烟这边挂了电话后，正思索着，微信突然弹出来了一则语音通话请求，打断了她纷乱的思绪。

是裴宇堂打过来的。这熊孩子，又找她做什么？

林烟狐疑地接通：“喂？”

“大嫂！你在家里吗？”裴宇堂问。

林烟：“是啊，在家，怎么了？”

“你怎么又在家？现在时间还这么早，你就没跟我哥出去约个会什么的？你们这相处状态好奇怪呀！称呼奇怪也就算了，交往这么久了，我怎么都从没见你们单独约会过？”裴宇堂喋喋不休地吐槽。

林烟轻咳一声：“谁说谈恋爱就一定要约会的，大家都这么忙，尤其是你哥，工作肯定非常忙的啊，没时间就各忙各的，也挺好的啊！”

“这样怎么行呢！长期不维护关系，肯定会各方面不和谐，会影响感情的！”裴宇堂语重心长地劝说着，说完嘀咕道，“有没有搞错啊，居然还需要我一个单身汉提醒你们这些……哎，我真是为了这个家操碎了心！”

林烟嘴角微抽：“同学，我跟你哥怎么谈恋爱，拜托你就不要这么操心了好吗？所以，你给我打电话到底是想干吗，难道就是为了这个？”

“不是不是！我还有更重要的事情！”裴宇堂语气极其兴奋地开口，“大嫂，我明天有一场非常重要的比赛，你要来看吗？”

林烟：“明天？我倒是不用拍戏，不过……”

裴宇堂一听，立即道：“那就过来呀！我们队挖到了一个特别厉害的赛车手，这次绝对能碾压宋耀南！你一定要过来看！绝对精彩非凡，不看抱憾终身！”

林烟撇撇嘴，说真的，她对那种级别的比赛真的不怎么感兴趣。

“来嘛来嘛！你看你都见不到我哥，你要是过来看我比赛，我就再冒险去给你拍些我哥的视频！”裴宇堂蛊惑道。

林烟立即脱口而出：“不需要！谢谢！”

别再拍些奇奇怪怪的视频给她，她真的就谢天谢地了。

“这都不心动？”裴宇堂沉吟片刻，立即又开口，“那我二哥的亲笔签名海报你要不要？周年限量版的！”

签名海报！还是限量版！

作为一个卑微的小粉丝，连裴南絮的普通签名都没有的林烟瞬间心动了：“签名海报，还是限量版？你真的有？”

裴宇堂听着林烟兴奋的语气，心情表示很沉重：“大嫂啊，你居然拒绝了我大哥的视频，选择了我二哥的签名海报？你不会是想脚踩两条船吧！要是这样，到时候我站在哪边比较好？大哥还是二哥，哎呀这要怎么抉择。”

你还真认真考虑起站队来了？

林烟满头黑线：“什么脚踩两条船，都说了你二哥只是我的偶像！”

“行吧行吧，不管是啥，你到底来不来？一句话，你要是过来，我就背着我大哥，偷偷帮你把我二哥的海报给你带过去！”

这话听起来怎么这么奇怪？她不过是想要一张签名海报而已，说得好像是她要背着裴聿城做见不得光的事一样。

不过，对于林烟而言，裴南絮的限量版签名海报，还真是有不小的吸引力。

其实吧，海报不海报的不重要，重要的是那可是裴南絮的海报，还是签名版，最最最重要的是，限量版！

如果她拿去拍卖的话，应该能赚不少钱吧？

不不不！自己偶像的限量版签名海报，她怎么能有拿去换钱的想法。

“烟姐，你还在听吗？你说话啊，别躲着不出声，我知道你在听！”裴宇堂的声音提高了几个分贝。

“听着呢……”林烟回过神来。

“说真的，烟姐，你到底是要当我大嫂，还是要当我二嫂啊，你倒是表个态，不然我很为难的，我都不知道要叫你大嫂还是二嫂了！”裴宇堂叹了口气，继续道，“正所谓，忠义难两全，烟姐，我悄悄告诉你一个惊世骇俗的大秘密，你可千万不要告诉别人！”

“什么秘密，关于谁的？”林烟好奇地问道。

“我大哥的！”裴宇堂小声道。

“哦，那别说了，怪危险的。”林烟道。

“不行，你一定要听，我是怕你走上歪路，我是为了你好！”裴宇堂喋喋不休。

林烟：“……”

哪有强迫别人听惊天大秘密的，秘密不都是用来守护的吗，这是什么操作?

“好，你说吧。”无奈之下，林烟只能洗耳恭听。

“烟姐，我告诉你啊，我大哥，绝对绝对绝对不是你看见的那样，我大哥超恐怖！”裴宇堂道。

林烟：“继续。”

“说完了啊。”裴宇堂开口。

林烟：“？”

所谓的惊天大秘密，就是这个？亏她方才真的提起了一丝好奇心，还想吃个大瓜来着。

“你说的，大家都知道吧……”林烟嘴角微微抽动，这算什么秘密。而且裴宇堂都说过好几次了。

“烟姐，你是不是误会了什么，我跟你说啊，你看见的，那都只是表面现象，千万别被我大哥给蒙蔽了。他要比你看见的恐怖还要恐怖一千倍，不，是一千万倍！”裴宇堂急忙道。

“好了好了，我知道了。”林烟笑着开口。

另外一边，裴宇堂摸了摸鼻子，这烟姐的语气听起来，怎么好像是一副关爱智障的口吻，一定是他听错了！

“所以，烟姐，你到底是要做我大嫂还是二嫂啊？”裴宇堂继续重复之前的话题。

“当你妹！”林烟捏了捏眉心。

他是复读机吗?

“烟妹，你要这么说，我就知道了。”裴宇堂咧嘴一笑。

然而，下一秒，却听见电话中传来“嘟嘟嘟”的忙音。

林烟瞬间挂断电话，她感觉自己都快要被裴宇堂拉下水了，这真是裴聿城和裴南絮的亲弟弟吗?

感觉要是继续和裴宇堂聊下去，她迟早有一天也会加入智障的行列。一样的爹妈，一样的生长环境，差距怎么会那么大！

不等林烟清闲一些，裴宇堂的电话又打了过来。

“烟姐，我跟你开玩笑呢，你怎么还挂我电话……跟你说正事，你到底来不来，别人想来看，那都来不成，你以为我跟你开玩笑呢？你知道什么叫视觉盛宴吗！我请的可是国内顶尖的赛车手！”

刚接通电话，裴宇堂那喋喋不休且热情似火的声音再度传来。

“好好好，我知道了。”林烟无奈地叹了口气道。

这裴宇堂简直是个甩都甩不掉的狗皮膏药，如果不答应他，恐怕裴宇堂会一直给自己打电话，打到没电为止。

“哈哈，烟姐，那咱们可就说好了啊，你千万不能放我鸽子，那烟姐你先忙，我挂了！”裴宇堂欢欢喜喜地开口。

“等等！”听裴宇堂要挂断电话，林烟急忙开口。

“烟姐，怎么了？”裴宇堂有些不解。

“限量版签名海报！别忘了！”林烟铿锵有力道。

裴宇堂：“……”

“好好好，放心吧，我肯定给你偷来。”裴宇堂信誓旦旦。

听闻裴宇堂的保证后，林烟立即挂断电话。

这熊孩子……

林烟握着手机，不由得有些失神。如果没有当年那件事，如果弟弟还在的话，他应该跟裴宇堂的年龄差不多吧。

想到弟弟，林烟的眸内，不知不觉间便浮现出一抹难以察觉的厉色。如果不是那群人……总有一日，她要将那些人绳之以法，让他们悔不当初。

片刻后，林烟收敛心绪，深呼了几口气，立即平复脑海中越来越躁动的情绪。

她曾经不止一次失控过，而失控的后果也十分严重，几乎每次都会带来毁灭性的伤害和打击。如今她已经能够很好地调节自己的心绪，也能够控制自己失控的次数。

想起当年在那个实验室的种种，即便是如今，林烟的背脊都会阵阵发寒，那里根本就是无间炼狱，是一处真正的修罗场。如果可以，她宁愿忘记曾经的一切，但很可惜，这种记忆如同猩红的烙铁一样印在她的脑海里。

从小她的领悟力和学习能力便高于常人，在那个实验室经过改造之后更加恐怖，如果不是因为在实验室的改造，或许，她也不会成为世界顶尖级的赛车手，学习领悟能力更不可能会如此的惊人。只是，她同时失去了自己的弟弟，并且留下了不可控的后遗症，还有那一份无法磨灭的痛苦记忆。

从那里逃回来之后，她便刻意隐藏了自己身上的这些改变，但实际上直到现在，林烟都不知道自己还能不能算是一个正常的人。恐怕，现如今的“精神分裂”，也是那时候留下的后遗症。

不过还好，最近她还挺正常的，没犯病，希望能够继续保持，她可不想到时候被关入精神病医院。

第二天，林烟戴着帽子和口罩来到了裴宇堂告知的赛场地点。

赛车比赛分为场地赛和非场地赛。

非场地赛的比赛场地不是封闭的，大多在野外，有拉力赛、越野赛、登山赛、沙滩赛、泥地赛等。

不久后外公他们那边的比赛就是非场地赛的一种，是由赛车手和领航员组队的拉力赛。

场地赛是指赛车在规定的封闭场地中进行比赛，这种场地赛一般观赏性会更强，因为观众可以直接坐在两边的看台上身临其境地观看比赛。今天裴宇堂他们的比赛便是场地赛。

此刻两边的观众席上已经坐了不少观众，林烟越过人群，找到了裴宇堂他们所在的车队后勤处。

此刻，裴宇堂正在忙前忙后，脸上挂着兴奋的笑意，好似已经将宋耀南等人按在地上使劲摩擦了。

“烟姐，你怎么来这么早？”

见林烟走了进来，裴宇堂一愣，连忙放下手中的事，朝着林烟走了过去，并递了一瓶矿泉水给她。

还不等林烟开口，裴宇堂好像想起了什么，忽然一阵激动，朝着林烟连忙道：“对了，烟姐，我来给你介绍一下！”

随后，裴宇堂指着几个年轻男女，介绍道：“烟姐，你认识他们吗？”

林烟逐一打量，随后一脸懵地摇了摇头：“不认识。”

一个个都很面生，没什么印象。

闻言，其中一位穿着赛车服的年轻男人微微抬眼，冷漠地瞥了林烟一眼，旋即又闭上了眸子，好似在养精蓄锐。

“烟姐，真的假的……你这车开得还行啊，对我来说，起码也算个高手了，你玩赛车的，不认识ZH1赛车队的成员？”裴宇堂看着林烟，满脸惊诧。

ZH1，是国内顶尖水平赛车战队，曾参加过全球赛车第三赛事的联赛，可以说，全国喜欢赛车的没有谁不知道ZH1车队。

打死裴宇堂也猜不到，赛车水平还算不错的林烟，竟然不知道ZH1赛车队。

“烟姐……你这一身的赛车水平真是白瞎了。”此刻，裴宇堂对林烟投去了毫不掩饰的鄙夷目光。

“啊？”林烟微愣，有些不解道，“怎么说？”

林烟当年在国外所接触的，是全球顶尖赛车队，对于国内的赛车战队，并不是十分了解。

“烟姐，玩赛车的，谁不知道ZH1赛车战队啊，尤其是你眼前的这几位，可是参加过上一届的全球第三联赛，这你都不知道！”裴宇堂开口。

“全球第三联赛？”

听闻裴宇堂所言，林烟却是陷入了沉默。

全球联赛，的确是规模极高的赛事，但一共有三个等级。顶尖规模是全球第一联赛，次之是第二联赛，最次是第三联赛。

林烟刚刚出道时，参加过最不入流的就是全球第二联赛了，这全球第三联赛的水平，她还真不太清楚，因为……就连她几个徒弟的徒弟，都没参加过全球第三联赛。

“抱歉，我不太清楚……”片刻后，林烟笑道。

“算了算了。”裴宇堂摆了摆手，脸上忽然挂起一抹笑意，挤到林烟身旁道，“烟姐，我来跟你介绍一下！”

说话间，裴宇堂指着其中一位青年男人道：“烟姐，这位是ZH1的队长，Z神！”

“哦，Z神你好。”林烟连忙朝着Z神点头示意。

闻声，青年男人抬眼朝着林烟看去，瞟了一眼便收回了目光，并未多说什么。

“这位是Q哥，还有那位是木木。”

裴宇堂挨个介绍，林烟一一点头示意，可除了那位叫木木的赛车手笑着跟林烟打了个招呼之外，剩下的几位赛车手皆未用正眼看林烟。

林烟没化妆，与之前通稿中的照片形象也相差甚远，所以她平日里的样子倒是没什么人认出来。

“不是，你们不了解烟姐。不然这样，抽个时间，我让烟姐展示给你们看她的赛车天赋，你们看了之后，一定会惊讶的！”裴宇堂急忙道。

其实，现如今的赛车圈大概就是这样，不是很注重女性赛车手，甚至是十分的轻视。

无论从哪方面来说，女性在赛车上的优势的确不如男性。

赛车不是开私家车，需要极其冷静的大脑，并且体力和精力也必须十分强悍，需要保持大脑处于极度清醒和冷静的状态，否则，稍有不慎便可能车毁人亡。并且，赛车训练绝对不是普通人能够忍受的，对于心理素质的要求极高，也十分辛苦。女性一般难以坚持，就算坚持下来，成为一名赛车手，在表现力上也往往不如男性。

而且，车毁人亡的案例实在是数不胜数。无论是训练还是比赛，一旦发生事故，就绝对不可能是小事故。

所以，国内的赛车队伍，鲜有女性赛车队员，除了几位比较天赋异禀的。

“裴宇堂，算了吧。”Z神看也不看林烟，目光直视裴宇堂，“我对她没什么兴趣，也没觉得她有什么天赋水准，还是让她好好享受人生，看看比赛吧。”

“这……”裴宇堂欲言又止，他是真觉得林烟赛车天赋很强，就这样被埋没，真心太可惜了。

“裴宇堂，她连ZH1车队都不知道，懂个啥的赛车啊，你问问她，知道什么叫全球第三联赛吗，去现场看过全球第三联赛吗？如果看过，也不可能不知道我们吧，上一届全球第三联赛，我们入围16强，这个都不知道？”一旁的ZH1队员十分轻蔑地扫了林烟一眼，旋即不屑笑道。

“女孩子，负责貌美如花就好了，没事聊什么赛车，自讨没趣，不觉得女人和赛车根本就是格格不入吗？赛车这么神圣的事情，还是不要侮辱它了吧。”另外一位ZH1的队员冷笑道。

听闻此言，林烟扫了一眼ZH1的队员，跟女人有仇啊？这么瞧不起女赛车手？

眼见Z神态度强硬，几乎没有任何商量的余地，裴宇堂只能叹了口气。

“不过，我有几个徒孙，也刚入门，她要真想玩，我就跟我徒孙商量，收她做徒弟也不是不行。”Z神忽然道。

“那也行啊！Z神的徒孙，肯定不差！”裴宇堂连连点头。

旋即，裴宇堂看向林烟：“烟姐，你觉得怎么样？”

“不怎么样，我暂时没拜师的打算。”林烟道。

不给裴宇堂开口的机会，其中一位ZH1的队员冷冷地盯着林烟：“怎么，Z神不收你做徒弟，就在这里耍公主脾气？到底是谁给你的自信，觉得自己可以拜Z神为师？”

林烟：“……”

裴宇堂请来的这几位国内顶尖战队队员，脑子……是不是有些问题？难道跟她一样也是精神病患者？

她有精神分裂症，而这几位ZH1的队员有幻想症？要不要自己把熟悉的精神病医生介绍给他们，然后大家一起治疗？

Part15

熊孩子，祝你好运……

♥

“裴宇堂，让你的朋友脚踏实地一些，别那么多妄想。”Z神缓缓站起身来，瞥了裴宇堂一眼，“我认为，我的徒孙，也不会收这样的人做徒弟，我先去看看场地，就这样吧。”

Z神说完，带着几位队友离开了后勤室。

“你好，别往心里去，如果你真的非常喜欢赛车，我有空可以教教你。”ZH1的队员，赛车手木木走到林烟身旁，轻声笑道，“其实，他们并没恶意，因为赛车真的不是普通人可以随便尝试的，也非常危险，当然，还是那句话，如果你特别喜欢赛车，并有足够坚定的决心，我可以指导你一些的。”

“木木，那太好了！”不给林烟开口的机会，裴宇堂急忙道。

“嗯，晚点留联系方式吧，我先去看赛场了。”木木朝着林烟和裴宇堂点了点头，旋即也走了出去。

等ZH1的队员全部离开后，裴宇堂这才看向林烟，激动道：“烟姐，这还真是柳暗花明又一村啊，你撞大运了，木木的实力虽然没办法和Z神比，但也超级厉害的！”

“人还是不错的。”林烟点了点头道。

“什么人不错……人是不错，但烟姐，你的关注点是不是歪得太狠了一点啊！主要是赛车技术，车技！”裴宇堂道。

林烟瞥了裴宇堂一眼："我的限量版签名海报呢？"

"烟姐，你没救了，在这么激动人心的时刻，你居然还惦记着一张破海报。"说话间，裴宇堂从储存室内将一张崭新的海报取了出来，递给林烟。

打开一眼，果然没有让林烟失望，的确是裴南絮的海报。

一时间，林烟眼冒金星，这限量版签名海报的数量十分稀少，就算是一些圈内知名的女艺人想弄一张都难如登天。

"就一张，没了吗？"林烟将海报小心翼翼地卷起来，朝着裴宇堂问道。

"没了，我就偷了一张，你要是觉得少了，我下次回去多偷点。"裴宇堂道。

"三少，裴南絮是你哥哥，怎么能是偷呢，下次记得多拿点。"林烟道。

"反正都差不多吧……"裴宇堂歪着脑袋开口，旋即，好似是想起了什么，急忙正色道，"对了，烟姐，等下比赛的时候，你跟着我，好好看ZH1队员的比赛，能学多少学多少！"

林烟："……"

这也能学？那她从电视里看世界巅峰赛事好了，在这浪费什么时间。

"烟姐，比赛还有一会儿呢，我先去看看场地，你随便逛逛，等下来找你。"裴宇堂说罢，一溜小跑无影无踪。

林烟也没多留，起身朝着场地走去。然而，刚离开后勤室，却与一个男人撞了个满怀。

"出门没带眼吗！"男人不悦地喝道。

"不好意思，你没事吧？"林烟问道。

"是你？"卫徐风抬起头，看清身前的女孩后，微微一愣。

卫徐风？林烟也没想到，卫徐风竟然会出现在这里，还跟她来了个偶遇。

"你跟踪我？"卫徐风盯着林烟，眉头轻蹙。

林烟："……"

少年，你想得可能有点太多了。

"我跟踪你干什么？"林烟有些无语。

"呵，我知道了。"卫徐风盯着林烟，嘴角微微上扬，勾勒出一抹冰冷的笑意，“林烟，我告诉你，就算你现在开始接触赛车，你也只是你而已，你永远也成为不了Yeva！”

林烟：“……”

她需要成为Yeva吗？她本来就是好不好。

“林烟，别以为知道了我的故事，加上你的长相的确和她有些相似，就能成为我心目中的那个人，你这样，只会让我觉得越来越恶心，明白吗？”此刻，卫徐风的眸光忽然变得凌厉，“不要试着去将自己改变成Yeva，你不配，也不可能。”

不等林烟开口说话，卫徐风的手机响了起来。

“爸……什么？现在？”卫徐风满脸不悦，“我在赛车场呢，今天有好戏……”

“好吧，我知道了，我马上回去。”说完后，卫徐风挂断电话，似乎有些懊恼，“该死的，难道只能看几天后的贺家战队的淘汰赛了。”

很快，卫徐风重新看向林烟，神色冷漠道：“记住我说的，我的女神永远只有Yeva，而你，这辈子都不可能成为她，做好你自己，不要侮辱Yeva，否则，我会让你后悔。”

卫徐风说完之后，没给林烟开口的机会，转身离开了。

林烟没想到，卫徐风居然也会如此关注国内的一些赛车竞技，更没料到，自己会在这里碰见他。但仔细想想，卫徐风如果不是对赛车痴迷，也不可能会有机会了解Yeva。

等等，刚才卫徐风通话时说了什么，只能去看过几天的贺家车队？哪个贺家车队？

林烟托腮沉思，经营赛车队的贺家车队，并且几日后要进行淘汰赛的，就只有外公家了吧？这样说来，等外公那边的淘汰赛开始，她岂不是又要和卫徐风撞在一起？

此刻，林烟已经开始思考，她究竟需不需要换个头什么的，别到时候他又说自己冒充Yeva去故意接近他并博得他的好感。

话虽如此，但如果林烟真有机会上场的话，起码在卫徐风眼中，自己Yeva的身份，未必还能藏得住。林烟不由得有些头大，她也太难了。

没多久，林烟来到赛场上方，朝着四周望去。不得不说，裴宇堂和宋耀南他们挑选的这个赛道场地，的确还算不错，起码足以支撑不小的赛事。

方才林烟也看过双方的赛车，从各个方面而言，差距都不算大，这一次，不只是裴宇堂下了血本，那个宋耀南也是一样。

赛车性能相差不大，那就主要看赛车手的发挥了，尤其在比赛中，细节处理至关重要，直接关系比赛的输赢，这是属于赛车手之间的战争。

“烟姐！”

忽然，裴宇堂不知何时从林烟后方出现，右臂随意地搭在林烟左肩上。

然而，几乎是须臾之间，林烟出于本能地一把抓住了裴宇堂的手臂。

“啊……哎哟，烟姐……松手！断断断了啊！”裴宇堂鬼哭狼嚎。

见状，林烟这才回过神来，立即松开了手，盯着满头大汗的裴宇堂，有些无语，这熊孩子无声无息跑别人身后吓鬼呢。

“烟姐，你几个意思啊，我跟你什么仇什么怨，你对我下死手……你吃菠菜长大的吧，力气那么大？”裴宇堂轻轻晃了晃手臂，差点就被林烟给扳断了。

林烟：“……”

这熊孩子自己跑到她身后，还把手搭在自己的肩上，现在还怪她力气大。

“我要是下死手，你那胳膊就没了。”林烟看向裴宇堂笑道。

“烟姐，你这力气大是大了点，但也不用这么吹吧，我这胳膊是塑料做的？说没就没了？”裴宇堂满脸不服气，“烟姐我跟你说，刚才也亏着是你，这要是别人，我早就还手了，我一还手，非死即伤。”

林烟看了裴宇堂一眼，现在这么硬气，刚才他不是还鬼哭狼嚎地说手要断了吗？

林烟刚想开口说些什么，裴宇堂却朝着下方车道望去，眸内浮现出一抹寒意。

“那货来这么早。”裴宇堂冷哼一声。

当下，林烟也顺着裴宇堂的目光朝着下方打量。不是别人，正是裴宇堂的死对头宋耀南。

此刻，宋耀南一伙人眉眼带笑，正与一伙穿着蓝色赛车服的国外赛车手进行交谈。蓝色的赛车服背部绘着一只猎豹的图案。

看着那身蓝色的战队服，林烟觉得有些眼熟，好像曾经在哪里见到过。不等林烟深想，身旁的裴宇堂小心翼翼地用手指点了点林烟。

“怎么了？”林烟立刻转身看向裴宇堂。

随着林烟一转身，裴宇堂立即后退了几步。

“烟姐，你想什么呢？叫你几声都没理我。”裴宇堂松了口气道。

方才林烟的自然反应，裴宇堂应当是有了心理阴影，生怕稍有不慎，林烟又对他可怜的手臂进行毁灭性的伤害。

“没什么，我在看宋耀南他们的车队。”林烟笑道。

“是啊，烟姐，我也没搞懂，那宋耀南到底搞什么鬼，这是请了国外赛车队吗？”见没有危险后，裴宇堂这才重新上前。

林烟瞥了一眼下方的车队成员，这还不够明显吗……清一色的国外赛车手。

“烟姐，你认识那个破车队吗？我还就不信了，宋耀南能请来多牛的赛车手，我们这边可是ZH1，国内顶尖的赛车成员，还有Z神坐镇！”裴宇堂七个不服八个不忿。

“嗯……好像……”林烟若有所思。

然而，还未等林烟开口说完，裴宇堂却是摇了摇头，道：“也是，虽然烟姐你赛车技术还可以，但从来都没有了解过国内外的赛车战队，连ZH1和Z神都不知道，怎么可能知道别的战队？”

这个战队她还真知道。

蓝色的赛车服装，背后有极速奔跑的豹子，是国外一支叫作Speed的赛车战队，翻译过来便是速度。这支战队的队长，曾数次取得全球第三联赛的冠军，之后挑战全球第二联赛赛事。林烟在国外时，她其中一位徒弟也正巧参加全球第二联赛赛事，林烟被徒弟邀请，便以贵宾的身份进入徒弟所在的赛车战队，观看了全场比赛。

当时，林烟的徒弟正巧遇到了Speed战队的队长。林烟还记得，那位队长的态度十分嚣张，对她的徒弟各种挑衅侮辱，结果比赛开始，自己的徒弟亲手把Speed的队长送出了赛道。

更值得一提的是，从起步开始，林烟的那个徒弟便以碾压之姿超越Speed战队的队长，最后还在终点等了Speed战队的队长整整两分半钟的时间。

林烟的那位徒弟，正是在当时一战成名，并取得那一届全球第二联赛冠军，成为第二联赛炙手可热的顶尖级赛车手，热度直线飙升。

不过，虽是如此，Speed战队的实力也不容小觑。这支战队是全球第二联赛的八强，而裴宇堂请来的ZH1战队，在Speed战队面前，实在不够看，根本不是一个层次的。

Speed是全球第二联赛八强战队。

ZH1是全球第三联赛十六强战队。

仅仅从数据来看，这两支战队哪有一丝一毫的可比性？

全球第二联赛与第三联赛，天差地别，说得通俗易懂些，就好似幼稚园和大学生的区别。

林烟不动声色地朝着裴宇堂望去，不知不觉间，眸内浮现出一抹同情之色。

熊孩子，祝你好运……

“烟姐，你看宋耀南那熊样，还请几个国外赛手车来镇场子，真是不知道天高地厚，真以为那几个外国赛车手能帮他赢下这场比赛？”

“那个，三少，你们有没有什么比较特别的赌注？”林烟朝着裴宇堂问道。

“当然有。”裴宇堂点了点头，冷笑道，“烟姐，这次我们的赌注是，谁输了，谁的车队解散，从此以后滚出赛道，还有，要从对方的胯下钻过去。”

林烟：“……”祝你好运。

“烟姐，你干吗用这种眼神看我，什么意思，不相信ZH1战队的厉害？”见林烟神色不对，裴宇堂有些不爽。

林烟盯着裴宇堂，脑海中正在思考，她到底要怎么和裴宇堂说这个问题。这裴宇堂难道真没脑子吗？这种赌注，起码先去摸摸底，对面到底请了什么级别的战队过来，现在还怎么比，那ZH1战队，就算是拿命跟人家拼也拼不过。

“三少，你看有没有这种可能。”林烟盯着裴宇堂。

“什么可能？”裴宇堂满脸疑惑。

“譬如，投降输一半什么的……”林烟道。

“投降输一半？”听闻林烟所说，裴宇堂顿时一愣，旋即冷笑道，“烟姐，开什么玩笑，我会那么仁慈，让宋耀南投降？还输一半，绝对不可能！”

林烟："……"孩子，祝你好运。

"烟姐，你等着看吧，这一次，我要让宋耀南连本带利地还回来，敢欺负小爷我，真是没吃过亏。"裴宇堂笑道。

"那个，我如果告诉你，宋耀南请的是Speed战队呢？"林烟开口。

"Speed战队？"闻声，裴宇堂一副沉思状，好像从来都没听说过这个战队。

"这什么战队，没听说过……"片刻后，裴宇堂摇了摇头。

"参加过全球第二联赛赛事，最高荣誉是八强。"林烟叹了口气，虽然不想打击裴宇堂，但自己又不能不说。

"啥？！"随着林烟话音落下，裴宇堂一脸懵，难以置信地盯着林烟，"参加过……全球第二联赛？还拿过八强？！真的假的，烟姐，你别吓我啊！"

"那些队员我不认识，但我以前看全球第二联赛的时候，见过他们的队服，应该就是那个。"林烟道。

"烟姐，你吓我一跳，我还以为你真熟悉呢。"听林烟这样说，裴宇堂这才松了口气，"烟姐，你对赛车战队又不熟悉，而且赛车战队的服装，很多都大同小异，你肯定是搞错了，宋耀南他能请得动全球第二联赛的八强？开玩笑，连我都请不过来。"

裴宇堂这样说，林烟也只能一耸双肩，反正自己已经提醒他了，信不信，听不听，那是裴宇堂的事。

"哟，这不是即将要从我胯下钻出的裴少爷吗？"

说话之间，宋耀南等人朝着贵宾席走了过来。

"呵呵，宋耀南，你装什么呢，谁钻谁胯下，你自己心里没数吗？"裴宇堂冷声笑道。

宋耀南也不废话，给裴宇堂竖了个中指，旋即目光落在林烟身上，眸内浮现出一抹寒光。

宋耀南永远都不会忘记，之前这个女人给他带来的无法洗刷的耻辱，身为一个女人，居然在赛车上赢了他。输掉的发动机，宋耀南根本不放在眼中，但面子，他得赢回来！

"怎么，这种赛事，你也想参加？"宋耀南盯着裴宇堂身旁的林烟，笑着开口。

“我只是来看比赛的。”林烟道。

“看比赛？那怎么行？上次你赢了我，我想再给你一次机会……敢不敢来赌一把？”宋耀南道。

“没兴趣。”林烟漫不经心道。

“哈哈哈，裴宇堂，你带来的这个妹子，跟你一样，都是个孬种啊。”宋耀南瞥了裴宇堂一眼。

“我……你说谁？”裴宇堂怒目圆睁，当即卷起了袖子。

还不等裴宇堂继续开口，林烟眉头顿时蹙起，一把将裴宇堂甩到了自己身后，目光落在宋耀南身上。

此刻，林烟盯着宋耀南，冷声开口：“我这个人，最讲义气。”

“哦，然后呢？”宋耀南满脸玩味。

“你说他可以，说我，不行。”林烟道。

裴宇堂听完林烟的话，一脸感动之色，连连点头，道：“说得好，说我是孬种可以，说她……”

话还没说完，裴宇堂顿时一愣，旋即有些诧异地看向林烟。

还带这么玩的？这就是林烟所谓的义气？

“宋耀南，你想赌什么，怎么赌?”林烟继续道。

“就赌这场比试，赛队的输赢和我们之间的赌约没关系，只要你能赢我身后任意一位选手，就算你赢，如果你输了……”说话间，宋耀南的目光落在裴宇堂身上，目光中充满玩味和挑衅，“就得陪我一晚。”

宋耀南一直以为，林烟是裴宇堂的情人，这句极尽羞辱的话自然是说给裴宇堂听的。

“什么玩意儿，她输了，我陪你一晚？”裴宇堂目光怪异地看着宋耀南。

不仅是裴宇堂，宋耀南身旁的几个青年男女，神色也略微有些古怪，连Speed的队员也蹙起了眉头。

林烟走到裴宇堂身旁，轻轻拍了拍裴宇堂的肩膀，语重心长道：“辛苦了。”

“宋耀南，你有病吧，闪远点，别靠近我！”裴宇堂指着宋耀南骂道。

原本，宋耀南还没意识到怎么回事，可看到身旁众人的表情后，这才明白了过来。宋耀南说陪一晚，是跟林烟说的，又不是跟裴宇堂说的，看着裴宇堂说，只是为了挑衅他啊！那林烟不是裴宇堂的情人吗！这些人，到底有没有脑子，连意思都听不懂？

“裴宇堂，我说的是你那个情人，我没说你。”宋耀南道。

“让她陪你一晚？”裴宇堂的目光落在林烟身上，旋即全身微微一抖，不行，那绝对不行！

要是输了，他大哥会把他和宋耀南一起碎尸万段的！

“你配吗你？”裴宇堂指着宋耀南的鼻子破口大骂。

“哟，怎么，怕了？又变孬种了？不敢赌，没关系啊，承认自己是个孬种就行。”宋耀南冷声笑道。

“你！”

裴宇堂气得面色涨红，还未等裴宇堂继续说话，林烟却上前一步，嘴角微微上扬，道：“好啊，你的赌约，我接了。”

“别别别，别冲动！”

见林烟竟答应了宋耀南，裴宇堂倒吸一口凉气。

这可不是开玩笑的，宋耀南这些人，根本就是小霸王团伙，什么事做不出？万一林烟输了，肯定要惊动到大哥，到时候……所有人都得凉啊！

“裴宇堂，跟你有什么关系，这是我和她的赌约，懂吗？”宋耀南瞥了裴宇堂一眼。

“你还没说，你输了怎么办。”林烟盯着宋耀南道。

“呵，我要是输了的话，你说怎么办便怎么办。”宋耀南笑道。

“我要是赢了，这次……我要两个发动机！”林烟道。

宋耀南：“……”

裴宇堂：“……”

宋耀南皮笑肉不笑地看着身旁的女孩。她还以为，这次真的能继续赢？还想要两个发动机？

“可以，两个发动机，只要你赢了，今天赛车上的发动机，任你挑选。”宋耀南道。

“成交。”林烟颔首。

当下，裴宇堂一把将林烟拽到角落：“姐，大嫂……爸爸……你别搞我啊，我大哥要是知道了，肯定算在我身上，我大哥会杀了我的！”

林烟瞥了裴宇堂一眼，不是他硬让自己来，还能有这档子事吗？

“放心吧，跟你没关系，而且，你大哥也不会知道。”林烟道。

“不知道！开什么玩笑，烟姐，宋耀南的那个车队，就算没办法赢过ZH1，但是赢你，那还不是小菜一碟！”裴宇堂急了。

“怕什么，淡定，山人自有妙计。”林烟道。

“烟姐，你千万千万悠着点啊，等下我们比赛的时候，你先跑吧，后面我来解决！”裴宇堂道。

“行吧，我知道了。”林烟朝着裴宇堂挥了挥手。

此刻，已经接近比赛时间，赛道上的工作人员正在紧张准备着，所有的赛车都已经被放置在了跑道起点处。

ZH1的队员，已经全部来到备赛场地。然而，ZH1的木木看到远处备赛场宋耀南一方的赛车队员后，神色顿时一诧。

“队长，你看！”木木急忙道。

当下，Z神下意识朝着对面的备赛场地望去，当见到Speed的队员之后，整个人瞬间站起身来。

“空军的队伍……Speed？！”Z神面色震撼。

“裴宇堂，你搞什么东西！”Z神怒视裴宇堂，“对面是什么队伍，你不知道？”

此刻，裴宇堂也傻了眼，林烟方才说的，难道都是真的？宋耀南，真的请来了Speed？参加过全球第二联赛，拿下了八强的队伍？

裴宇堂原本和ZH1承诺过，这场比试肯定赢，宋耀南那边不用担心。但现在，和ZH1比赛的竟然是Speed！ZH1身为国内顶尖战队，已经整整两年没输过比赛，虽然这次算不上正式比赛，只能算友谊赛，但……他们输不起！他们和Speed，完全没有任何的可比性。

这个该死的裴宇堂，居然连对方的车队情况都不知道！

只是，也不能全怪裴宇堂，也是他们过于疏忽，没有经过调查，轻易信了裴宇堂的话。

此刻，裴宇堂脑袋有些懵，一时间不知说什么。他原本以为，自己将国内顶尖战队ZH1请来，绝对万无一失，宋耀南这次必然要栽在他的手中。可谁又能够想到，宋耀南的本事那么大，连全球第二联赛的八强车队Speed都能请过来。

“这下完了……”

一时间，ZH1的几位队员面如死灰，他们最好的赛场战绩，不过是全球第三联赛的十六强，而Speed却是全球第二联赛的八强，他们如何能够和Speed相提并论！

尤其是Speed的队长，外号空军，可是与浪蟒在赛道上驰骋过的赛车手！

浪蟒，在全球第二联赛夺得过数次冠军，他还是那个赛道死神Yeva的徒弟之一！

赛道死神Yeva，从来没人见过其真面目，蝉联多次全球第一联赛冠军，当之无愧的卫冕之王，更是一度超越全球第一联赛，进入过巅峰赛道战场的传奇人物。

“赛道死神”的名号，可不是浪得虚名，她自第二联赛出道，横扫全球第一联赛、第二联赛，不知道将多少顶尖的传奇赛车手送离过赛道。

而Speed的队长空军，可是和赛道死神Yeva的徒弟比试过的赛车手，这场比试还没开打，根本就已经输了！

“该死的，那个宋耀南到底什么来头，把空军的队伍都叫过来了！”某位ZH1的队员咬牙切齿，今天他们必输无疑。

“那个……空军是谁啊？”裴宇堂小心翼翼地问道。

“空军就是Speed的队长，和赛道死神Yeva的徒弟浪蟒在全球第二联赛上PK过的男人。”一旁的木木解释道。

“不是吧……”裴宇堂一脸震撼，“浪蟒我知道！据说在赛道上浪得飞起，喜欢在终点处等自己的对手……”

“别废话了。”Z神眉头深深蹙起，“你要是早调查情况，也不至于让我们这样被动，裴宇堂我告诉你，这场比赛，我们不可能赢的。”

“裴宇堂，你真是把我们害惨了！”其中一位ZH1的队员怒道。

没有人会去打必输的比赛，尤其是这种等级差距如此大的比赛。

“那怎么办！”裴宇堂额头渗出一丝冷汗，这场他和宋耀南之间的生死较量，他绝对不可以输。谁输了，要解散自己的车队不说，还得从对方的胯下钻过去——要是真输了，他还不如当场暴毙算了。

“空军没来，或许不至于输得那么难看。”Z神面色凝重道。

Speed的主要核心就是空军，但他们现在并没有在对面的备赛场地看见空军，或许还有一丝的机会。毕竟，将Speed拖入全球第二联赛的只是空军一人，并不是所有Speed队员。

一旁，林烟瞥了裴宇堂一眼，刚才自己就劝过他，投降输一半，他还不愿意，这熊孩子，也太自信了。

很快，比赛时间已到，双方同时朝着场中走去。

“裴宇堂，我看你这次怎么死。”宋耀南盯着裴宇堂，冷声一笑，做出一个抹脖子的动作。

此刻，裴宇堂有些心虚，但却依然死鸭子嘴硬：“你狂什么，谁输谁赢还不一定。”

“呵，既然这样，那咱们就只好拭目以待了。”宋耀南道。

很快，一位身材健硕、相貌清秀的Speed赛车手有些不满道：“这场比试，居然让我……和一个女人上赛道，真没意思。”说完，那名Speed的成员冷冷地瞥了林烟一眼：“你以后有吹嘘的资本了。”

林烟看向那位成员，笑道：“到时候还希望你手下留情，别让我输得太难看。”

“不不不，我会让你知道，赛道有多危险，对了……你会开赛车吗，知道油门、离合、刹车在哪吗？”Speed的队员道。

随着这位队员的话音落下，Speed的队员纷纷大笑。林烟一耸双肩，并未继续搭话。

做完准备工作后，比赛正式开始。

比赛的规则是多人赛，综合两队的排名决出胜负。

随着号令旗挥动，ZH1和Speed的队员，驾驶赛车瞬间冲了出去，赛车的气浪声震人耳膜。

ZH1队员统一驾驶的赛车颜色为橘红色，而Speed队员所驾驶的赛车颜色为蓝色。红蓝两种颜色在赛道上互相交织，赛车手之间的战争一触即发。

林烟朝着赛道上激烈角逐的红蓝两队扫了一眼，旋即看向一旁神色紧张的裴宇堂，道：“ZH1输了。”

“啊？”闻声，裴宇堂一脸懵地看向林烟，“烟姐，你就不能盼我一点好吗？这要真输掉比赛，那我死了算了！”

林烟略微有些无奈，这随便扫一眼，也知道ZH1和Speed不是一个赛级的啊，她只是实话实说而已。

“三少，我觉得，你还是先做好心理准备吧。”林烟有些无奈地看着裴宇堂开口道。

ZH1赛车队想要赢下这场比赛，除非有什么奇迹出现，否则的话，根本没任何可能性。

林烟打量了一下，现在的赛道上，只有一位Speed的队员落后于那位Z神，别的队员全都是超越状态，如果ZH1能够在接下来为数不多的时间内赶超数位Speed队员，那才能赢下赛道，可是，这显然不太现实。毕竟双方的差距摆在那里。

其实，不用林烟仔细解释，现在赛道上究竟是个什么情况，裴宇堂自己也心知肚明。

“烟姐，这样下去ZH1输定了啊。那我不是完了吗？有没有什么补救的办法？”一时间，裴宇堂万分焦急。

“应该没有吧。”林烟摇了摇头。

“难道真让我解散车队，还要从宋耀南的胯下钻过去……不行，这绝对不行，如果让我大哥知道，他一定会打死我的，以后都不可能让我接触赛车了。”裴宇堂脸色愈发苍白，额头渗出一丝冷汗。

闻声，林烟有些古怪地看向裴宇堂，所以，这熊孩子到底是怕输了比赛要解散车队还有从宋耀南的胯下钻过去，还是怕他大哥会打死他？

不等林烟继续开口，场上响起了一阵观众的惊呼声。林烟和裴宇堂朝着赛道看去，只见其中一位Speed的队员，已经越过终点线，摘下了头盔，朝着四面八方挥手。

“……这就让Speed的一位队员到终点了，搞什么！”裴宇堂咬牙切齿。

而随着裴宇堂的话音落下，又有一位Speed的队员风驰电掣地越过终点线。

随着第二位Speed的队员冲过终点线，裴宇堂的面色如同死灰，这已经代表比赛结束了。

从双方的固定人数来看，即便是接下来ZH1的所有队员都比Speed剩下的队员先超过终点，也是ZH1输掉比赛。

第三位冲过终点线的是ZH1的Z神，但这对裴宇堂来说，已经没有什么意义，他已经彻底败给了宋耀南。

“我要去死，让我死了算了……”裴宇堂失魂落魄道。

见状，林烟一把拽住裴宇堂。

“烟姐，你别拉我，让我去死，我大哥一定会知道这件事的，他一定会打死我的！”裴宇堂道。

“那好吧。”林烟松开了手。

见状，裴宇堂一脸懵地看着林烟：“烟姐，你怎么这么残忍？难道你要眼睁睁看着我走向灭亡而袖手旁观吗？”

林烟：“……”不是他让自己松手的吗？

“烟姐，这次你一定要救救我！”裴宇堂带着哭腔，“只有你能劝我大哥！”

“所以，对你来说，解散车队和钻宋耀南的胯下，都无所谓了？”林烟略微有些好奇地看着裴宇堂。

真没看出来，这裴宇堂居然还是个大丈夫，言必出，出必果，愿赌服输，林烟之前一直还小看他了。

“对啊。不行，让我钻宋耀南的胯下，我宁愿一头撞死！”裴宇堂这才想起自己的赌约来。

林烟：“……”

此刻，赛道上的这场较量已经结束，没有任何的悬念，ZH1被Speed血虐，这两个赛队原本也就不在一个等级上。

比赛结束后，ZH1的队员已经返回，来到裴宇堂身旁，几位赛车队员盯着裴宇堂，面色不善。如果不是裴宇堂没有调查清楚，他们怎么可能会和Speed战队去赛道比试。

还不等ZH1的众队员开口，宋耀南已经带着Speed的队员走了过来。

看着宋耀南那副神色，裴宇堂双拳紧握，恨不得将宋耀南揍倒在地。

“裴宇堂大少爷，怎么了，像是一条丧家犬，看着都让人有些心疼了。”宋耀南盯着裴宇堂，冷声一笑。

裴宇堂盯着宋耀南，嘴角微动，似乎想要说些什么，可最终也未从口中道出半个字来。毕竟，成王败寇，这场比试他已经输了，再说些什么，也没什么意思，只会让人更加嘲讽自己。

见裴宇堂不说话，宋耀南身后的一个青年冷声道：“裴宇堂，你没忘记和宋哥的赌约吧？现在还愣着干什么？准备好了吗，准备好了的话，就先钻宋哥的裤裆吧。”

“你！”裴宇堂咬了咬牙，面色憋得通红。

虽然之前他就一直被宋耀南压了一头，但这次赌得实在是太大了，一次就让他无法翻身。

“呵呵，裴宇堂，怎么样，是不是要给你点时间先酝酿一下？没事，我不着急，你先酝酿，我等你。”说话间，宋耀南却是当着众人的面迈开了腿。

此刻，裴宇堂死死地盯着宋耀南，额头浮现出一抹青筋。解散车队也好，钻对方的胯下也好，这个赌约是裴宇堂亲自立下的，如今输给了宋耀南，也只能怪他自己疏忽大意，没能彻底研究透宋耀南。

见裴宇堂依然无动于衷，当下，宋耀南身旁的青年男人冷笑道：“哟，裴宇堂大少爷，您该不会是想赖账吧，这是赌不起的意思？”

“我什么时候赖账了！”裴宇堂面色阴沉，咬牙切齿道，“来就来，我从来都不是输不起的人！”

“对啊，那你还等什么呢？”青年道。

此刻，当着众人的面，裴宇堂微微弯下腰。

然而，还不等裴宇堂有下一步举动，一旁的林烟却一把将他拉了回来。

“烟姐？”见状，裴宇堂有些不解地看着林烟。

“急什么？咱们的赌约还没完呢，就算要履行承诺，也得赌完了再说吧。”林烟朝着裴宇堂道。

“哦？”宋耀南的目光落在林烟身上，意味深长地朝着林烟打量几眼后，笑道，“小妞，怎么，心疼了？咱们之间可还有一场赌约，你还是先心疼你自己为好。”

林烟面无表情地看着宋耀南，道：“我要说的，正是你和我之间的赌约，ZH1和Speed的比试，可还没结束。”

“怎么，想赖账？！”宋耀南身旁的青年冷声喝道。

“别急。”林烟道，“宋耀南，之前是你自己说的，我和你之间的赌约，是算在这场赛道中，你可没说，是在ZH1和Speed结束之后再开一场。”

“那又怎么样？”宋耀南开口。

林烟微微一笑：“所以，就从你我约定的赌约来说，我可以算是ZH1阵营的队员，没错吧？”

宋耀南倒是也未反驳，这女人跟她玩文字游戏，他倒要看看，这女人能玩出什么花样来。

“你要这么认为，倒也可以。”宋耀南开口。

“既然如此，按照此次比赛的规则来执行，我是ZH1的最后一位队员，所以，Speed必须全员上赛道，只要他们有任何一位队员先我一步到达终点，我们才算输掉这场比赛。”林烟开口解释。

然而，随着林烟话音落下，包括ZH1的几名队员都忍不住笑出了声。这个女人说出这番话来，她是认真的吗？

规则的确是没错，但有一个前提，如果想要翻盘，林烟必须一人赢过Speed全队才可以，一旦被Speed任何一个人领先，这场比赛都算ZH1输。

“你连业余赛车手都算不上，还想赢过Speed全队？”

ZH1某位队员看向林烟，眉头深深皱起，眸内浮现出一抹厌恶之色，这算什么，哗众取宠还是碰瓷？

开什么国际玩笑！

“你配和我们比吗？”此刻，一位Speed队员冷冷地瞥了林烟一眼。

闻声，林烟轻声一笑，盯着宋耀南，道：“怎么，怕了……那要这样的话，ZH1和Speed战队就算打了个平手，各回各家，各找各妈，谁都没损失，怎么样？”

说白了，林烟其实并不想趟这浑水，不用自己上场自然是最好不过的了。

“小妞，你还真是可爱。”宋耀南盯着林烟，嘴角微微上扬，“行啊，你想浪费时间也没关系，能和Speed全队进行比赛，足够你吹嘘一辈子，反正今晚你就是我的人了，我就满足你这个愿望。不过，陪我的时候，你也得多卖点力，不枉我对你的这番心意。”

宋耀南说完，朝着Speed的几名队员道：“按照我们之前约定的规则，她说得没错，就麻烦各位了，几分钟的事。”

“好吧。”

见宋耀南开口，Speed的队员这才勉强答应下来。

“你们的赛车手和赛车队，不仅是低端没水平，连一个赛车爱好者都如此无耻……啧啧，真是足够低级的。”

某位Speed队员冷笑一声，大步朝着赛道走去，重回赛车。

“有备用的赛车服吗？”林烟朝着Z神问道。

“烟姐，还穿什么赛车服啊，就这样上吧，走，我跟你一起！”裴宇堂对林烟急了眼，并暗暗给林烟竖起大拇指。

裴宇堂以为，林烟是故意忽悠宋耀南等人，让宋耀南放松警惕，等林烟上了赛车后，带着自己，直接从赛场冲出去，谁还理他们?

“穿我们ZH1的赛车服，你配吗你？”ZH1的赛车队员冷声道。

“别这么说。”木木朝着那名队员摇了摇头。

“木木，给她拿一件赛车服，还有头盔。”Z神发话。

当即，木木跑去后勤室，取出一件小号的赛车服交给了林烟。林烟将赛车服随意套在身上，并接过了头盔。

“用我之前的赛车吧，性能是最好的。”Z神朝着林烟道，“别逞强，否则真的会死人。”

“谢了。”

林烟挥了挥手，大步朝着赛道走去。

“唉，烟姐……等等我！”裴宇堂连忙追了上去。

此刻，Speed全员已经上了赛车，准备就绪。而林烟却在ZH1队员使用的赛车旁左挑右选。

“烟姐，随便找一辆车，咱们该溜了……”裴宇堂在林烟耳边小声道。

“别废话。”林烟道。

裴宇堂：“……”

“就它了。”片刻之后，林烟上了木木之前使用的赛车。

见状，赛道外的ZH1众队员眉头轻蹙。

“呵，那女人脑子没问题吧，木木那台赛车的性能普通，主要是轮胎，抓地力不行，后尾容易飘。”

“怎么，你们还真指望她能和Speed一较高下？”一位队员冷笑，“随便什么车子，对她来说，恐怕都一样。”

Part16

那个女人，到底什么来头，
怎么可能只是一个赛车爱好者？

赛道上，林烟选好车后，打开车门，进入驾驶位。旋即，裴宇堂也钻了进去。

“你做什么？”林烟看着副座的裴宇堂一脸懵。

裴宇堂十分娴熟地系上安全带，道：“当然是跑啊，烟姐，你不是要带我跑路吗？”

裴宇堂比林烟还要疑惑，看林烟的神色，似乎是不太情愿他上车，难道林烟不打算带他一起跑路？

林烟叹了口气，这熊孩子，怎么那么会加戏，她几时说过要带他跑路了？从头到尾，连提都没提过一句好吧，他的想象力可不可以不要这样丰富！

“下去。”林烟盯着裴宇堂，挥了挥手掌。

“我不下！”裴宇堂连连摇头，“烟姐，你不能这样啊，我们要一起跑路！”

“你到底下不下去？”林烟盯着裴宇堂，嘴角微微抽动。

“我不下去，我死都不下去！”裴宇堂语气坚决。

“好，这是你说的，你到时候别求我。”林烟耸了耸肩。

自己好说歹说让这熊孩子下车，是他自己不愿意下去，到时候可就怪不得她了。就算是那些受过特别训练的职业领航员，也没几个人敢跟她的车。

林烟不再搭理裴宇堂，而是踩了踩离合，顺便看了几眼油门和刹车。

下一秒，号令旗挥动。

随着号令旗的挥动，Speed战队的赛车瞬间发出悦耳的轰鸣声。眨眼之间，数辆由Speed的队员所驾驶的赛车，瞬间冲离起点，一眨眼便没了踪影。

而此刻，林烟还在踩着离合器，并用手擦了擦方向盘上的灰尘。

“烟姐，你在干吗，咱们到底跑不跑啊？”裴宇堂一脸懵地盯着林烟。

“急什么，我这还没输呢，等咱们输了比赛再跑也不迟。”林烟瞥了一眼裴宇堂，开口说道。

听闻林烟所言，裴宇堂一愣，仔细琢磨，林烟这话……似乎还真有点道理，这不是还没输吗，没输他跑什么，等一会儿林烟输了之后他们再跑，气死宋耀南那个混蛋！

“可是，就算要比……烟姐，你倒是动车啊，马上连Speed队员的尾气都吃不上了！”裴宇堂急道。

林烟并未开口，直接将自己的手机丢给了裴宇堂。裴宇堂下意识地接下林烟的手机，满脸不明所以的神色，这……几个意思？

“烟姐，我有手机，不要你送。”裴宇堂看着林烟道。

“美得你。”林烟不耐烦道，“给我挑首歌，要劲爆点的，最好能让人瞬间热血沸腾的那种，不然我一点感觉都没有。”

和Speed这种级别的车队进行赛道比试，她真的是提不起任何的激情来。

此刻，赛道外，ZH1的数位队员盯着迟迟没有启动的橘红色赛车，纷纷摇了摇头。

“呵，我们到底在做什么，让那个什么都不懂的女人，穿着我们ZH1的赛车服，驾驶着我们的赛车，原地罚站？！”某位ZH1的队员盯着橘红色的赛车，极为不屑地冷笑一声。

“怎么，你还真以为那个女人能和Speed赛队跑上一圈？她不启动最好，免得在赛道上出什么事，别到时候小命都没了。”另外一位队员笑道。

“她最好一直在那停着，等Speed跑完就行，就当走个流程，等会我们就撤了，这次算我们倒霉。”

与此同时，赛车内。

裴宇堂：“……”她真是来比赛的吗？

当下，裴宇堂低着头，输入几个字母。大约三四秒后，手机内的音乐声响起。

“不错，什么歌？”

“ImagineDragons的《Natural》。”裴宇堂下意识答道。

“烟姐，你怎么还不发动车，马上人家都跑完一圈了！”裴宇堂见林烟闭着眼听音乐，更懵了。

“别急，马上到副歌了。”林烟嘴角微微上扬，勾勒出一抹莫名的笑意，刹车和油门同时踩下。

只有你还没有放弃

当所有人都停止了尝试，被挫折磨尽了希望

我所在之处

凡事皆有因果报应，没有什么得来轻而易举，所以告诉我

星星是否会排列成线，上帝之手是否会介入，更改冥冥中的定数，将我们从犯下的罪恶中解救

而我无所顾忌，因为我建立的国度会永恒伫立

……

几乎在副歌响起的一瞬，赛车刺耳的轰鸣音响彻全场。

“烟姐，你干什么？！”裴宇堂急忙抓住安全带，“你不松刹车……这样只会让后轮发热啊，等下冲出去太危险了！”

然而，林烟好像未听见裴宇堂说的话一般，身躯微微坐正，在这一刻，林烟脸上那原本的一抹笑意，消失得无影无踪。

“躺下。”林烟道。

“啊？”裴宇堂一愣。

还没等裴宇堂回过神来，林烟就一把将裴宇堂的座椅后背放到底，让裴宇堂瞬间躺在了座椅上。旋即，林烟从车中取出一个塑料袋，甩在了裴宇堂的身上。

裴宇堂拿着塑料袋看着林烟，彻底懵了，她到底在干吗？！

又过了数秒，音乐节奏终于抵达高潮。就在这一瞬，林烟终于松掉刹车。

“唰”！

橘红色的赛车，竟像是一道残影，瞬间飞了出去。

因方才林烟一直踩着刹车的缘故，赛车后轮抓地力已经变得十分薄弱，只见赛车后尾倾斜成一个十分漂亮的弧度，空气阻力瞬间减少。

“哇！”

无与伦比的推背感，让裴宇堂瞬间吐了出来，还好手中抓着林烟刚才丢给他的袋子。

“啊！”赛车上，裴宇堂面色惨白，这简直比坐过山车还让他无法忍受，裴宇堂只觉得，自己已经从赛车里面被甩出去了。

“烟……烟烟……烟姐……”裴宇堂全身颤抖，满脸惊恐地看着林烟，她到底是干吗来了，带着他一起去自杀吗？

然而，此刻的林烟，仿佛已经与外界隔绝，眼中只剩下赛道。

“我要下车……我去钻宋耀南的胯下……我要死了……我错了……”

在这强烈的推背感以及极速的视觉冲击下，裴宇堂险些昏死过去。

“唰”！

随着裴宇堂的话音落下，橘红色的赛车，速度达到极限，连车身都在剧烈地抖动着，后轮打滑，赛车如同一条巨蟒，在林烟的手中，快速朝着前方游去。

此时此刻，赛道外。

ZH1众队员，瞬间站起身来，神色骇然地看着逐渐接近Speed战队的那辆橘红色赛车，眸内浮现出难以言喻的震撼之色。

“那女人疯了，她不要命了！！”某位ZH1的队员急忙开口。

这种速度，根本已经达到了疯狂的程度，原本木木所驾驶的这辆赛车，轮胎的抓地力就不是很强，加上那女人一直踩着刹车和油门，后轮已经发热化，抓地力持续减弱，一旦出现任何失误，在这样的速度下，根本不可能活下来！

车毁人亡！

Z神盯着赛道上林烟所驾驶的那辆橘红色赛车，面色有些阴沉，那个女人，到底在搞什么？她到底是去比赛，还是去找死的？

“她，是完全舍弃了制动系统……”一旁，木木眉头深深蹙起，没有制动，在赛道上……她是真的不懂赛车，否则，怎么可能敢这样操控赛车！

“根本就是死亡模式！”某位ZH1的队员道。

“不好……”Z神面色凝重，前面是三个赛场弯道，没有制动系统，加上这样的速度，恐怕要出大事。

可就目前情况而言，谁能够将那辆赛车拦下？！没有任何人可以做到。如今，那辆赛车，已经没有任何东西能够阻止了，用“脱缰的野马”，也不足以去形容。

一旁，宋耀南也有点懵了，就算赢不了比赛，也用不着去找死吧。

“马上就到弯道了！”木木急忙开口。

Speed的几位队员，率先冲至弯道。由Speed队员所驾驶的赛车，每一辆经过弯道处，都会开启制动系统，并利用制动系统与方向的转速，让车身倾斜，漂移而过。

而Speed的众队员刚完成弯道漂移时，林烟的所驾驶的橘红色赛车也追了上来，以林烟的赛车车速来判断，最多再过十秒的时间，便要正面接触弯道。

此刻，赛车上，裴宇堂已经逐渐适应，不再像之前有那么强烈的呕吐感。

然而，当裴宇堂看见正前方的弯道后，急忙大声叫道：“烟姐……快快快……弯道，是弯道……快减速！”

只不过裴宇堂发现，林烟根本没有搭理他的意思，依然我行我素，仿佛沉浸在自己的世界之中，脸上没有任何表情，眸内一片冷漠。眼见就要撞上弯道，裴宇堂面如死灰，大脑一片空白。

“唰”地一声，林烟瞬间转动方向盘。只见，橘红色的赛车，紧紧贴着弯道路牙飞飘而过。

接下来的两个弯道，林烟以同样的操作，瞬间完成。

这三个弯道，原本需要有间歇的三次停顿感，分三次而过。可到了林烟这里，行云流水，就如同一次性连过三个致命弯道，光是从视觉上而言，竟没有一丝一毫的停顿感。

此情此景，落在赛道外的ZH1众人眼中。

某位ZH1队员，下意识地揉了揉双眼，随之目光有些呆滞地看着那辆已经过了三个弯道，速度不减反升的橘红色赛车。

“这……怎么……怎么可能？”

“三个弯道，一次完成……没有依靠任何的制动系统……骗……骗人的吧！”

“这是什么操作？”木木嘴巴微启，难以置信。

“还有这种事情……”Z神站起身来，眸内一片震撼。他从未见过这种弯道操作，一次都没有。

赛道上。

Speed某位行驶在最后的队员，听到后方传来刺耳的轰鸣声，下意识朝着后视镜望去。

仅是一眼，Speed的这位队员便神色猛变。

通过后视镜，能够清清楚楚地看见，那辆由林烟所驾驶的橘红色赛车，如同一辆狂奔在大草原上的野兽，摆着车尾就冲了过来。

“搞什么！”Speed的队员骂了一句，连忙调整，想要将林烟甩掉。

然而，还未等他有任何动作，橘红色光泽一闪，林烟所驾驶的赛车飞冲而过，瞬间没了踪影，只剩下一排尾气在空中。

紧接着，由林烟所驾驶的橘红色赛车，瞬间超过Speed的第二辆赛车。

“……”早已经彻底懵圈的裴宇堂，愣愣地看着林烟。

这到底是个什么鬼？！此刻，裴宇堂已经无法形容自己的心情了。

“爸爸，你怎么做到的，这是什么操作啊！”裴宇堂神色震撼地朝着林烟道。

然而，林烟依然没有搭理裴宇堂。

“爸爸，你说话啊爸爸！”见林烟不搭理自己，裴宇堂有些不死心。

“闭嘴！”终于，林烟有些不耐烦地开口。

“好的！”裴宇堂躺在座椅上，连连点头。

此刻，林烟朝着Speed的第三辆赛车直超而去。

“追上来了？！”

见状，Speed的某位队员神色诧异，只不过，在这种时刻，也没多想，立即将速度提升到极致，用自己所操控的赛车，死死挡在林烟所驾驶的橘红色赛车前方。

只要挡住林烟，让最前面的队友冲到终点，他们便赢了，只要有任何一位Speed的队员在林烟前方，她都必输无疑。

“跟我玩这个……”

见前方的赛车与自己的方向同步，林烟冷笑不已，不偏不倚，朝着那赛车的车尾撞去。

“别别别……烟姐，爸爸，你这是要跟谁同归于尽啊！”裴宇堂急了，用这个速度撞上去，包括前面的那名Speed的队员在内，他们谁都别想活！

“疯子，这个疯子！”眼见林烟所驾驶的橘红色赛车，径直朝着自己撞来，Speed的队员面色大变，破口大骂。那个女人这样做，他连让道的时间都没有！

眼见橘红色的赛车就要撞上来，Speed队员大脑一片空白，只能狂踩油门，尽量与林烟拉开距离。然而，橘红色的赛车速度实在是太快，接近失控状态，根本拉不开距离，反而被追得越来越近。

“唰——”

正当橘红色赛车要撞上前方Speed队员所驾驶的车辆时，只见橘红色的赛车车头竟像蛇一般灵活，瞬间朝着左侧急转，车位由车头的幅度被拉到极限。下一秒，当车头超过Speed队员所驾驶的车辆后，橘红色赛车的车头竟是没有任何间歇地朝着右侧转去。

几乎是车擦着车，橘红色赛车瞬间超越Speed的车辆。

被林烟超过后，Speed的队员瞬间将车速放缓，直至停在了最右侧的车道外。

Speed那位队员推开车门走了下来，气急败坏地破口大骂：“你是想撞死我吗！”

只是，此刻哪里还有那橘红色赛车的影子，空气中只剩刺鼻的尾气味。

而在赛道外，ZH1包括Z神在内的所有成员，都愣在了原地。

或许，方才那位Speed的队员坐在车内，无法看清林烟那辆橘红色赛车超车的整个过程，但他们却看得一清二楚。只是惊艳二字，已经无法形容林烟超车的那一瞬间了！

在这个赛道上，没有人敢那么做！而且，这看似是在赌命，可每一个细节，都是天衣无缝，根本不可能会出现任何的意外。

这哪里是在开车……这已经是人车合一了！

就光从超车的瞬间来说，那辆橘红色的赛车，根本就已经成了林烟的一部分，除了惊艳和完美之外，再也找不出任何形容词。

如今赛道上，只剩下最后一位Speed的队员。而橘红色的赛车，也已经追了上去。

“什么东西？！”Speed的最后一位队员，还不知道发生了什么，只见眼前橘红色光泽一闪，林烟已经超了过去，直奔终点。

当看见正前方那辆橘红色的赛车，瞬间冲过终点，并在终点处甩了一个极其惊艳的摆尾，利用摆尾的惯性停住了车后，仅剩的最后一位Speed队员，瞬间懵了。

“开……开玩笑的吧！”Speed最后一位队员在林烟之后冲到终点，停下车后，难以置信地看着身旁的橘红色赛车。

此刻，橘红色赛车的车毂还在冒着热气……

直至到了此时，ZH1的队员都还未回过神来。

“什么意思……”某位ZH1的队员，声音略微有些颤抖，看着终点处的橘红色赛车，“我们赢了？”

“赢了，真的赢了……我们居然赢了Speed！”

“居然还有这种事情，那个女人到底什么来头，怎么可能只是一个赛车爱好者？！”

“这……这女人和浪蟒的赛车风格，有点相似……”

“不会是和浪蟒有什么关系吧，浪蟒有几个徒弟，都很神秘，她会不会是其中之一？”

赛道内，林烟推开车门，缓缓走下赛车。

当即，林烟朝着还在冒烟的轮毂望去，微微一笑：“马马虎虎。”

“烟姐，爸爸，你到底是怎么做到的，这是什么操作啊！”裴宇堂一脚将车门踢开，急忙冲到林烟身旁。

看着此刻面色还有些苍白的裴宇堂，林烟懒得废话，就算给他详细解释也没用，这东西不是光靠学就能学到手的，普通人要是这样玩，一个不慎就得凉透。

Speed的几位队员面面相觑，旋即，同时朝着林烟望去，一时间，不知道该说什么。

“你们别嚣张，比赛还没结束！”其中一位Speed的队员怒道，“我们队长空军马上就到！”

闻声，林烟看向几名Speed的队员：“哦。”

还不等Speed的队员继续开口，ZH1众人和宋耀南等人全部跑了过来。

“哟，这不是宋大公子吗？怎么看起来像一条丧家之犬？真可怜。”见到宋耀南，裴宇堂开口冷笑。

宋耀南满脸阴沉地看着林烟和裴宇堂：“别急啊……空军队长马上就来了，我们的人也都还没比完。”

空军……林烟若有所思，Speed的队长，曾经与她的徒弟浪蟒在全球第二联赛相遇，一同上了赛道，结果被浪蟒血虐。

不过，话说回来，空军的赛道掌控力，比起这几位Speed的队员要强得太多，跟他们也不是一个等级的。毕竟，Speed战队是被其队长空军，一手拖进了全球第二联赛的赛道。

但是，对于林烟来说，和空军上赛道比试，同这Speed的几位队员也没什么区别，激不起林烟的丝毫兴趣。

“空军也来了？”Z神看向某位Speed的队员，蹙眉问道。

之前在赛道上他们并没有看见空军，所以Z神等人都认为空军这次不会出现，但方才Speed的队员又说，他们的队长空军片刻就到。

“呵呵，怎么，怕了？”此刻，宋耀南一声冷笑，“原本，我认为用不着空军大神出场，但现在看来，只能让空军大神上了。”

听闻宋耀南所言，ZH1队员等人的心又凉了一半，Speed的核心灵魂人员就是空军，如果空军上赛道，林烟要如何与之匹敌？

“可我们已经比试完了，空军没来，总不能算在我们身上吧。”某位ZH1的队员朝着宋耀南等人开口说道。

“那要按照你们的逻辑，之前也比完了，凭什么这个女人能上赛道继续比试？规则就是这样，一切用规则来说话。”Speed的队员开口。

“那就等你们队长来吧。”林烟满不在乎地开口，旋即挥了挥手，“先去备赛场休息了，等你们空军队长到了再来叫我。”

说罢，林烟头也不回，朝着备赛场走去。

见状，ZH1的众队员也急忙跟在林烟身后。

“烟姐，等我下。”裴宇堂本还想和宋耀南争论几句，但见林烟都离开了，他也快步追了上去。

片刻后，备赛场内。林烟随意捡起一本杂志，坐在凳子上看得津津有味。

很快，ZH1的几名队员来到林烟身旁。

“那个，林小姐……”其中一位ZH1的队员看向林烟，脸上堆着笑意。

闻声，林烟放下杂志，好奇道：“怎么了？”

“林小姐，我觉得，之前我们可能有点误会。”ZH1的队员正色地开口。

“什么误会？”林烟看着ZH1的几位队员，不知他们想说些什么。

“就之前，我还以为林小姐你是业余的赛车爱好者，没想到林小姐这么厉害，以林小姐的赛道掌控力还有对赛车的把控程度，我认为，就算进入国内的顶尖车队，去参加全球第三联赛的赛道战，都没什么问题！”

“全球第三联赛的赛道战……我？”林烟微微一愣。

对于全球第三联赛的比试，她还真没什么兴趣。

“对。”此刻，Z神也点了点头，道，“刚才林小姐的赛道比试，我全程都看了，如果林小姐对我们赛车队有兴趣的话，完全没问题。”

如果这个女人愿意加入ZH1战队，下一届ZH1战队进入全球第三联赛比试，有希望冲击前五！甚至是前三！

“烟姐，你真的太牛了！”裴宇堂急忙跑上前，紧紧盯着林烟，“烟姐，你加入我的赛队吧，你肯定能带着我的赛队飞上天！”

“你的赛队？”Z神瞥了一眼裴宇堂，“你的赛队连国内二线赛道比赛的资格都没有，让林小姐加入，那是埋没人才，可林小姐如果愿意加入ZH1赛队就不同了，我们ZH1有全球第三联赛赛道战的资格，林小姐只要和我们多训练一段时间，我有自信，林小姐完全可以跟我们一起征战全球第三赛道联赛。”

对于ZH1战队而言，全球第三联赛就已经可以称为殿堂级赛事，如果林烟喜爱赛车，一定不可能放弃参加全球第三联赛赛道战的资格。

“说的好像是这么个道理。”裴宇堂若有所思。

听闻ZH1战队队长的话，林烟微微一笑，重新捡起杂志。她对全球第三联赛的赛道还真没什么兴趣，别说第三联赛，就连全球第一联赛她都快玩腻了，况且，她已经被禁赛了。

当然，禁赛不是重点，主要还是没兴趣，让她去全球第三联赛的赛道，那不是等同于让一位训练有素的成年人去殴打小朋友？这种事，林烟还真做不出来。

“林小姐，刚才你那个连续三次赛场弯道过弯，还有左右摆动车头车尾的超车……是运气吗？还是？”某位ZH1的队员看着林烟，小心翼翼地开口问道。

虽然这么问有些失礼，而且怎么看都不可能是运气。如果说，过第一个赛场弯道是运气，难道剩下两个同样一气呵成的弯道也是运气？还有最后的超车，需要处理的细节实在太多，一个不慎便有可能导致车毁人亡，而林烟的超车操作根本就是行云流水，哪里是有运气成分的模样？

可即便如此，连续三次的赛场弯道和超车，实在是过于惊艳，让人匪夷所思，如果不是运气……那也太可怕了。

“运气吗……或许吧。”林烟微微一笑，给出了一个模棱两可的答案。

“什么运气，怎么可能是运气，你们没跟在烟姐的车上，我全程都在副座，那看得是一清二楚，要是靠运气的话，我跟烟姐早就撞死了！”一旁的裴宇堂神色有些激动。

裴宇堂亲眼目睹了林烟坐在驾驶位上的疯狂操作，那淡定冷漠的眼神是何等的专注，跟运气绝无半毛钱关系！

“好了，先不说这个。”Z神忽然开口道，“林小姐，你可能对空军不了解，等下你与空军的比试，恐怕很难胜出，我之前看过一些关于空军的赛道影像资料，趁着现在，林小姐可以了解一下。”

“不用了。”林烟开口。

“不用了？”Z神一愣。

“你不都说了吗，我很难赢，既然都赢不了，我还看他的赛道资料干什么？浪费时间。”林烟笑道。

“队长，林小姐说的，好像的确是这个道理。”木木朝着Z神道。

还不等Z神继续多说什么，只听“砰”的一声，备赛场的大门，被人一脚踹开。当下，一位身材高大的胖子，双手插在裤兜，大摇大摆地走了进来。

“哟，不错嘛。”胖子一眼扫过全场，目光最终落在林烟身上，“没看出来啊，裴宇堂还找来一位高手。”

“宋子义？！”见到那个胖子，裴宇堂眉头忽然蹙起。

这个胖子名叫宋子义，是宋耀南的大哥，是出了名的纨绔子弟。前些年带人在酒吧，好似是为了争夺一个女孩，把对方打成了重伤，之后宋子义销声匿迹了几年，没想到又出来了。

“大哥，你慢点，等我一下。”宋耀南带着十几个青年，追了上来。

“废物东西。”宋子义冷冷地瞥了一眼宋耀南，“连个女人都搞不定，我怎么有你这么个废物弟弟。”

闻声，宋耀南显得有些委屈，小声嘀咕了一句：“也不能怪我。”

宋子义一声冷笑，摸着下巴朝着林烟看去，这女孩长得倒是不错，还有点眼熟，像某个女明星，不过，比那个女明星漂亮多了。旋即，他伸出手指了指林烟：“小妞，今天晚上，你就不用陪我弟弟了，伺候我就行。”

“你说什么？！”裴宇堂顿时一怒。

只不过，林烟一把拉住裴宇堂，朝着宋子义笑了笑：“先赢过我再说。”

“哟，还真是嚣张，你赛车很牛了？赢了几个Speed的队员，就有点膨胀了？连空军都不放在眼中？”宋子义嘴角微微上扬。

闻声，几名Speed的队员面色有些难看，但也没多说什么，连他们自己都觉得有些丢人，他们四个Speed的队员，同时上赛道，居然被一个女人给送出了赛道。心中就算火气再大，此刻也没脸说话，实在是太丢人了，不仅是丢了Speed的脸，更是丢尽了队长空军的脸。

“小妞，空军送你离开赛道，只怕连一分钟都不需要，这么大人了，心里要有点数。”宋子义道。

“这么厉害呢！”林烟微微点头，“行吧，那你让空军过来。”

“林小姐，别冲动！”此刻，Z神急忙上前，双眸盯着林烟，小声道，“林小姐，我特别理解你的心情，但林小姐你首先需要知道一件事。”

“什么事。”林烟问道。

“你的对手是Speed的队长空军，曾和赛道死神Yeva的徒弟浪蟒在全球第二联赛的赛道上针锋相对。”Z神蹙眉道。

“这么厉害，然后呢？”林烟一笑。

“结果……这不重要，重要的是，空军曾经拿到过全球第二联赛的八强，原本Speed战队的实力，是根本没有资格参加全球第二联赛的赛事的，但正是因为其队长空军，就他一个人，硬生生把Speed的层次提了上去。”Z神语重心长地朝着林烟继续开口，“空军不仅仅成功获取了全球第二联赛的参赛资格，甚至拿下了第八名的可怕成绩，林小姐，我说了这么多，你明白是什么意思吗？”

林烟又不傻，自然明白Z神的意思，无非是想告诉她，空军到底有多可怕，对于赛道的掌控力究竟有多强。

“而且，在一次采访中，空军还说过，自己认识浪蟒的师傅，赛道死神Yeva，还跟着Yeva学过几手……这种人，太可怕了。”一旁的木木小声嘀咕道。

“认识赛道死神Yeva？”林烟听到这话，满脸莫名其妙。

她什么时候和Speed的队长空军有过交集，完全不认识好吗，还跟着Yeva学过几手……在哪儿学的，梦里？

“所以，林小姐，我们根本没必要去和他们怄气。之前，我们ZH1输了一场，现在，林小姐你代表ZH1又赢了一场，按照规则来看，目前是平局的状态，我们可以无限期地将最后一场比试延迟，这样一来，这场赌约还没分出胜负。所以，林小姐你和裴宇堂就不用付出任何赌约上的代价！”Z神对着林烟分析道。

“的确是这么个意思。”裴宇堂在一旁听着，连连点头。他也好，林烟也罢，和宋耀南之间的赌约，是以胜负来定。但就目前的情况，他们又没输，根据规则来判定，暂时还处于平局，自然不用去付出赌约上的代价。

“林小姐，明知必输的赌局，只有傻子才会去赌，我们只要合理地利用比赛规则，就可以立于不败之地，这场赛道比试的规则，可从来就没有说过，打成平局之后，什么时候可以进行下一局。”Z神微微一笑。

其实说起来，是宋耀南和裴宇堂太狂了。因为，无论是宋耀南，还是裴宇堂，都认为自己必胜，所以，根本没有设定平局之后的加时赛规则，也恰巧因为两人的狂妄，让Z神找到了规则的漏洞。

Z神此刻与林烟分析这些，主要还是有两点原因，让林烟和空军去进行比试，必然会处于一个必输无疑的局面。如此一来，ZH1将会输掉这场起死回生的比赛。而第二点，也是因为林烟的赌约，难道真让林烟输掉比赛，然后去陪宋耀南或者他大哥宋子义？

至于裴宇堂会不会钻宋耀南的胯下，并解散自己的小车队，这一点，Z神根本不在乎，那跟他没什么关系。就算裴宇堂输了，履行赌约，那也是他自己活该，不应当连累ZH1和林烟。

“哈哈，怎么，不敢比了，不会吧？这么孬种？”听闻Z神在一旁分析，宋子义忽然冷声笑道。

听闻宋子义此言，Z神淡淡道：“你觉得激将法对我们有用吗？只要我们不愿意，无限期延长最后一局加时赛，你们永远别想赢ZH1和林小姐，孬种不孬种，这种话说起来没什么意思，我们是赛车队，只按照规则行事。”

“说那么多，不就是孬种吗？比赛都不敢比，说什么大话。”宋子义的面色也冷了下来。

如果真按照Z神的想法，他们的确没办法赢过ZH1，更没办法赢那个女人，人家不跟你打加时赛，比赛都不成立了，还怎么赢？

“哈哈，真是一群孬种。”宋子义皮笑肉不笑道，“裴宇堂，你还真不是一个男人，男人的脸都让你丢尽了。”

闻声，裴宇堂撇了撇嘴，满不在乎道：“怎么样，加时赛老子就不跟你们比，气不气？气死你们！”

他输了倒无所谓，但绝对不能够连累林烟，如果不比的话，谁也没有什么损失，皆大欢喜。最后的对手可是大名鼎鼎的在全球第二联赛的赛道上取得八强成绩的空军，他脑子可没问题，必输的比赛，谁会去打？

“呵……”

此刻，宋子义上前数步，来到裴宇堂身旁，肥厚的手掌轻轻拍了拍裴宇堂的右脸：“你还真是狡诈啊。”

裴宇堂怒目一睁，额头青筋浮现，本想动手，却又硬生生忍了下来。他答应过大哥，以后绝对不会再打架，否则后果由他自己承担。

“怎么，想还手？你试试？”宋子义继续轻轻拍打着裴宇堂的右脸颊。

不等裴宇堂开口，林烟突然从椅子上站了起来，盯着宋子义：“我可没说不比。”

随着林烟的话音落下，宋子义微微一愣，顿时停了手，目光落在林烟身上："好，这可是你说的，我可没破坏规则强迫你们去比。"

"当然。"林烟道。

此时，ZH1的队员和裴宇堂神色顿变，林烟是疯了吗？他们完全可以利用赛道规则把加时赛无限期地延后啊！

"唉……"

Z神盯着林烟，口中轻叹一声，林烟还是太冲动了，这样一来，正中对方的下怀，宋子义他们巴不得林烟答应比试。

"烟姐，你疯了吧！"裴宇堂诧异地看向林烟，"加时赛的对手可是Speed的队长空军啊！"

只不过，现在再说什么都已经毫无意义，林烟已经答应了下来，像宋子义这种人，绝对不会给对手任何改口反悔的机会。

当即，宋子义掏出手机，拨打了一通电话。

"喂，空军，什么时候到？"

"好，在ZH1的备赛场，你进来吧，准备加时赛。"

说完，宋子义便挂断电话。

大约过了几分钟，有敲门声响起。宋耀南连忙上前，将备赛场的大门打开。

只见，一位青年男人，手中抱着头盔，身上穿着蓝色的Speed战队服装，缓步走进了备赛场。

"队长！"

见到男人，Speed的几位队员连忙围了上去，一个个神色委屈至极，又像是犯了错的孩子，不敢直视男人。

空军一头短发，看起来十分精神，只是此刻的面色有些不悦。

"怎么，听说你们四个人，在赛道上输给了一个女孩？"空军瞥了一眼Speed的几名队员。

对于空军，对于Speed而言，这是个极大的耻辱。

"队长，很抱歉……是我们疏忽大意了，如果再给我们一次机会的话……"某位Speed的队员咬牙道。

别说队长空军，就连他们自己都觉得非常耻辱。

"再给你们一次机会？"闻声，空军冷冷一笑，"在赛道上，赢了就是赢了，输了就是输了，你输了比赛，难道可以指着对手说，有本事再跑一场，刚才是我发挥失误？”

几名Speed的队员，被空军一句话弄得无话可说。

正如空军所说的，在赛道上，赢了就是赢了，输了就是输了，赛道只注重结果，谁会去管你是不是发挥出了问题，是否出现了失误？！

“你们这次的表现，实在太让我失望了，四个人在赛道上围一个女孩，结果还被人家超了，看来我要考虑一下，换一批新的队员了。”空军冷声道。

闻声，Speed的几位队员同时低下了头。

的确，队长空军说得没错，他们四个在赛道上跑不过一个女孩，这消息要是传出去……

“好了，空军，你也别怪他们，毕竟是表演赛，又不是正式赛，况且对方也没什么名气，轻敌大意，没使出全力，也能理解。”一旁，宋子义笑道。

当下，几位Speed的队员对宋子义投去感激的眼神。他们认为宋子义说得很对，也直戳他们的心脏。如果早知道那个女孩有点本事，他们不会这样掉以轻心，在驾驶赛车冲出起点的那一瞬间，必然都会使出全力，不可能给那个女孩一丝一毫的机会。

“宋子义，你放心好了，虽然我的队员出现了一点小小的意外，但结果是一样的，这场比赛，不会输掉。”空军朝着宋子义道。

“哈哈，空军，我当然相信你，全球第二联赛八强的大神，难道还会有出现什么意外吗？”宋子义笑道。

“对了，空军，你之前说……认识浪蟒，什么时候介绍认识一下，让浪蟒也来玩玩，我保证安排得明明白白，让你们满意。”一旁，宋耀南笑道。

“呵呵，浪蟒是我最尊敬的对手，有机会的吧，说不定，我能把赛道死神Yeva一起请过来。”空军微微一笑。

“真的？！”宋耀南神色惊诧，“之前空军说认识Yeva……是这样吗？”

“当然。”空军瞥了宋耀南一眼，“我记得是在全球第二联赛的赛道上，那是浪蟒首次参加大规模赛事，他的师傅赛道死神Yeva来加油助威，你们不知道赛道死神Yeva对我十分欣赏，说我的潜力还在浪蟒之上，要收我做徒弟，只是我那时候没答应而已。”

宋耀南满脸震撼，对着空军竖起大拇指：“牛！”

听到空军的自吹自擂，人群外的林烟有些无语，这货挺会吹啊？

自己压根不认识他，还说他的潜力在浪蟒之上，自己还要收他做徒弟，还被他给拒绝了？要不要点脸了！

“哈哈，这些之后再说，我们先赢了这场比试，然后我来安排晚宴。”宋子义道。

现在最重要的就是加时赛，别的都可以在晚宴上继续交谈。

“我倒是很好奇，哪路大神一个人在赛道上赢了我四位队员。”空军站在原地，冷冷地朝着挡在林烟身旁的ZH1众队员和裴宇堂打量。

“是我。”

林烟挥了挥手，让ZH1的木木和裴宇堂等人退开。很快，几人退到了一旁。

林烟盯着空军，面无表情道：“玩玩？”

“哈哈哈，不知死活的东西，要不是这场加时赛，你能跟我们队长去赛道比试？真是够你吹一辈子了！”某位Speed的队员盯着林烟，大声讥笑道。

然而，当空军见到林烟的一刹那，脸上原本挂着的笑意，却在瞬间凝固，眸内浮现出一抹无法置信的错愕神色。

很快，空军眉头深蹙，摇了摇脑袋后，用手揉了揉自己的双眼，难道是他出现了幻觉，或者是看错了？

片刻后，空军重新朝着林烟望去。这一秒，空军的目光落在林烟身上，瞳孔猛然一阵缩动，十分夸张地下意识朝着后方退了几步。

怎么可能！怎么可能会出现这种事情！

现在的他是在做梦吗？！那个女人，那张脸！

赛道死神……Yeva！

空军盯着林烟，倒吸一口凉气。

虽说，赛道死神每次出现都特意隐去了自己的相貌，甚至有些人都不清楚Yeva是男还是女，长得俊俏还是丑陋，但空军却见过赛道死神Yeva的真实模样。

当年在全球第二联赛的赛道上，浪蟒初次参加大型联赛，那也是他第一次进入全球第二联赛的赛道。赛道死神Yeva接受浪蟒的邀请，去贵宾区观看比赛。虽然很多职业选手都知晓赛道死神会现身，但贵宾区的人数也不少，所以无人清楚究竟哪一位才是赛道死神Yeva。

而在比赛结束后，因为对赛道死神Yeva过于好奇，所以，空军便暗中跟着浪蟒。结果在单独的备赛间内，空军亲眼看见，浪蟒对着一个年轻女孩一口一声地叫着师傅。

众所周知，浪蟒仅有一位师傅，除了赛道死神Yeva之外，再无别人。

尤记得在那一刻，空军甚至不敢相信自己的眼睛，赛道死神Yeva居然是个女性赛车手，并且如此的年轻，且十分貌美！空军还偷偷拍摄了一张浪蟒和赛道死神在备赛房间的照片！

而眼前的这个女孩，空军可以百分之百肯定，她就是当初在浪蟒备赛间的那个女孩！

即便是浪蟒与赛道死神Yeva的对话内容，空军都记得一清二楚。那个年轻漂亮的女孩，三两句便指出了浪蟒在赛道上的一系列问题，而浪蟒则在一旁耐心地听着，并不时用纸笔记录下来，不曾有过半句反驳。

“队长？”见空军有些发懵，Speed的队员朝着空军叫了一声。

“见鬼了……”空军心中暗暗思忖，他无法理解，赛道死神Yeva为什么会出现在这个地方，而且，最重要的是，他加时赛的对手是浪蟒的师傅，赛道死神Yeva？！

开什么国际玩笑！他不可能会和赛道死神Yeva去比赛，绝对不可能，这辈子都不可能！

Part17

拜托，我男朋友在这里呢，谁能威胁恐吓得了我？！

♥

“队长，我知道这种人作为你的对手，很侮辱队长的名声……”其中一名Speed的队员开口。

然而，那位Speed队员的话还未说完，空军却顿时一怒，众目睽睽之下，反手一个巴掌，狠狠抽在了那名队员的嘴上。

“该死的，给我闭上你的臭嘴！”空军指着那名队员喝道。

被空军狠狠扇了一个大嘴巴的Speed队员神色古怪，有些难以理解地朝着空军望去，队长为什么打他？

此刻ZH1战队的众人，看着空军的异常，满脸莫名其妙。莫不是因为Speed的队员输给了林烟，所以才让空军发那么大的火气？

“走吧，上赛道。”林烟将手中的杂志丢到一旁，缓缓站起身来，目光落在空军身上，开口说道。

ZH1的Z神等人，虽不希望林烟和空军赛道比试，可现如今，开弓没有回头箭，也只能如此了。

“空军，看你的表演了，我估计这是一场独角戏，哈哈哈。”宋子义朝着一旁的空军笑道。

见林烟起身，空军连忙摇头，道：“那个，你刚刚才和我的队员上过赛道，一定没休息好，不如等你先休息够，加时赛的话，要不就往后延迟吧，怎么样？”

随着空军话音落下，在场众人都是一愣，尤其是宋子义、宋耀南等人完全无法理解，那林烟休没休息好，关他们什么事？这空军怎么如此有竞技精神？

“行啊！”闻声，裴宇堂连忙点头，朝着空军道，“那就往后推一推！”

“对对对，这位兄弟说得好，比赛嘛，要公平一点。”空军连连点头。

还不等裴宇堂继续开口说些什么，林烟却忽然道：“不必，来都来了，速战速决吧，我也没那么多时间往这里来回跑。”

“你要不再考虑一下？”空军额头渗出一丝冷汗，开什么玩笑，让他去和赛道死神Yeva跑加时赛，无缘无故找虐，凭什么！

“空军，既然他们这么不识抬举，你也就别管什么竞技精神了，就像她说的一样，速战速决。”宋子义略微有些不耐烦道。

“我刚刚来的时候，了解了一下经过……现在是平局，我可以拒绝现场进行计时赛，我有权利往后推时间的。”空军继续道。

ZH1和裴宇堂等人，看向空军的目光愈发诡异，他到底什么意思？

不要说裴宇堂等人，便是Speed的几名队员也无法理解他们队长现在的想法。无缘无故的，为什么要把加时赛往后推？

“抱歉，之前的规则已经有过明确补充，并且，本场赛事的举办方，裴宇堂和宋子义兄弟也已经明确表示过，加时赛需在今日进行。”林烟打量着空军说道。

其实，林烟心中也有些莫名其妙，自己从未在公众面前露过面，这空军应该不会是认出自己来了吧……否则的话，为什么不愿和自己进行加时赛？

可不管如何，空军想要推迟加时赛，林烟却不可能答应，她可没时间随叫随到进行下一场的加时赛，来都来了，肯定要在今日比完。

“好，那我认输总行了吧！”空军盯着林烟，满脸无奈道。

“认输？！”

随着空军话音落下，备赛间的众人顿时傻了眼，尤其是Speed的队员，他们队长疯了吗！居然要认输？！

“你要是认输的话，那当然可以，这场就算我们赢了。”林烟朝着空军点了点头。

加时赛必须要在今日完成，可如果Speed的队长认输，那情况则不同了，加时赛的比试便算林烟获胜，ZHI胜出。

“空军，你搞什么，认输？！”宋子义满脸阴沉地看向空军，这是来耍他们的？

“抱歉，我最近身体不舒服，可能没办法进行赛道比试，所以只能认输了。”空军理所当然地回答。

与其上赛道被赛道死神Yeva狂虐一顿，还不如直接认输。

其实，空军如果能和赛道死神Yeva一战，就算是输了，也算是莫大的荣耀，但先决条件是，有人知道他是输在赛道死神Yeva的手中。

可惜，压根就没有这样的先决条件，除了空军自己之外，根本没人知晓他是输给赛道死神Yeva。就算空军到处宣传，如果赛道死神Yeva不出声，也没有任何人会相信，圈内人只会说他们全队输给了一个赛车爱好者！

但如果是空军自己认输，那则不同。首先，这件事不会被传出去，就算是传出去了，旁人也只会说他大度，不与一位女性赛车爱好者计较，甚至故意放水认输，给足了女性赛车爱好者自信！

“空军……你是在和我开玩笑吗？”宋子义眸内寒光闪烁。

“宋子义，我可没工夫跟你开玩笑，让我亲自上阵去欺负一位女性赛车爱好者，这绝对不行，你去找别人吧，就这样，我认输。”空军盯着宋子义，一声冷哼。

不给宋子义等人继续开口的机会，空军扫了几名Speed的队员一眼，冷声道：“还不跟我走！”

说罢，空军迅速带着Speed的几名队员离开了此处。

等彻底离开赛场后，空军这才松了口气，今天真是太险了！

“队长，到底怎么一回事啊……好好的，为什么要认输？”其中一位Speed的队员，始终无法理解队长空军的所作所为。这场加时赛，明明是必赢的，根本连一点悬念也不存在，可他们队长怎么就认输了？

方才队长说，不想欺负一位赛车爱好者，在几位Speed的队员听来，这也太扯了，队长是什么人，他们还不清楚吗？

空军冷冷地看向几位队员，道：“你们之前是怎么输的，自己后面没看录像吗？”

“看了……那女人是个疯子，她的运气太好了，连续三次赛场弯道和最后的超车，肯定是靠着运气才过去的，如果她的运气稍微差一些，估计就没命了。”某位Speed的队员说道。

“胡说八道！”空军指着那名队员破口大骂。

“啊？”被骂的队员神色古怪，难道不是这样吗？

“你们这几个傻子，知不知道刚才和你们上了赛道的女人究竟是谁？！”空军冷哼一声。

“我知道……好像是裴宇堂的一个朋友，说是赛车爱好者……”另外一位Speed的队员开口。

“赛车爱好者？”空军冷笑一声扫向几个队员，“你们几个也是大脑发育健全的成年人了，四个人，同时在一条赛道上，被一个赛车爱好者干掉？”

“队长，我承认，这次是我们轻敌大意，如果再给我们一次机会的话……”

Speed的队员话还没说完，却被队长空军挥手打断：“别说再给你们一次机会，就是再给你们十次机会，一千次机会，一万次机会，你们也不可能跑赢她！”空军没好气地开口。

听闻空军所言，Speed的四位队员面面相觑，再给他们一万次机会都不可能赢？队长说这话究竟什么意思，对他们这样没信心吗？

“你们好歹参加过全球第二联赛赛事，就算再疏忽大意，也不可能会被一个赛车爱好者干掉，别说赛车爱好者，就是他们这里顶尖车队的队员也没办法做到。我告诉你们，那个女人，连我都不敢跟她跑。”空军叹了口气。

“队长，那女人到底是谁？”

“是谁？”空军先是朝着四周看了看，确定无人之后，这才转过头来，眸内浮现出一抹敬畏，严肃地说道，“赛道死神……Yeva！”

“什么？！”

听到空军说的话，四位队员瞳孔微缩，倒吸一口凉气。

浪蟒的师傅！全球第一联赛的冠军卫冕之王，曾经跳脱出全球第一联赛，甚至参加过巅峰之赛的赛道死神Yeva？！

此时此刻，Speed的几名队员愣在原地，彼此的眸子浮现出难以置信的震撼神色。

他们……和赛道死神Yeva，跑了一场赛道赛？！

与此同时，备赛场内。

如今，Speed的队长空军和几名队员已经离开，只剩下宋子义和宋耀南两兄弟，还有十数个青年男子。

ZH1的成员虽然不知道究竟发生了什么事，但有一点能够肯定，Speed的队长空军认输了，这场比试的结局，是ZH1取得了表演赛的最终胜利！

“真没想到，Speed的队长这么有魄力，运气太好了！”木木轻声一笑。

在ZH1成员看来，空军之所以认输，是正如刚才空军所说那般，不愿意欺负一位女性赛车爱好者。Z神等几名成员心中对空军也更加敬佩了。起码如果是他们的话，一定做不到这一步，不会因为对手是女性赛车爱好者便主动认输，放弃必赢的表演赛。

裴宇堂哪里管空军是为什么认输，此刻脸上满是笑意，目光十分挑衅地朝着宋耀南看去，口中啧啧道：“宋耀南，怎么说，是给你一点时间酝酿一下，还是直接一点？”

既然裴宇堂赢了这场比赛，自然是宋耀南来兑现承诺，这一次，他得连本带利地让宋耀南还回来！

“你……”宋耀南盯着裴宇堂，咬牙切齿，怒道，“一定是你，收买了空军，否则的话，空军怎么可能会认输？你这个卑鄙无耻的小人！”

闻声，裴宇堂撇了撇嘴，道：“我都不认识那个空军，更没有他的联系方式，谈什么收买？你有没有证据？你要是有证据的话，就把证据拿出来给大家看看。”

宋耀南哪里有什么证据？自然是拿不出来。

“宋耀南，我说你该不会是赌不起吧，敢赌不敢输？”见宋耀南不说话，裴宇堂冷笑道。

“呵呵，裴宇堂，你敢跟我玩阴的？”宋子义神色阴沉，嘴角微微上扬，盯着裴宇堂，勾勒出一丝冷笑。

“哟，你非要这么想，我也没办法，有证据就拿出来，没证据的话，赶快来钻小爷的胯下，对了，别忘记解散自己的那个破车队。”裴宇堂满不在乎。

“裴宇堂啊，你还真是没吃过亏。”

当即，宋子义面上浮现一抹狞笑，后退了几步，朝着随行的那十几名青年道：“这里空间太小了，把他们带出来，对了，还有那个女的，一起带出来。”

说完，宋子义便带着宋耀南转身走出了备赛间。下一秒，ZH1的几名队员，还有裴宇堂便被带了出去。

备赛间外是露天的备赛场，裴宇堂等人被带到了备赛场内。

“怎么，你们想干啥？”裴宇堂盯着宋子义和宋耀南问道。

“那我不知道，跟我可没什么关系，你得问问我大哥。”宋耀南道。

“哈哈，宋子义，你想干什么，输急眼了？输不起？”裴宇堂吊儿郎当地盯着宋子义。

当即，宋子义慢腾腾地走到裴宇堂身旁，还不等裴宇堂继续开口，手掌上扬，旋即，“啪”的一声，狠狠甩了裴宇堂一个耳光。

被莫名打了一个耳光的裴宇堂，顿时急了眼，作势便要挥拳反击。

然而，裴宇堂的脑海中，却瞬间浮现出自己大哥的模样，已经举起的拳头迟迟没有落下。他答应过大哥，绝对不会打架……

趁着这个空隙，裴宇堂被几个青年死死地压住。

“裴宇堂，你也不去外面打听打听我宋子义是什么人，跑来跟我玩阴的？”宋子义拍了拍裴宇堂的脸颊，旋即一把抓住了裴宇堂的头发，“我还就明摆着告诉你，甭管Speed的空军是不是被你收买，无论你们今天是输是赢，结局也都是一样的。”

“宋子义……你给我等着！”裴宇堂恶狠狠地盯着宋子义，当即大骂。

“啪！”

下一秒，宋子义反手又是一记耳光，狠狠地抽在了裴宇堂的脸上，冷笑道：“再骂一句试试？”

“宋子义，我去你的！”裴宇堂朝着宋子义的脸上吐了一口口水。

“小杂碎，我看你是找死！”宋子义顿时大怒，反手又给了裴宇堂几个响亮的耳光，并朝着裴宇堂的肚子狠狠踹了一脚。

“你们够了吧，别欺人太甚了，再这样，我们就报警了！”此刻，ZH1战队的木木忍不住厉声呵斥道。

宋子义瞥了一眼Z神和木木等人，冷笑道："这件事和你们没有关系，少管闲事，否则连你们一起打！"

说话间，几个青年拦在了ZH1队员的身旁。

旋即，宋子义的目光，落在不远处的林烟身上，笑道："看看，这个男人多么的窝囊，多么的没用！小妞，要不跟我算了，只要你把我伺候得舒舒服服的，肯定比你跟着这样的废物强。"

闻声，林烟眸内寒芒一闪。可很快，她又深深吸了口气，她必须冷静。她答应过自己，以后不打架不出手的。她要和以前那段阴暗的回忆撇清关系。

"怎么，不愿意？"宋子义见林烟没说话，顿时冷笑道，"那我就打他，打到你跪下来求我为止！"

宋子义说完，立马给身旁的众多青年男子使了个眼色。得到宋子义的示意，十数名青年男子将裴宇堂围了起来，拳打脚踢。

"宋子义……你给我等着，我要不弄死你……"裴宇堂口中也没停过，对着宋子义的家人便是一顿问候。

"都给我起开！"宋子义神色阴沉，瞬间冲上前去，左手狠狠抓住裴宇堂的头发，右掌不停地朝着裴宇堂脸上扇去。

此刻的裴宇堂，嘴角已经被扇出了血迹。

"啪！"

忽然之间，林烟出现在裴宇堂的身旁，一把握住宋子义挥动耳光的右掌。

"哟，怎么，改变主意了？"宋子义盯着林烟，嘴角微扬。

然而，林烟并没有理会宋子义，只是当着众人的面，右臂微微上扬，眸内冰冷一片。

"你要做什么？"见状，宋子义双眼微眯。

宋子义的话刚刚落下，林烟上扬的手臂，却是动了。

只听"轰"的一声，在场众人还不知道发生了什么，却是见林烟一个巴掌，狠狠抽在宋子义的肥脸之上。

与此同时，林烟这一巴掌造成的巨大惯性力量，让宋子义的身躯离开地面，整个人在空中整整翻了两三圈后，这才重重摔在了地上。

"大哥！"

见状，宋耀南傻了眼，那女人，一巴掌把他大哥扇成这副模样？！

很快，宋子义被宋耀南扶了起来。宋子义被林烟抽得嘴角和鼻内都有鲜血流出，看上去满脸都是鲜血。

“大哥，大哥你醒醒！”宋耀南急忙开口。

宋子义竟然被林烟一个巴掌抽得昏了过去，被宋耀南晃了几下后，这才苏醒了过来，他只觉得全身都在剧烈地疼痛着，尤其是他的脸。

原本正在疯狂叫骂的裴宇堂，现在彻底愣住。他被打了个十几个耳光，也没宋子义那么惨啊！林烟那一个巴掌下去，宋子义满脸是血还昏迷了几十秒……

那个女人是怪物吗？

“你……你敢……敢打我！”宋子义指着林烟，“给我……给我打！”

随着宋子义话音落下，距离林烟最近的几名青年男子，顿时朝着林烟挥拳打去。

然而，还没看清林烟做了什么，数名青年男人的身躯就好像是断线风筝一样横飞了出去。见状，剩下的青年男子纷纷取出棒球棍等武器。

“上，给我狠狠地打！”宋耀南扶着宋子义，恶狠狠地开口。

下一秒，十数名青年男子，手持木棍、铁棒等各种凶器，飞奔至林烟身旁。见状，林烟眸内浮现出一道骇人的寒意。

“轰隆”！

一声巨响。与此同时，原本手持凶器朝着林烟冲去的十数名青年男子，彻底傻了眼，像看怪物一般盯着林烟。

他们刚才看见了什么？是眼花了？

只见林烟一拳挥出，狠狠地击在了身后的围墙上。旋即，这一片围墙应声而倒，而被林烟一拳击中的围墙处，已经化作了齑粉碎屑！

“滚。”

林烟扫了一眼四周惊慌失措的十数名青年，冷声开口。

闻声，那十数青年男子面面相觑，一个个像是见了鬼般，下意识地朝着后方退去。

“这……这女人……是什么怪物？！”其中一名青年男子声音略微有些颤抖。一拳就把围墙砸碎，那要是一拳砸在他身上，是不是他就没命了？！

ZH1的几名队员和裴宇堂诧异地盯着林烟，震撼程度完全不亚于宋子义和宋耀南这帮人——这是什么样的怪力?

此刻，林烟神色冷漠，缓步朝着宋子义和宋耀南走去。

“你……你想干什么……我警告你……你……你别过来啊！”

眼见林烟越靠越近，宋耀南和宋子义面色惨白，这女人，会不会一拳把他们打死！

“快快快……快给我打死她！”宋子义急忙朝着那些青年男子开口。

然而这一次，却没人再听宋子义的话。还打死她？这女人不捶死他们就烧高香了！

见十数个青年男人无动于衷，宋子义急忙道：“报警，对，快报警！”

宋子义刚说完没多久，林烟已经大步走了上来。

“你……我警告……”

宋子义指着林烟，话还没说完，却见林烟看也没看宋子义一眼，反手一个巴掌挥出。

“砰”的一声巨响，宋子义再次被林烟狠狠扇了个耳光，如之前那般，身躯在空中转了两三圈后摔在地上，彻底昏了过去。

林烟的目光，死死盯着浑身打哆嗦的宋耀南。

“我……我告诉你……犯不着啊……抬头不见低头见的……”宋耀南眸内满是惊惧，有些语无伦次。

林烟也不废话，伸出手，一把抓住宋耀南的衣领。众目睽睽之下，宋耀南的身体，竟是被林烟提在了半空，吓得宋耀南口中发出一阵怪叫。

“宋耀南……”林烟恶狠狠地看着宋耀南，“我的……发动机呢！”

“啊，发动机……什么发动机啊！”宋耀南一时间大脑有些混乱，没意识到林烟到底在说什么。

“我们的赌约，你输给我的发动机！”林烟怒道。

“啊，对……是是是，我想起来了，发动机，两个发动机，我愿赌服输，我给你两个发动机！”宋耀南急忙道。

“四个！”林烟神色阴沉，“精神损失费算一个，打裴宇堂算一个，一共四个！”

“好好好……四个，我给你四个还不行吗！”宋耀南急忙道。

警局。

裴宇堂和ZH1战队以及宋耀南两边加起来一共十几个小伙子老老实实地站在那里，看起来倒也是无比和谐。

唯一突兀的，只有站在裴宇堂旁边，穿插在一排男人中间的年轻女孩。女孩戴着鸭舌帽，穿着一身黑色休闲装，背着一个帆布包，身上和白皙的小脸上都干干净净，没有任何污渍，甚至无论是头发还是衣服全都纹丝不乱，只有手背上有微微泛红的擦伤。

一个中年模样的警察大叔手里拿着笔录本走到这一排人跟前，目光在他们身上一一扫过。

裴宇堂那边只有裴宇堂一个人身上有伤，其他人看上去都还好，但是宋耀南那边就不一样了，几乎所有人都挂了彩。宋子义直接就被送进了医院。

一看就是宋耀南这边的人处于下风，被裴宇堂这边的人给打了。

警察大叔默默判断着，当目光落在林烟身上的时候，他的神色顿了顿。

很明显，一群大男人打架，这个女孩子肯定是个劝架的。

于是，警察大叔看着人群里的小姑娘，语气柔和地开口："小姑娘，你出来吧。"

林烟眨了眨眼睛，乖乖走了出来："哦……"

警察大叔看着面前这个挺乖的小姑娘，又扫了眼她手背上的伤，语重心长地劝说道："报警电话是你打的吗？你一个小姑娘家的，以后看到大老爷们打架切记离远一点，不要进去掺和，不然万一伤到了自己怎么办？"

话音刚落，宋耀南等人齐刷刷抬头朝着警察看去："？"

等等！哪里不对吧！

连裴宇堂和ZH1等人听到警察这话也有些懵。

林烟闻言，神色诚恳，表示非常受教，连连点头道："谢谢警察叔叔！警察叔叔您说得没错！不愧是我们人民的公仆和守护神！我代表市民由衷地感谢您！毕竟我是个柔弱的女孩子，为免被误伤，以后遇到这种危险的事情，我肯定会躲得远远的，然后第一时间打电话报警！"

宋耀南等人："……"

裴宇堂等人："……"

听到这话，被殴打的宋耀南等人全都瞪大了眼睛，直接被林烟这无耻的态度给吓得惊呆了。

裴宇堂他们小心翼翼地看了林烟一眼，咽了口吐沫，表情似乎也有些难以形容。

警察大叔看着这小姑娘的觉悟，面色更加柔和了，指着身后办公区的同事开口说道："嗯，记住就好，女孩子在外面一定要注意保护自己。行了，小姑娘，你跟这位同志去做个笔录，然后就早点回去休息吧。"

什么鬼！居然要放她回去！

刹那间，宋耀南那边的人终于忍不住了，所有人都开始七嘴八舌地抗议起来。

宋耀南艰难地抬起断掉的胳膊，颤抖的手指着林烟，愤怒地控诉："警察同志，你有没有搞错，凭什么放她回去！打我们的人就是她！放了谁也不能放了她好吗！"

"就是！就是这个女人打的我们！我腿都被她踹断了！"

"警察同志，还有我的胳膊，我的胳膊肯定已经粉碎性骨折了！"

"警察同志！报警的人分明是我们！是我们好吗？我们报警就是为了让你抓住这个暴徒的！怎么能把她给放了！"

……

听着一群人吵吵嚷嚷地控诉，警察大叔板着脸怒斥一声："都安静一点！吵什么吵！你们当这里是什么地方？"

说完，警察大叔一脸鄙夷地看向这些断胳膊断腿的青年，神色极其不悦地教育道："我说你们一群大老爷们，一个个人高马大的，觍着脸说一个小姑娘把你们揍成了这样，你们也好意思？"

宋耀南等人被骂得狗血淋头，简直冤得想哭，更多的是屈辱。他们一群人被一个小丫头片子打成这样，他们也不想承认的好吗？

"警察同志，我们说的全都是真话，不信你们可以随便去查！"

"真的是她打我们啊！"

"就是啊，为什么不相信我啊！"

看着宋耀南等人这伤心崩溃的模样，连裴宇堂他们都不禁有些同情了。

警察同志啊，其实他们说得没错来着……

警察大叔听着一群青年在那涕泪横流地哭号，嫌弃地斜了他们一眼："所以，你们的意思是，这个女孩也参与了斗殴，是跟这几个人一起打你们的？"警察说着，指着一旁的裴宇堂等人。

宋耀南他们闻言，倒也挺实诚，立即把头摇得像是拨浪鼓，几人齐声开口："不是，是这个女人一个人动的手。"

警察大叔："……"

别说这个大叔，连他后面的几个同事都有些听不下去了。

其中一个女警满脸正色地开口："你们说的这像话吗？她一个女孩子，一个人能把你们打成这样？你们倒是说说，她用什么工具打的？"

宋耀南弱弱地开口："没……没用工具……"

警察大叔都被气笑了，大步走过去，初步检查了一下几人的伤情："现在你们告诉我，她一个女孩子徒手把你们打成这样是吧？说瞎话也要有点常识！"

林烟在旁边听得连连点头："没错没错，警察叔叔说得对。"

裴宇堂等人你看我，我看你，站在那里，继续乖乖看着眼前的大佬不说话。

说真的，如果不是他们亲眼看到，他们自己都不会相信这一切会是林烟做的。

至于宋耀南等人，又被骂了一顿，差点委屈成球，继续哭了起来："我们哪知道这暴力女怎么做到的啊！"

"警察同志我们真没说谎！"

"是啊！相信我们好吧！这个女人简直跟怪物一样！"

……

警察大叔不悦道："我们已经调查过了，那个角落没有监控。"

"没有监控……怎么会没有监控呢！"

宋耀南说着，这才想起来，当时他们是刻意找了没有监控的死角找事的，结果万万没想到，居然搬起石头砸了自己的脚。

警察说完，看向一旁的林烟安抚道："小姑娘你放心，我们不会平白听这些人污蔑你，肯定会查清楚，还你一个清白！"

宋耀南等人："……"

难道不应该是还他们清白吗？这也太冤了！

宋耀南等人开始各种争吵不休，警局里一片吵吵嚷嚷。

最后，还是林烟轻咳一声，主动开口：“好了，都别吵了。”

虽然她不想暴露自己的异于常人之处，但是这件事情如果她不承认，肯定会算在裴宇堂他们的头上。万一被裴聿城知道，裴宇堂这熊孩子怕是又要倒大霉。毕竟这次裴宇堂完全没错，已经从头到尾都在忍耐，确实不能怪他。

宋耀南那边没有听到林烟的话，还在吵吵嚷嚷。

林烟双眸微眯，声音冷了下来：“我说安静！听不懂？”

一股寒意陡然袭来，刹那间，宋耀南等人全都吓得噤声，瑟瑟发抖地闭上嘴盯着林烟。警局里一片死寂。

林烟没好气地白了那些人一眼，随即看向身前的警察，开口说道：“警察同志，抱歉，方才我没有说实话，这些人，确实是我打的，是我一个人打的。跟其他人没有关系。”

裴宇堂听到这话，顿时明白了过来，林烟是为了他才承认的，“唰”地抬起了那颗鼻青脸肿的脑袋，眸子里满是感动和崇拜。

裴宇堂：“爸爸！”

林烟：“闭嘴。”

裴宇堂：“哦……”

警察大叔听到林烟的话，一下子愣住了，随即面色严肃地开口：“小姑娘，你是不是被这些人威胁恐吓了？你不要怕，有什么事情，直接跟我说！”

宋耀南等人：“……”

拜托，被威胁被恐吓的是他们！刚才林烟的眼神，简直吓死人了！

林烟神色无奈：“没有人威胁恐吓我，真的是我……”

宋耀南等人哭号道：“没错没错！警察同志，真的是她！她自己都已经说了！为啥你还是不相信我们？太不公平了吧！”

警察大叔看向林烟，一脸正气地开口：“小姑娘，你不用说了，我都明白，你现在人在警局，事情的真相我们肯定帮你弄清楚！”

林烟挠挠头：“那啥，不是……真相已经很清楚了，确实是我！真的是我！”

宋耀南等人：“对！是她！真的是她！”

裴宇堂等人无语地看着站在了统一战线，试图一起说服警官的打人者和被打者。

为什么眼前这幅画面，显得如此诡异?

就在宋耀南等人争吵不休的时候，在警局门口，有一辆黑色的车子缓缓停靠过来。

一个助理模样的男人从驾驶座上走了下来，随即快步走到车子后座的位置，拉开车门。随后一个穿着黑色正装的男人从车内迈步走了下来。

裴宇堂正感动着，余光陡然扫到门口熟悉的人影。

男人穿着一身高级定制正装，面上戴着金丝眼镜，一袭清冷之意，身旁跟着高级助理程默和私人律师，迈步走了进来。

看清来人是谁之后，裴宇堂一个腿软，差点直接“扑通”跪了下来。还是旁边的人扶了他一把，才勉强维持站立。

完了……他死定了……带着大嫂一起被关进了警局，这次绝对死得透透的，不需要抢救!

他之前明明是给二哥打的电话，为什么大哥会亲自过来?

林烟正无奈地一遍遍跟警察解释，陡然看到多日不见的裴聿城顶着那张清冷的脸出现在面前后，她完全愣在了那里。她第一时间的想法跟裴宇堂差不多……完蛋了……

因为她是站在角落的位置，所以裴聿城并没有看到她，而是径直朝着裴宇堂的方向走去。

裴宇堂接触到亲哥那个可怕的目光，简直吓坏了，结结巴巴地开口：“大……大哥……你……你听我解释……”

大哥把程默都带过来了，摆明了又要搞他!

裴聿城一旁的律师给警察递上了一张名片：“您好，警察同志，我身边这位先生是裴宇堂的大哥，我是他的律师，有什么事情，您可以直接跟我沟通。”

警察大叔接过名片，顿时吓了一跳——JM集团高级律师顾问，秦志铭。

JM集团……难道……难道是裴家的那个JM集团?

警察大叔回过神来，忙开口：“就是年轻人气血盛，打架斗殴。”

律师秦志铭朝着裴聿城看了一眼，随即开口问：“动手的是哪些人?”

警察大叔扫了一眼那些人道：“他们应该是都动了手……”

裴聿城的面上没有丝毫温度，寒霜般的目光带着铺天盖地的压迫感朝着裴宇堂看去：“你自己走，还是让我绑你走？”

裴宇堂立即开口解释：“大哥！我冤枉！是他们先动手的！而且我们压根没有还过手，都是被单方面殴打！”

“没有还手？”裴聿城朝着鼻青脸肿的宋耀南等人看了一眼，漫不经心地开口，“裴宇堂，你应该知道，在我面前说谎的后果。”

裴宇堂急了：“我没有！我真没说谎啊！”

律师轻咳一声道：“三少，你要是不说实话，我也不好处理这件事情。”

裴宇堂：“我怎么没说实话了？我都被打成猪头了！我这边不仅是我自己，其他人也一个都没动手！”

律师无奈道：“你们谁都没动手，那对方身上的伤是怎么来的？”

这时，从头到尾都被忽略了个彻底的林烟终于弱弱地举起手：“那个啥……确实跟三少他们没关系……是我……人是我打的……”

一时之间，终于，所有人的目光都落在了林烟的身上。

几乎是林烟话音落下的瞬间，宋耀南等人也异口同声地帮着林烟说话：“对！是她！就是她打的！”

律师：“……”

裴聿城：“……”

此刻，裴聿城才看到了缩在角落里的女孩。

林烟规规矩矩地站在那里，如同一个犯错的小学生，开口解释道：“裴先生……那个……我……我今天去看三少比赛来着……”

“看比赛……”裴聿城朝着裴宇堂的方向看了一眼。

林烟：“是的，因为中间有点纠纷……就跟对面打起来了……”

不等林烟说完，宋耀南立即嚷嚷道：“就是她打的，你自己看看她把我们打成什么样了！我告诉你，这件事情你们必须得给个说法！”

宋耀南嚷嚷完，余光看着裴聿城这一身令人不寒而栗的气质，莫名有些犯怵。

这男人是裴宇堂的大哥？看起来好像不是一般人啊。

不过，很快宋耀南便打消了这个想法，裴宇堂那孬种能有什么有权有势的背景？要是有，以那小子的性格，早就拿出来炫耀了。想到这里，宋耀南胆子又大了起来，鼓动着同伴开始指着自己身上的伤让他们负责。

裴聿城的目光风轻云淡地在正叫嚣的宋耀南等人身上掠过，刹那间，一行人顿时安静了下来。

这个男人的眼神怎么比那个暴力女还可怕?

律师朝着林烟看去：“这位小姐是三少的朋友？”

裴宇堂忙开口：“她是我大嫂，我哥的女朋友。”

秦律师的目光顿时满是震惊，老板什么时候有女朋友的？！

而且这个女孩，怎么看起来有些面熟，有点像某个女艺人……不过他也不关注娱乐圈，一时倒是想不起来是谁了。

秦律师很快调整好情绪，先是看向警察，问道：“动手的是这位小姐？”

警察大叔笑道：“这怎么看也不可能啊，我怀疑这小姑娘是被对方恐吓威胁了，所以才这么说的。”

秦律师闻言，于是看向林烟，声音温和而恭敬地开口：“林小姐，如果对方对您威胁恐吓，你大可以不必……”

林烟已经解释了无数遍了，还是没人信，终于不耐烦了，不等秦律师说完，直接打断了他：“真没人威胁恐吓我！拜托，我男朋友在这里呢，谁能威胁恐吓得了我？我说的都是实话！实话好不好呀！”

秦律师：“……”

这句话倒是没错了，有老板在这，谁能威胁到她。

裴宇堂：“……”

厉害了爸爸，这波马屁拍得好，又学到了。

站在旁边一直没开口的裴聿城听着女孩的话，轻笑一声。每次听到裴聿城轻笑的声音，林烟就有点受不了，那声音，简直就跟羽毛一样撩在人的心尖尖上。

林烟这才意识到自己刚才说了啥，脸颊顿时有些发烫。刚才那句话她完全没多想，直接就脱口而出了，完全是发自内心的。

作孽，她这是习惯成自然了吗?

林烟小心翼翼地开口：“裴先生，是我动手的没错……对不起……我……我不是故意的……”说完，忐忑地朝着男人看去。

女朋友是个暴力狂，还把人给揍成这样，裴聿城肯定会生气吧。

不对，她干吗要忐忑？这正好又是一个分手的好机会啊！

林烟正喜上心头。这时，耳边传来裴聿城清越的声音："有受伤吗？"

啊？不是应该骂她才对吗？

林烟满脸意外，愣愣地开口："没……没受伤……"

裴聿城没说话，在女孩周身扫了一眼，随即不知发现了什么，突然抬起女孩的左手，盯着她手背上的擦伤，眸底顿时覆上一层薄冰："这叫没受伤？"

林烟面色尴尬地看着手背上的一小片擦伤："……"

这……这确实不能叫伤吧？

一旁的宋耀南等人见状都傻眼了。

这位大哥，你有没有搞错？擦破块皮而已，这也能叫伤？

请看看我们！看看我们好吗？请你好好看看我们身上的伤再说话好吗？

这一次，连裴宇堂等人都难得跟宋耀南站在了统一战线。

裴宇堂咬着唇，委屈巴巴地缩在角落里。

大哥，能看一眼被揍成猪头的你的亲弟弟吗？他打架了就要把他送走扔掉，大嫂打架了就嘘寒问暖关心人家有没有受伤。大哥这双标严重得简直让他涕泗横流。

裴聿城朝着旁边的助理程默看了一眼，程默立即点头："老板，我去买药。"

说完立即走出警局，朝着对面的药房走去。

裴宇堂苦哈哈地看着程默的背影，能顺带给他也买点药吗？

Part18

裴先生您可是风光霁月，正人君子！
我怎么可能会不相信您呢！
♥

裴聿城的律师处理完纠纷之后，林烟和裴宇堂一行人被放了出来。

裴宇堂蔫头耷脑地坐到了前面的驾驶座，程默买完药回来，将药递给裴聿城，随即拉开后座的车门。林烟只能跟着裴聿城一起坐到了后座上。

刚一上车，结果发现，后座上还有个人！

“裴……裴偶像……”林烟顿时一愣。

裴南絮看到林烟，似乎也有些意外，没想到她也在：“林小姐？”

“你和宇堂在一起？”裴南絮问。

林烟轻咳一声：“今天去看三少比赛来着……”

裴南絮闻言开口：“抱歉，老三平日里性子有些冲动，没连累你受伤吧？”

裴宇堂嗷嗷叫：“二哥，你搞错了，今天打架的人不是我！不是我啊！”

裴南絮盯着裴宇堂脸上青一块紫一块：“不是你？”

裴宇堂摸了摸自己青紫的熊猫眼：“我那是被单方面殴打，一次都没还手，是大嫂冲上去跟人干架的！大嫂一个人打趴了他们一群人，刚才在警局里，警察听了都不信……”裴宇堂兴奋地说着。

裴南絮：“……”

裴南絮听到这个回答，倒确实是没想到。

林烟顿时狠狠瞪了裴宇堂一眼，居然敢在她偶像面前黑她！只可惜，裴聿城就坐在她旁边，她敢怒也不敢言。

裴南絮轻笑一声开口："没想到，大嫂的身手这么好。"

林烟："……"

她的偶像……偶像叫她大嫂了！

听着裴南絮这声大嫂，林烟简直心潮澎湃。万万没想到，有一天她跟偶像还可以是这么亲密的关系。其他女粉都是嗷嗷叫着希望自家偶像成为自己的老公，而她不一样，她的偶像成了她的小叔子……

林烟谦虚地摆手："没有没有……我只是从小力气比别人大了一点点而已……"

接着，车子平稳地行驶着，一时间谁都没有开口说话，车子里的安静让人如坐针毡。

林烟和之前那次一样，远远地并着膝盖贴着窗边坐着。随即她耳朵动了动，听到旁边传来一阵窸窸窣窣的声音。用余光小心瞄了一眼，就看到裴聿城正在用修长的手指拆着医用酒精棉的包装，随后，便看到男人抬起眸子注视着她。

"手给我。"

"哦哦……"林烟连忙伸出手去。

裴聿城拿起酒精棉，动作极轻地给女孩擦拭消毒，随后又给她抹上了一层药水，最后细心地帮她贴上了一枚创可贴。

副驾驶座上，鼻青脸肿的裴宇堂扭过头，目光幽怨地盯着自家大哥："……"

嫉妒使我面目全非，狗粮使我质壁分离！

话说回来，有一点很奇怪，之前他看烟姐的擦伤虽然不算严重，但也流了不少血，伤势没这么轻啊，怎么这会儿几乎都快愈合了，是他之前看错了吗？

裴聿城的动作非常轻柔，并且相当绅士，从头到尾跟她都没有肢体接触，只有酒精棉和药水碰到了她的皮肤。但即便如此，林烟的心脏还是怦怦加速……

涂完药水之后，林烟立即缩回了手，随即轻咳一声开口："裴先生，这件事情，我必须要好好跟您解释一下，这次确实是我动的手，跟三少没关系，您就别责罚他了。三少其实真的挺乖的，对方各种挑衅，可三少却打不还手，骂不还口的。”

前座的裴宇堂听到这话，简直泪流满面，果然是亲爹啊！抱住这条大腿果然是没错的！

这边，林烟虽然把裴宇堂给洗干净了，但自己必须要背这个锅，于是绞尽脑汁地开口：“至于我，我那也是实在看不下去他们欺负三少，所以才动手的，毕竟他是我小叔子是吧，就算是为了我男朋友，我也不能让别人这么欺负他。”

裴宇堂：“……”大佬又开始发功了！

裴宇堂不知从车里什么地方迅速摸出一个小本子，开始记了起来。

裴聿城斜支着额头，嘴角微微勾起：“嗯，继续。”

林烟咽了口吐沫，继续滔滔不绝道：“而且吧，虽然一样都是打架，但是我跟三少的性质是完全不同的，我们不一样……”

裴宇堂立即看过去，满脸委屈：“大嫂，哪里不同了？我看我大哥分明就是区别对待罢了。为什么只要我打架就处罚我，甚至不是我的错也要处罚我？”

要说裴宇堂心里没有一点想法那是不可能的，他一直都觉得大哥太不公平了，甚至丝毫不顾及他的感受。

听到弟弟的话，裴聿城依旧面无表情，似乎也没有要解释的意思。

林烟看向裴宇堂，语重心长地说道：“三少，你要记得一点，目前你是离家出走的状态，赛车这个圈子卧虎藏龙，而你现在就是个普普通通没有任何背景的小破车队的赛车手。”

小破车队的赛车手。裴宇堂捂着胸口，表示受到了一万点伤害。

林烟继续道：“你想一想，如果你那时候还手了，那么对方绝对不会善罢甘休，以对方的背景，后续的一切事情，你光靠自己绝对是没办法兜住的；相反，你若是忍下来了，最多挨一顿毒打。三少，你难道没发现吗？你一直口口声声说离家出走，说要靠自己去追求梦想，但是，实际上你的潜意识里，压根还是把自己当成出了什么事情都有大哥解决的裴家三少……”

“我……我没有……”裴宇堂立即反驳，语气却明显有些心虚。他仔细想着林烟的话，竟发现，她说得完全没错。

“你大哥对你这么严厉，其实只是为了断掉你这样的惯性思维，让你能彻底独立，不仅是在经济上，更重要的是你的精神上，让你以后遇到事情学会依靠自己的能力去解决，或者在危险和矛盾发生之前就想办法杜绝它，而不是让事情发展到不可收拾的地步。”林烟循循善诱道。大概是因为裴宇堂跟自己的弟弟年纪相仿，她忍不住便说了这么多。

听完林烟的话，裴宇堂陷入了沉思，确实，以前好多次麻烦都是因为他太过自大，或者说内心仗着自己的身份而无所顾忌，才总是吃亏。

对面的裴南絮略抬起头，有些讶异地朝着女孩看去，似乎没想到女孩会说出这样一番话。

林烟拍了拍裴宇堂的肩膀：“所以啊，三少，你看，我确实跟你不一样啊。你是没权没势又没钱的三线赛车手，而我，男朋友是裴氏家族的掌舵人，JM集团的总裁，我当然可以想打谁就打谁了！”

“……”刚刚还有些感动的裴宇堂顿时满头黑线。

林烟说完，一脸谄媚地朝着身旁的男人看去，满脸都是“你可不能骂我，我是仗着你才敢跟人打架”的表情：“所以，裴先生，虽然我打架也不对，但我也是仔细斟酌过的，觉得这架可以打，我才去打的。”

裴聿城看着女孩一本正经的小表情，轻笑着开口：“林小姐所言，不无道理。”

裴宇堂：“……”

不无道理？裴宇堂都惊呆了，她这简直就是一本正经地在胡说八道，这种歪理以他哥的智商竟然还觉得有道理？

裴宇堂忍不住凑到二哥裴南絮耳边小声吐槽道：“啧啧，果然啊，恋爱中的人都是完全没有智商可言的，就算是大哥也不例外！”

裴南絮笑着摇摇头。

说话间，车子已经开到了云间水庄。

林烟这才发现车直接开到了裴聿城的别墅。

裴宇堂殷勤地帮她拉开车门：“大嫂，还愣着干啥，快下车啊！”

林烟：“……”

她想回家行不行？

林烟正在车门口磨蹭着，斟酌着怎么开口辞别。

这时，刚走下车的裴聿城突然迈步朝着她走过来，随后，极其自然地牵起了她没有受伤的那只手，开口：“一起吃个饭，算是正式介绍宇堂和南絮给你认识。”

掌心蓦然传来的温热化作火焰席卷了身体，林烟甚至都听不清男人说了什么，呆呆地盯着男人那张颠倒众生的脸，下意识地开口：“哦……好……”

刚说完林烟就恨不得一巴掌把自己扇醒！说好的美色都是浮云呢？说好的赶紧想办法分手呢？

最后，林烟还是乖乖被牵着进了屋里。

裴宇堂熟练地找出医药箱，一边自己给自己上药，一边流着口水开口：“我想吃忠叔做的红烧肉、松鼠鲑鱼、糖醋排骨、水煮牛肉、辣子鸡……”

裴聿城轻轻握着女孩的小手，目光在裴宇堂的面上斜睨了一眼：“忠叔不在。”

裴宇堂顿时一愣：“啊？忠叔请假了吗？那谁做饭啊？”

裴聿城：“我做。”

原本还处在劫后余生的喜悦中的裴宇堂一听到这话，脸都白了，颤巍巍地朝着裴聿城看了一眼：“什……什么……大哥，你要自己下厨？”

裴聿城：“怎么？”

裴宇堂惨白着小脸，诚恳地建议：“哥，我知道有一家新开的烤肉店非常好吃，不如我们去外面吃吧！”

这时，一旁的裴南絮轻咳一声，也开口：“城北新开的火锅店也不错。”

裴宇堂继续道：“其实市中心的那家米其林三星也很好的！”

裴南絮：“或者把之前的法国厨师叫过来？”

林烟这会儿被裴聿城牵着手，整个脑袋都是晕的，无法思考，也不知道是不是自己的错觉，裴宇堂和裴南絮这兄弟俩的反应怎么这么诡异？

林烟不明所以，下意识开口：“自己在家做挺好的呀！”

省钱啊！

一听到林烟的话，裴宇堂简直绝望，一个劲地偷偷朝她摆手。

裴聿城：“想吃什么？”

裴聿城居然要亲自下厨，就算不是因为她，林烟也一样是受宠若惊，忙开口：“我都可以的，只要是你做的，我都喜欢。”

裴宇堂："……"

裴南絮："……"

客厅里陷入了死一般的沉寂。

"好。"裴聿城说完，这才松开女孩，朝着厨房走去。

裴聿城离开之后，裴宇堂赶紧跑到了林烟跟前："大嫂啊，你是不是从来没吃过我哥做的饭？"

林烟："是啊，怎么了？"

裴宇堂："没……没什么……"

裴南絮的神色似乎也有些无奈。

林烟眨了眨眼睛，一脸莫名。

裴聿城走远之后，林烟的心跳和脸上的温度才终于缓缓恢复，在客厅的沙发上坐了下来。

刚坐下来，林烟的余光就瞄到了自己帆布包里的限量签名版海报，于是赶紧拽了一个抱枕，将帆布包和海报全都盖了起来。这东西实在是太危险了!

林烟探着脑袋朝着厨房的方向瞅了一眼，觉得坐着等吃好像不太好。于是，藏好包之后，便跑去了厨房。

厨房里，裴聿城正在准备食材，看动作还挺娴熟。

"裴先生，有什么需要我帮忙的吗？"林烟问。

裴聿城："不用。"

"啊……可是光等着吃多不好意思啊，还是让我帮您做点什么吧！这样您也轻松一点！"林烟开口。

裴聿城转过身，对着客厅的方向唤了一声："宇堂。"

"来嘞——"听到大哥传讯，裴宇堂立即麻溜地赶到。

"大哥你叫我什么事？"裴宇堂屁颠屁颠儿地问。

裴聿城："洗菜，切好。"

裴宇堂自然不敢不从，连连点头："好的好的，没问题！"

林烟挠挠头，有些尴尬地站在原地："都交给三少了，那我做什么？"

裴聿城从挂钩上拿下来一个围裙，递给女孩："帮我系上。"

林烟："……"

正在卖力切洋葱的裴宇堂泪往心里流。

大哥，你还能偏心得再明显一点吗？

林烟刚恢复的心跳又开始飞奔起来，轻咳一声，急忙接过裴聿城手里的围裙，帮他套上，然后绕到后面系了起来。

裴聿城："谢谢。"

林烟："……不客气，不客气……"

裴聿城看上去总是一副清冷矜贵甚至客气疏离的模样，可每次撩起人来，真是毫不手软啊！

接下来，裴宇堂全程在厨房里跟着忙得团团转，至于林烟，她从头到尾就帮裴聿城系了个围裙。

很快晚饭便做好了，裴宇堂和裴南絮一起帮着端上了桌。四人面对面分两边落座。

林烟看着这一桌子的菜，顿时心花怒放："哇！没想到裴先生您厨艺这么好。"

裴宇堂："……"

裴南絮："……"

裴聿城给林烟夹了一块糖醋排骨："尝尝。"

排骨是精品小排，看上去汤汁浓郁，色泽诱人。

"嗯嗯，谢谢！"林烟忙夹了起来，塞进嘴里。

对面的裴宇堂和裴南絮两人同时屏住呼吸，不由自主地朝林烟盯过去。

林烟一口咬下去……

一定很好吃！

结果，下一秒，当舌尖的味蕾感受到了这块排骨的滋味时，她整个人都僵住了……

这种感觉，要怎么形容，简直就好像是天灵盖被人从后面拿大棒子"嗡"的一下狠狠地捶了一下！

这……这是什么诡异的味道？！林烟简直无法形容了。

明明看上去这么好吃，味道怎么会这么难以形容？

林烟简直都不敢动腮帮子，这味道杀伤力太大，她感觉再多咬一口就要升天了！

本来是为了省钱，想着在家里吃还挺好的，结果确实不要钱了，但是要命啊！

这短短的几秒钟之内，林烟仿佛经历了一场地震和海啸——从头到尾都是靠着稳住人设的坚强信念才让她勉强支撑了下来。

林烟表面上还算镇定，看不出什么反常，裴宇堂盯着她问了一句："大嫂，好吃吗？"

林烟一边强忍着可怕的味道咀嚼，一边幽怨地瞪了裴宇堂一眼："好！吃！太！好！吃！了！"

难怪裴宇堂和裴南絮一听到裴聿城要做饭，反应都这么诡异呢！怎么不早点告诉她？

裴聿城闻言，立即又给她夹了一筷子红烧鱼。

"谢谢，我自己来……"林烟只能硬着头皮一边道谢一边夹了起来。

这个世界上应该没有比刚才那块糖醋排骨更难吃的东西了吧？

吞掉那筷子红烧鱼后的林烟："……"

呵呵，还真有。

果然，这个世界上人无完人啊！没想到，看上去完美无缺的裴聿城，厨艺居然会这么烂！她很好奇他到底是怎么才能把食物做成这种味道的。

当年比赛的时候林烟到处飞，去过很多国家，也吃过很多不同的料理，但是连有黑暗料理之称的英国料理，也比不上裴聿城做的饭菜的万分之一。

终于咽下去之后，林烟微笑着开口，说了一句："嗯，好吃！"

好吃？

裴宇堂看着林烟微笑的表情，有点怀疑世界，连忙也夹了一筷子红烧鱼。

吃完之后……他现在已经非常深切地相信了一件事：大嫂对大哥，绝对是真爱！

接着，大家就开始吃饭了。

林烟尝遍了每一道菜，想着应该总有一道菜可以吃的吧？结果，一道能吃的都没有！

林烟一边埋头扒拉白米饭，一边好奇不已地盯着裴聿城。结果，她亲眼看到裴聿城面不改色地吃着那些菜，就好像完全不觉得那些菜难吃似的。而对面的裴宇堂和裴南絮吃的时候表情似乎也挺淡定的。以至于林烟都开始自我怀疑了。

什么情况啊这是？这兄弟三人吃着这么难吃的东西怎么一点反应都没有？裴家的人口味都这么重的吗？

吃完这顿饭，林烟觉得她的味觉已经快要麻木了。

裴聿城似乎察觉林烟的表情有些不对："咸吗？"

"不不不，不咸不淡刚刚好！我就是有点渴，有水吗？"林烟开口。

裴聿城起身去端水。

趁着这个空当，裴宇堂的脸色顿时变得扭曲起来："大嫂！我都说出去吃了！你非要在家里吃！你这是何苦呢！今天我都已经受伤了，回来还要遭这种罪，我怎么这么命苦！就算再被宋耀南打一顿，也好过吃大哥的一顿饭啊！"

林烟的脸色也是黑沉一片："敢情你们也觉得难吃？我还以为你们裴家人的口味都这么重呢！"

裴宇堂："大嫂，我现在已经深刻相信一件事情……"

林烟："啥？"

裴宇堂："你对我大哥，绝对是真爱，这么难吃的菜居然都能满脸微笑地吃下去，这得是多爱才能做到啊？除了我们哥俩，大嫂你是唯一一个敢吃我哥做的饭的人！大嫂你果然是我大哥的命中注定之人啊！"

林烟："……"命中注定你个头！

等裴聿城端着水回来，裴宇堂快速扒拉完一碗饭，立即"唰"地站起来："我吃完了！那啥，我就是一个没权没势没背景的小破车队赛车手，我就不留下过夜了，我回去了！大哥拜拜，大嫂拜拜！"

裴南絮擦了擦嘴，也站起身："大哥，大嫂，你们慢慢吃，明天要赶通告，我也先走了。"

然后，就剩下林烟一个人悲凉地留下来面对着一桌子菜。

他们居然就这么跑了？客厅里，一时之间只剩下了林烟和裴聿城两个人。

林烟咬着牙，默默地吃了两碗饭，喝了三大杯水，然后帮着裴聿城一起收拾了碗筷。收拾好碗筷之后，林烟开始跟裴聿城一起洗碗。

她一边洗一边想着，等洗好碗筷，应该就可以走了吧？但是，她该怎么开口呢？她的人设应该是恨不得每一分每一秒都跟裴聿城待在一起，貌似不能主动提离开啊！

林烟正心不在焉地想着，这时，手腕却突然被一只微凉的手抓住。林烟顿时一惊，忙朝着身旁的裴聿城看去："裴先生，怎么了？"

"放着吧，我来洗。"裴聿城盯着林烟洗的几个碗，语气似乎有些无奈。

林烟的目光这才朝着自己洗的碗看去，完蛋，因为心不在焉，没有控制好力道，碗被她洗坏了好几个。

林烟满头黑线："对不起对不起……我从小力气比较大……"

裴聿城："去外面等我。"

林烟："哦，好……"

无奈之下，林烟只能乖乖走到客厅的沙发坐了下来，然后又拿了一个抱枕盖住帆布包。

这顿饭吃得……好想分手……

她什么时候可以走?

林烟干坐在客厅里，度日如年。

终于，身后传来一阵熟悉的脚步声，随后，一片阴影伴随着淡淡的烟草味笼罩下来。裴聿城在她的身前站定，随后，缓缓半跪在了她的身前。

林烟："……"

这……这姿势……作为一个钢铁直女，平时看电视上那些煽情浪漫到不行的男人对女朋友单膝下跪的画面，她全都毫无感觉。但是，当裴聿城突然以这样一个姿势单膝跪在她跟前，她心里的小鹿简直差点撞得脑震荡。

什……什么情况……

裴聿城的目光没有看她，而是落在女孩的左腿上。随后伸出手，朝着女孩的小腿覆去，林烟顿时下意识地把腿往回缩。

裴聿城："别动。"

林烟："……"

林烟顿时不敢动了。然后便看到，裴聿城一点点将她的裤脚卷到大约膝盖的位置。大概是因为今天的运动量有些大，她的小腿到膝盖的位置已经有些红肿。

看到这条有伤病的左腿，林烟面色微凝。

当年那么惨烈的车祸，换个人绝对是车毁人亡，但她能侥幸留下一条命，已经是万幸。以她的恢复能力，只要不作死，腿伤还是能慢慢养好的。

裴聿城将裤脚撩上去之后，拿出一个白色的小瓷瓶，从里面倒出了淡绿色的液体在手掌心，随后，伸出手掌覆在她的小腿处，开始缓缓按摩起来。

林烟微微露出惊讶的神色。今天比赛了一场，还打了一架，其实比赛结束后她的腿就有些隐隐作痛了，但是她完全没有表露出来，更没有提过，连裴宇堂都不知道。为什么裴聿城会知道她的腿疼，还精准地找到了伤的位置？

清清凉凉的感觉因为掌心的温度很快变得温热，一点点安抚着疼痛，麻痒疼痛的感觉也一点点减轻了。这些疼痛，她早就已经习惯，也从不会对任何人倾吐。

看着男人一言不发地为她上药按摩，林烟心中有种说不出的感觉。

客厅里静悄悄的，窗外夜色深沉。

裴聿城给她按摩了大概有十多分钟才停止，随后，依旧保持着单膝跪在那里的姿势，伸出手，缓缓将女孩右边腰腹处的衣服往上稍稍卷起了一些，把药倒在掌心上，然后覆在了她的腰间，继续重复刚才按摩小腿的动作。

林烟再次震惊了。这也是她车祸后留下老毛病的部位之一，当年遭遇车祸的时候伤得差点半身不遂，因为她的身体恢复速度很快，如今已经不严重了，但如果运动过度还是会有些酸疼。

这个男人……怎么什么都知道？他是她肚子里的蛔虫吗？

林烟从头到尾都端坐在那里，一动不敢动。

就在林烟在脑子里胡思乱想的时候，裴聿城开口：“外套脱了。”

林烟几乎是下意识地听从：“哦哦……好……”

裴聿城看着女孩乖巧听话的模样，忍不住垂眸，低笑一声，随即抬头，深邃的目光夹杂着莫名的情绪朝着女孩看去：“这么听话……对我这么放心？”

林烟闻言轻咳一声，立即开口：“当然放心了！裴先生您可是风光霁月，正人君子！我怎么可能会不相信您呢！”

“林小姐……”裴聿城修长的手指轻轻覆在女孩的腰间摩挲，语气顿了顿，讳莫如深的眸子瞬间幽暗了几分，继续道，“谁告诉你说，我是正人君子？”

谁告诉你说，我是正人君子……话音落下的瞬间，林烟的大脑顿时一片空白。腰间被碰触的地方越来越灼热，那温度直接烧遍了她的全身……还有裴聿城开口那一瞬间陡然侵袭而来的压迫感，让林烟本能地产生一种不安和恐惧。尽管她已经努力克制，但是本能还是让她下意识地缩了一下脖子。

似乎是察觉到了女孩眸底一闪而逝的不安，男人自然地收回视线，轻笑着开口：“放心，我不会对你做什么。”

林烟听到这话，猛地松了口气，提到嗓子眼的小心脏也终于落了下来。

然而，这颗小心脏刚落地，便听到裴聿城继续补充了一句：“至少现在不会。”

林烟：“……”

所以言外之意是以后会？

裴聿城给女孩涂完药后，细心地将女孩的衣服整理好，然后才开口：“除非你要求。”

林烟：“……”

裴聿城这一句话一波三折，弄得林烟的双颊又开始火烧连天。

林烟下意识自言自语地开口咕哝着，安慰自己：“开玩笑的，肯定是开玩笑的，裴聿城不至于这么……饥不择食吧。”

林烟急忙转移话题：“谢谢您，裴先生，不过您怎么知道我身上这两个地方有伤啊？”

裴聿城目光微闪，随口道：“看你行动略有不便，猜的。”

林烟：“这么厉害……”

这都能猜到吗？还猜得这么精准？连部位都分毫不差！

林烟虽然还是不太明白，但也没再多问了。心想果然大佬就是大佬，连观察能力都比一般人强。

好不容易终于涂完药，见裴聿城将药膏放好，林烟赶紧趁机开口：“裴先生，已经很晚了，那我就先回去了，不打扰您休息了。”

裴聿城：“我送你。”

林烟本来还有些担心万一裴聿城提出留宿可怎么办，没想到裴聿城答应得很痛快，丝毫没有提出任何要求。

也是！裴聿城这样的男人，怎么可能真的对她做什么啊？她也想得太美了吧？

这么想着，林烟就安心了，“唰”地站起身就要欢快地往外面走。

刚走到门口处，身后突然传来裴聿城的声音：“林小姐，你的包落下了。”

包？什么包？

啊对！她的帆布包！

一瞬间林烟简直吓得半死，以迅雷不及掩耳之势转身朝着裴聿城的方向飞奔而去。

越慌越乱，她本来是去拿包的，结果因为太急了没拿稳，那个帆布包直接掉到了地上，海报从帆布包里滚落出来，骨碌碌一下子摊开在地面上……一张裴南絮的限量版签名海报就这么完完全全地摊开在了两人的面前……

林烟：“……”

裴聿城：“……”

时间一秒钟，两秒钟，三秒钟过去。

客厅里死一般的寂静，只剩下了心跳声。

这一秒，林烟简直恨不得一墙把自己撞死算了。

为什么！为什么她每次在裴聿城面前总是会手忙脚乱，还犯这种低级错误？她能不能有一次不要翻车的？

林烟已经不敢去看裴聿城的眼睛了，以裴聿城的观念，恐怕无法理解偶像这种存在，何况她之前三番两次嘴里说着对他爱得死去活来、再也容不下其他人之类的话，却藏着别的男人的海报，这个男人还是他的弟弟，林烟自己都觉得自己挺坏的……她真的好冤啊！

可是没办法，她也只能兜着。

林烟迅速弯下腰，把那张裴南絮的海报给卷了起来收好，然后满脸坦然地开口：“都是三少啦，今天去看他比赛的时候，非要硬塞给我，我不要都不行，最后，我想了想，还是收下了。毕竟我作为大嫂，支持一下二少的事业，也是我应该做……”

林烟话音未落，腰间陡然一紧，身体猛然被带入了一个温热的怀抱，吓得她手里的海报一下子又摔回了地上。

这一次，裴聿城的动作虽然跟以往一样温柔，甚至称得上是小心翼翼，但是不知道为什么，林烟却感觉到了一种深入灵魂般的暴戾之意，就好像是一张温柔的大网覆盖下来，初时并没有什么威胁，甚至让人深陷其中，但是渐渐地，那张网却越收越紧。

怎么会这样？明明是那么温柔、那么绅士的一个人，她为什么突然会觉得这么恐惧？

就在这时，林烟的脑海中突然传来一阵极其尖锐的疼痛……

裴聿城并没有抱多久。与此同时，刚才的恐惧和脑子里突然的疼痛也全都消失不见了，就好像刚才的一切全都是她的幻觉。

林烟回过神来："怎么又……"

裴聿城弯下腰，亲自帮她把海报卷好，放进了帆布袋里，然后递到女孩的手中，随即在女孩发懵的目光之下，伸出修长的手指，抵在女孩的唇上，用低哑的声音开口："这是感谢。"

林烟的双颊顿时一热。

感谢她对裴南絮的支持？

为啥这个男人总是不按照套路出牌？

林烟还能怎么办，她只能微笑着开口："不用客气，不用客气，我应该做的。"

不管怎样，这关总算是过去了。

裴聿城将林烟送到门口，似乎是察觉到女孩在自己面前会比较紧张，甚至很贴心地没有亲自送她，而是安排了一个司机送她回去。

林烟摆摆手道别："那我就先回去了，裴先生晚安。"

裴聿城："晚安。"

夜色之中，林烟坐着的车子缓缓离开，一点点消失在了黑暗里。

裴聿城点燃了一支烟，在夜风中站着，看着那辆车逐渐消失在自己的视线中。

一支烟抽完之后，裴聿城才转过身，回到了别墅。

书房内。

男人手里端着一杯咖啡，身上穿着一件白色衬衫，面上戴着温润斯文的眼镜，坐在书桌之前。

男人面色平静无波，跟前摆放着一堆文件，不过却丝毫没有翻动的痕迹。他不知道在思索着什么，端坐了许久，直到手中的咖啡彻底凉掉。

电脑屏幕闪烁的蓝光映在男人俊美如斯的脸上，镜片后那双沉邃的眸子如同平面下的深海，深不见底，透不进丝毫光亮。

仔细看会发现，男人的目光一直落在对面窗户之外，林烟方才乘车离开的方向。

女孩在得知他没有强留自己，并且派了司机送她离开后，面上明显松了口气，离开的身影迫不及待，如同感知到了什么，就好像是迫切想要离开危险的小兽……

可能她自己都没有察觉这一点，但是她的情绪却太容易捕捉。

裴聿城那始终平静无波的眸子，似乎在一瞬间陡然翻涌了起来。他一只手端着咖啡，另一只手的手指有节奏地在书桌上敲击着。

夜色越来越深，屋子里静悄悄的，没有一点声音，安静得如同没有人存在，只有墙上的挂钟发出极轻的声音，伴随着男人敲击桌面时，一下一下发出的“哒哒”的声响。

树影“哗啦啦”地摇曳，窗外似乎起风了。

就在树影摇曳而过的瞬间，书房内突然发出一阵令人不寒而栗的碎响。

紧跟着便看到，裴聿城手中端着的那杯早已经凉掉的咖啡，杯子陡然在他的手中几乎碎成了粉末状。碎片混合着咖啡，顺着男人修长的手指，落在男人那身高级定制的西装上。

裴聿城“啧”了一声，目光瞥了眼自己那只捏碎咖啡杯后却毫无损伤的手，似乎露出了某种深入骨髓的厌恶之意。

不过，很快男人的表情便恢复如常，如同什么都没有发生过。他停住敲击桌面的手指，随手掸了掸衣服上的污渍，随后站起身来，朝着书房外的方向走去。

就在男人起身离开的瞬间，他的身后突然传来一阵巨大的“轰隆”声，那书桌竟然直接从中间裂开，书桌上的所有东西摔了一地。

地面上，一片狼藉……

就在这时，书房门口处，裴聿城的助理程默似乎是有事情要汇报，匆匆走了过来。

当听到从裴聿城的书房内传来的巨大声响之后，程默吃了一惊。看着书房内断裂的书桌和满地狼藉，程默的眸底浮现出一抹震惊，但很快便消失不见，化作了一种习以为常的淡然，只残余着几分惊骇之色。

程默不敢去看裴聿城身后，而是目不斜视地开口汇报：“裴总，董事会那边又闹起来了，现在所有董事都在公司会议室等着，说要请您亲自过去一趟……”

裴聿城略整了下衣领，一边朝着浴室的方向走去，一边面无表情地开口：“备车。”

“是。”程默立即点头。

迈步之前，程默忍不住又朝着书房那满地狼藉看了一眼，眉头微微蹙起，然后才转身离开。

很快，司机将林烟送到了楼下，林烟总算是活着到家了。

今天也是为了生存拼尽努力的一天呢。

到了家之后，林烟发现手机上有一通未接电话。看清这个未接来电提示之后，林烟面色骤变，赶紧回拨了过去。

“喂！是有什么新消息了吗？”

手机那头传来男人熟悉的声音：“是的，刚刚查到了一些新的线索。”

林烟紧紧攥着手机：“什么线索？”

手机那头的人闻言突然沉默了，并没有立即开口，似乎在斟酌措辞。

伴随着手机那头的沉默，林烟的心脏一点点跌到谷底：“是坏消息吗？”

男人叹息一声开口：“我锁定了其中一个组织，基本确定那个组织很有可能就是当年绑架你和你弟弟的实验室。我费了一些工夫，勉强查到一些信息，那个实验室里，像你和你弟弟一样被抓去的人还有很多，并且所有实验体根据个人资质，都是分等级的。”

“分等级？”林烟蹙眉。

当年她年纪太小了，很多事情都已经记不清楚，隐约记得每个孩子的身上好像的确是带着标签的，而且每隔一段时间，这个标签就有变动。难道那就是在给他们分等级？

“是的。”男人开口，“实验体的资质分为A、B、C、D、E、F不同等级，而你的身体资质原本就很好，经过实验之后，你的等级……我判断，很可能已经达到了A级，当然，也不能排除他们的野心更大，在A级之上还有等级更高更恐怖的实验体。”

林烟听得心惊胆战：“那我弟弟呢？以我弟弟的身体，岂不是……”

“从你跟我说过的情况来看，你弟弟的资质肯定是最差的F级，如果不是当时有你在身边保护，你弟弟不可能在与这么多实验体的竞争之中存活下来。后来，你跟我说，你弟弟被他们带走，跟你强行分开了，是吗？”

“是这样的，没错。”林烟脊背微僵，不知想到什么，心里已经莫名有种不好的预感。

手机那头的声音顿了顿，然后才语气凝重地开口：“我了解到，那个实验室里，C以下的等级，都是要被销毁的。”

这句话，简直就跟晴天霹雳一样击打着林烟：“你说什么？！销毁……”

“是的，所以说，很可能当年在你弟弟被强行带走的时候，就已经被他们……”

“不可能！”林烟激动地打断了对方的话。

手机那头的人知道她有些接受不了，尽量用缓和的语气开口安慰道：“你也别灰心，或许我得到的消息有误也不一定，可能他们带走你弟弟，不是为了销毁，也可能你弟弟跟你一样逃出去了……”

林烟几乎站立不稳，踉跄着扶住一旁的墙壁，喃喃着开口：“你说得对，一切都有可能的……”说不定弟弟福大命大……

那个孩子这么善良，连一只蚂蚁都舍不得踩死，老天怎么可能忍心这么对待他?

“我会继续帮你查下去的，有消息立即通知你。但是，我劝你也要做好最坏的打算。”

（第一册　完）

《余生有你，甜又暖2》敬请期待！